사티리콘

옮긴이 강미경

이화여자대학교 영어교육학과를 졸업했다. 전문 번역가로 활동하고 있으며, 번역서로 『헤밍웨이 vs. 피츠제럴드』, 『몽상과 매혹의 고고학』, 『유혹의 기술』, 『도서관, 그 소란스러운 역사』, 『최초의 아나키스트』, 『프랭클린 자서전』, 『아포칼립스 2012』, 『마르코 폴로의 모험』, 『고대 세계의 위대한 발명 70』 등이 있다.

사티리콘

ⓒ 공존, 2008, 대한민국

2008년 3월 10일 1판 1쇄 찍음
2008년 3월 20일 1판 1쇄 펴냄

지은이 페트로니우스
그린이 노먼 린지
옮긴이 강미경
펴낸이 권기호
펴낸곳 공존
출판등록 2006년 11월 27일(제313-2006-249호)
주소 (121-805)서울시 마포구 공덕동 461 신영지웰 A-1805
전화 02-2123-9900 팩스 02-2123-9901
이메일 info@gongjon.com
홈페이지 www.gongjon.com

ISBN 978-89-958945-2-1 03890

Illustration Copyright ⓒ Norman Lindsay, 1910, 1923, 1927; H. C. & A. Glad, 2008
저작권법에 의하여 한국 내에서 보호받는 저작물이므로 무단 전재와 무단 복제를 금합니다.

노먼 린지 일러스트판

사티리콘

페트로니우스 | 강미경 옮김

공존

일러두기

1. 『사티리콘』은 원문이 많이 소실되어 현존 원문은 전체 20권 내외 분량 가운데 14·15·16권의 일부에 해당한다.
2. 본문 중간에 들어간 '(……)' 표시는 소실된 라틴어 원문의 위치를 나타낸다. 실제 소실된 것으로 여겨지는 부분들은 훨씬 많으나, 가독성을 위해 내용의 흐름상 자연스러운 부분들은 소실 표시 없이 그대로 이었다.
3. 각 부의 구분은 영어 번역본들을 참조하였다. 각 부의 제목과 소제목도 원문에는 없으나, 독자의 이해를 돕기 위해 영어 번역본들을 참조하여 내용에 부합하게 달았다. 아울러 산문의 문단 구분과 운문의 행 구분도 원문과 영어 번역본들을 참조하여 내용과 한글 표현에 맞게 조정하였다.
4. 인명과 지명 등의 표기와 발음은 가급적 원문을 따랐다. 원문은 그리스식과 로마식의 구분이 명확하지 않고 신(神)들의 이름 또한 일부 혼재되어 있다. 다만 중모음 'ae'는 '아이'로, 'oe'는 '오이'로 표기했다.
5. 원문에는 각주가 없다. 모든 주석은 관련 텍스트와 문헌들을 참조하여 실었다.
6. 일부 삽화와 글의 장면 묘사가 서로 다른데, 이것은 삽화가가 참조한 영어 번역본과 상상력에서 오는 차이임을 밝혀둔다.

차례

주요 등장인물 6

1부 푸테올리에서의 모험 13

2부 트리말키오의 연회 71

3부 에우몰푸스와의 동행 211

4부 크로톤으로 가는 길 317

5부 크로톤에서의 사랑 359

부록 429

작가와 작품에 대하여 451

주요 등장인물

엔콜피우스 떠돌이 검투사. 주인공이자 화자(話者). Encolpius는 동성애적 뉘앙스의 '포옹'을 뜻함.

기톤 여성스러운 미소년. 엔콜피우스의 동행이자 애인. Giton은 성적인 '동료'를 뜻함.

아스킬토스 떠돌이 검투사. 엔콜피우스의 친구이자 동성애 연적(戀敵). Ascyltos는 '정력가'를 뜻함.

아가멤논 언변 좋은 수사학 선생. Agamemnon은 그리스 신화에서 트로이 전쟁에 나선 그리스군의 총사령관.

콰르틸라 남근 신 프리아푸스를 모시는 방탕한 여사제. Quartilla는 '네 번째'를 뜻함.

파니키스 콰르틸라의 어린 노예 소녀. Pannychis는 '밤새 노는 여자'를 뜻함.

트리말키오 노예 출신의 자유민 졸부. Trimalchio는 '세 번 축복받은 사람'을 뜻함.

포르투나타 트리말키오의 아내. Fortunata는 '행운의 여신(Fortuna)에게 축복받은 사람'을 뜻함.

하비나스 트리말키오의 절친한 친구. Habinnas는 셈족 계통의 이름인 듯함.

스킨틸라 하비나스의 아내. Scintilla는 번쩍이는 '불꽃'을 뜻함.

에우몰푸스 남색을 밝히는 시인이자 사기꾼. Eumolpus는 '목소리 좋은 가수' 또는 '감미로운 시인'을 뜻함.

리카스 선장. 엔콜피우스에게 매혹됐다가 오히려 두들겨 맞은 남자. Lichas는 '매질'을 뜻함.

트리파이나 미모의 창녀. 한때 엔콜피우스의 정부. Tryphaena는 '호색' 또는 '호화'를 뜻함.

코락스 에우몰푸스가 고용한 자유민 하인. Corax는 불길한 징조의 '갈까마귀'를 뜻함.

키르케 방탕한 부유층 여인. Circe는 그리스 신화에서 태양신 헬리오스의 딸로서 울릭세스와 사랑에 빠진다.

크리시스 키르케의 하녀. Chrysis는 '으뜸인 여자(golden girl)'를 뜻함.

프로셀레노스 주술에 능한 늙은 포주. Proselenos는 '달보다 나이 많은 사람'을 뜻함.

오이노테아 프리아푸스를 모시는 방탕한 여사제. Oenothea는 '포도주 여신'을 뜻함.

필로멜라 부도덕한 유부녀. Philomela는 그리스 신화에서 형부에게 겁탈당한 뒤 나중에 새로 변하는 여인.

『사티리콘』의 세계
지명은 연대 구분 없이 작품에 맞췄고, 국경선은 현대를 기준으로 함.

『사티리콘』의 이탈리아
지명은 연대 구분 없이 작품에 맞췄고, 국경선은 현대를 기준으로 함.

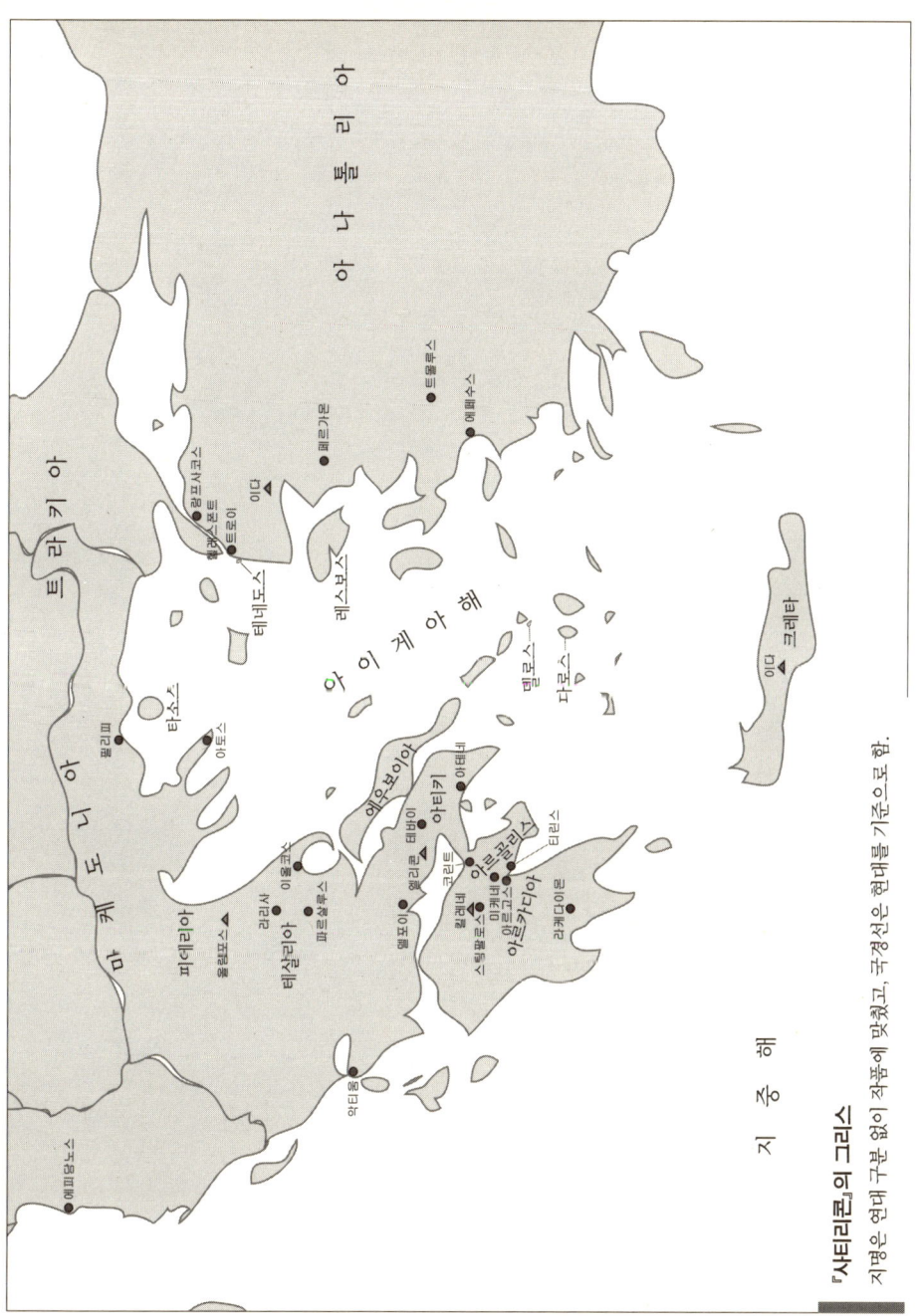

『사티리콘』의 그리스
지명은 현대 구분 없이 작품에 맞췄고, 국경선은 현대를 기준으로 함.

1부

푸테올리에서의 모험

엔콜피우스

웅변 학교에서

1 "푸리아¹들이 수사학² 선생들을 선동해 이렇게 외치며 죽는시늉을 하게 만듭니다.

'나는 우리의 자유를 위해 싸우다 이 상처들을 입었소이다! 이 눈도 여러분을 지키다가 잃었습니다. 나의 자식들을 잘 인도할 수 있게 도와주시오. 이렇게 불구가 된 다리로는 내 몸조차 가눌 수가 없소이다.'

학생들이 능변에 이르는 왕도를 배울 수만 있다면야, 뭐 이런 영웅담쯤은 참아 줄 수도 있습니다.

하지만 이따위 과장된 주제들과 진부하기 짝이 없는 표현들을 배운 신출내기 연설가들은 맨 처음 공직 생활에 발을 들여놓는 순간 다른 세상에 왔나 보다고 생각하게 될 겁니다. 나는 우리네 학교에서 그런 바보들이 배출되는 이유가 일상생활에 소용이 닿는 것이라곤 도무지 접해 보지 못하기 때문이라고 믿어 의심치 않습니다.

우리 아이들이 보는 것이라고는 쇠사슬에 묶인 채 해변에 서 있는 해적과, 아들에게 자기 아버지 목을 베어오라는 명령

---

1. Furia. 로마 신화에 나오는 3명의 복수의 여신. 그리스 신화의 에리니스(Erinys)에 해당한다.
2. 修辭學. 생각과 언어의 논리적 사용을 연구하는 학문.

이나 내리는 폭군과, 역병이 돌면 조언이랍시고 처녀 서너 명을 바치라고 말하는 예언자가 전부이지 않습니까. 하나같이 쓸모없는 사탕발림일 뿐, 보고 듣는 행동 하나하나와 말 한마디 한마디가 허섭스레기에 지나지 않으니, 원.[3]

2 접시닭이한테서 좋은 냄새가 나길 기대하기 어려운 것처럼, 이런 걸 보고 듣고 자란 사람들이 분별력을 제대로 갖출 리 만무하지요. 이렇게 말하는 걸 용서한다면, 웅변술의 몰락을 초래한 책임은 바로 당신들, 수사학 선생들에게 있습니다. 경박하고 공허한 재담으로 웃음이나 끌어내게 부추겼고, 그 결과 진정한 웅변술은 알맹이를 빼앗긴 채 종언을 고하고 말았지 않았나요?

소포클레스[4]나 에우리피데스[5]가 젊은이들을 위해 적절한 수사법을 개발했을 때만 해도 젊은이들은 지금처럼 김빠진 웅

---

3. 공화정(共和政) 아래에서 웅변술이 뛰어난 자들이 특권을 누리게 되면서 로마의 고등 교육은 주로 수사학에 집중되었다. 공화정이 제정(帝政)으로 바뀌면서 웅변술의 중요성이 크게 줄어들었지만 교육은 여전히 웅변술에 치중했다. 그 결과 교육은 갈수록 현실성이 떨어지게 되었다.
4. Sophocles. BC 496~BC 406. 아이스킬로스(Aeschylos), 에우리피데스(Euripides)와 더불어 고대 그리스의 3대 비극 작가. 『오이디푸스 왕』, 『안티고네』 등을 저술했다.
5. Euripides. BC 484?~BC 406. 그리스의 비극 작가. 『키클롭스』, 『메데이아』 등을 저술했다.

변술에 얽매이지 않습니다.[6] 핀다로스[7]와 아홉 명의 서정시인들이 호메로스[8]의 문체에서 탈피했을 때만 해도 상아탑의 교사들은 재치와 기지를 자랑했습니다.[9]

확신하건대 시인들말고도 플라톤[10]이나 데모스테네스[11] 역시 이런 종류의 수사법 훈련에는 관심이 없었습니다요.[12] 고상한, 보는 사람에 따라서는 순정(純正)하다고도 할 수 있는 문체는 미사여구와 호언장담과는 거리가 먼 법이지요. 즉 내재된 아름다움 때문에 고양되는 것입니다.

아시아[13]에서부터 아테네까지 구절양장(九折羊腸)처럼 굽

---

6. 기원전 5세기의 그리스 교육은 웅변술보다 문장력을 중요하게 여겼다. 그런 가운데 궤변론자들과 더불어 웅변술이 막 모습을 드러내 후대로 올수록 각광을 받기 시작했다.
7. Pindaros. BC 518?~BC 438?. 그리스의 시인. 승리를 축하하는 합창용 시 (epinicion)로 유명하다.
8. Homeros. 기원전 8세기경에 활동한 그리스의 위대한 시인. 『일리아스』, 『오디세이아』를 저술했다.
9. 아홉 명의 서정시인은 핀다로스, 바킬리데스(Bacchylides), 사포(Sappho), 아나크레온(Anacreon), 스테시코로스(Stesichoros), 시모니데스(Simonides), 이비코스(Ibykos), 알카이오스(Alkaios), 알크만(Alcman)이다. 여기에 코린나(Corinna)가 추가되기도 한다. 이들은 주제와 어투 면에서 호메로스에 의존했다. 하지만 문체와 형식 면에서는 독창적이었다.
10. Platon. BC 428?~BC 348?. 그리스의 철학자. 『국가론』, 『향연』 등을 저술했다.
11. Demosthenes. BC 384~BC 322. 그리스의 웅변가이자 정치가.
12. '이런 종류의 수사법 훈련'이란 복잡하고 현실성 떨어지는 법이나 도덕 논쟁 따위에서 거침없는 열변으로 상대를 제압하게 만드는 훈련을 말한다.

이굽이 참 길게도 이어지는 선생들의 수다가 더러운 입구린내를 풍기며 패기 넘치는 젊은이들을 망쳐놓은 것은 최근의 일입니다.[14] 상황이 일단 그렇게 되고 보니 수사학은 활기와 제 목소리를 잃고 말았습니다. 간단히 말해, 그때 이후로 명성에서 투키디데스[15]나 히페리데스[16]와 견줄 만한 인물은 두 눈 부릅뜨고 찾아보아도 없지 않습니까.[17]

어찌하여 시마저도 인생의 활력을 보여주지 못한단 말입니까. 형식을 불문하고 문학 전반이 비슷비슷해진 채 완숙의 경지에 이를 수 있는 기회를 상실하고 말았으니 이렇게 통탄스러

13. Asia. 이 작품에서 말하는 '아시아'는 로마의 속주(屬州) 아시아, 일명 아나톨리아(Anatolia) 또는 '소(小)아시아(Asia Minor)'를 가리킨다. 지금의 터키에 해당하며, 유럽과 만나는 아시아 쪽 반도이다.
14. 아테네 양식은 간결하고 자연스러웠던 데 비해 아시아 양식은 화려하면서 감정에 호소했다. 아시아식 수사법은 기원전 3세기 중반에 처음으로 등장해 아테네식 수사법과 계속 경합을 벌였다. 기원전 1세기 중반 아테네 수사학의 전성기로 돌아가려는 아테네 중심의 문학 운동이 강하게 일었다.
15. Thucydides. 기원전 5세기 후반에 활동한 그리스의 역사가. 『펠로폰네소스 전쟁사』를 저술했다.
16. Hyperides. BC 390~BC 322. 그리스의 웅변가. 당대의 가장 뛰어난 웅변가인 데모스테네스 다음으로 위대한 연사로 인정받았다.
17. 그리스의 역사학자이자 수사학자인 디오니시오스(Dionysios)의 영향을 크게 받은 투키디데스의 문체는 보통의 연설에 가까웠지만, 플라톤(Platon)과 웅변가이자 수사학자인 이소크라테스(Isocrates)의 제자인 히페리데스의 문체는 비틀기를 좋아하면서 개성이 넘쳤다. 하지만 두 사람 모두 현실을 제대로 간파했고 진부한 형식에 얽매이지 않았다.

울 데가 또 있습니까. 그다지 꼼꼼하지 못한 아이깁투스[18]인들이 화가들을 위해 손쉬운 방법[19]을 개발한 뒤로는 회화라는 위대한 예술 분야 역시 똑같은 운명을 맞이하지 않았습니까."

3 　아가멤논은 내가 주랑 현관[20]에서 자기가 수업 중에 늘어놓는 장광설보다 길게 말하는 것을 허락하지 않았다. 그가 나서서 이렇게 말했다.

"청년이여, 그대의 견해는 보기 드물게 훌륭한 취향을 보여주노니 지성을 향한 사랑이 돋보이누나. 전문가와 비교해도 손색이 없도다. 물론 선생들은 이런 훈련에 무지몽매한 바, 광인들 비위나 맞추어야 할 밖에. 선생들의 연설이 어린 학생들의 공감을 이끌어내지 못한다면 키케로[21]의 지적대로 '학교에는 그들만 남게 될 터.'[22]

무대에서 아첨이나 늘어놓는 자[23]들이 부자 친구들을 구슬려 저녁이라도 한 끼 얻어먹으려 할라 치면 듣기 좋은 말만 늘

---

18. Aegyptus. 로마에 점령당한(BC 30~AD 395) 속주로서의 이집트.
19. 아마도 모사의 노고를 덜어준 신속한 소묘 기술인 듯하다.
20. portico. 여러 개의 기둥을 나란히 세운 현관.
21. Marcus Tullius Cicero. BC 106~BC 43. 로마의 정치가, 웅변가, 법률가, 철학자, 작가. 『국가론』 등을 저술했다.
22. 키케로의 『카일리우스를 위하여(Pro Caelio)』에서 인용.
23. '무대에서 아첨이나 늘어놓는 자'란 부자들에게 빌붙어 사는 식객을 말한다.

아가멤논

어놓기 마련인 법. 한마디로 청중의 넋을 쏙 빼앗아 소기의 목적을 이루려는 것이지.

수사학 선생도 마찬가지일세. 어부처럼 수사학 선생 또한 낚싯바늘에 어린 물고기들이 몰려들 만한 미끼를 매달 수밖에 없지. 그러지 않으면 아무리 바위 위에 죽치고 앉아 있어도 입질하는 물고기가 한 마리도 없을 테니까 말일세.

그렇다면 해결책은 무엇이겠나? 우선 부모의 책임이 크다네. 부모들은 자식을 망쳐놓기 일쑤지. 그들은 본인의 욕심을 채우기 위해서라면 모든 걸, 심지어 자식의 꿈마저도 희생하지. 그러고는 지성이 아직 채 여물지 못한 이들을 공직 생활로 내모는 데 급급하지.

그들은 웅변보다 더 강한 힘은 없다고 말하면서 아이가 태어나자마자 웅변가로 만들려고 하지. 부모 손에 억지로 등 떠밀려 공부를 해야 하다니! 그러지 않아도 된다면 아이들은 스스로 공부할 준비를 갖춘 상태에서 내실 있는 독서를 통해 정서를 함양하고, 사려 깊은 충고를 통해 인격을 도야하고, 문장을 고치는 엄격한 펜을 통해 말투를 다듬을 걸세. 사람들 앞에 나서기 전에 기다리고 귀 기울일 것이며, 사춘기의 풋내 나는 취향은 가치가 없다는 점을 터득하게 될 걸세. 그럴 때 웅변이라는 고귀한 예술은 비로소 참된 무게와 품위를 지니게 되겠지.

반면 오늘날의 학생들은 경박하기 짝이 없으며, 젊은이들은 공직 사회에서 웃음거리가 되고 있지 않은가. 무엇보다도 안타까운 현실은 이 젊은이들이 나이가 들어서도 어렸을 때 배운 실수에서 벗어나지 못한다는 점일세.

어쨌든 내가 루킬리우스[24]보다 한 수 위가 아니라는 점을 보여주기 위해 수준 낮은 즉흥시 몇 줄로 나의 감정을 표현해 볼까 하네.

5
예술의 준엄한 요구를 달성하려는 야망은,

힘찬 주제를 향해 줄달음치는 정신은,

절제와 소박함

거울 같은 마음을 필요로 하나니.

경멸하라

오만한 권력자를,

술에 취해 흥청거리는 만찬 초대에 응하는 치욕을,

탐닉을, 천박한 취향을,

포도주에 꺼져드는 정신의 불꽃을.

---

24. Gaius Lucilius. BC 180?~BC 102?. 로마 풍자시(satura)의 아버지로 불리며, 담대한 풍자 시인이었다. 그는 한쪽 발로만 서서 한 시간에 200편을 즉흥으로 지어낼 수 있다고 큰소리쳤다.

거부하라

극장의 좌석을,

박수갈채를 파는 짓을,

배우의 빈말을.

호전적인 아테네인들의 방싯거리는 요새 아래 있든,

라케다이몬[25]의 식민지에 있든,

심지어 세이렌[26]의 소굴 옆에 있든,

하등 상관이 없도다.

어렸을 때는 호메로스의 샘에서

그윽한 즐거움을 퍼올리는 법을 배운 다음,

소크라테스[27] 학파의 이론으로 무장하고

고삐를 늦춰 데모스테네스의 검을 휘두를지니.

이제 우리의 로마 시인들[28]이 마치 홍수처럼 그대를 에

---

25. Lacedaemon. 그리스 스파르타의 옛 이름. '라케다이몬의 식민지' 는 이탈리아 타렌툼(Tarentum), 즉 지금의 타란토(Taranto)인 듯하다.
26. Seiren. 그리스 신화에 나오는 반은 인간이고 반은 새인 마녀들. 아름다운 노랫소리로 뱃사람들을 유혹해 난파시켰다. '세이렌의 소굴' 은 지금의 나폴리 부근의 해안을 가리키는 듯하다.
27. Socrates. BC 470?~BC 399. 그리스의 철학자.
28. 당대의 위대한 시인들, 특히 호라티우스(Quintus Horatius Flaccus), 오비디우스(Publius Ovidius Naso), 베르길리우스(Publius Vergilius Maro) 등은 모두 학교에서 교육을 받았다.

워싸니,
   그리스의 음악과 뒤섞였던 로마의 목소리가
   비로소 제 색깔을 내기 시작하누나.
   그러고 나면 광장을 뒤로하고
   학문에 정진할지니,
   운명의 여신이 역사 안에서
   역동하는 시어 안에서
   제 목소리를 분명하게 낼 때까지.
   전쟁의 서사시에 기꺼이 귀 기울이고,
   끝까지 대의명분에 충실했던
   키케로의 웅혼한 연설에 경의를 표할지니.
   이것이 천재가 갖추어야 할 올바른 무기인 바
   피에리아의 샘물[29]을 맛만 보지 말고 깊이 들이킬지니.
   그런 연후에야 그대의 심장은 비로소 영감으로 적셔질
터.”[30]

---

29. 그리스의 피에리아(Pieria)는 무사(Musa), 즉 뮤즈(Muse)의 탄생지로, 여기서는 시적 영감의 원천을 말한다.
30. 이 시의 내용은 도덕 교육에서 시작해 고전 교육으로 옮아간다. 저자가 무능한 교사 아가멤논의 입을 빌려 교육 개혁의 당위성을 설파하려고 한 듯하다.

사랑싸움

6 나는 아가멤논의 이야기에 열중하느라 아스킬토스가 슬그머니 자리를 뜨는 것을 눈치 채지 못했다. 내가 거침없이 쏟아지는 생각의 홍수에 그만 할 말을 잃고 서성이는 사이에 학생들이 우르르 주랑 현관으로 모여들었다. 학생들은 아가멤논의 뒤를 이어 연단에 오른 연사의 즉흥 연설에 귀를 기울였다.

연설 중간에 학생들이 야유하는 틈을 타서 나는 몰래 빠져나와 아스킬토스를 뒤쫓기 시작했다. 하지만 길을 잘 몰라 우리 숙소를 도무지 찾을 수가 없었다.[31] 어느 방향으로 가든 늘 똑같은 장소로 되돌아왔다. 이리저리 내달리며 땀을 비 오듯 쏟다 지친 나는 결국 채소를 파는 노파한테로 갔다.

7 "실례합니다만, 혹시 제가 묵는 곳이 어딘지 모르시겠지요?"

바보스러울 정도로 정중한 나의 말투에 노파는 반색을 했다. "어째서 내가 모를 거라고 생각하우?"

노파는 이렇게 말하고는 일어서서 앞장을 섰다. 나는 이상한 노파라고 생각하면서 그 뒤를 따랐다. 그러고 나서 어느 외

---

31. 엔콜피우스 일행이 이 도시에 도착한 지 얼마 되지 않았음이 분명하다. 작품의 다른 곳에서도 관련 사실을 발견할 수 있다. 배경은 지금의 나폴리 서쪽 포추올리(Pozzuoli)인 푸테올리(Puteoli)가 거의 확실하다.

아스킬토스를 찾아서

채소 파는 노파

매음굴에서

진 곳에 들어서자 친절한 노파는 누덕누덕 기운 천을 꺼내면서 이렇게 말했다.

"여기가 젊은이가 머물 곳이야."

숙소가 있는데 찾질 못하고 있다고 설명하려는 찰나에 벌거벗은 늙은 창녀 몇 명과 손님 몇 명이 남의 눈을 피해 가격을 흥정하는 모습이 눈에 들어왔다. 그제야 노파가 나를 데려온 곳이 매음굴이라는 사실을 깨닫게 되었다. 나는 노파의 계략에 저주를 퍼부으며 얼굴을 가린 채 서둘러 그곳을 빠져나왔다.

그런데 입구에서 다름 아니라 아스킬토스와 마주칠 줄이야. 정말 뜻밖이었다. 나처럼 그도 지친 기색이 역력했다. 사실 시체나 진배없다고 해도 과언이 아니었다. 아스킬토스도 그 노파에게 이끌려 그곳에 온 듯했다. 나는 반가운 마음에 미소를 건네며 이 끔찍한 곳에서 무엇을 하고 있느냐고 물었다.

그는 두 손으로 땀을 훔치면서 이렇게 말했다.

"내가 무슨 일을 겪었는지 자넨 상상도 못할 걸세!"

"무슨 일을 겪었는데?"

"도시 전체를 헤매 다녔지 뭔가."

그는 기운 없는 목소리로 얘길 꺼냈다.

"숙소가 어딘지 찾을 수가 있어야지. 그러고 있는데 점잖아 보이는 웬 신사가 다가와 친절하게도 길을 가르쳐 주겠다고 하

매음굴을 빠져나오다

지 뭔가. 그 자가 여기저기 칠흑처럼 깜깜한 모퉁이를 돌고 돌아 나를 데려온 곳이 바로 여기라네. 그러고는 내게 돈을 주면서 이상한 제의를 하기 시작하지 않았겠나. 그런 와중에 여자가 와서 방 값을 받아갔고, 그 자가 나를 더듬어대려고 하지 않았겠나. 내가 그 자보다 힘이 약했다면 보나마나 험한 꼴을 당했을 걸세."

사실 주변 사람 모두가 최음제[32]에 취해 있는 듯했다. 우리는 의기투합해서 그 나쁜 녀석을 혼내 주고 나왔다.

(……)

9 희뿌연 안개 사이로 길 저편에 기톤이 서 있는 게 보이는 듯해서 나는 그리로 달려갔다.

(……)

나는 기톤에게 요깃거리를 준비했는지 물었다. 그러자 어린 친구는 침대에 털썩 주저앉아 주르르 흐르는 눈물을 손가락으로 훔쳤다. 나는 기톤의 반응에 깜짝 놀라 무슨 일 때문에 그러냐고 다그쳐 물었다. 내가 얼러도 보고 협박도 한 연후에야 기톤은 마지못해 천천히 입을 열었다.

---

32. 고대에 널리 각광받은 최음제(催淫劑)의 하나인 사티리온(satyrion)을 말한다. 국화과의 여러살이해 풀인 금불초(ragwort)로 만든다. 손에만 묻혀도 효험이 있다고 알려졌는데, 이 작품에서처럼 씁쓸한 포도주에 타서 마시기도 했다.

의기투합

기톤

"어쨌든 나리 친구 분, 그러니까 나리와 어울려 다니는 저 친구 분 말이에요. 방금 전 내 방으로 뛰어들더니 날 범하려고 하잖아요. 내가 밖에다 대고 소리를 질렀더니 저분은 커다란 칼을 빼들고는 '네가 루크레티아[33]처럼 굴겠다면 나는 타르퀴니우스[34]다.'라고 말하지 뭐예요."

이 말을 듣고 나는 아스킬토스의 면전에 주먹을 흔들어 보였다.

"어디 뭐라고 말 좀 해보시지, 이 천박한 호색한아! 행실이 그 따위로 더러우니 입에서 고약한 냄새가 나는 게지!"

아스킬토스는 짐짓 놀란 척하더니 자기도 기세 좋게 주먹을 흔들어 보이며 나보다 훨씬 더 큰 소리로 고함을 내질렀다.

"아가리 닥쳐, 이 음탕한 검투사 놈아! 낮에는 멀쩡한 얼굴로 사람들 앞에서 잘도 연기하지. 그 주둥이 닥치란 말이다. 밤만 되면 딴 짓 하는 주제에. 아무리 설쳐 봤자 반반한 여자 하나 자빠뜨리지 못하는 놈이. 공원에서 내가 네놈 상대가 돼 주지

---

33. Lucretia. 고대 로마의 미모가 빼어나고 정절이 높은 귀족 여인. 로마의 왕자에게 겁탈을 당한 뒤 아버지와 남편에게 복수를 부탁하고 자살했다. 그로 인해 일어난 민중 반란으로 타르퀴니우스 가문이 축출됨으로써 왕정이 끝나고 공화정이 들어섰다.

34. Sextus Tarquinius. 로마의 폭군이자 마지막 왕인 타르퀴니우스 수페르부스(Lucius Tarquinius Superbus)의 아들.

아스킬토스

않았더냐? 여기 이 소년이 지금 이곳 숙소에서 하는 것처럼 말이다."

"우리가 수사학 선생과 얘기할 때 네놈이 몰래 빠져나가지 않았더냐?"

내가 말했다.

10 "이런 멍청할 데가, 배가 고파 죽을 판인데 내가 뭘 어째야 했게? 시답잖은 그 장광설을 듣고 있기라도 해야 했겠군! 깨진 병만도 못한 그런 소리를. 허황된 꿈 얘기는 그런 자리에서 하는 게 아니지! 네놈 안목이 그 모양이지 뭐. 난 행여 저녁 초대라도 받을까 봐 그 따위 시를 칭찬하지는 않네."

그리하여 우리의 살벌한 언쟁은 한바탕 웃음으로 끝났고, 우린 화기애애한 분위기 속에서 화제를 다른 데로 돌렸다.

하지만 나는 그의 배신이 내내 마음에 걸려 이렇게 말했다.

"이보게 아스킬토스, 내가 생각할 때 우리가 잘 지내기는 이제 그른 것 같네. 소지품을 나누어 갖고 각자 갈 길을 가는 게 어떻겠나. 자네도 교육을 받을 만큼 받았고 나도 마찬가지 아닌가. 자네와 밥그릇을 놓고 싸우고 싶지 않으니 내가 적당한 자리를 알아봐 주겠네. 이대로라면 매일 수백 가지 일로 서로 언성을 높일 테고 도시 전체에 우리에 관한 소문이 나돌게 될 걸세."

아스킬토스는 반대하지 않았다. 그저 이렇게만 말할 따름이었다.

"저기 말일세, 교사 자격[35]만찬 초대에 응한 이 마당에 오늘 저녁을 허비하지 마세나. 자네가 원하는 바가 그런 거라면 내일 내가 묵을 만한 숙소와 같이 살 사람을 알아보겠네."

"그래, 시간 낭비일 뿐이지. 우리의 쾌락을 뒤로 미룰 이유야 없지."

내가 말했다. 사실 이 갑작스런 결별 선언의 이면에는 나의 욕망이 자리하고 있었다. 이즈음 나는 성가신 아스킬토스를 어서 치워버리고 사랑스러운 기톤과 이전의 관계로 돌아가고 싶은 마음뿐이었다.

11 나는 시내 곳곳을 둘러본 뒤 우리의 손바닥만 한 방으로 돌아왔다. 마침내 나는 주변의 눈치 볼 필요 없이 그와의 입맞춤을 실컷 즐겼다. 나는 절대로 놓아주지 않겠다는 듯 소년을 와락 끌어안았다. 나는 원하던 것을 가졌고, 누구든 나의 행운을 부러워할 듯했다.

하지만 우리가 한창 그러는 와중에 아스킬토스가 소리 없이 다가와 억지로 빗장을 부수고 들어오는 바람에 기톤과 뒹구

---

35. 실제로는 웅변 열광자 또는 정식 등록 없이 교실을 뻔질나게 드나드는 청강생을 의미하는 듯하다.

시장에서

는 모습을 들키고 말았다. 그의 웃음소리와 박수 소리가 작은 방을 가득 메웠다. 그는 내가 덮고 있는 이불을 들치더니 이렇게 말했다.

"점잖은 친구가 대체 무슨 짓인가? 이게 무슨 짓이냐고? 이불 속에서 소꿉장난이라도 하나 보지?"

그는 온갖 험한 말을 퍼붓더니 가방에서 가죽끈을 꺼내 나를 후려치기 시작했다. 그러고는 무례하게도 이런 말을 끝으로 채찍질을 멈췄다.

"그래, 이제 공평하게 나누어 가져야겠다는 생각이 들지, 안 그런가?"

시장에서의 승리[36]

12   우리가 장터에 들어서자 날이 저물고 있었다. 많은 물건들이 나와 있었지만 그 가운데 괜찮은 물건은 하나도 없었다. 사실 출처가 의심스러운 물건일수록 저녁의 어슴푸레한 빛에 가장 잘 가려지는 법이다. 우리도 훔친 망토를 가져온 터라 지나가는 사람들이 관심을 보이기를 바라면서 시장 한 귀퉁이에 펼

---

[36]. 이 대목과 다음에 나오는 쾨르틸라 이야기 사이에는 공백이 있다. 현재의 내용으로 볼 때 일행은 시골에서 망토를 훔치지만 그 과정에서 (엔콜피우스가 살해한 자로부터) 훔친 황금을 엔콜피우스의 실책 때문에 잃어버렸다.

쳐놓고 더없이 좋은 이 기회를 활용하기로 했다.

곧이어 낯이 익어 보이는 웬 촌부 하나가 젊은 여자와 함께 다가와 망토를 매우 주의 깊게 살피기 시작했다. 아스킬토스도 그 촌부의 어깨 위에서 나풀대는 망토를 뚫어져라 쳐다보았다. 그러더니 갑자기 안색이 창백해지면서 입을 다물어버렸다. 그 남자를 본 순간 나 또한 평정을 잃고 말았다.

그는 시골에서 우리 망토를 슬쩍한 바로 그 사람인 듯했다. 분명히 그 사람이었다. 하지만 아스킬토스는 혹시라도 잘못 보았을까 봐 자기 눈을 믿지 못하는 눈치였다. 아스킬토스는 손님을 가장해 가까이 다가가서는 그 남자의 어깨에서 망토 자락을 살짝 끌어당겨 손가락으로 신중하게 만져보았다.

이런 행운이 찾아올 줄이야! 그 남자는 그때까지 솔기에는 손도 대지 않고 있었다. 그는 어쩌다 훔친 물건을 한시라도 빨리 처분하고 싶어 하는 좀도둑처럼 마음이 다급해 보였다. 아스킬토스는 우리의 돈이 그대로 있고 또 그 남자의 행색이 초라하다는 걸 확인한 순간 나를 인적이 뜸한 곳으로 데리고 가더니 이렇게 말했다.

"이보게 친구, 잃어버린 줄 알고 내 속을 그토록 태웠던 전리품이 돌아왔다네. 저건 우리 망토가 분명하이. 안에 아직도 돈이 들어 있는 것 같네. 손댄 기색이 없거든. 이제 어떻게 해야 한담? 우리 거라고 주장하려면 어떻게 해야 하지?"

나는 전리품이 돌아와서도 기뻤지만 이제 그 지긋지긋한 의심에서 해방될 수 있어 기뻤다. 나는 비열한 술수를 쓰는 데에는 반대했다. 합법적인 방법만이 우리가 취할 수 있는 최선의 전략이라고 확신했기 때문이다. 만약 그 남자가 다른 사람의 물건을 원래 주인에게 돌려주길 거부할 경우 법에 호소하면 될 터였다.

14 반면 아스킬토스는 법을 두려워했다. 그가 말했다.

"이곳에 우리를 아는 사람이 누가 있나? 그리고 우리 말을 믿어줄 사람이 있을 것 같은가? 이제 망토를 찾았으니 원래 우리 소유이긴 하지만 난 돈을 주고 사는 쪽을 택하겠네. 어떤 결과가 나올지도 모르면서 법정에 가느니 차라리 돈 몇 푼 주고 귀중한 물건을 찾는 게 낫지.

돈이 곧 왕이라네,
가난이 어디서 무슨 승리를 거둘 수 있으리?
세상을 조소하는 견유학파[37]조차 지갑을 채울 수만 있다면
기꺼이 양심을 팔지 않는가.
법에 무슨 정의가 있으리오. 중요한 것은 흥정이지.
재판관[38]의 직무는 값을 매기는 것."

망토 다툼

하지만 콩을 좀 사려고 따로 떼어둔 동전 한 닢을 제외하고는 우리가 가용할 수 있는 돈이 없었다. 그래서 우리는 어영부영하다 전리품이 우리 손에서 또다시 빠져나가는 사태를 막기 위해 우리가 가져온 망토 값을 내리기로 했다.

그런데 물건을 풀어놓자마자 그 촌부와 함께 온 여자가 고개를 빼들고 망토의 무늬를 자세히 살펴보더니 두 손으로 망토 자락을 부여잡고 있는 힘껏 소리쳤다.

"도둑 잡아라!"

우리는 우리대로 애써 태연한 척하면서 여기저기 찢어지고 해진 망토를 그러쥐고 우리 물건이라며 똑같이 목청을 높이기 시작했다. 하지만 양쪽의 입장은 매우 달랐고, 그 소동에 누가 먼저랄 것도 없이 벌떼처럼 몰려든 상인들은 서로 비방해대는 우리를 비웃었다.

한쪽은 아주 값비싼 망토가 자기네 것이라고 주장하는 데

---

37. 犬儒學派. 키닉(Cynic) 학파. 기원전 4세기부터 그리스도교 시대 직전까지 번성한 그리스 철학 학파. 철학자 디오게네스(Diogenes)를 추종한 이들을 일컫는다. 그들은 금욕적 자족(自足)을 강조하고 향락을 거부했다. 견유(cynic)는 '개를 닮은'이라는 뜻이다. 행복을 얻는 데 전혀 도움이 되지 않는다고 여긴 돈 따위의 일반적 가치 전체를 사나운 개가 짖어대듯 맹렬히 공격했다고 한 데서 유래한 말이다.
38. 3명으로 구성된 기사(騎士) 배심원.

반해, 다른 한쪽은 아무리 솜씨 좋게 짜깁기해도 시간 낭비일 뿐인 듯한 누더기를 자기네 것이라고 주장하니 말이다. 그런 가운데 아스킬토스가 갑자기 좌중의 비웃음을 잠재우며 이렇게 말했다.

15 "누구나 자기 것을 가장 소중하게 여기기 마련이올시다. 저들에게 우리 망토를 돌려주고 자기네 망토를 찾아가라고 하십시오."

촌부와 여자는 이 제안에 옳다구나 했지만, 누가 불렀는지 시장 파수꾼들이 와서는 망토 두 벌 모두를 자기네가 맡아둘 터이니 시시비비는 이튿날 치안 판사 앞에서 가리라고 통고했다. 그러면서 그 이유로, 문제가 되는 것은 비단 망토뿐만이 아니라 양쪽 모두 절도 혐의가 짙기 때문에 함부로 처리할 상황이 아니라는 점을 들었다.

결국 망토 두 벌을 보관하고 있을 인물을 임명해야 한다는 쪽으로 의견이 모였고, 그리하여 대머리에 이마가 툭 튀어나온 상인 한 명이 망토를 낚아채기에 이르렀다. 더러 법정 소송에도 관여하는 그 상인은 다음날 망토를 가지고 법원에 꼭 출두하겠다고 맹세했다.

물론 그 작자가 노리는 바는 불을 보듯 뻔했다. 즉 일단 망토가 자기 수중에 들어온 이상 도둑들은 사태의 추이를 지켜보며 행동을 조심할 수밖에 없을 테고, 그러다 보면 재판 결과에 지레 겁을 집어먹고는 약속된 시간에 감히 나타나지 못할 것이라는 게 그의 계산이었다.

이는 우리가 원하는 바이기도 했다. 행운이 뒤따라주어 상인과 우리 모두 결국 원하는 바를 얻었다. 촌부는 법정에서 보자는 우리 주장에 분개한 나머지 그 낡아빠진 망토를 아스킬토스의 면전에 내팽개치고 가버렸다. 그 결과 우리에게는 정말 다행히도 문제가 된 망토는 한 벌로 줄어들었고, 우리는 명령에 따라 군말 없이 망토를 넘겼다.

우리는 이번에도 승리는 우리 것이라고 생각하면서 서둘러 숙소로 돌아왔다. 그리고 문을 잠근 후 우리를 고발한 사람들과 상인들의 잔꾀를 실컷 비웃었다. 기껏 머리를 굴린다는 게 우리 돈을 되찾게 해준 셈이 되고 말았으므로.

> 뭐든 힘들게 손에 넣어야
> 비로소 내 차지가 되는 법,
> 미리 정해진 승리에는
> 구미가 당기지 않누나.
>
> (……)[39]

숙소로 돌아오는 길

콰르틸라, 남근 신을 숭배하는 여사제

16 기특하게도 기톤이 준비해 놓은 저녁으로 막 배를 채우고 났을 때 누군가가 문을 거칠게 두드리는 소리가 들렸다. 우리는 사색이 돼서 누구냐고 물었다.

"문을 열어요, 그러면 곧 알게 될 테니까!"

이게 대답이었다. 그 와중 빗장이 제 자리를 이탈해 바닥으로 떨어졌다. 그러고는 문이 갑자기 벌컥 열리면서 두건으로 얼굴을 가린 웬 여자가 들어왔다.

"나를 바보로 만들었다고 생각했겠죠?"

그녀가 대뜸 말했다.

"난 콰르틸라의 하녀예요. 동굴에서 한창 의식을 치르고 있는데 당신들이 들이닥치는 바람에 방해받은 그 콰르틸라 말이에요. 지금 그분이 이 여인숙으로 오고 계세요. 당신들과 얘기를 하고 싶으시대요. 떨 것 없어요. 당신들의 잘못을 비난하거나 문책할 생각은 없으시니까요. 그분은 도대체 그 어떤 하늘의

---

39. 당시 로마의 종교 의식을 풍자한 대목인데 소실되었다. 이 대목에서, 엔콜피우스 일행은 남근 신 프리아푸스(Priapus)를 모시는 사원에서 음행(淫行) 의식을 훔쳐보았다. 서사시를 패러디한 이 작품의 상당 부분은 프리아푸스의 진노(震怒)가 지배하고 있다. 호메로스의 『오디세이아』에서 포세이돈(Poseidon, 넵투누스)의 진노가 있었고, 베르길리우스의 『아이네이스』에서는 유노(Juno, 헤라)의 진노가 있었다.

비밀 의식을 엿보다가 들키다

섭리가 그토록 매력적인 청년들을 본인한테 보냈는지 정말 궁금해 하고 계시거든요."

17   우리가 가타부타 아무 말도 못하고 있는 사이 콰르틸라가 어린 아가씨를 대동하고 나타났다. 그녀는 내 침대에 앉더니 한동안 구슬피 울었다. 우리는 완전히 놀란 표정으로 이 눈물 사태가 끝나기만을 기다리면서 다들 꿀 먹은 벙어리처럼 가만히 있었다. 한바탕 눈물 바람이 가라앉고 나자 그녀는 그 도도한 얼굴을 드러내고 힘 있게 감싸 쥔 두 손을 내밀었는데,[40] 손마디에서 우두둑거리는 소리가 났다.

"이게 무슨 해괴한 행동입니까?"

그러자 그녀가 말했다.

"그런 말도 안 되는 범죄 행위를 어디서 배웠나요? 하늘에 맹세컨대 여러분을 정말 딱하게 여기고 있습니다. 잘 알겠지만 그런 짓을 해선 절대 안 됩니다. 그런 짓을 하고도 벌을 모면한 사람은 여태껏 단 한 명도 보질 못했습니다.

특히 이곳은 신기(神氣)가 강해 인간보다 신과 마주치기가 쉽습니다.[41] 내가 복수를 하려고 여기까지 왔다고 생각하지 마세요. 그동안 내가 받은 피해보다 여러분이 받았을 피해를 더

---

40. 부하가 상관에게 경의를 표할 때 감싸 쥐고 내미는 손 자세와 비슷한 듯하다.
41. 콰르틸라의 색정증(色情症)이 엿보인다.

콰르틸라

걱정하고 있답니다. 지금도 그렇게 믿고 있지만, 아무 생각이 없었으니 그렇게 용서받지 못할 죄를 저질렀겠지요.

그날 밤 나는 몹시 불안했습니다. 오한 때문에 온몸이 바들바들 떨리는 게 열병에 걸렸지 싶었습니다. 그리하여 꿈속에서 치료약을 찾는데, 여러분을 만나 병증을 완화할 방도를 강구하라는 계시를 받았습니다. 하지만 알고 보니 그것은 내가 그토록 간구하던 치료약이 아니었습니다. 고통이 내 심장까지 할퀴어 댈 만큼 깊어져 나는 거의 죽음의 문턱까지 갔다 왔습니다.

여러분이 젊은 혈기를 주체하지 못하고 프리아푸스[42] 신전에서 목격한 장면을 떠벌리고 다니며 온갖 사람들에게 신의 일을 누설할까 봐 심히 걱정스럽습니다. 그래서 이렇게 여러분 앞에 조아리며 우리의 야간 의식을 세상의 웃음거리로 만들지 말아달라고, 수세기 동안 지켜져온 비밀을, 아는 이라고 해야 세 사람도 채 안 되는 비밀을 여기저기 퍼뜨리지 말아달라고 간청하는 것입니다."

18 심금을 울리는 간청이 끝나고 그녀는 다시 울음을 터뜨렸다. 그녀는 온몸을 들썩이며 대성통곡을 하다 급기야 얼굴과

---

42. Priapus. 그리스 신화에서 번식과 다산을 상징하는 남근 신. 로마 시대에 프리아푸스는 정원의 신이기도 했다. 하지만 이 작품에서는 성욕과 정력을 주관하는 약간 우스꽝스런 신으로 묘사된다.

가슴을 내 침대에 파묻고 말았다. 나는 한편으로 연민이 느껴지기도 하고, 또 한편으로는 두렵기도 했다.

나는 그녀에게 우려하는 일은 일어나지 않을 테니 걱정하지 말라고 말했다. 아무도 그녀의 신성한 비밀을 누설하지 않을 것이며, 만약 신이 가까운 미래에 그녀에게 열병 치료약에 대한 계시를 내린다면, 우리는 그 어떤 위험이 도사리고 있다 해도 신의 섭리를 기꺼이 돕겠노라고 말이다.

이런 약속에 그녀는 표정이 밝아지더니 내게 키스 세례를 퍼부었다. 그녀의 눈물은 웃음으로 바뀌었다. 심지어 내 귀를 덮고 있는 머리카락을 천천히 쓰다듬기도 했다.

"여러분과 협정을 맺기로 하죠."

그녀가 말했다.

"그간의 비난을 철회할게요. 하지만 여러분이 내가 찾고 있는 치료약과 관련해 협조하지 않을 시에는 내일 당장 폭도들을 시켜 내가 당한 피해를 복수하고 나의 명예를 지키겠어요.

불명예를 경멸할지니, 자존심은 곧 존재의 이유.
열정이란 내가 하고 싶은 대로 하는 것.
현인도 자존심을 다치면 싸우기 마련,
싸움이 끝나면 승자는 자비를 베풀지니."

그러고 나서 그녀는 손뼉을 치며 갑자기 까르르 웃어 우리를 깜짝 놀라게 했다. 그녀보다 먼저 도착한 하녀도 똑같은 반응을 보였고, 그녀와 함께 온 소녀도 그랬다.

19 방 전체에 웃음소리가 울려 퍼지는 가운데 우리는 이처럼 갑자기 분위기가 바뀐 이유를 궁금하게 여기면서 서로를 멀뚱멀뚱 쳐다보다 다음에는 여인들을 물끄러미 쳐다보았다.

"오늘만큼은 이 여인숙에 아무나 들여서는 안 된다는 명령을 내렸어요. 그래야 어떤 방해도 받지 않고 여러분에게서 내 열병 치료약을 구할 수 있을 테니까요."

콰르틸라가 이렇게 말하자 아스킬토스의 표정이 잠시 멍해졌다. 나로 말할 것 같으면, 갈리아[43] 지방의 겨울보다 더 춥게 느껴지면서 한마디도 할 수가 없었다.

하지만 우리의 숫자를 생각하니 앞으로 나쁜 일이 닥칠지도 모른다는 두려움이 싹 가셨다. 어쨌든 저들은 우리한테 무슨 해코지를 하려 든다 해도 연약한 여자 세 명에 불과했고, 반면 우린 다른 건 몰라도 남자들인 데다 그녀들보다 옷도 덜 거추장스러웠으므로. 사실 나는 우리가 각자 누구를 상대해야 할지도 이미 정해 두었다. 즉 만약 싸우게 된다면 나는 콰르틸라

---

43. Gallia. 켈트족(族)인 갈리아인(人)이 살던 곳. 지금의 프랑스, 벨기에, 독일 서부, 이탈리아 북부에 해당한다.

프시케

를, 아스킬토스는 하녀를, 기톤은 소녀를 맡기로 말이다.

(……)

거역할 수 없는 쾌락[44]

그런데 우리의 용기는 온데간데없이 모두 사라지고 말았다. 우리 모두는 그저 놀랄 수밖에 없었다. 죽음의 기운이 우리의 시야를 뒤덮었다.[45]

"사제님, 부탁이니 우리에게 뭔가 나쁜 일을 할 요량이라면 제발 빨리 끝내 주십시오. 확신하건대, 우린 고문을 당하다 죽을 만큼 중차대한 범죄를 저지르진 않았습니다."

프시케[46]라는 이름의 하녀가 딱딱한 마루에 담요 한 장을 조심스럽게 깔았다. 그녀는 나를 흥분시키려고 애썼지만 '그것'은 무수한 죽음의 냉기로 싸늘할 따름이었다.

아스킬토스는 머리에 망토를 뒤집어썼다. 그는 다른 사람

---

44. 이 부분은 너무 단편적으로만 남아 있다. 줄거리 연결이 잘 안 될뿐더러 중복되는 내용도 있고 장소도 바뀐 듯해 사건의 전후관계가 매우 혼란스럽다. 예를 들면 남창 두 명이 들어와 엔콜피우스를 괴롭힌다는 내용이 거기에 해당한다.
45. 엔콜피우스 일행은 콰르틸라의 다른 수하들이 들어와서 당황한 듯하다. 그 수하들은 엔콜피우스 일행에게 성적인 굴욕을 가하고 음란한 연회를 진행한다.
46. Psyche. 원래 로마 신화에 등장하는 프시케는 사랑의 여신 베누스(Venus, 그리스 신화의 아프로디테(Aphrodite))의 질투를 불러일으키고 쿠피드(Cupid)와 사랑에 빠지는 미모의 공주이다. 이 작품에서도 성적으로 비슷한 역할을 한다.

의 비밀을 캐려 들었다간 위험에 빠질 수 있다는 경고를 떠올렸다. 하녀는 주머니에서 가죽 끈 두 개를 꺼내 우리의 손과 발을 묶었다. 우리의 유쾌한 잡담이 갈수록 시들해지자 아스킬토스가 물었다.

"이봐요, 한잔 할 수 없을까요?"

내 웃음소리에 하녀가 손뼉을 치며 이렇게 말했다.

"아까 당신 옆에 놔둔 걸로 아는데, 그럼 그 약을 혼자 다 마셨단 말이에요?"

그러자 콰르틸라가 말했다.

"맙소사! 엔콜피우스가 거기 있던 최음제를 모두 마셔버렸다고?"

경쾌한 웃음소리와 함께 그녀의 양쪽 옆구리가 들썩였다. 결국 기톤도 우리의 농지거리에 동참했다. 그러자 어린 소녀가 그의 목을 껴안고 수도 없이 키스를 퍼부어댔다.

21　우리는 고함을 질러 도움을 청하고 싶었지만, 우리를 이 절망스런 상황에서 구하러 와줄 사람은 아무도 없었다. 게다가 바깥 동정을 살피기라도 할라 치면, 그때마다 프시케가 머리핀으로 내 뺨을 콕콕 찔러댔다. 그런 가운데 소녀는 최음제에 푹 담갔던 화장용 붓으로 아스킬토스를 숨 막히게 했다.

헐렁한 녹색 펠트[47] 위에 붉은색 허리띠를 질끈 동여맨 남창(男娼)이 마침내 모습을 드러냈다. 그는 우리의 엉덩이를 벌려 억지로 들이밀고 나서는 혐오스럽고도 끈적거리는 키스를 우리에게 퍼부어댔다.

그러고 있는데 쾨르틸라가 고래 뼈로 만든 막대기를 들고 와서는 치마를 걷어올리며 고문을 멈추라고 명령했다. 양쪽 다 그 끔찍한 비밀을 무덤까지 가지고 가겠노라고 엄숙히 맹세했다.

(······)

체육관 조교 몇 명이 들어와 우리 몸에 향유(香油)를 발라 문질러서 우리의 기분을 풀어주었다. 그럭저럭 우리는 지루함을 떨치고 연회복으로 갈아입고는 안내를 받으며 옆방으로 건너갔다.

방에는 소파 세 개가 놓여 있었는데, 방 안에 있는 모든 게 세련되고 화려했다. 우리는 시키는 대로 자리를 잡고 앉아 근사한 전채 요리를 시작으로 팔레르노산 포도주[48]에 사실상 몸을 푹 담갔다. 진수성찬으로 실컷 포식한 후 우리 모두 꾸벅꾸벅 졸기 시작하는데, 쾨르틸라가 이렇게 말했다.

"우리의 수호자 프리아푸스를 기려 어느 누구 할 것 없이

---

47. felt. 양털 따위에 습기, 열, 압력을 가하여 만든 천.
48. 이탈리아 남부 캄파니아 지방 팔레르노(Falerno) 평원에서 생산되는 유명한 포도주로서, 고대 로마인들이 최고의 포도주로 칭하며 즐겨 마셨다.

콰르틸라의 명령

밤을 지새야 하는 이 마당에 잠을 자다니요?"

22   아스킬토스는 그동안 겪은 일 때문에 노곤한지 잠에 빠져들었다. 그러자 무안하게도 그에게 거절당한 하녀가 검댕을 가져와 그의 얼굴에 문질렀다. 그런데도 아스킬토스는 인사불성으로 취해 꿈쩍도 하지 않았고, 하녀는 이번에는 그의 옆구리와 어깨에 포도주 찌꺼기를 칠했다.

나도 피곤했던지라 깜빡 졸았다. 사실 온 집 안이, 안팎으로 다 같이 조는 분위기였다. 손님들 발치 근처 여기저기에 누워 있는 이들이 있는가 하면, 벽에 기댄 채 조는 이들도 있고, 문간에서 머리를 맞댄 채 조는 이들도 있었다. 등잔도 기름이 떨어져 희미한 빛만 드리우고 있었다.

그때 동정을 살피던 시리아인 두 명이 거실로 들어왔다. 그들은 은그릇을 두고 서로 갖겠다며 다투다 들고 있던 유리병을 깨뜨리고 말았다. 식탁이 엎어지면서 그 위에 있던 은그릇이 사방으로 나뒹굴었고, 높은 선반에서 잔 하나가 떨어져 내리며 하녀의 머리에 부딪쳤다. 그 바람에 하녀는 소파 위로 고꾸라졌다.

봉변을 당한 하녀가 비명을 내지르는 통에 시리아인 도둑들은 기겁을 했고, 술 취한 손님들도 더러 잠에서 깼다. 절도 미수에 그친 도둑들은 들키지 않으려고 미리 생각해 두었는지 나

도둑들의 다툼

란히 소파 옆으로 다가가 마치 몇 시간 전부터 그러고 있었던 것처럼 코를 골기 시작했다.

이 무렵 집사도 잠에서 깨어나 불꽃이 꺼지기 일보 직전인 등잔에 기름을 부었다. 하인들은 눈을 비비며 각자의 임무로 돌아갔고, 웬 소녀가 심벌즈를 들고 들어와 연주하자 그 소리에 다들 잠이 깼다.

다시 연회가 시작되었고, 콰르틸라는 우리를 다시 술자리로 불렀다. 심벌즈 소녀의 노래가 주흥을 돋우었다.

그러고 나서 그 집의 분위기에 딱 맞을 듯한 남창 한 명이 들어왔다. 그는 신음 소리를 내며 딱딱 소리가 나게 손마디를 꺾더니 다음과 같은 시를 읊조렸다.

    이리 나와 한바탕 신나게 놀아보세,
    남색을 밝힌다면,
    젊었든 늙었든 상관없으니,
    갈 곳 몰라 방황하는 손가락도 상관없어라!
    엉덩이를 흔들며,
    실컷 놀아보세.

시 낭송이 끝나자 그는 축축한 혀로 내게 키스를 했다. 그

심벌즈 치는 소녀

러고는 소파 위로 올라와 강제로 내 옷을 벗기려 들었다. 그는 계속해서 내 가랑이를 벌리려고 했지만 헛수고일 뿐이었다. 땀에 번들거리는 그의 이마 위로 아카시아 머릿기름이 빗물처럼 뚝뚝 떨어져 내렸다. 그의 얼굴 주름 사이사이에 낀 무수한 분가루를 보고 있으려니 폭풍우에 칠이 벗겨진 벽이 생각났다.

24 나는 더는 눈물을 참을 수 없었다. 그 정도로 나는 절망의 구렁텅이에 빠져 있었다.

"내게 잠자리에서 마시는 독주[49]를 갖다 주라고 했나 보군요."

내 말에 쾨르틸라는 우아한 자태로 손뼉을 치면서 이렇게 말했다.

"이런, 영특도 하셔라. 당신은 재치를 타고났군요! 설마 남색을 밝히는 남자를 잠자리에서 마시는 독한 술에 비유한다는 걸 알고 한 소린 아니죠?"

나는 내 동료들의 처지가 나보다 조금이라도 나을까 봐 이렇게 말했다.

"공정하셔야죠. 아스킬토스 혼자 식당에서 쉬고 있지 않은가요?"

"그렇다면 아스킬토스도 독한 술 한 잔 마셔야지요."

49. 동음이의어를 이용한 라틴어 재담이다. 원문의 라틴어 embasicoetas는 잠자리에서 마시는 술이라는 뜻 외에 음탕한 잠자리 상대라는 뜻도 있다.

기톤을 만지는 콰르틸라

콰르틸라가 말했다. 이 말이 떨어지기가 무섭게 남창은 말을 갈아타듯 내 동료에게로 건너가 그의 엉덩이를 사정없이 쳐대며 키스를 퍼부었다.

기톤은 그 자리에 서서 이 광경을 죽 지켜보다 배꼽이 빠지도록 웃어댔다. 콰르틸라는 기톤을 보더니 크게 관심을 보이면서 누구냐고 물었다. 나는 내 친구라고 대답했다.

"그럼 나한테 키스를 해줘야 하지 않나요?"

콰르틸라는 이렇게 말하고 나서 그를 불러 그의 입술에 자신의 입술을 포갰다. 그러고는 한 손을 기톤의 옷 속으로 집어넣어 아직 완전히 여물지 않은 그의 물건을 만졌다.

"내일 나의 식욕을 돋우어줄 전채 요리로 그만이겠는걸. 지금은 대구 요리를 질리도록 먹어서 뭔가 신선한 게 먹고 싶군."

콰르틸라가 말했다.

그녀가 이렇게 말하는 사이 프시케가 다가와 웃으면서 그녀의 귀에 뭔가를 속삭였다.

"그래, 알았어. 상기시켜줘서 고마워. 아주 좋은 기회고말고. 어린 파니키스라고 해서 처녀막을 잃어선 안 된다는 법은 없지."

콰르틸라가 말했다. 곧이어 한 소녀가 누군가의 손에 이끌려 앞으로 나왔다. 일곱 살도 채 안 되어 보이는 아주 예쁘장한

파니키스

소녀였다. 다들 박수를 치면서 결혼식[50]을 외쳤다. 나는 예상치도 못했던 일에 깜짝 놀라, 기톤은 너무 순진해서 그런 음탕한 행동을 감당할 수 없으며 소녀 역시 여성의 막중한 임무를 수행하기에는 아직 어리다고 주장했다.

"과연 그럴까요?"

콰르틸라가 말했다.

"내가 처음 남자를 받아들였을 때의 나이보다 이 아이 나이가 더 어릴까요? 내가 처녀였던 시절을 기억해 내는 것만으로도 내게 유노[51]의 저주가 내릴 겁니다. 어릴 적부터 나는 또래 남자아이들과 추잡한 놀이를 했고, 나이가 들면서는 완전히 성숙할 때까지 좀 더 큰 남자들을 상대했어요. 내 생각에 송아지를 끌고 오면 황소가 딸려 온다는 속담은 이래서 생겨난 게 아닌가 싶어요."

그리하여 내가 없으면 나의 어린 친구가 더 험한 꼴을 당할까 봐 나는 의식 진행을 돕기로 했다.[52]

프시케가 이미 소녀의 머리에 면사포를 씌워 놓았고, 나이

---

50. 고대 그리스의 무언극을 흉내 낸 가짜 결혼식.
51. Juno. 로마 신화에 나오는 최고 여신이자 유피테르(Jupiter. 그리스 신화의 제우스(Zeus))의 아내. 그리스 신화의 헤라(Hera)에 해당한다.
52. 뒤이어 면사포, 횃불, 휘장으로 치장한 신방, 신부를 돌보는 기혼 부인(여기서는 콰르틸라) 등 로마의 결혼 풍속을 희화화한다.

기톤과 파니키스의 결혼식

든 남창이 횃불을 들고 앞장섰다. 술 취한 여자들은 줄을 길게 늘어선 채 계속 박수를 쳐대면서 휘장을 이용해 신방을 야하게 꾸몄다.

이윽고 이 질탕한 분위기에 크게 고무된 콰르틸라가 자리에서 일어나 기톤을 끌고 방으로 들어갔다. 소년은 저항하지 않았고, 소녀도 결혼식이라는 말에 당황하거나 겁내지 않았다. 문이 닫히고 둘이 나란히 눕자 우리는 문간에 빙 둘러앉았다.

그 가운데 맨 먼저 콰르틸라가 부끄러운 줄도 모르고, 미리 뚫어놓은 틈새에 호기심 어린 눈을 들이대고 아이들의 놀이를 몰래 지켜봤다.[53] 그녀는 한 손으로 집요하게 내 어깨를 내리누르며 나도 그 장면을 보게 했다. 그 때문에 우리는 얼굴이 서로 밀착될 수밖에 없었고, 간간이 휴식을 취할 때마다 그녀는 내 입술에 자기 입술을 갖다 댔다. 그런데 어찌나 세게 눌러댔던지 입술이 다 부르틀 정도였다.

우리는 침대에 몸을 던진 채 그날 밤 내내 아무 근심걱정 없이 희희낙락하며 지냈다.

---

53. 작품 전체를 관통하는 절시증(竊視症, 나체나 외설스런 장면을 보고 성적 쾌감을 느끼는 것) 요소가 처음으로 확실하게 드러나는 장면이다.

신방을 엿보는 콰르틸라

2부

트리말키오의 연회

마침내 하루에 이어 또 하루가 지났다. 공짜 만찬이 기다리고 있다는 뜻이었다. 하지만 우리는 꼼짝달싹도 못하게 갇혀 있는 상태라 휴식을 취하기보다 달아나고 싶은 마음밖에 없었다. 스산한 심정으로 다가오는 폭풍우를 피할 방도를 놓고 의논하고 있는데, 아가멤논의 노예 한 명이 우리의 암울한 대화에 끼어들었다.

"저기요, 오늘 연회를 여는 사람이 누군지 혹시 아십니까? 트리말키오라고, 보기 드물게 세련된 분인데⋯⋯ 연회장에 물시계를 비치하고, 머리끝부터 발끝까지 잔뜩 차려입은 나팔수를 항시 대기시켜 놓고 본인한테 남아 있는 시간이 과연 얼마나 되는지 가늠한답니다."

이 말은 우리의 곤란한 처지를 까맣게 잊게 해주었다. 우리는 신경 써서 옷을 차려입고 우리의 하인 역할을 톡톡히 해내고 있는 기톤에게 목욕탕에 함께 가자고 말했다.

27   우리는 옷을 벗지 않고, 대신 여기저기 기웃거리면서 사람들과 농담을 주고받았다. 그런 와중에 붉은색 셔츠 차림의 대머리 노신사가 머리를 길게 기른 소년 몇 명과 공놀이를 하는 장면이 갑자기 눈에 들어왔다. 소년들도 우리의 눈길을 끌긴 했지만 노신사만큼은 아니었다.

그는 슬리퍼 바람으로 녹색 공을 이리저리 던지고 있었다.

소년 머리에 손을 닦는 트리말키오

그런데 공이 땅에 닿아도 노신사는 주울 생각을 하지 않았다. 알고 보니 공이 가득 든 가방을 들고 다니는 노예가 따로 있어서 굳이 주울 필요가 없었다.

이 밖에도 색다른 점이 몇 가지 눈에 띄었다. 미소년 두 명이 각각 다른 지점에 서 있었는데, 그중 한 명은 은제 소변통을 들고 있었다. 다른 한 명은 공의 숫자를 세고 있었다. 경기 규칙에 따라 손에서 손으로 날아가는 공이 아니라 땅에 떨어진 공의 숫자였다. 우리 모두 찬탄 어린 눈으로 이 근사한 광경을 지켜보고 있는데 아가멤논의 조교 메넬라오스가 걸음을 재촉하며 우리에게 다가왔다.

"자네들을 연회에 초대한 사람이 바로 저분이라네. 사실 자네들은 지금 연회의 시작을 보고 있는 걸세."

그가 말했다.

메넬라오스의 말이 끝나기가 무섭게 트리말키오가 손가락을 맞부딪쳐 딸깍 소리를 냈다. 이를 신호로 미소년이 소변통을 들고 달려와 받쳤고, 그 사이에도 트리말키오는 계속 경기를 했다. 방광을 모두 비우자 그는 손 씻을 물을 가져오라고 시키더니 씻는 둥 마는 둥 몇 방울 튀기고는 물 묻은 손가락을 미소년의 머리에 문질렀다.

따로따로 일어난 사건들을 일일이 열거하자면 시간이 너무

가마 행렬

많이 걸릴 듯하니 거두절미하고, 우리는 먼저 온탕으로 들어가 땀을 뺀 후 냉탕으로 옮겨 앉았다. 트리말키오는 온몸에 향수를 끼얹고는 무명천이 아니라 최상품 양모 수건으로 사람을 시켜 벌써 때를 밀고 있었다.

　그런 가운데 안마사 세 명이 그가 보는 앞에서 팔레르노산 포도주를 마시고 있었다. 안마사들이 서로 티격태격하다 포도주의 대부분을 쏟자, 트리말키오는 그들을 향해 자기 건강을 위해 축배를 들고 있다고 말했다.[1] 그러고는 두꺼운 진홍색 펠트로 몸을 감싸고 침상 가마로 자리를 옮겼다.

　곧이어 훈장을 주렁주렁 매단 가마꾼 네 명과 그가 가장 총애하는 소년이 놀이차를 타고 등장했다. 흐리멍덩한 눈빛에 깡마른 체구의 소년은 인물이 주인인 트리말키오보다 못했다. 소년이 물러가자 이번에는 악사가 작은 피리 여러 개를 들고서 트리말키오의 머리맡으로 다가와 그의 귀에 대고 연주를 했다.

　눈앞에 펼쳐지는 장면마다 너무 놀라워 숨이 막힐 지경이었다. 잠시 후 우리는 옆에 있던 아가멤논과 함께 현관 근처로 자리를 옮겼다. 문설주에는 다음과 같은 내용의 공고문이 붙어 있었다.

---

1. 로마에서는 축배를 들면서 신들에게 바치는 의미로 일부러 포도주를 약간 엎질렀다. 물론 안마사들은 그의 건강을 위해 축배를 들지 않았다.

콩 까는 수위

주인의 허락 없이 무단으로 집을 이탈하는 노예는 채찍질(鞭刑) 100대에 처한다.

현관 입구에는 녹색 제복 차림에 진홍색 혁대를 찬 수위가 있었다. 그는 콩을 까서 은제 접시에 담고 있었다. 문지방 위에는 황금 새장이 걸려 있었는데, 그 안에서 점박이 까치가 손님들을 맞이했다.

29 이 모두가 너무 신기한 나머지 정신없이 구경하다 하마터면 뒤로 자빠져 다리를 부러뜨릴 뻔했다. 수위실에서 그리 멀지 않은 현관 왼쪽 벽에는 목에 줄을 감은 커다란 개가 한 마리 그려져 있었는데, 그 위에는 대문자로 "개 조심"이라고 쓰여 있었다.

동료들은 나를 비웃었지만, 나는 놀란 가슴을 쓸어내리고 계속해서 벽 전체를 살펴보았다. 개중에는 노예 시장을 묘사한 벽화도 있었는데, 노예들은 모두 몸에 가격표를 부착하고 있었다. 그런가 하면 메르쿠리우스[2]의 지팡이를 들고 미네르바[3]의

---

2. Mercurius. 로마 신화에 나오는 상업의 신. 그리스 신화의 헤르메스(Hermes)에 해당한다.
3. Minerva. 로마 신화에 나오는 방적, 공예, 지혜, 전쟁의 여신. 그리스 신화의 아테나(Athena)에 해당한다.

안내에 따라 로마에 입성하는 트리말키오 본인을 묘사한 그림도 있었다. 그 그림 옆에는 그가 어떻게 셈하는 법을 배웠으며, 그리고 나서 마침내 어떻게 집사가 되었는지가 그림으로 그려져 있었다. 화가는 꼼꼼하게도 각 장면 밑에다 자세한 설명까지 달아놓았다.

주랑이 끝나는 곳에는 메르쿠리우스가 그의 턱을 붙잡고 높은 단상으로 끌어올리는 광경이 그려져 있었다. 그 곁으로 풍요의 뿔[4]을 들고 있는 포르투나[5]와 금실을 잣고 있는 세 명의 파르카이[6]도 보였다.[7]

이 밖에 조교에게 훈련을 받는 육상 선수들의 모습도 눈에

---

[4] '풍요의 뿔' 코르누코피아(cornucopia)는 풍요의 상징으로서, 그리스 신화에서 제우스에게 젖을 먹인 염소 요정 아말테이아(Amaltheia)의 뿔을 가리킨다.
[5] Fortuna. 로마 신화에 나오는 행운(운명)의 여신. 그리스 신화의 티케(Tyche)에 해당한다.
[6] Parcae. 로마 신화에 나오는 운명의 여신 세 자매. 그리스 신화의 모이라(Moira)에 해당한다. 즉 인간의 운명의 실을 잣는 노나(Nona. 그리스 신화의 클로토(Clotho)), 그 실을 나누어주는 데키마(Decima. 그리스 신화의 라케시스(Lachesis)), 그리고 실을 끊어 죽음을 결정하는 모르타(Morta. 그리스 신화의 아트로포스(Atropos))를 함께 일컫는다.
[7] 벽화에서 상업의 신 메르쿠리우스는 당연히 트리말키오의 수호신이다. 지혜와 공예의 여신 미네르바는 자신의 능력을 높이 평가하는 트리말키오의 자부심을 반영한다. 메르쿠리우스가 트리말키오의 턱(권력을 상징하는 신체 부위)을 붙잡고 끌어올리는 높은 단상은 고위 공직을 뜻한다.

띄었다. 한쪽 구석에는 커다란 진열장이 놓여 있었는데, 안에는 집안에서 모시는 신들을 은으로 제작한 동상과 대리석으로 제작한 베누스 동상, 이 집 주인의 첫 수염을 보관한 소형 황금 궤[8]가 들어 있었다.

나는 현관 입구를 지키는 수위에게 중앙의 벽화는 무엇을 나타내는 그림이냐고 물었다.

"『일리아드』와 『오디세이아』, 그리고 라이나스[9]의 검투 시합 장면입니다."

그가 대답했다.

30 그곳에 있는 그 많은 것들을 다 구경하기에는 시간이 부족했다. 그즈음 우리는 연회장으로 갔다. 입구에서는 회계원이 장부를 살피고 있었다. 그런데 내 눈을 특히 사로잡는 물건이 하나 있었다. 다름 아니라 문설주에 고정해 놓은 지휘봉과 도끼[10] 장식이었는데, 뱃머리처럼 생긴 청동 조각이 그 밑을 받치

---

8. 첫 면도는 소년이 어엿한 남자의 세계로 들어가 토가(toga. 로마 시민 특유의 헐렁하고 주름 잡힌 겉옷)를 걸치게 된다는 것을 상징했다. 잘라낸 수염은 상자에 넣어 특정 신에게 바쳤는데, 이는 상류층의 관습이었다.
9. Laenas. 검투 시합을 주최하거나 후원한 지방 부호나 행정관인 듯하다. 트리말키오는 벽화에서 서사시의 내용을 흉내 내려 했다.
10. 지휘봉과 도끼는 로마에서 고위 공무원의 권력을 상징했다.

고 있었다. 그 위에는 다음과 같은 글귀가 새겨져 있었다.

> 아우구스투스 사제단의 사제[11]
> 가이우스 폼페이우스 트리말키오에게
> 그의 집사 킨나무스 드림

이 글귀 바로 밑 문설주에는 천장에서 내려온 등잔이 양쪽으로 하나씩 매달려 있었다. 그리고 그 옆에는 게시판 두 개가 나란히 붙박여 있었다. 내 기억이 맞다면 그중 하나에는 다음과 같은 글귀가 적혀 있었다.

> 12월 30일과 31일은
> 우리의 가이우스께서
> 밖에서 저녁을 드시는 날입니다.[12]

---

11. 노예에서 해방된 부유한 자유민 6명으로 구성된 사제단의 일원(servir augustlis). 이 사제단은 관직 진출에 한계가 있는 자유민이 사회적 지위를 확보하는 데 중요한 역할을 했다.
12. 푸테올리에서 이 날들은 여름철에 해당한다. 여기서 트리말키오는 일 년에 겨우 두 번만 밖에서 저녁을 먹는다고 명시함으로써 은근히 자신의 일상적이고 후한 손님 접대를 자랑하고 있다.

다른 게시판에는 달의 주기와 일곱 개의 천체가 그려져 있었다. 그리고 길일과 흉일은 색깔이 각기 다른 장식용 징으로 표시되어 있었다.

이 신기한 물건들을 웬만큼 구경하고 나서 연회장으로 들어가려는 찰나에 노예 하나가 이렇게 소리쳤다.

"오른발이 먼접니다!"[13]

당연히 우리는 잠시 머뭇거렸다. 혹시나 우리 중 누군가가 문지방을 잘못 넘었나 해서였다.

하지만 우리가 막 앞으로 발을 내딛는 순간 웃통을 벗은 노예 하나가 우리 발치에 몸을 던지더니 채찍질을 당하지 않게 도와달라며 통사정을 해왔다. 사연을 들어보니 별로 심각하지도 않은 일로 곤경에 처한 듯했다. 사건이 일어난 곳은 목욕탕이었는데, 10세스테르티우스[14]도 채 안 나가는 집사의 옷을 그가 한눈파는 사이에 누가 훔쳐가 버린 모양이었다. 우리는 발길을 돌려 사무실에서 금화를 세고 있는 집사를 찾아가 그 노예를 봐달라고 부탁했다.

---

13. 미신을 좋아하는 트리말키오의 성향이 나타난다. 로마인들은 왼쪽을 재수가 나쁘다고 여겼다.
14. sestertius 또는 sesterce. 로마 시대의 동전. 공화정 시대에는 은화였고 제정 시대에는 청동화였다. 가치는 금화인 아우레우스(aureus)의 100분의 1.

노예의 통사정

집사는 거만하게 고개를 치켜들며 이렇게 말했다.

"내가 화가 나는 건 물질적인 손해를 입어서가 아니올시다. 문제는 그놈의 부주의지요. 그놈이 잃어버린 건 내 연회복이란 말입니다. 어느 고객이 내 생일날 선물한 옷인데, 진짜 티리언 퍼플[15]이지요. 게다가 한 번밖에 세탁하지 않았단 말입니다. 하지만 그게 뭐 대수겠습니까? 그놈 일은 댁들 마음대로 하십시오."

31 그에게 깊이 사의(謝意)를 표하고 연회장으로 들어서는데, 우리를 붙잡고 애걸복걸하던 그 노예가 달려왔다. 그런데 아무리 고마워도 그렇지 우리에게 키스 세례를 퍼붓는 것이 아닌가. 그러고는 당황하고 있는 우리에게 이렇게 말했다.

"선생님들이 누구에게 그토록 친절을 베푸셨는지 곧 알게 되실 겁니다. 주인님의 포도주가 제가 보답으로 드리는 선물이 올습니다."

마침내 우리는 우리 자리를 찾아 앉았다.[16] 알렉산드리아 출신의 노예 소년들이 우리 손에 차가운 물을 부어주었다. 그러고 나자 또 다른 노예 소년들이 우리 발치에 무릎을 꿇고 앉

---

15. Tyrian purple. 라틴어로 푸르푸라(purpura), 그리스어로 포르피라(porphyra). 고대 로마 황실에서 사용된 아주 값비싼 보라색 천연 염료. 이 염료는 보라색 중에서도 빨간 기가 짙은 것을 의미하며, 바다 복족류인 푸르푸라(Purpura)에서 유래했다.

아 놀라운 솜씨로 발톱을 깎고 다듬어 주었다.

그런데 이처럼 수고스러운 일을 하면서도 소년들은 입을 다물기는커녕 놀랍게도 노래를 불렀다. 나는 그들 모두가 가수인지 알고 싶어 술을 한 잔 청했다. 잠시 후 소년 한 명이 새된 목소리로 노래를 부르며 내 시중을 들었다. 나머지 소년들도

16. 대개 로마의 만찬 석상에서는 중앙의 커다란 식탁 둘레에 대형 소파 세 개가 놓였다. 사람들은 소파에 왼쪽으로 비스듬히 기대 오른손으로 식사를 했다. 식탁 주변 한쪽은 노예들이 음식을 내오고 치울 수 있도록 공간을 터두었다. 소파에는 세 명 이상이 앉을 수도 있었는데, 트리말키오는 무사(뮤즈)의 숫자인 아홉보다 훨씬 더 많은 손님을 초대했던 것이 분명하다. 여기서의 좌석 배치는 일반적인 관행과 다른데, 트리말키오는 (화장실과 가까운) 맨 위쪽 소파의 상석에 기대앉아 있다.

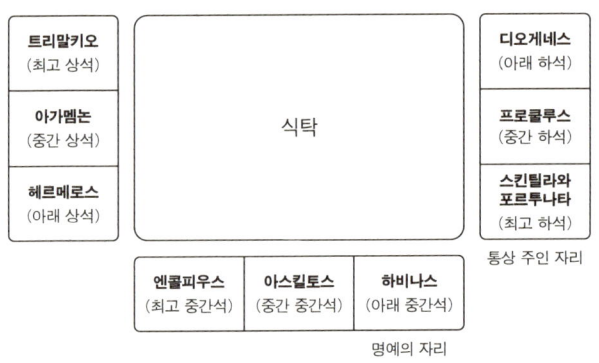

청을 받으면 똑같이 행동했다. 점잖은 연회석상이라기보다 음악을 곁들인 희극에 가깝다는 느낌이 들었다.

　이때쯤 우아하기 이를 데 없는 전채 요리가 나왔고, 트리말키오를 제외하고 다들 제자리를 찾아 앉았다. 그런데 이상하게도 트리말키오가 앉기로 되어 있는 자리는 맨 위였다.

　첫 번째 주요 요리를 담은 용기 안에는 코린트[17]산 청동으로 만든 당나귀가 서 있었는데, 흰색 올리브와 검은색 올리브가 담긴 광주리 두 개를 짊어지고 있었다. 또 당나귀는 접시 두 개를 떠받치고 있었는데, 가장자리에 트리말키오의 이름과 접시에 들어간 은의 무게가 새겨져 있었다. 쇠로 만든 교각 모양의 조그만 틀도 있었는데, 안에는 꿀과 양귀비 씨앗을 끼얹은 산쥐가 들어 있었다. 김이 모락모락 나는 소시지도 은제 석쇠에 담겨 나왔는데, 그 밑에는 암자색 자두와 석류 씨앗이 놓여 있었다.

32　이 우아한 음식을 한창 먹고 있는 와중에 트리말키오가 음악 소리에 맞추어 들어와서는 몇 개를 겹쳐 놓은 푹신한 방석 위에 앉았다. 그를 보자 손님들은 의외라는 표정을 지으며 웃

---

17. Corinth. 그리스 중남부의 펠로폰네소스 반도에 있는 도시. 고대에는 도시 국가였으며, 청동 산지로 유명했다.

트리말키오

음을 터뜨렸다.

그의 외모로 말할 것 같으면, 진홍색 외투 위로 빡빡 깎은 대머리가 불쑥 비어져 나와 있었다. 목은 목도리로 꽁꽁 싸맸는데, 목도리 사이에 큼지막한 진홍색 줄무늬 천과 함께 여기저기 술 장식을 매단 냅킨을 질러넣고 있었다. 왼쪽 새끼손가락과 약지 첫 마디에는 각각 육중한 금박 반지와 그보다 좀 작은 반지를 끼고 있었다. 나는 약지에 낀 반지가 순금이겠거니 생각했지만, 알고 보니 자잘한 별 모양의 쇠가 박혀 있었다. 보석을 얼마나 많이 가지고 있는지 좀 더 과시하고 싶었던지 오른쪽 팔에도 거의 빈 곳이라고는 없이 황금 팔찌와 반짝이는 금속 박판으로 장식한 상아 팔찌를 주렁주렁 차고 있었다.[18]

은제 이쑤시개로 이를 쑤신 뒤 그가 입을 열었다.

"친애하는 여러분, 사실 연회장에 들어오기가 좀 망설여졌습니다. 하지만 더 이상 자리를 비워 두었다가는 여러분이 댁으로 돌아가 버리실 것 같아 소소한 즐거움을 뿌리치고 이렇게 여러분 곁에 왔습니다. 그렇더라도 제가 게임을 마저 끝낼 수 있게 허락해 주시기 바랍니다."

---

[18]. 빡빡 깎은 머리는 그가 노예거나 노예였음을 나타내며, 냅킨의 널찍한 진홍색 줄무늬는 원로원 의원들이 입었던 토가를 나타낸다. 순금 반지는 로마 기사들의 특권이어서 트리말키오는 금박 반지와 쇠를 박은 금반지를 꼈다.

곧이어 미소년 한 명이 테레빈나무[19]로 만든 판과 유리 주사위를 가지고 그의 뒤를 따랐다. 그런데 놀랍게도 그는 흰색과 검은색 말을 금화와 은화로 대체해 사치의 극을 달렸다.[20]

그가 마치 전장에 나간 기병처럼 게임에 몰입해 있는 동안 우리는 여전히 전채 요리를 먹고 있었다. 그런 와중에 바구니를 올려놓은 쟁반이 나왔다. 쟁반에는 나무로 깎은 암탉이 알을 품을 때처럼 날개를 활짝 편 채 앉아 있었다.

잠시 후 노예 두 명이 헐레벌떡 달려 나와 악사들이 연주하는 곡에 맞춰 지푸라기 사이를 헤집어 공작 알을 꺼내선 손님들에게 나누어주었다.

트리말키오는 고개를 돌려 이 작은 공연을 보더니 이렇게 말했다.

"친애하는 여러분, 암탉에게 공작 알을 품으라고 지시했습니다. 알이 부화해서 날아가 버리지 않기를 바랄 뿐입니다만, 어쨌거나 육질이 부드러운지 시식들 해보십시오."

우리는 무게가 적어도 0.5파운드[21]는 나가는 은수저를 들

---

19. terebinth 또는 turpentine tree. 옻나무과 피스타키아속의 꽃식물로서, 약제로 쓰이는 방향성(芳香性) 황록색 테레빈유를 생산한다.
20. 아마도 라트룬쿨리(latrunculi)라는 게임인 듯하다. 더러 주사위를 사용하기도 했지만 체커(checkers)와 체스 중간쯤 되는 게임이다. 자기 말 두 개로 상대의 말을 에워싸 잡는 사람이 이겼다.

고 밀가루 반죽으로 만든 알을 깨뜨리기 시작했다. 하지만 솔직히 나는 내 몫을 내팽개치고 싶었다. 이미 제 모양을 갖춘 병아리가 눈앞에서 어른거렸기 때문이다. 그런데 이런 자리에 와 본 경험이 많은 한 손님이 내게 이렇게 말했다.

"뭔가 좋은 게 들어 있을 겁니다."

그래서 나는 손가락으로 껍질을 이리저리 헤집었다. 그랬더니 계란 노른자를 입혀 후추를 뿌린 오동통한 메추라기 새끼가 나왔다.

34 이즈음 트리말키오는 게임에 싫증을 내고 음식을 더 내오라고 지시했다. 그리고 좌중을 향해 큰 소리로 꿀술은 얼마든지 있으니 원한다면 한 잔 더 주문하라고 말했다.

이 말을 끝으로 음악 소리가 갑자기 멈추고 방금 전까지 노래를 부르고 있던 노예들이 전채 요리 접시를 치우러 달려들었다. 하지만 혼잡 속에서 접시 하나가 바닥에 떨어졌고, 옆에 있던 노예가 떨어진 접시를 집어 올렸다. 트리말키오는 이 광경을 보더니 노예의 따귀를 갈기며 접시를 다시 내려놓으라고 명령했다. 곧이어 청소 담당이 빗자루를 들고 와서는 나머지 쓰레기와 함께 은 접시를 쓸어 담았다.

21. 약 164그램.

그러고 나서 머리를 길게 기른 아이티옵스[22] 노예 두 명이 원형 극장에 모래를 흩뿌릴 때 사용하는 것 같은 가죽 부대를 들고 와 우리 손에 포도주를 끼얹었다. 다시 말하건대 물이 아니었다.

이 융숭한 대접에 여기저기서 찬사가 쏟아지자 우리의 연회 주인은 이렇게 말했다.

"마르스[23]는 공정한 싸움을 좋아합니다. 손님마다 상을 각기 따로 봐 드리라고 지시한 이유는 그 때문입니다. 그리고 이 냄새 나는 노예들이 정신없이 북적거리는 일도 없을 테고요."

곧이어 꼼꼼하게 밀봉한 포도주 병이 나왔다. 병 주둥이에는 다음과 같은 내용의 찌지가 붙어 있었다.

팔레르노산
집정관[24] 오피미우스[25]

---

22. Aethiops. 지금의 에티오피아(Ethiopia).
23. Mars. 로마 신화에 나오는 군신(軍神). 그리스 신화의 아레스(Ares)에 해당한다.
24. consul. 로마 공화정 시대 2명의 최고 행정관.
25. Lucius Opimius. 기원전 121년에 집정관을 지낸 인물. 하지만 그 당시에 만들어져 1세기 중반까지 보존된 포도주는 거의 마실 수가 없었다. 따라서 엉터리 찌지가 붙은 포도주를 자랑하는 트리말키오는 오피미우스가 언제 적 인물인지 모르거나 그의 이름이 들어가면 최상품이라는 것만 아는 듯하다.

100년산

우리가 찌지를 살피는 사이 트리말키오가 손뼉을 쳐 주의를 환기시키더니 한숨을 쉬며 말했다.

"포도주가 우리 불쌍한 인간보다 수명이 길지요. 그러니 실컷 마셔 봅시다. 포도주는 삶에 활력을 주지요. 이건 진짜 오피미우스올시다. 참고로 어제 연회 손님들은 수준이 훨씬 높았는데도 이렇게까지 훌륭한 포도주를 대접하진 않았소이다."

당연히 우린 포도주를 마시면서 주인의 환대에 찬탄이란 찬탄은 모조리 쏟아놓았다. 그런 가운데 노예 하나가 은으로 만든 인골(人骨)[26]을 들고 와선 관절과 등뼈를 잡아당기기만 하면 어느 방향으로든 비틀 수 있도록 조립했다. 트리말키오는 인골을 집어 식탁에 대고 몇 번 내리쳤고, 그때마다 인골은 관절을 이리저리 움직이면서 다양한 자세를 취했다.

잠시 후 트리말키오가 시를 암송했다.

오호 애재라, 인간은 한 점에 불과할 뿐.

---

[26]. 인골은 식당 벽이나 마룻바닥의 프레스코화나 모자이크화에 자주 등장하는 소재다. 거기에는 인간은 내일 죽을 운명이므로 오늘 즐겁게 먹고 마시라는 권고의 의미가 담겨 있다.

황도대를 연출한 요리

저승사자가 우리를 기다리고 있으니,

이것이 우리의 운명이로구나.

그러니 즐길 수 있을 때 실컷 즐겨보세나.

35 한바탕 박수갈채가 지나가고 나서 그 다음 요리가 나왔다. 사실 우리가 기대한 것만큼 그리 거창하진 않았지만 모두의 시선을 사로잡을 만큼 아주 참신했다. 가장자리를 따라가며 황도대의 별자리 열두 개가 새겨진 우묵하고 큰 원형 쟁반이 바로 그 주인공이었다. 각각의 별자리 위에는 거기에 어울리는 음식이 올라 있었다.

예를 들어 백양자리 위에는 병아리콩이, 황소자리 위에는 소고기가, 쌍둥이자리 위에는 고환과 콩팥이, 게자리에는 화환이, 사자자리에는 아프리카산 무화과가, 처녀자리 위에는 어린 암퇘지의 젖통이, 천칭자리에는 양쪽에 각각 다른 케이크를 얹은 저울이, 전갈자리 위에는 바다전갈이, 궁수자리 위에는 눈을 동그랗게 뜬 도미가, 염소자리 위에는 가재가, 물병자리 위에는 거위가, 물고기자리 위에는 숭어 두 마리가 올라 있었다. 접시 한복판에는 벌집과 함께 잔디 뗏장이 놓여 있었다.

아이깁투스 출신의 어린 노예 하나가 은 접시에 빵을 담아 내오더니, 『아위[27] 채집가』에 나오는 노래를 앓는 목소리로 쥐

어쨌듯 불렀다.

우리가 앞서 말한 변변찮은 음식을 마지못해 먹기 시작하는데, 트리말키오가 입을 열었다.

"자, 어서들 드십시다. 오늘 만찬 소스는 여기 있소이다."

그가 말하는 사이 무희 네 명이 음악에 맞추어 춤을 추며 앞으로 나오더니 대형 접시 뚜껑을 벗겨냈다. 그러자 살이 통통하게 오른 가금류, 암퇘지 젖통, 페가소스[28]처럼 양옆에 날개를 단 산토끼가 모습을 드러냈다. 조그만 가죽 부대를 들고 있는 마르시아스[29] 조각상 네 개도 보였다. 가죽 부대에선 매콤한 생선 액젓이 흘러나와 그 밑에 있는 생선들이 마치 작은 해협에서 헤엄치고 있는 것처럼 보였다.

노예들 사이에서 박수갈채가 터져 나왔고, 우리도 거기에 동참했다. 간간이 웃음소리가 흘러나오는 가운데 우리는 이 산해진미를 마음껏 먹었다.

---

27. asafoetida. 아위(阿魏)는 이란 등지에서 자라는 산형과의 여러해살이풀로서 뿌리의 진이 약으로 쓰인다.

28. Pegasos. 그리스의 영웅 벨레로폰(Bellerophon)의 날개 달린 말로서, 그는 이 말을 타고 괴물 키마이라(Chimaera)를 죽였다.

29. Marsyas. 그리스 신화에 나오는 반인반수(半人半獸)의 괴물. 아폴로(Apollo)와 악기 연주 경합에서 진 후 감히 신에게 도전했다는 이유로 산 채로 살가죽이 벗겨졌다.

트리말키오도 우리만큼이나 지금 소개하려는 말장난에 무척 만족스러워했다.

"고기 썰기!"

그가 소리치자 고기 써는 칼을 든 노예가 등장해 오르간 소리에 맞추어 전차를 모는 전사처럼, 악사들이 연주하는 음악 소리에 맞추어 손을 움직이며 고기를 썰었다. 트리말키오는 계속해서 외쳐댔다.

"고기 썰기, 고기 썰기!"

이렇게 거듭 소리치는 데에는 무슨 이유가 있는 것 같아 나는 큰맘 먹고 내 왼쪽에 앉은 남자에게 영문을 물어보았다. 그러자 이런 종류의 놀이를 지겹도록 자주 보아온 그 남자가 이렇게 말했다.

"저기, 고기 써는 사람 있잖습니까. 그 사람 이름이 '고기 썰기'거든요. 그래서 트리말키오가 '고기 썰기!'라고 말하면 저 사람 이름을 부르면서 동시에 명령을 내리는 셈이 되는 겁니다."

호기심 때문에 더 이상 음식이 넘어가지 않았다. 나는 아예 그 남자 쪽으로 몸을 돌린 채 이런저런 소문과 정보를 꼬치꼬치 캐묻기 시작했다.

"그런데 저기 연회장 이곳저곳을 돌아다니는 여잔 누굽니

포르투나타

까?"

"트리말키오의 안사람입니다. 이름은 포르투나타[30]인데, 자루를 기준으로 돈을 세지요. 그건 그렇고 전에는 뭘 했는지 아십니까? 이런 말 하기는 좀 뭣하지만 남한테 빵 한 조각 나눠 줄 여유도 없는 가난뱅이였지요. 그런데 어찌 된 영문인지 지금은 천국에서 살고 있으니, 트리말키오에게는 자기 마누라가 전부지요. 사실 훤한 대낮에 어둡다고 해도 마누라 말이라면 트리말키오는 곧이 믿을 겁니다.

정작 트리말키오 본인은 자기 재산이 얼마나 되는지 알지 못하지만 저 여잔 훤히 꿰고 있지요. 설마 이런 데까지 오랴 싶은 곳에도 불쑥불쑥 모습을 드러내 안주인 행세를 한답니다. 인정머리라곤 없고, 술은 입에 대지도 않으며, 돈에 관한 한 참신한 생각들로 넘쳐나지요. 하지만 입이 말할 수 없이 거친 데다 기회가 왔다 싶으면 수다가 끊이질 않아요. 자기를 좋아하는 사람은 좋아하고, 자길 싫어하는 사람은 싫어한답니다.

트리말키오로 말할 것 같으면 현재 연을 날려도 될 만큼 광대한 땅을 소유하고 있습니다. 그는 억만장자[31]입니다. 이 집 수위실에는 다른 사람들이 가지고 있는 것을 모두 합친 양보다

---

30. Fortunata. 저자가 행운의 여신 포르투나를 본떠 지은 이름. 그녀는 트리말키오에게 행운의 여신과도 같다.

더 많은 은그릇이 잠자고 있습니다. 이 집에서 일하는 노예들로 말할 것 같으면, 열 명 중 한 명은 아마 주인 얼굴조차 모르지 않을까 싶습니다. 사실 그가 저들의 생사여탈권을 쥐고 있다고 해도 과언이 아니지요.

38   그가 따로 돈 주고 사는 물건 또한 없습니다. 양모, 밀감, 후추 등 모든 게 그의 땅에서 나니까요. 그에게 암탉 젖을 청해도 아마 나올 겁니다. 예전에는 그가 생산하는 양모가 질이 그리 썩 좋지 못했지요. 그래서 타렌툼[32]에서 숫양 몇 마리를 들여와 기존의 암양들과 교미를 시켰지요. 또 아테네산(産) 꿀을 얻기 위해 아테네에서 벌을 들여와서는 기존의 벌과 교배해 품종을 개량하기도 했고요.

이게 다가 아닙니다. 며칠 전에는 인도에 버섯 포자를 보내달라는 주문서를 발송했지요. 게다가 노새만 해도 야생 당나귀

---

31. 당시 돈의 단위는 주로 세스테르티우스였는데, 1세스테르티우스로는 꽤 큼직한 빵 두 덩이를 살 수 있었다. 현재 가치로 따지면 1세스테르티우스는 약 3,000원에 해당한다(2007년 물가 기준). 뒤에 나오듯이 트리말키오가 현재와 달리 현금과 실물자산만 합산한 총 재산이 3000만 세스테르티우스라고 하면 900억 원에 달하므로 상당한 거부라고 할 수 있다. 금의 무게와 시세를 기준으로 계산해 보면, 약 10만 원(2008년 1월 기준)인 금 1돈의 무게가 대략 아우레우스 금화의 절반에 해당하므로 1아우레우스는 20만 원, 1세스테르티우스는 2,000원이라 할 수 있다. 그래도 트리말키오의 재산은 600억 원이나 된다.
32. Tarentum. 지금의 이탈리아 남동부 타란토 주 주도인 타란토(Taranto).

의 씨를 받지 않은 놈이 없습니다. 저기 방석들 보이시죠? 하나같이 보라색 아니면 진홍색이잖습니까. 하늘이 낸 부자라고 할 밖에요!

    그렇다고 해서 여기 있는 다른 자유민[33]들을 깔보거나 하진 마십시오. 그들도 알아주는 부자들이니까요. 저기 맨 아래쪽 소파에 앉아 있는 남자 있잖습니까, 현재 재산이 80만 세스테르티우스랍니다. 무일푼으로 출발했는데, 얼마 전까지만 해도 나무 등짐을 져 날랐다는군요. 나도 들은 이야기인데, 어디서 도깨비 모자를 주웠더니 그 안에 보물이 들어 있었다나요. 누가 신에게서 뭘 받든 시샘할 생각은 추호도 없습니다. 더욱이 저 사람은 아직도 주인에게 따귀를 맞는 듯한 착각에 시달리는지 기분 전환에 열심이지요. 예를 들어 요전 날에는 이런

---

33. 自由民. freedman. 즉 해방 노예(解放奴隷). 연대별 편차는 있지만 로마 시대에 전 인구의 30퍼센트가량이 노예였다. 그만큼 노예들이 로마 문명에서 차지하는 비중이 컸기에 노예들을 적절히 지배하기 위한 당근과 채찍이 필요했다. 그래서 법률로 노예 해방도 가능하게 했고, 주인이 직접 또는 주인의 허락을 받은 노예 본인이 노예 가치(몸값)의 5퍼센트를 해방세로 내면 자유민이 될 수 있었다. 당시 성인 노예 한 명의 가치는 600데나리우스(약 700만 원) 정도였다. 대개 노예 해방은 노예가 죽음에 임박해 주인이 측은지심을 발휘하거나, 주인이 죽음에 임박해 충성스러운 노예에게 자유와 유산을 남겨주는 자비를 베풀거나, 주인이 수익 사업에 노예를 대리인으로 내세우기 위해 이용하거나 하는 경우에 이루어졌다. 해방 노예는 완전한 시민권을 누린 것은 아니지만 적절한 법적 절차에 따라 시민이 될 수도 있었다.

공고문을 붙여 놓았더라고요.

> 가이우스 폼페이우스 디오게네스는
> 새집으로 이사 가니 7월 1일부로
> 가게 위에 있는 방을 세놓을 예정임

그럼 이제 떵떵거리며 살다가 영락한 저 자유민의 처지를 살펴볼까요! 난 그를 탓할 마음이 추호도 없습니다. 한때는 수중에 돈이 많았지만 심하게 추락했지요. 아직 현실을 직시하지 못하는 것 같지만 저 사람 잘못은 아니라고 봅니다. 착한 사람일수록 세상을 살아나가기 힘든 법이니까요. 일부 자유민들과 사기꾼들이 저 사람 재산을 모조리 가로챘지요. 확실한 점 한 가지는 돈을 물 쓰듯 쓰다가 형편이 나빠지면 문턱이 닳도록 드나들던 친구들이 발길을 뚝 끊는다는 겁니다.

지금은 저렇지만 한때는 얼마나 버젓한 사업체를 운영했게요! 그는 장의업자였습니다. 그 시절만 해도 왕처럼 먹었지요. 생선과 산토끼를 비롯해 멧돼지 통구이, 갖가지 케이크, 기름에 살짝 튀긴 가금류가 매일 식탁에 나왔답니다. 그는 인간이 아니라 꿈 그 자체였습니다! 상황이 암울해지면서 채권자들에게 파산했다는 사실을 들킬까 봐 그는 다음과 같은 경매 공고

문을 내걸었지요.

가이우스 율리우스 프로쿨루스가
남아도는 물건을 경매함"

이 유쾌한 대화는 트리말키오 때문에 중단되었다. 접시들이 어느새 말끔히 치워지고 기분이 고조될 대로 고조된 손님들은 술을 마시며 이런저런 잡담을 나누기 시작했다. 트리말키오가 팔꿈치를 괴어 비스듬히 누우며 이렇게 말했다.

39 "자, 이제 포도주에 실컷 취해 봅시다. 물고기는 헤엄을 쳐야 제격 아니겠습니까. 방금 전 여러분이 본 접시 말인데, 설마 내가 음식만 대접하고 끝내리라고 생각하진 않겠지요? '그대가 잘 아는 울릭세스[34] 같지 아니한가?'[35] 그렇다면 우리도 만찬을 즐기며 교양을 좀 보여주어야지요. 지금은 고인이 된 나의 옛 주인은 내가 어떤 자리에 있든 의연하길 바랐습니다. 저기 저 접시가 입증하듯이 내게 새로운 건 아무것도 없습니다.

---

34. Ulixes. 그리스어로 오디세우스(Odysseus), 영어로 율리시스(Ulysses). 그리스 신화에 나오는 영웅이자 호메로스의 서사시 『오디세이아』의 주인공.
35. 베르길리우스의 『아이네이스』를 인용했다. 원문의 가치를 떨어뜨리려는 의도가 보인다.

보십시오, 열두 신들이 사는 여기 이 하늘은 수많은 형상으로 바뀝니다. 먼저 양으로 바뀌지요. 그리하여 이 자리 아래서 태어난 사람은 어느 누구를 막론하고 많은 양떼와 양모뿐만 아니라 단단한 머리와 대담한 배짱과 날카로운 뿔을 지니게 됩니다. 대부분의 학자가 이 자리 아래 태어나지만 바보들도 대부분 그렇습니다."[36]

우리는 이 대목에서 우리의 점성술사의 재치에 박수갈채를 보냈고, 곧이어 그는 계속 말을 이어나갔다.

"그러고 나면 하늘은 황소로 바뀝니다. 그리하여 고집 센 사람과 소 치는 사람과 스스로 식량을 마련하는 사람이 태어납니다. 반면 쌍둥이자리 아래서는 짝을 지어야 일이 되는 사람, 소 두 마리에게 멍에를 씌워 쟁기를 끄는 사람, 불알이 큰 사람 등 뭐든 쌍으로 하길 좋아하는 사람이 태어나지요.

나는 게자리 아래서 태어나 그런지 서 있을 수 있는 다리도 많고 육지와 바다에 재산도 많습니다. 게는 두 곳 모두에서 생활하니까요. 아까 게자리 위에 아무것도 올려놓지 않았던 이유는 행여 내가 태어난 별자리에 충격을 줄까 봐 그랬던 겁니다.

사자자리 아래서는 탐욕스럽고 지배욕이 강한 사람이 태어

---

36. 황도대의 각기 다른 별자리 아래 태어나는 사람의 유형에 대한 트리말키오의 설명은 일반인의 미신과 점성술 이론을 조합한 것이다.

납니다. 처녀자리 아래서는 유약한 사내, 도망자, 노예가 태어납니다. 천칭자리 아래서는 푸주한과 향수 상인 등 물건의 무게를 재는 사람이 태어나지요. 전갈자리 아래서는 암살자와 살인자가 태어나고, 궁수자리 아래서는 눈은 야채를 보면서 손은 베이컨을 집는 사팔뜨기가 태어납니다.

염소자리 아래서는 근심 걱정 때문에 뿔 낼 일이 많은 사람이 태어나고, 물병자리 아래서는 술집 종업원과 머리가 물로 채워진 얼간이가 태어나지요. 물고기자리 아래서는 생선 튀기는 사람과 말이 막힘이 없이 술술 나오는 사람이 태어납니다.

별이 총총한 하늘은 이렇듯 맷돌처럼 돌아가면서 늘 뭔가 문제를 가져오고, 그 사이 인간은 태어나거나 죽어갑니다.

벌집을 얹은 복판의 잔디 떳장으로 말할 것 같으면 아무런 의도가 없습니다. 다만 알처럼 둥글고 벌집처럼 안에 좋은 게 들어 있는 어머니 지구를 나타내 보았을 뿐입니다."

"오, 이렇게 영민할 수가!"

다들 한목소리로 외쳤다. 우리 모두 양손을 머리 위로 치켜든 채 히파르코스[37]와 아라토스[38]도 그를 능가하지 못할 거라 선언했다.

---

37. Hipparchos. BC 160?~BC 125?. 그리스의 가장 위대한 천문학자.
38. Aratos. BC 315?~BC 240?. 그리스의 시인. 천문학에 관한 시 2편을 남겼다.

잠시 후 하인들이 들어와 소파 위로 수놓은 덮개를 펼쳐놓았다. 덮개에는 그물, 널따란 창을 들고 있는 사냥꾼, 각종 사냥 도구가 묘사되어 있었다.

이 덮개가 왜 나왔는지 영문을 몰라 다들 갈팡질팡하고 있을 때였다. 연회장 밖에서 떠들썩한 소리가 들려왔다. 그와 동시에 놀랍게도 라케다이몬산 사냥개들이 사방에서 돌진해와 식탁 주변까지 에워쌌다! 개들의 뒤를 이어 대형 쟁반이 들어왔다.

쟁반 위에는 엄청나게 큰 멧돼지가 놓여 있었는데, 그게 다가 아니라 머리에 자유민의 모자를 쓰고 있었다. 엄니에는 야자나무 잎사귀로 만든 바구니 두 개가 달랑달랑 매달려 있었는데, 한쪽에는 방금 딴 시리아산 대추야자 열매가, 다른 한쪽에는 말린 테바이[39]산 대추야자 열매가 담겨 있었다. 밀가루 반죽을 구워 만든 모형 새끼 돼지들이 마치 젖을 빨듯 돼지 주위를 둘러싸고 있는 모습으로 보아 아무래도 암퇘지인 듯했다. 모형 돼지들은 알고 보니 집으로 돌아갈 때 하나씩 싸줄 선물이었다.

그런데 멧돼지를 썰려고 들어온 사람은 아까 그 고기 썰기

---

39. Thebai. 또는 테베(Thebes). 나일강 중류에 위치한 고대 이집트의 수도.

가 아니라 턱수염을 기른 거구의 사나이였다. 그는 화려한 무늬의 사냥용 외투를 입고 각반을 차고 있었다. 그가 사냥용 칼을 빼들고 멧돼지 옆구리를 푹 찔러 가르자 안에서 개똥지빠귀 떼가 푸드덕거리며 나왔다. 하지만 들새 사냥꾼들이 끈끈이를 바른 갈대로 무장한 채 만반의 준비를 하고 있다가 새 떼가 사방으로 날아가기 시작하는 순간 얼른 잡아챘다.

트리말키오는 손님들에게 새를 한 마리씩 나누어주라고 지시한 후 이렇게 덧붙였다.

"이 멧돼지 먹이인 맛있는 열매도 구경들 하십시오."

그의 말이 끝나기가 무섭게 노예들이 바구니로 다가가 손님들에게 두 가지 종류의 대추야자 열매를 나누어주었다.

41 그런 가운데 나는 입을 꾹 다문 채 멧돼지가 하필이면 자유민의 모자를 쓰고 있는지의 이유를 놓고 이리저리 고민했다. 별의별 추측을 다 끌어다 붙여 보아도 골치만 아플 뿐이라, 이번에도 나는 경험 많은 옆 사람에게 물어보았다. 물론 그는 이번에도 친절히 대답해 주었다.

"댁의 시중을 들고 있는 노예도 그 이유를 설명할 수 있을 정도로 매우 간단한 문젭니다. 저 멧돼지는 사실 어제 나올 예정이었습니다만 손님들이 놓아주었지요. 그래서 오늘 자유민 자격으로 연회에 다시 나온 겁니다."

날아오르는 새들

나는 나의 어리석음을 탓하면서 더 이상은 질문을 던지지 않았다. 품격 높은 사람들과 만찬을 같이한 적이 한 번도 없는 사람으로 비칠까 봐서였다.

대화가 한창 무르익어 가고 있을 즈음 머리에 담쟁이덩굴 화관을 쓴 미소년이 포도송이가 수북이 담긴 바구니를 들고 나타나 소란스러운 바쿠스[40]에 이어 시름을 덜어주는 바쿠스, 신기가 들린 바쿠스의 모습을 차례로 선보이면서 자기 주인이 지은 시를 째지는 듯한 목소리로 낭송했다. 이를 듣다가 트리말키오가 소리쳤다.

"디오니소스, 이제 리베르의 모습을 보여다오."[41]

미소년은 멧돼지에게서 자유민의 모자를 벗겨 자기 머리에 얹었다. 그러자 트리말키오가 다시 입을 열었다.

"이제 너는 내가 해방된 사람이라는 나의 주장을 부인할 수

---

40. Bacchus. 로마 신화에 나오는 풍요와 술의 신. 그리스 신화의 디오니소스(Dionysos)에 해당한다. 그는 아나톨리아 지방뿐만 아니라 그리스와 로마에서도 널리 숭배되었다. 그러다 보니 그를 일컫는 별칭 또한 늘어나 무려 100여 개에 달했다. 여기서는 각각 브로미우스(Bromium), 리아이우스(Lyaeus), 에비우스(Evius)에 해당하는 바코스의 특성을 묘사하고 있다.
41. 로마인들은 바쿠스를 번식과 풍요의 이탈리아 토착신 리베르(Liber) 또는 리베르 파테르(Liber Pater)와 동일시했다. 트리말키오가 리베르 흉내를 주문한 데에는 자신이 해방되었음을 알리려는 의도가 숨어 있다. 리베르는 '자유로운'을 뜻한다.

없게 되었다."

다들 그의 농담에 손뼉을 치며 식탁 여기저기를 돌아다니는 미소년에게 힘차게 키스했다.

잠시 후 트리말키오가 자리에서 일어나 화장실로 향했다. 그의 오만한 모습이 보이지 않자 우리는 숨통을 틔우며 마음껏 술을 마시기 시작했다. 맨 먼저 다마가 큰 소리로 포도주를 한 잔 청하고는 이렇게 말했다.

"낮은 이제 없소이다. 주변을 둘러보시오. 땅거미가 내려앉았습니다. 이럴 때는 잠자리에서 일어나 곧장 연회장으로 가는 게 최선책이지요. 날씨가 무척 춥습니다. 목욕을 했는데도 몸이 녹질 않는군요. 하지만 독한 술 한 잔은 외투처럼 효과가 좋은 법이지요. 나는 이미 깨끗이 비운 터라 보시다시피 이렇게 술기운이 잔뜩 올랐소이다. 아무래도 포도주에 취했나 봅니다."

그러자 이어서 셀레우쿠스가 이야기했다.

"나로 말할 것 같으면 목욕을 매일 하진 않습니다. 빨래터의 흙으로 온몸을 문지르는 것 같아서 말이지요. 게다가 물이 온몸을 물어뜯는 통에 심장이 녹아내릴 것만 같지 뭡니까. 그러나 포도주에 꿀을 타서 뜨겁게 한 잔 넘기면 추운 날씨에 대고 거뜬히 '엿 먹어라'라고 말할 수 있지요.

실은 오늘 장례식에 참석하느라 목욕을 하지 못했습니다. 망자는 크리산투스였습니다. 아주 멋진 양반이었지요! 길에서 나를 불러 세운 게 엊그제였는데 말입니다. 아직도 그 양반의 음성이 들리는 듯합니다. 오, 제기랄! 우리는 걸어다니는 공기 주머니에 불과합니다. 파리보다 못한 존재가 우리 인간이지요. 파리는 적어도 웬만큼 내공을 지니고 있지만 우린 속이 텅텅 빈 거품에 지나지 않습니다.

그는 식이 요법을 너무 심하게 해왔다지요? 닷새 동안이나 그는 물 한 방울, 빵 한 조각 입에 넣지 않았습니다. 그러면서도 회합에는 꼬박꼬박 나갔지요. 의사들이 그를 죽였습니다. 아니 좀 더 정확하게 말하면 그의 불운 때문이지요. 어쨌거나 의사 탓으로 돌리면 마음은 편해지니까 말입니다.

그래도 장례식은 성대했습니다. 그는 휘장으로 아름답게 치장한 관에 안치되었지요. 그가 자유를 준 노예 몇 명을 비롯해 조문객 행렬이 그의 면목을 세워 주었습니다. 그런데 미망인은 눈물에 약간 인색했습니다. 생전에 그가 안사람한테 얼마나 극진했는데요! 하지만 여자들이란 제 욕심만 채울 줄 아는 족속들이지요. 여자들한테 잘해 줄 필요 없습니다. 여자들한테 베풀 호의가 있으면 차라리 우물에다 집어던지는 게 낫지요. 열정이 오래 지속되다 보면 종기처럼 곪기 마련이지요."

43   그의 연설이 지루하게 흐르자 필레로스가 큰 소리로 말했다.

"망자는 잊고 살아 있는 사람을 생각합시다. 그는 누릴 만큼 누리다 갔습니다. 정직하게 살다 정직하게 죽었지요. 그런 마당에 그가 아쉬워할 게 무에 있겠습니까?

빈털터리로 출발해 똥구덩이의 동전도 이빨로 물어 주워 올릴 만큼 돈에 혈안이 되어 있지 않았습니까. 그래서 손대는 것마다 벌집처럼 덩치를 불려 나갔고 말입니다. 내가 보건대 아마 그는 현금으로만 수십만 세스테르티우스는 남겼을 겁니다. 내게 견유학파의 기질이 약간 있는지라 거두절미하고 솔직히 말하겠습니다. 그는 입이 거친 데다 너무 쌌습니다. 한마디로 인간이라기보다 분란덩어리였지요.

다행히 그의 동생이 배포도 크고 우정을 아는 청년인지라 형 친구들에게 늘 도움의 손길을 내밀거나 식사를 대접했지요.

크리산투스는 처음에는 운이 없었지만 포도주 제조업에 손대 재기했습니다. 포도주 가격을 고가로 담합한 덕분이었지요. 이렇듯 그가 수면 위로 계속 고개를 내밀 수 있었던 데에는 물려받은 유산의 덕이 컸습니다. 이를 발판 삼아 그는 물려받은 것보다 더 많은 돈을 긁어모았지요.

그런데 이 멍청이가 동생과 한바탕 싸우고 나서는 유언장에서 자기 동생을 빼 버리고 우리가 생전 들어보지도 못한 어느 놈팡이를 집어넣었지 뭡니까. 우리 같으면 떠날 때 자기 피붙이한테 재산을 남겨주기 마련 아닙니까. 하지만 그는 노예들 말만 듣고 거기에 넘어가고 말았지요. 주변에서 하는 말을 액면 그대로 믿어선 안 됩니다. 특히 사업가는 말입니다.

하지만 크리산투스는 살면서 즐길 만큼 즐겼고, 누릴 만큼 누렸지요. 한번 수중에 들어온 건 빠져나가는 법이 없었으니까요. 그가 행운의 여신의 총아였다는 것은 누구도 부인할 수 없는 사실입니다. 납도 그의 손에 들어가면 황금으로 변했으니까요. 알다시피 만사형통이면 성공하기 쉬운 법이지요.

그가 몇 살이었을 것 같습니까? 일흔이 넘었습니다! 하지만 뿔처럼 단단해서 무척 정정했습니다. 머리카락도 까마귀 날개처럼 검었지요. 아주 오래오래 전부터 그와 알고 지냈는데, 나이가 들어서도 그는 여전히 색을 밝혔습니다. 솔직히 그가 집에서 기르는 개를 혼자 놔둔 적은 아마 없지 싶습니다. 더욱이 그는 미소년을 좋아했지요. 그가 손을 뻗어 잡지 못할 게 어디 있었겠습니까. 그렇다고 해서 그를 탓할 생각은 없습니다. 어쨌든 그가 취할 수 있는 유일한 대상이었으니까 말입니다."

이번에는 필레로스의 뒤를 이어 가니메데스가 입을 열었다.

"하늘이나 땅과는 아무 상관도 없는 이야기를 잘도 늘어놓습니다그려. 옥수수 작황 상태에 대해선 지금까지 어느 누구

사피니우스

하나 관심을 보이지 않는데, 하늘에 맹세코 오늘 난 빵 한 조각 입에 넣지 못했소이다. 어디 얼마나 가물었는지 보십시오들. 일 년 내내 기근이 들고 있소이다.

식량을 관리하는 관리들의 작태라니! 제빵업자와 손잡고 '나한테 잘해 주면 나도 잘해 주겠소'라는 식이니 참으로 한심합니다. 힘없는 사람들은 고통을 받는데, 가난한 자들을 착취하는 자들은 연일 연회를 벌이고 있잖습니까.

내가 아시아에서 처음 이곳에 왔을 때 봤던 사람들이 그립소이다. 그들은 사자 같았습니다. 이게 바로 삶이다 싶었지요! 모두가 한마음 한뜻이었습니다! 밀가루 질이 최상품에 미치지 못하면 악귀들을 사정없이 후려갈겨 전지전능한 신이 노했나 보다고 생각하게 만들었지요.

사피니우스가 생각납니다. 당시 나는 소년이었고, 그는 오래된 아치 옆에 살았더랬습니다. 그는 보통내기가 아니라 그야말로 불쏘시개였습니다. 그의 발길이 닿는 곳마다 시커멓게 그을렸지요. 하지만 그는 매우 정직했습니다. 사람을 속이는 법이 없었지요. 상대가 그러면 누구든 어둠 속에서도 기꺼이 그와 모라[42] 놀이를 하려 들 정도였으니까요.

---

42. morra. 상대가 손가락을 빠르게 여러 번 펴 보이면 그 합계를 알아맞히는 놀이.

그런데 그가 시 위원회에서 위원들을 공격할 때 어떤 방법을 사용했는지 아십니까! 변죽만 울리는 게 아니라 곧바로 요점으로 들어가는 정공법이었습니다! 법정에서 변론할 때면 그의 목소리는 나팔 소리처럼 커졌습니다. 그런데도 그가 땀을 흘리거나 침을 튀기는 모습은 본 적이 없습니다. 내 눈에 그는 천생 흥분과는 담을 쌓은 인간처럼 보였습니다. 그런가 하면 그는 만나는 사람마다 이름을 부르며 매우 친절하게 대했습니다. 그는 마치 우리 친구 같았습니다.

당시에는 당연히 옥수수가 아주 쌌습니다. 동전 한 닢을 주고 빵 한 덩이를 사면 둘이 달려들어도 다 먹지 못할 정도였습니다. 하지만 요즈음은 같은 가격이면 빵보다 눈깔사탕이 더 큰 게 현실이지요. 살기가 갈수록 팍팍해지고 있습니다. 이곳 사정은 꼬리지느러미처럼 점점 나빠지고 있습니다.

그런데도 어째서 자기 이익 챙기는 데에만 급급한 엉터리 삼류 관리들에게 우리의 살림살이를 맡겨야 한단 말입니까? 관리라는 작자들은 집에서 편하게 들어앉아 희희낙락하며 다른 사람은 평생 모아도 손에 쥘까 말까 한 돈보다 더 많은 돈을 하루에 긁어모으고 있습니다. 이렇게 벌어들이는 돈이 금화 천 닢이랍니다. 우리가 진짜 사내라면 저들이 저렇게 희희낙락하게 내버려두어선 안 됩니다. 요즘 사람들은 집에서만 사자일 뿐 밖에 나오면 여우가 따로 없습니다.
　내 처지를 보십시오. 음식을 사려고 등에 걸치고 있던 누더기를 내다 판 지가 이미 오래전이올습니다. 이런 곤란이 계속 이어지면 집까지 팔아야 할 판입니다. 신이든 인간이든 우리를 도와주지 않는다면 이곳이 앞으로 어찌 될지 누가 알겠습니까? 밤이 되면 다들 집으로 돌아가듯, 이 모두가 하늘의 섭리입니다.
　보십시오. 아무도 하늘을 믿지 않고, 아무도 금식 생활을 하는 이가 없고, 아무도 전지전능한 신을 경외하지 않습니다. 다들 돈을 셀 때나 머리를 조아릴 뿐이지요. 옛날에는 귀부인들이 맨발로 언덕에 올라 머리를 풀어헤치고 마음을 정갈히 한 후 신께 비를 내려달라고 기도했습니다. 그러면 신은 그 자리에서 비를 주룩주룩 내려주셨고, 다들 물에 빠진 생쥐 꼴로 집으로 돌아갔습니다. 우리가 종교를 버린 이후로 신들은 발을 양모로 꽁꽁 싸매고 있습니다. 들판은 그저 타들어가고 있을 뿐……."

　이때 옷장수 에키온이 끼어들었다.
　"자, 자, 기운 내십시오. 한 촌부가 점박이 돼지를 잃어버리고 한 말처럼 하나를 잃으면 하나를 얻기 마련 아닙니까. 오늘 갖지 못하면 내일은 갖게 되겠지요. 인생이란 게 뭐 다 그런 것 아니겠습니까. 단언하건대 이 세상 어느 나라를 막론하고 사람이 살기에 여기보다 더 좋은 곳은 없을 겁니다. 물론 지금은 상황이 어렵지만 어렵기로 치자면 이곳만 그런 게 아니잖습니까. 약해지면 안 됩니다. 우리가 어디에 있든 하늘이 더 가까워지지는 않습니다. 댁이 만약 여기 말고 어디 다른 곳에 있다면 이곳에선 통째로 구워진 돼지들이 거리를 활보한다고 말하겠지요.

그리고 사흘간의 근사한 축제가 우리를 기다리고 있지 않습니까. 비단 검투사뿐만 아니라 자유민을 위한 장도 마련될 겁니다. 나의 오랜 친구 티투스는 널찍한 가슴과 뜨거운 머리를 지니고 있지요. 모르긴 해도 볼 만할 겁니다. 그의 친한 벗으로서 하는 얘기인데, 그는 절대로 간이 작은 인물이 아니랍니다. 아마도 그는 날붙이가 난무하는 무자비한 싸움을 준비했을 겁니다. 원형 극장 한복판은 도살장을 방불하게 될 겁니다.

자금은 이미 확보한 상태입니다. 그 친구 부친이 작고하면서 삼천만을 물려주었지요. 그중 사십만을 쓴다 해도 그 친구 주머니는 표도 안 날 테고, 그 친구는 역사에 길이길이 남게 되겠지요. 이미 진짜 무법자 몇 명을 대기시켜 놓았고, 전차를 타고 싸울 여자도 한 명 확보해 두었습니다.

글리코의 첩과 뒹굴다 현장에서 붙잡힌 그의 집 집사도 출전할 예정이랍니다. 군중이 운집한 가운데 질투심에 불타는 남편과 정분난 연놈이 벌이는 싸움을 보게 될 겁니다. 하지만 체격이 왜소한 글리코가 집사를 사자 밥으로 내던지는 광경이 상상이 되십니까. 강요에 못 이겨 물건을 들이밀었을 뿐인데 그게 어떻게 집사의 잘못이냐고요? 물론 황소 뿔에 받혀야 마땅한 인간은 그 늙은 갈보지요. 하지만 당나귀를 때릴 수 없으면 안장이라도 때려야지요.

그렇다고는 해도 글리코가 헤르모게네스의 악독한 딸이 조신하게 굴리라고 생각했을 리가 있겠습니까? 이참에 활개 치며 날아다니는 솔개의 발톱을 잘라버릴 심산인 게지요. 뱀이 이유 없이 똬리를 트는 것 봤습니까. 글리코로 말할 것 같으면, 글쎄 대가를 치르는 거지요. 살아 있는 한 오명을 안고 지내다 무덤에 가서야 벗겠지요. 어쨌든 죄를 지었으면 누구든 죗값을 치러야지요.

그건 그렇고, 맘마이아가 우리 가족에게 일인당 2데나리우스[43]짜리 만찬을 대접할 모양입니다. 내 코가 그렇다고 말하네요. 그가 진짜 그렇게 나온다면 노르바누스의 표를 잠식해 낙승하게 될 겁니다. 어쨌거나 노르바누스가 그동안 우리를 위해 한 일이 뭐 있습니까? 어디서 검투사를 데려와도 이미 은퇴기

---

43. denarius. 은화 단위. 금화 1아우레우스는 25데나리우스이고, 1데나리우스는 4세스테르티우스이다. 2데나리우스는 약 24,000원에 해당한다.

에 접어들어 불면 날아갈 것처럼 약해빠진 자들만 데려오지 않았습니까. 제대로 된 볼거리를 선사하려면 맹수를 상대로 싸우는 자들[44]을 데려와야지요.

그가 처치한 기수들로 말할 것 같으면 혹 불면 꺼지는 등불처럼 쓰러졌고, 말은 말대로 뒤뜰에 풀어놓은 닭들처럼 우왕좌왕 난리였다니까요. 한 마리는 짐수레를 끄는 말이었고, 또 한 마리는 제대로 서 있지도 못했고, 나머지는 송장이나 다를 바 없었지요. 다리를 저는 말을 어디 말이라고 할 수 있나요. 트라키아[45] 검투사[46] 갑옷을 입은 소년이 개중에 약간 씩씩해 보였지만 기상까지 보여주기에는 역부족이었지요. 사실 그들 모두가 나중에 채찍을 맞았는데, 관중석에서 '제대로 해라!' 라는 고함이 수도 없이 터져 나오지 않았습니까. 순 겁쟁이들이었다니까요.

'나는 여러분을 위해 구경거릴 준비했소이다.' 그는 이렇게 말하고 다니지요. 그럼 나는 이렇게 말합니다. '난 댁을 지

---

44. 맹수를 상대로 싸우는 자들은 검투사보다 지위가 한참 낮았다.
45. Thracia. 또는 트라케(Thrake). 발칸 반도 남동부에 있는 지역. 지금의 그리스 트라키(Thraki).
46. '트라키아 검투사(Thraex)' 는 비교적 가볍게 무장했으며 중무장한 삼니움(Samnium. 이탈리아 남부의 산악 지대에 살았던 호전적인 고대 부족) 검투사와 시합할 때가 많았다.

지하잖습니까. 어디 따져봅시다. 난 내가 받은 것보다 더 많은 걸 주고 있군요. 그러니 우린 그저 누이 좋고 매부 좋은 셈입니다.' 라고요.

46 이봐요, 아가멤논! 지금쯤 '저 따분한 작자가 뭐라고 계속 지껄이는 거지?' 라고 생각하고 있겠지요? 그야 당신 같은 달변가가 입을 다물고 있으니 그런 것 아닙니까. 당신은 우리 머리 위에 있으면서 우리처럼 눌변인 사람들이 말하는 걸 비웃기나 하지요. 머리에 든 게 하도 많아 고개를 제대로 가누지 못할 지경이라는 거, 우리 모두 잘 알고 있소이다. 하지만 뭐 상관없습니다! 언제고 우리 촌놈들 사는 데로 내려와 우리네 누추한 오두막을 구경하지 않겠습니까? 우리한테도 먹을 게 있답니다. 닭 몇 마리하고 계란이요. 근사한 나들이가 될 겁니다. 올해는 날씨 때문에 모든 걸 망치긴 했지만 우리 배를 채울 정도의 음식은 충분히 마련할 수 있지요.

우리 아들이 지금 얼마나 많이 자랐는지 당신 학생이 될 날이 머잖았습니다. 4로 나누는 법은 벌써 터득했지요. 녀석이 이 상태로만 잘 커준다면 머잖아 뭐든 시킬 수 있을 겁니다. 시간만 났다 하면 석판에서 눈을 떼지 않으려고 한다니까요. 총명하고 재능도 있답니다. 그런데 새에 미쳐 있는 게 문제랍니다. 어제만 해도 녀석이 기르던 방울새 세 마리를 내 손으로 죽이고는 족제비가 먹어치웠다고 둘러댔지요. 그랬더니 이젠 또 다른 이상한 취미를 발견했는데, 다름 아니라 그림 그리기에 빠져 지내지 뭡니까. 그렇긴 해도 그리스어에서 이미 상당히 진전을 보이고 있고, 라틴어에도 적응하기 시작했습니다.

그런데 가정교사가 너무 날라리라 믿을 수가 있어야지요. 아는 건 많은데 도무지 일하기를 싫어하니 말입니다. 가정교사가 한 명이 더 있는데, 그 친구는 가방끈은 짧지만 성실해서 아이에게 자기가 아는 것보다 더 많은 걸 가르쳐 준답니다. 사실 쉬는 날에도 자주 집에 들르고, 우리가 뭘 주든 만족스러워하지요.

그건 그렇고, 얼마 전 아이에게 법률 책을 몇 권 사주었지요. 가업도 있고 하니 나중에 녀석에게 법률 공부를 시킬까 해서요. 법과 관련된 일은 어쨌든 돈이 되지 않습니까. 아이가 어느새 시도 곧잘 짓는답니다. 녀석이 법 공부가 싫다고 하면 일을 가르쳐서 이발사나 경매인을 시킬 겁니다. 아니 최소한 변호사라도 시킬 생각입니다. 그래야 죽을 때까지 생계 걱정을 하지 않을 테니까요.

어제도 아이에게 톡 까놓고 이렇게 말했지요. '애비를 믿어라, 애야. 공부를 하면 다른 사람이 아니라 바로 너한테 득이 된단다. 너도 변호사 필레로스 알지? 만약 그 사람이 공부를 하지 않았다면 보나마나 지금 굶고 있을 게다. 등에 물건을 지고 행상을 하고 다니던 게 엊그제 일인데, 지금은 노르바누스에게도 꿀리지 않잖냐. 교육은 곧 투자고, 좋은 선생은 너를 늘 깨어 있게 해준단다.' 라고요."

47 이런 종류의 수다가 한창 진행되고 있는데, 트리말키오가 들어왔다. 그는 향수로 이마를 가볍게 문지른 후 손을 씻었다. 그러고는 이렇게 말했다.

"실례를 용서하십시오, 여러분. 장이 요 며칠 동안 자연의 부름에 응답을 하고 있지 않아서 말입니다. 의사들도 영문을 몰라 당황하고 있습니다. 이럴 때는 식초에 절인 석류 껍질과 건포도가 효과가 있었는데, 지금도 그러기를 바랄 뿐입니다. 안 그랬다간 내 뱃속에서 천둥 치는 소리가 날 테니까 말입니다. 그러니 자리를 뜨고 싶거든 괜히 망설일 필요 없습니다. 건강을 타고난 사람은 아무도 없지요. 내가 보건대 속을 비우지 못하는 것보다 더 큰 고역은 없지 싶습니다. 전지전능한 신도 내 말을 반박하지 못할 겁니다. 그래, 실컷 웃구려, 포르투나타. 하지만 당신도 나 같은 상황에 처하면 밤새 잠을 설칠걸.

어쨌든 식사 도중이라고 해서 참거나 하지 마십시오. 의사들 말이 참으면 해롭답니다. 시간이 더 길게 걸리는 볼일이라면 물과 요강을 비롯해 저기 밖에 모든 게 준비되어 있습니다.

돼지 세 마리의 등장

나를 믿으십시오. 방귀가 머리로 올라가면 온몸이 팽팽하게 부풀어 오르기 시작하지요. 내가 알기로 자신에게 솔직하지 않다가 이로 인해 죽은 사람이 한둘이 아니올시다."

우리는 그의 넓고 사려 깊은 마음 씀씀이에 감사를 표하고, 이어서 술잔 속에 우리의 즐거움을 묻었다. 이때까지도 우리는 말하자면 언덕을 절반밖에 오르지 못했다는 것을 미처 깨닫지 못했다.

악사들이 음악을 연주했고, 식탁이 말끔히 치워졌다. 그러고 나서 재갈과 방울로 치장한 백돈(白豚) 세 마리가 연회장으로 이끌려 들어왔다. 사회자의 얘기로 돼지들은 각각 두 살, 세 살, 여섯 살이었다. 분위기로 보아 곡예사가 몇 명 대기하고 있고, 돼지들은 길거리 공연에서처럼 모종의 묘기를 선보일 예정인 듯했다. 하지만 트리말키오가 그런 내 예상을 보기 좋게 깨버렸다.

"다음에 나올 요리로 이 가운데 어느 놈이 좋겠습니까? 시골 촌부야 헛간 앞마당에서 키우던 닭이나 고깃국 같은 하찮은 음식이나 내오겠지만 우리 집 요리사들은 송아지를 통째로 삶는 데 익숙하답니다."

그러고는 그 자리에서 요리사를 불러 우리가 선택할 틈도 주지 않고 가장 나이 많은 돼지를 잡으라고 지시했다.

그런 다음 큰 소리로 요리사에게 이렇게 말했다.

"어느 부서 소속인가?"

그가 40번 소속이라고 대답하자 트리말키오는 또다시 물었다.

"팔려 왔나, 아니면 이곳에서 태어났나?"

"둘 다 아닙니다. 판사[47]의 유언에 따라 주인님 댁에 오게 되었습니다."

요리사가 대답했다.

"그렇단 말이지. 신경 써서 제대로 준비하는지, 내 두고 보겠어. 안 그랬다간 심부름꾼 부서에 집어넣어 버릴 테니까."

트리말키오가 말했다.

이리하여 요리사는 주인의 권세를 단단히 주지 받고 다음 요리를 준비하러 부엌으로 돌아갔다.

48 트리말키오는 부드러운 미소를 머금고 앉아 있는 우리를 죽 둘러보았다.

"포도주가 싫으면 주종을 바꾸겠소이다. 선택은 여러분에게 달려 있습니다. 다행스럽게도 따로 돈을 주고 살 필요는 없지요. 사실 오늘 저녁 여러분의 입천장을 간질이는 포도주는 종류를 막론하고 아직 한 번도 가보지 못한 나의 영지에서 나온

---

47. Pansa. 사람 이름.

것입니다. 들기로는 나의 영지가 타라키나[48]와 타렌툼까지 닿는다고 하는군요.[49] 요즘은 손바닥만 한 내 땅에 시킬리아[50]를 추가하고 싶다는 생각이 듭니다. 그럴 경우 내 땅에서 곧장 배를 타고 아프리카에 갈 수 있겠지요.

그건 그렇고 아가멤논 선생, 오늘의 토론 주제는 무엇이었습니까? 비록 법을 좋아하진 않지만 사업상 필요해서 배울 만큼은 배웠소이다. 내가 공부를 멀리할 거라고는 생각지 마십시오. 서재를 두 군데나 마련해 놓았으니까요. 하나는 그리스어 전용, 하나는 라틴어 전용이올시다. 그러니 호의를 베풀어 오늘의 토론 주제가 무엇이었는지 말씀 좀 해보시지요."

곧이어 아가멤논이 '빈자와 부자는 서로 적이다'가 토론 주제였다고 말하자 트리말키오가 물었다.

"그럼 빈자란 무엇입니까?"[51]

이에 아가멤논은 대답했다.

"재치가 넘치십니다그려."

---

48. Tarracina. 지금의 테라치나(Terracina). 이탈리아 중서부이자 로마와 나폴리 중간에 위치한 라틴족의 고향 라티움(지금의 라치오(Lazio)) 지방에 있던 도시.
49. 타라키나와 타렌툼 사이의 거리는 320킬로미터가 넘는다.
50. Sicilia. 지금의 이탈리아 시칠리아.
51. 트리말키오의 자기과시형 농담. '개구리 올챙이 적 생각 못한다.'와 같은 의미로 해석할 수 있다.

그러고는 만약을 전제로 이런저런 경우를 열거했다. 그러자 트리말키오가 전광석화처럼 이렇게 말했다.

"그런 일이 실제로 일어났다면 만약의 경우가 아니고, 실제로 일어나지 않았다면 아무것도 아니지요."

우리는 이와 같은 재담을 열심히 경청했다. 물론 틈틈이 박수갈채를 보내는 것도 잊지 않았다.

"아가멤논 선생, 말씀해 보십시오."

트리말키오가 계속 말을 이었다.

"헤르쿨레스[52]의 열두 가지 노역과 울릭세스의 이야기, 그러니까 키클롭스[53]가 엄지손가락으로 그의 눈을 후벼 판 경위를 잊진 않으셨겠지요?[54] 어렸을 때 호메로스의 글에서 수없이 읽은 내용 아닙니까. 사실 이 눈으로 병 속에 갇힌 쿠마이[55]의 시빌라[56]를 직접 보기도 했지요. 아이들이 그녀에게 '뭘 원하세

---

52. Hercules. 로마 신화에서 유피테르(제우스)의 아들로 태어난 최고의 영웅. 그리스 통치자 자리를 놓고 유노(헤라)의 노여움을 사 열두 가지 노역을 부여받는다. 그리스 신화의 헤라클레스(Heracles)에 해당한다.
53. Cyclops. 그리스 신화와 호메로스의 『오디세이아』에 나오는 외눈박이 식인종 거인.
54. 호메로스는 『오디세이아』에서 헤르쿨레스의 열두 가지 노역을 언급하지 않았고, 키클롭스는 울릭세스(오디세우스)에게 아무런 해를 가하지 못했다. 오히려 울릭세스가 키클롭스의 애꾸눈을 후벼파 눈멀게 함으로써 죽음을 모면한다.
55. Cumae. 나폴리 서쪽, 푸테올리 위쪽 해안에 있던 도시. 지금의 쿠마(Cuma).

요, 시빌라?'라고 물을 때면 그녀는 '죽고 싶어.'라고 대답하곤 했지요."[57]

⁴⁹ 그가 계속 주절대는 가운데 거대한 돼지가 식탁에 올라왔다. 우리는 그 속도에 놀라움을 표시하면서 닭 한 마리를 요리하는 데에도 그보다 시간이 많이 걸렸을 것이라고 이구동성으로 말했다. 게다가 이번 돼지는 먼젓번보다 훨씬 더 커 보였다. 트리말키오가 돼지를 자세히 관찰하더니 소리쳤다.

"이게 뭐야? 내장을 빼내지 않았잖아? 분명히 내장을 빼내지 않았어. 당장 요리사 불러와!"

요리사는 풀이 잔뜩 죽은 채 식탁 옆에 서서 그만 깜빡했다고 말했다.

"뭐, 깜빡했다고!"

---

56. Sibylla. 또는 시빌(Sibyl). 그리스 신화와 문학에 등장하는 무녀. 원래는 트로이 부근에 살면서 아폴로에게 예언력을 물려받은 여인이었다. 하지만 '시빌라'는 점차 무녀를 일컫는 말로 바뀌었다. '시빌라의 동굴'은 쿠마이 바로 위쪽에 있다.
57. 한때 아폴로는 시빌라를 사랑하 한 움큼의 모래알 수만큼 살게 해달라는 그녀의 소원을 들어주기로 했다. 하지만 시빌라는 사는 동안 젊음을 유지하게 해달라는 말을 하지 않은 데다 마음이 변해 아폴로의 구애를 받아들이지 않았다. 성난 아폴로는 그녀가 오래 살되 나이만큼 늙도록 내버려두었다. 수백 년간 늙어서 몸이 쪼그라들어 병 속에 갇힌 채 동굴 천장에 매달린 시빌라는 그저 죽는 것이 소원이었다. 시인 T. S. 엘리엇은 이 부분을 『황무지』의 제사(題詞)로 인용했다. 즉 쿠마이의 시빌라는 죽음보다 못한 상태의 황무지에서 생의 의의를 상실한 인간을 상징한다.

트리말키오가 고래고래 소리쳤다.

"후추와 커민[58]을 빠뜨렸단 말이지. 저 자식 옷 벗겨!"

잠시 후 요리사는 발가벗겨진 채 두 명의 경호원 사이에서 비참한 모습으로 서 있게 되었다. 다들 그를 용서해 달라고 간청하기 시작했다.

"그런 일이야 얼마든지 일어날 수 있지요. 그를 놓아 주십시오, 제발. 요리사가 또 그러면 우리 중 누구도 두 번 다시 그를 편들지 않을 겁니다."

다들 한목소리로 이렇게 말했다. 하지만 나로 말할 것 같으면 피도 눈물도 없는 성격인지라 도저히 참을 수가 없었다. 나는 옆에 있는 아가멤논의 귀에 대고 이렇게 소곤거렸다.

"저자는 세상에 둘도 없는 최악의 노예임이 분명합니다. 돼지 내장을 제거하는 것을 깜빡하는 사람도 있답니까? 나 같으면 생선 내장 빼내는 걸 잊어버려도 가만두지 않을 겁니다."

하지만 트리말키오는 아니었다. 미소가 번지면서 그의 얼굴이 활짝 펴졌다.

"그래, 네놈 기억력이 나쁜 걸 탓해야지. 우리가 보는 앞에서 내장을 제거하도록!"

---

[58]. cumin. 또는 cummin. 일명 마근(馬芹). 미나릿과(傘形科)에 속하는 한해살이 풀. 톡 쏘는 쓴맛의 씨가 향신료나 의약품으로 쓰인다.

그가 말했다. 요리사는 다시 윗옷을 챙겨 입고 칼을 꺼내 부들부들 떨리는 손으로 돼지 배를 왼쪽에서부터 오른쪽으로 갈랐다. 압력 때문에 순식간에 틈새가 벌어지면서 소시지와 순대가 쏟아져 나왔다.

이 광경을 지켜보고 서 있던 노예들이 손뼉을 치면서 한목소리로 외쳤다.

"가이우스 만세!"

물론 요리사는 술 한 잔과 은화 한 닢에 이어 코린트산 청동 쟁반에 올려져 있던 술잔 하나를 상으로 받았다. 아가멤논이 이 잔을 유심히 바라보는 모습을 보고 트리말키오가 말했다.

"진짜 코린트산 청동 제품을 가지고 있는 사람은 세상에 나밖에 없을 거외다."

나는 쟁반을 모두 코린트에서 들여왔다는 그의 주장이 허풍이라고 생각했지만 꼭 그렇지만도 않았다.

"여러분 모두 반신반의하고 있을 테지만 어째서 내가 그런 말을 할 수 있는지 자초지종을 들려드리지요. 이유는 간단합니다. 내가 구입한 제조업체 이름이 코린트올시다. 코린트에서 만들었으니 코린트산이라고 할 밖에요.

날 무식하다고 생각지 마십시오. 코린트산 금속 제품의 유래를 누구보다도 잘 알고 있으니까요. 트로이가 포위당했을 때

교활한 전략가 한니발[59]이 청동, 금, 은 가릴 것 없이 조각상이란 조각상을 모조리 수거해 불을 질렀는데, 이것들이 서로 엉겨 녹아내리면서 청동 합금이 나왔던 모양입니다. 금속 장인들이 이걸 갖다가 쟁반이나 접시, 작은 조각상을 만들었지요. 그래서 이것도 저것도 아닌, 하지만 하나 안에 모든 게 어우러진 코린트산 쟁반이 탄생하게 된 겁니다.[60]

이렇게 말하면 어떻게 생각할지 모르겠지만 나로 말할 것 같으면 유리를 선호하는 편입니다. 아무 냄새도 나지 않거든요. 깨지지만 않는다면야 금제품보다 더 선호할 테지만 현재까지는 워낙 싸구려라 놔서요.

51 그런데 깨지지 않는 유리그릇을 만든 장인이 있었습니다. 그리하여 그는 선물을 들고 황제를 배알했지요. 그는 카이사르에게 자기가 만든 유리그릇을 만져보게 한 후 바닥에 떨어뜨렸습니다.[61] 황제는 깜짝 놀라지 않을 수 없었습니다. 장인은 흡사

---

59. Hannibal. BC 247~BC 183. 카르타고(Carthago)의 유명한 장군. 제2차 포에니 전쟁(BC 218~BC 201)에서 로마군을 격파했다.
60. 코린트산 청동은 구리, 금, 은을 다양한 비율로 섞어 만든 합금으로 귀한 대접을 받았다. 여기서 트리말키오는 또 엉터리 지식을 드러낸다. 그는 기원전 140년 뭄미우스(Lucius Mummius. 로마의 정치가이자 장군)가 코린트에 불을 질렀을 때 우연히 코린트산 청동이 발견되었다는 속설을 염두에 둔 듯하다. 그러나 코린트 포위와 트로이 포위(기원전 1184년경)를 혼동한 데다 뭄미우스를 한니발로 말하고 있다.

청동 쟁반처럼 찌그러진 접시를 주워 들고는 주머니에서 망치를 꺼내 몇 번 두들기더니 새것처럼 다시 폈지요. 그러고는 마치 하늘 꼭대기에라도 있는 듯 의기양양해했습니다. 특히 황제가 '유리를 만드는 이러한 기술을 아는 이가 또 있느냐?' 라고 물었을 때는 어깨에 더욱 힘이 들어갔지요.

그럼 이제 결말을 살펴볼까요. 장인이 없다고 대답하자 황제는 그의 목을 베라고 명령했습니다. 그런 유리가 대량으로 제작된다면 금 가격이 허섭스레기에 지나지 않게 폭락할 것이라는 게 이유였지요.

52 어쨌든 내 의견을 물을 것 같으면 나는 은을 매우 좋아합니다. 3갤런[62]들이 술잔을 좀 소장하고 있는데, 카산드라[63]가 자기 아들들을 죽이는 장면을 묘사한 잔도 있지요. 죽은 채로 누워 있는 아들들 모습이 어찌나 생생한지 꼭 살아 있는 것 같지 뭡니까. 나의 옛 주인이 물려준 주발에는 다이달로스[64]가 트로

---

61. 사실은 카이사르 시절이 아니라 티베리우스(Tiberius, 재위 기간 AD 14~37) 황제 시절이다.
62. 약 11.3리터.
63. Cassandra. 일명 알렉산드라(Alexandra). 그리스 신화에서 트로이의 마지막 왕 프리아모스(Priamos)와 헤카베(Hekabe) 사이에 태어난 딸. 아폴로의 사랑을 받아들이는 조건으로 예언력을 얻었으나 약속을 지키지 않았다. 그래서 아폴로가 아무도 그녀의 예언을 믿지 않게 만든 탓에 트로이의 멸망을 막지 못하고 아가멤논과 함께 죽임을 당했다.

이 목마[65] 안에 니오베[66]를 가두는 광경이 묘사되어 있지요.[67] 이 밖에 헤르메로스[68]와 페트라이테스[69]가 싸우는 장면이 묘사된 잔도 몇 개 있습니다. 하나같이 훌륭하고 묵직하답니다. 내 안목을 보여주는 이 은그릇들은 아무리 돈을 많이 준다고 해도 팔지 않을 겁니다."

그가 이야기하는 사이 어린 노예 하나가 잔을 떨어뜨렸다. 트리말키오의 시선이 그쪽으로 쏠렸다.

"당장 나가 죽어라, 아무 짝에도 쓸모없는 이 식충이 놈아."

그 즉시 소년은 입술을 달달 떨면서 트리말키오에게 용서를 구했다. 그러자 트리말키오가 잽싸게 받아 이렇게 말했다.

"나한테 뭘 구한다고? 내가 널 구박이라도 하느냐? 그런 빙충이 짓 좀 제발 그만 하라고밖에 하지 않았거늘."

64. Daidalos. 그리스 신화에 나오는 건축가이자 조각가. 크레타(Creta 또는 Crete. 지금의 크리티(Kriti)) 섬의 미노스(Minos) 왕을 위해 미궁(迷宮)을 지었다.
65. 트로이 전쟁 때 그리스군이 트로이 성에 들어가려고 만든 거대하고 속이 빈 목마. 뛰어난 목수인 에페이오스(Epeios)가 만들었다.
66. Niobe. 12명의 자식을 두었지만 자신의 다산 능력을 자랑하면서 아폴로와 아르테미스(Artemis)의 어머니 라토나(Latona 또는 Leto)를 모욕하는 바람에 그 두 신에게 자식을 모두 잃고 말았다.
67. 카산드라에게는 자식이 없었다. 다이달로스는 트로이 목마를 만들지 않았다.
68. Hermeros. 검투사 이름. 푸테올리에서 발견된 1세기경의 등잔에서 이름이 확인되었다.
69. Petraites. 검투사 이름. 네로 시대로 추정되는 잔에서 이름이 확인되었다.

결국 우리의 부탁으로 그는 노예를 풀어주었고, 소년은 식탁 여기저기를 돌아다니며 무사 방면을 자축했다.

"물은 그만 물리고 포도주로 실컷 젖어봅시다!"

트리말키오가 소리쳤다. 우리 모두 그의 놀라운 재치를 입에 침이 마르게 칭찬했다. 앞으로도 계속 연회 초대를 받으려면 어떻게 해야 하는지 잘 아는 아가멤논은 그 도가 특히 지나쳤다. 우리의 칭찬에 트리말키오는 잔뜩 흥분해서 연거푸 술잔을 비웠다. 그는 이제 거나하게 취했다.

"내 사랑하는 포르투나타와 춤추고 싶은 분 없소이까? 솔직히 코르닥스[70]를 제대로 추는 사람은 본 적이 없지만서도."

그리고 나서 그는 양손을 이마 위에 얹은 채 배우 시루스 흉내를 내기 시작했고, 노예들은 일제히 "마데이아, 페리마데이아."[71]를 이구동성으로 외쳤댔다.

포르투나타가 그의 귀에 대고 뭐라고 속삭이지 않았다면 아마도 그는 무대를 완전히 독차지했지 싶다. 내가 생각하기에 그녀는 그런 바보 같은 짓은 그의 위엄에 어울리지 않는다고 말했을 듯하다. 어쨌든 그렇게 순식간에 돌변하는 사람은 본

---

70. cordax. 원래 고대 그리스의 희극에 나오는 조잡한 군무. 오늘날의 캉캉과 비슷했다.
71. Madeia, perimadeia. '부어라, 마셔라.' 와 비슷한 의미로 추정된다.

장부를 읽는 회계원

적이 없다. 한순간 그는 포르투나타의 눈치를 살피나 싶더니 다음 순간 제정신으로 돌아왔다.

자기 부인과 춤을 추지 않겠느냐는 그의 터무니없는 제안은 그의 회계원이 끼어들면서 무산되고 말았다. 회계원은 마치 관보를 읽듯 장부를 읽어 내려갔다.

7월 26일

쿠마이 영지의 출산 현황 : 남아 30명, 여아 40명

밀 수확 및 저장량 : 500,000펙[72]

길들인 황소 : 500두

같은 날

우리 주인님 가이우스의 수호신을 모욕한 대가로 노예 미트리다테스를 십자가형에 처함.[73]

같은 날

투자 계획 없는 돈 10,000,000세스테르티우스를 금고실에 보관함.

---

72. 1펙(peck)은 약 9.1리터.
73. 십자가형은 범죄자와 노예에게 내리는 형벌이었다.

곡예사들의 공연

같은 날

폼페이 영지에서 화재 발생. 영지 관리인 나스타의 집에서 시작됨.

"뭐라고! 내가 언제 폼페이에 땅을 샀단 말이냐?"
트리말키오가 말했다.
"작년입니다. 그래서 아직 기장이 되지 않았습니다."
회계원의 대답에 트리말키오가 버럭 화를 냈다.
"내 이름으로 땅을 구입하는데도 6개월 동안 아무 소리도 듣지 못했다. 그러니 내 땅으로 인정할 수 없다."

뒤이어 관공서에서 보내온 공문과 사냥터지기들의 유언장이 낭독되었다. 유언 보충서에 트리말키오에게 남기는 말은 없었다. 영지 관리인들의 이름이 거명된 데 이어, 목욕탕 종업원과 바람을 피우다 들켜 이혼당한 경비원의 아내 이야기, 바이아이[74]로 좌천당한 짐꾼 소식, 기소당한 집사의 동정, 시종들 사이의 법정 공방 결과가 낭독되었다.

마침내 곡예사들이 도착했다. 멍청하게 생긴 광대 하나가

---

[74] Baiae. 지금의 이탈리아 남부 캄파니아 주 나폴리 만(灣)에 위치한 항구 도시 바이아(Baia). 고대부터 번성한 지역이었으나 화산 활동으로 인해 대부분 물에 잠겼다. 로마 시대에 화려한 휴양지로, 인근의 나폴리보다 유명했다.

곡예사 소년의 추락

사다리를 들고 서자, 같이 온 소년이 그 위에 올라가 노래를 부르며 춤을 춘 후 불붙은 굴렁쇠를 통과해 이빨로 커다란 포도주 단지를 들어올렸다.

오로지 트리말키오 혼자 이 공연에 흥미를 보였다. 그는 비록 사람들에게 인정받지는 못하지만 이 세상에서 정말로 구경하고 싶은 것 두 가지를 꼽는다면 곡예와 나팔 연주라고 침을 튀기며 말했다. 그 외 다른 오락은 쓰레기일 뿐이었다. 적어도 그가 보기엔 그랬다.

"사실 일전에 돈을 주고 희극 배우를 몇 명 산 적이 있는데, 나는 아텔란 극[75]을 봤으면 했지요. 그래서 지휘자에게 계속 라틴어 노래를 연주하라고 지시했답니다."

이처럼 트리말키오가 막 설명하고 있는데, 곡예사 소년이 그의 소파로 굴러 떨어졌다. 노예뿐만 아니라 손님들까지 일제히 비명을 내질렀다. 물론 비천하기 짝이 없는 소년의 안위를 걱정해서가 아니었다. 사실 그의 목이 부러진다 해도 다들 얼씨구나 구경했을 게 틀림없었다. 그보다는 알지도 못하는 사람

---

75. fabula Atellana. 아텔란 극은 처음에 이탈리아 방언을 사용하는 즉흥 인물 묘사 소극(笑劇)이었다. 극은 어릿광대 마쿠스(Maccus), 수다쟁이 부코(Bucco), 노인 파푸스(Pappus) 등 정형화된 천민 계층을 중심으로 돌아갔다. 나중에 해학과 풍자를 곁들인 익살극으로 발전했다가 점점 성격이 변질되어 무언극에 가까워졌다.

의 죽음을 애도하느라 연회를 중간에 끝내야 하는 사태가 빚어질까 봐서였다.

트리말키오는 몹시 괴로워하면서 부러지기라도 한 듯 한쪽 팔을 부여잡았다. 의사들이 현장으로 달려왔지만 사실상 거기에 맨 처음 도착한 사람은 포르투나타였다. 그녀는 한 손에 찻잔을 든 채 머리카락을 찰랑대며 자신이 겪은 불운을 하소연했다. 바닥에 떨어진 소년으로 말할 것 같으면 어느새 우리 발치 쪽으로 기어와 자비를 간청하고 있었다.

나는 그의 이런 행동 역시 우스꽝스런 깜짝 결말의 전주일지도 모른다는 생각에 기분이 무척 꺼림칙했다. 돼지 내장을 제거하는 것을 깜박했던 요리사의 일이 아직도 내 머릿속에 생생하게 남아 있었다. 그리하여 벽에서 무슨 장치라도 튀어나오지 않나 싶어 연회장 구석구석을 살피기 시작했다. 그런 와중에 노예 하나가 주인의 다친 팔에 붕대를 감으면서 진홍색 부목이 아니라 흰색 부목을 사용했다는 죄로 매질을 당했다.

나의 의심은 이쯤에서 멈추었다. 트리말키오가 소년을 벌주지 않고 풀어 주겠다고 선언했기 때문이다. 이로써 그렇게 위대한 인물이 일개 노예 때문에 다쳤다는 이야기는 아무도 할 수 없게 되었다.

55 우리 모두 그의 행동에 박수갈채를 보낸 후 삶이란 얼마나

불확실한가라는 주제를 놓고 두서없이 떠들어대기 시작했다.

"글쎄요, 이런 경우에는 기록이 필요할 듯하군요."

트리말키오는 이렇게 말하고 나서 공책을 가지고 오라고 지시했다. 그러고는 별로 고민하지도 않고 잠시 후 다음과 같은 시를 내놓았다.

다음에 무엇이 올지는 아무도 모른다네,
공연을 주관하는 것은 운명의 여신이니,
아이야, 가서 포도주나 내오너라.

이 풍자시를 시작으로 화제는 시로 옮아갔고, 트리말키오가 입을 열 때까지 최고의 시인 자리는 한동안 트라키아의 모프수스[76]에게 돌아갔다.

"말씀해 보십시오, 선생님. 어떻게 키케로와 푸블릴리우스[77]를 비교할 수 있겠습니까? 키케로가 훌륭한 웅변가라면 푸블릴리우스는 됨됨이가 훌륭한 인간인 것을요. 이처럼 훌륭한 시가 또 있겠습니까.

---

[76]. Mopsus. 그리스 신화에 나오는 테살리아 지방의 예언자. 아폴로 또는 크레타인 (人) 라키오스(Rhacios)와 여성 예언자 만토(Manto) 사이에서 태어났다. 여기서는 트리말키오가 아는 척하려고 만들어낸 인물인 듯하다.

사치의 나락 아래서 마르스의 성벽이 기우뚱거리누나.
바빌론에서 들여온 황금 깃털의 공작들이
그대의 입을 즐겁게 하려고
뿔닭과 거세한 수탉과 함께
우리에 갇힌 채 포동포동 살이 오르고,
따뜻한 모성의 날개 밑에 새끼를 품고 날아와
긴 다리로 서서 부리를 딱딱거리며
여름 한철을 지내다 겨울이면 또 다른 곳을 찾아 떠나는
가엾은 철새 손님 황새조차도
그대의 냄비를 보금자리로 삼는구나.
인도산 진주에 그토록 연연해하는 이유가 무엇이뇨?
바다에서 건져 올린 노획물로 치장한 그대의 방탕한 아내가
정부의 침대 위에서 다리를 활짝 벌리는 꼴을 보고 싶어서인가?
그토록 바라 마지않는 보석, 초록빛 에메랄드가 무슨 소

---

77. Publilius Syrus. 1세기 중반에 활동한 작가 겸 시인. 시리아 지방에서 태어나 이탈리아 지방에 노예로 팔려갔으나 주인의 눈에 들어 풀려나고 교육받은 덕에 나중에 성공을 거두어 카이사르에게 상을 받기도 했다. 하지만 위대한 웅변가 키케로를 그와 비교하는 것은 어불성설에 가깝다.

용이고

불처럼 빨갛게 빛나는 카르타고산 루비는 또 무슨 소용이
뇨?

그 광휘 안에서 미덕이 빛을 발하지 못한다면

신부는 구름으로 옷을 지어 입거나 지푸라기를 걸쳐

사람들 앞에 맨몸뚱이를 드러내는 것이 옳지 아니한가?

⁵⁶ 그건 그렇고 문학 다음으로 힘든 일을 하는 사람들이 누구라고 생각하십니까? 내가 볼 때는 의사와 은행원이 아닐까 싶습니다만. 의사는 눈에 보이지 않는 오장육부의 상태와 열병의 원인을 알아내야 합니다. 물론 그 사람들이 오리 요리만 먹으라고 처방해대는 건 끔찍이 싫지만 말입니다. 은행원은 청동화에 은을 입힌 가짜 은화를 가려내야 합니다.

말 못하는 짐승 가운데 가장 열심히 일하는 짐승은 마소와 양이올시다. 마소 덕분에 일용할 양식을 얻고, 양이 양모를 생산해 주는 덕분에 따뜻하게 지낼 수 있습니다. 우리가 양고기를 먹고 모직 옷을 입는 것은 부끄러운 일입니다. 벌로 말하자면 신성한 생명체라고 할 수 있습니다. 벌은 꿀을 토해내는데, 사람들은 벌이 천상에서 꿀을 가져온다고 생각하지요. 하지만 그와 동시에 쏘기도 하지요. 단 게 있으면 쓴 것도 있기 마련이

니까요."

그가 철학자들이 무색하게 이런저런 이론을 계속 펼쳐대는 사이 식탁마다 추첨용 제비를 담은 굽잔이 돌았고, 노예 소년이 손님들에게 돌아갈 선물 목록을 큰 소리로 읽었다.

'위조 은화'에게는 은 양념통과 돼지 허벅다리가,

'목침'[78]에게는 양 목살이 나왔습니다.

'금단의 열매[79]와 굴욕'에게는 사과 맛 막대 사탕과 말라빠진 비스킷을 드립니다.

'매질과 칼질'[80]에게는 채찍과 칼이 나왔습니다.

'참새와 파리 잡이'에게는 건포도와 아테네산 꿀입니다.

'연회복과 정장'에게는 고깃덩이와 공책[81]이 되겠습니다.

'사냥개와 발'[82]에게는 산토끼와 슬리퍼가 나왔습니다.

'뱀장어와 편지'에게는 한 몸이 된 쥐와 개구리[83] 그리고 사탕무 한 단[84]이 되겠습니다.

---

78. 원문은 목을 받쳐주는 받침대나 베개 따위를 의미한다.
79. 원문은 '뒤늦은 지혜', 즉 소 잃고 외양간 고치기.
80. 원문은 '부추와 복숭아'. 어원을 따라 의역했다.
81. 고깃덩이는 만찬 준비에 필요하고 공책은 업무를 보는 데 필요하다.
82. 원문은 '개에게 쫓기는 것과 발 보호물'.

우리는 한동안 신나게 웃었다. 이런 게 수백 가지나 있었지만 지금은 생각나지 않는다.

57 아스킬토스가 평소처럼 참지 못하고 너무 재미있어 하면서 두 손을 들어올린 채 눈물이 나올 때까지 웃어댔다. 결국 트리말키오의 자유민 친구 중 한 명이 그에게 버럭 성을 내고 말았다.

"어이, 거기 양 대가리, 뭐가 그리 우습소? 댁한테는 우리 주인이 우습단 말이오? 사는 형편이 좋아 이보다 성대한 만찬에 익숙한 모양이구려. 이곳의 수호신이시여, 부디 저를 말려주소서! 저 작자 옆에 앉아 있다가는 매애거리는 저 소리를 내 손으로 끝장내고 말 겝니다! 다른 사람을 비웃는 데 도가 튼 자 올시다! 자기 오줌만도 못한 저런 무책임한 인간이 대체 어디서 나왔을꼬! 내가 오줌을 갈기면 어디로 고개를 돌려야 할지 모를 위인이.

맹세코 쉽게 흥분하는 성격은 아니지만서도 당신처럼 모자란 인간을 보면 뱃속의 회가 다 동할 지경이군. 저 작자 웃는 꼴 좀 보십시오! 도대체 뭣 때문에 저렇게 웃는 건지. 아비한테 돈

---

83. 『이솝 우화』에서 다리를 묶어 같이 다니다가 솔개에게 잡아먹힌 쥐와 개구리. 물에 사는 뱀처럼 생겼으나 물속에서 사는 뱀장어를 한 몸이 된 쥐와 개구리에 비유하는 듯하다.
84. 반가운 소식 묶음에 비유하는 듯하다.

깨나 물려받았답니까? 어이, 로마 기사라도 되는 모양이지? 그럼 내 아버지는 왕이셨다.

'그런데 어째서 겨우 자유민이오?' 라고 말하고 싶겠지? 왜냐하면 나 스스로 노예제를 수용했으니까. 속주(屬州) 사람이 아니라 로마 시민이 되고 싶었으니까.[85] 이제 어느 누가 됐든 내가 사는 방식을 놓고 비웃지 말았으면 합니다. 나도 보통 사람들 가운데 한 명이고, 당당하게 활보하고 다니니까요. 어느 누구한테도 단 한 푼도 빚진 일이 없고, 입때껏 법원 출두 명령을 받은 적 또한 단 한 번도 없소이다. 길거리에서 '돈 갚으시오.' 라는 말 또한 들어본 적이 없답니다.

얼마 안 되지만 땅도 좀 샀고, 은그릇도 더러 장만했소이다. 개도 한 마리 기르고 있고, 거느리고 있는 가솔도 스무 명이나 됩니다. 늙은 마누라의 자유도 샀으니 이제 그 누구도 더러운 손으로 마누라 머리카락에 손대지 못합니다. 나도 일천 데나리우스[86]를 주고 내 자유를 샀소이다. 또한 헌금을 내지 않고도 아우구스투스 사제단의 사제로 발탁되었습니다. 소원이 있

---

85. 십일조를 속주세로 내는 로마 속주의 사람이 아니라 로마 본국의 시민이 되고 싶었다는 의미이다.
86. 약 1200만 원에 해당한다. 상당히 비싼 해방세로, 자신의 높은 몸값을 과시하려 한다.

다면 죽어서도 얼굴 붉힐 일이 없기를 바랄 따름입니다.

그런데 당신, 여기저기 참견하느라 너무 바빠서 뒤를 돌아볼 여유조차 없지. 다른 사람 등에 있는 이는 보면서 막상 자기 등에 있는 이는 보지 못하지. 여기서 우릴 비웃는 사람은 당신밖에 없어. 아가멤논 선생님은 당신보다 나이가 많은데도 우리와 잘 지낸다고. 하지만 당신은 아직도 엄마 젖이나 빨면서 똥오줌을 분간 못하고 있으니, 이 바보 멍청이야. 물을 흠뻑 먹여 말랑거리기만 하고 질은 형편없는 가짜 가죽 같은 위인아!

돈이 많으면 하루에 네 끼를 먹는다든! 난 돈보다 명예를 택할 테다. 어쨌든 나더러 돈을 두 배로 갚으라고 요구할 사람은 아무도 없단 말이지.

난 사십 년 동안 노예로 있었지만 내가 노예인지, 아니면 자유민인지를 분간하는 사람은 아무도 없었다. 나는 머리를 길게 기른 소년이었을 때 이곳 식민지에 왔다. 아직 시청이 들어서기 전의 일이었지. 난 내 주인님을 기쁘게 하기 위해 열심히 일했다. 당신이 혼신을 다해도 그분 새끼손가락 손톱에도 따라가지 못할 만큼 주인님은 진짜 신사셨지. 주인댁에는 이런저런 방법으로 나를 골탕 먹이려는 사람들이 있었지만 주인님의 수호신 덕분에 무사히 헤쳐나갈 수 있었다. 자유롭게 태어나는 것도 뭐 쉬운 일이겠지만, 인생의 참맛이란 이런 게 아니더냐.

그런데 당신은 어찌하여 살갈퀴⁸⁷ 밭에 들어간 염소처럼 입을 떡 벌리고 나를 빤히 쳐다보는가?"

58 이 말에 내 시중을 들고 있던 기톤이 참지 못하고 그만 웃음을 터뜨리고 말았다. 지금까지 아스킬토스를 맹렬히 비난하던 남자가 이번에는 기톤에게로 공격의 화살을 돌렸다.

"그래서! 이젠 네놈까지 웃느냐, 이 곱슬머리 양파 대가리야? 네놈한테는 오늘이 사투르날리아⁸⁸라도 되나 보지! 지금이 십이월이냐, 엉?⁸⁹ 그래, 해방세는 언제 냈느냐? 분수도 모르고 설쳐대는 놈, 교수형에 처해 까마귀밥 신세가 되게 해야 마땅한 이 불한당아. 네놈과 널 제멋대로 날뛰게 내버려두는 네놈 주인에게 신의 저주가 있으라!

내 배가 그득한 것이 확실하듯이 이 자리에서 지금 당장 네놈을 혼쭐내지 않는 것은 오로지 나처럼 자유민인 이 집 주인 트리말키오 때문이다. 우린 점잖게 행동하거늘 이 변변치 못한 인간들은 그렇지가 않으니, 원. 주인은 주인답고, 노예는 노예

---

87. vetch. 콩과의 두해살이풀로서 덩굴손이 있으며 식용과 사료용으로 쓰인다.
88. Saturnalia. 로마 신화의 농경신 사투르누스(Saturnus. 그리스 신화의 크로노스 (Kronos))를 기리는 축제로서, 로마의 가장 큰 축제였다. 12월 17일에 시작되어 닷새 동안 이어졌는데, 오늘날의 크리스마스와 매우 비슷했다
89. 12월은 사투르날리아의 달로 이때가 되면 수많은 노예들에게 해방 증서가 내려졌다.

다워야 하는 법이거늘. 이거야 성질이 나서 참을 수가 있어야지. 원체 흥분을 잘하는 성격은 아니지만 한번 화가 났다 하면 아무리 내 어머니라고 해도 한 푼도 주지 않는 사람이 바로 나다, 이놈아.

좋다! 어디 두고 보자. 이 쥐새끼 같은 놈, 밥버러지야. 길고 짧은 걸 따지기 전에 네놈 주인부터 흠씬 두들겨줄 테니. 그리고 하늘에 대고 맹세컨대 네놈이 아무리 신을 찾아 애원해도 절대 그냥 놔두지 않겠다. 네놈의 그 볼썽사나운 곱슬머리와 경박한 네놈 주인은 별로 도움이 안 될 테니 각오해라, 이놈. 내 이빨 맛을 톡톡히 보게 될 게다. 네놈이 아무리 신성한 황금 수염을 자랑한다 한들 나를 무시하거나 우리를 비웃을 수 있을지 두고 보면 알 테지. 네놈과 네놈 버릇을 이 따위로 들인 작자에게 아테나의 천벌이 내릴지니.

나는 기하나 비평 같은 허섭스레기는 배우지 않았다만 대문자 정도는 읽을 줄 알고 금속 성분과 무게와 돈을 백분율로 계산하는 법도 안다. 네놈만 괜찮다면 우리 내기해 보자. 자, 여기 내가 내기에 거는 돈이다. 네놈이 웅변술을 알고 있다고는 해도 네놈 아비가 어떻게 돈을 허비했는지 곧 알게 될 게다. 자, 문제 나간다.

우리 몸의 일부인데,
나는 길어지기도 하고 굵어지기도 하죠.
나는 무엇일까요?

문제 계속 나간다.

우리 몸의 일부인데,
나는 제자리에서만 움직이죠.
나는 무엇일까요?

우리 몸의 일부인데,
나는 커지기도 하고 작아지기도 하죠.
나는 무엇일까요?[90]

머리를 쥐어짜는 네 꼴이 요강에 빠진 생쥐 같구나. 그러니 입을 다물거나 여기 계신 선배들이 네 존재를 아예 눈치 채지 못하도록 방해하지 말고 가만히 있어라.
내가 네놈이 네 애인에게서 갈취한 회양목 반지[91] 따위에

---

90. 다양한 답이 가능하겠지만 음경이 가장 유력하다.

털끝만큼이라도 관심이 있을 거라고는 생각지 마라. 나는 원래 복이 많은 사람이거든. 우리 함께 시장에 가서 반지로 돈을 빌려보면 어떨까. 분명히 사람들이 나의 이 쇠반지를 더 높게 쳐줄 게다.

흥, 물에 빠진 여우 꼴이 볼 만하구나. 나는 소망하건대, 내가 큰돈을 모아 베풀고 죽어서 사람들이 내 죽음을 잊지 못하기를 바란다. 그 소망만큼이나 나는 네놈 목숨이 붙어 있는 한 어디든 저승사자처럼 따라다닐 테다.

이것은 네놈한테 이런 못된 행동을 가르친 얼간이한테도 해당되는 얘기다. 주인은 무슨 얼어죽을 주인. 우리 때만 해도 그렇게 배우지 않았다. 우리 스승은 입버릇처럼 이렇게 말씀하곤 하셨다. '소지품은 모두 잘 챙겼겠지? 한눈팔지 말고 곧장 집으로 가야 한다. 손윗사람들한테 공손하게 대하고.' 그런데 요즈음은 도대체가 예의범절을 찾아볼 수 없으니, 원. 서푼어치도 안 되는 인간들만 득실거리지. 네놈을 보니 내가 받은 교육이 참으로 고맙구나."

아스킬토스가 이런 모욕에 반격을 가하기 시작했다. 하지만 그때 트리말키오가 친구의 달변에 크게 고무되어 이렇게 말

---

91. 정말 나무 반지인지는 알 수 없으나 금반지가 아님을 조롱하고 있다.

호메로스 낭송회

했다.

"입씨름은 이제 그만둡시다! 자, 자, 다들 즐겁게 지냅시다. 그리고 헤르메로스, 그만하면 충분하니 그 젊은 친구를 이제 놔주게나. 한창 혈기왕성할 때이니 자네가 너그럽게 봐주게나. 이런 상황에서는 양보하는 사람이 이기는 걸세. 게다가 자네도 젊었을 땐 괜히 우쭐거리면서 분별력을 잃지 않았나. 그러니 다시 실컷 즐겨보세. 암, 그 편이 백 번 낫지. 자, 이제 호메로스 낭송회를 구경합시다, 여러분."

곧이어 배우들이 입장해 창과 방패를 요란하게 부딪쳤다. 트리말키오는 방석에 기대고 앉아 배우들이 그리스어 대사를 평소처럼 막힘없이 주고받는 동안 큰 소리로 라틴어 대사를 낭독했다. 잠시 후 그가 낭독을 멈추고 물었다.

"지금 이 장면이 어떤 장면인지들 아십니까? 디오메데스[92]와 가니메데스[93]는 형제였습니다. 그 누이가 헬레네[94]였고요. 아가멤논[95]이 그녀를 빼돌리고 대신 암사슴을 디아나[96]에게 바

---

[92]. Diomedes. 그리스 신화에 나오는 전쟁 영웅. 아르고스의 왕으로서 80척의 배를 이끌고 트로이 전쟁에 참가해 대승을 거두었다.

[93]. Ganymedes. 그리스 신화에 나오는 트로이 왕 트로스(Tros) 또는 프리아모스(Priamos)의 아들. 미모가 뛰어나 제우스의 술시중을 들었다.

[94]. Helene. 그리스 신화에 나오는 아름다운 여인. 트로이 전쟁의 간접적인 원인이 되었다.

쳤지요. 이 장면에서 호메로스는 트로이 사람들과 타렌툼 사람들이 서로 싸우게 된 배경을 설명하고 있습니다. 물론 아가멤논이 승리를 거두고, 자신의 딸 이피게네이아[97]를 아킬레우스[98]와 결혼시켰지요. 이 일로 아이아스[99]는 미치게 되고, 이제 곧 그가 어떻게 끝나는지 설명할 겁니다."[100]

트리말키오의 이 말에 배우들은 환성을 내질렀고, 하인들이 양쪽으로 비켜서면서 통로를 만드나 싶더니 무게가 200파운드[101]나 나가는 접시에 송아지 한 마리가 담겨 나왔다. 송아

---

95. Agamemnon. 그리스 신화에 나오는 전쟁 영웅. 미케나이(Mycenae. 미케네) 또는 아르고스(Argos)의 왕으로서 트로이 전쟁 때 그리스의 총사령관이었다.
96. Diana. 로마 신화에 나오는 들짐승과 사냥의 여신. 그리스 신화의 아르테미스(Artemis)에 해당한다.
97. Iphigeneia. 그리스 신화에서 미케나이의 왕 아가멤논과 아내 클리템네스트라(Clytemnestra) 사이에서 태어난 맏딸.
98. Achileus. 그리스 신화에 나오는 그리스의 전쟁 영웅. 트로이 전쟁 때 아가멤논 군대에서 가장 용맹하고 뛰어난 전사였다.
99. Aias. 그리스 신화에 나오는 그리스의 전쟁 영웅. 트로이 목마 안에 들어갔던 40명의 장수 중 하나.
100. 디오메데스는 가니메데스와 아무런 상관이 없다. 헬레네는 카스토르(Castor)와 폴리데우케스(Polydeuces)의 누이였다. 헬레네가 트로이의 왕자 파리스(Paris)에게 납치당하자 그녀의 시아주비인 아가멤논이 제수를 구하러 나섰다. 그리스 함대가 무사 항해를 기원하며 아울리스(Aulis)에서 디아나에게 바친 제물은 아가멤논의 딸 이피게네이아이다. 이피게네이아는 아킬레우스와 정혼하긴 했지만 결혼 전에 아킬레우스가 전사했고, 아이아스는 아킬레우스의 갑옷이 울릭세스 차지가 된 것 때문에 정신을 놓았다.

지는 통째로 삶긴 채 머리에 투구를 쓰고 있었다. 그 뒤를 이어 '아이아스'가 등장해 미친 사람처럼 검을 빼들고 송아지를 베어댔다. 그는 장단에 맞추어 송아지를 골고루 토막 내더니 그 조각들을 칼끝에 찍어 놀라워하는 손님들에게 나누어주었다.

60 하지만 우리는 이 우아한 장면에 찬탄을 표할 시간이 그리 많지 않았다. 별안간 천장이 덜거덕거리기 시작하면서 연회장 전체가 흔들렸기 때문이다. 나는 놀란 나머지 자리에서 벌떡 일어났다. 곡예사가 지붕을 통해 밑으로 내려오고 있을지도 모른다고 생각했기 때문이다. 다른 손님들도 위를 올려다보면서 이 이상한 전조가 과연 어떤 결과를 가져올지 초조하게 기다렸다.

그런데 믿기 어렵겠지만 천장 머름이 열리면서 갑자기 거대한 쇠테가 내려왔다. 쇠테에는 황금 왕관과 향수가 담긴 설화석고 단지가 주렁주렁 매달려 있었다. 우리에게 주는 선물이라는 말을 들으며 나는 식탁을 쳐다보았다. 어느새 케이크 접시가 놓여 있었는데, 그 한복판에는 케이크로 만들어진 프리아푸스 위에 늘 그렇듯이 온갖 종류의 사과와 포도가 올라 있었다.

우리는 너도나도 할 것 없이 이 전시물에 허겁지겁 손을 내뻗었고, 곧이어 여기저기서 농담이 터져 나오면서 분위기는 다

101. 약 65킬로그램.

시 경쾌해졌다. 케이크든 과일이든 살짝 손만 갖다 대면 사프란[102] 연무(煙霧)가 뿜어져 나오면서 성가신 수증기가 우리 얼굴을 간지럽혔다. 이처럼 성스런 향에 함빡 적신 만큼 당연히 음식에 어떤 종교상의 의미가 담겨 있는 게 분명하다고 생각하고는 다들 자리에서 일어나 이렇게 외쳤다.

"신이시여, 만백성의 아버지 아우구스투스[103]를 지켜주소서!"

이런 경건한 분위기에도 불구하고 몇몇 손님들은 계속 사과를 낚아챘다. 나도 그중 한 명이었다. 기톤의 주머니에 질러준 몫이 부족하다고 생각했기 때문이다.

그런 가운데 짤막한 흰색 투니카[104] 차림의 소년 세 명이 들어왔다. 그중 두 명은 목에 부적을 차고 있는 가문의 수호신[105] 상들을 식탁에 내려놓았고, 다른 한 명은 포도주 단지를 들고 돌아다니며 이렇게 외쳤다.

---

102. saffraan. 붓꽃과의 여러해살이풀. 암술머리는 말려서 약제, 향료, 염료 따위로 쓴다.
103. 이 작품이 네로 시대의 것이므로 여기서 '아우구스투스'는 '아우구스투스 황제'인 옥타비아누스(Octavianus, 재위 기간 BC 23~AD 14)가 아닌 네로(Nero, 재위 기간 AD 54~68)를 가리킨다.
104. tunica. 영어로 튜닉(tunic). 로마와 그리스를 비롯해 고대 유럽에서 입은 남녀의 기본 웃옷. 소매가 없고 헐렁하며 속옷과 겉옷을 겸했다. 오늘날에는 몸에 달라붙는 여성복이나 제복을 뜻한다.

"신이시여, 이곳의 모든 이들을 굽어살피소서!"

우리의 주인은 이윤, 행운, 소득이 신들의 이름이라고 설명했다. 트리말키오의 황금 동상도 있었다. 다른 사람들은 모두 동상에 입을 맞추었지만 우리는 머쓱한 나머지 가만히 있었다.

61 모두 함께 서로의 건강과 행복을 기원한 후에 트리말키오가 니케로스를 쳐다보며 말했다.

"자네도 한때는 이런 자리에서 잘 어울렸는데 어찌 요즈음은 통 조용하네그려. 입을 꾹 다물고만 있으니 당최 이유를 알 수 있어야지. 부탁이니 날 좀 기쁘게 해주게나. 자네가 겪은 모험 이야기 좀 들려주게나."

니케로스는 친구의 정중한 요청에 반색을 하며 입을 열었다.

"자네가 이렇게나 따뜻이 맞아주는데 기쁜 마음으로 벌떡 일어나지 않는다면 앞으로 한 푼도 못 벌어도 상관없네. 한바탕 신나게 웃어보세나만, 저기 있는 학교 선생님들이 나를 비웃지나 않을까 적이 걱정스럽구먼. 그야 그 사람들에게 달린 문제고. 어쨌든 난 얘기를 할 참이네. 누가 나를 비웃건 무슨 상

---

105. 이 신들은 주로 투니카 차림의 젊은 남자로 묘사되었다. 트리말키오는 상인답게 가정의 수호신들에게 상업 관련 이름을 부여했다. 저녁 식사 도중, 그중에서도 후식이 나오기 직전에 이 신들에게 예를 갖추는 것이 당시 로마의 관행이었다. 하지만 트리말키오의 동상에 입을 맞추는 것은 과한 행위로 볼 수 있다.

관이겠나? 조롱을 당하는 것보다는 그래도 웃음을 사는 게 낫지."

그리하여 그의 이야기가 시작되었으니 그 내용은 다음과 같았다.

"내가 아직 노예였을 때 지금은 가빌라의 소유가 된 어느 골목 아래 집에 살고 있었습니다. 무슨 운명의 장난인지 그곳에서 나는 여인숙 주인 테렌티우스의 아내와 사랑에 빠졌습니다. 여러분 모두 타렌툼 출신의 멜리사를 알 겁니다. 정말 굉장한 미인이었지요. 하지만 하늘에 맹세코 내가 그녀에게 빠진 이유는 그녀의 몸뚱이나 성적 매력이 아니라 그녀의 착한 성품 때문이었습니다. 어떤 부탁을 해도 그녀는 거절하는 법이 없었습니다. 한두 푼이 생길 때마다 나는 그녀에게 맡아달라고 부탁했고, 그녀는 한 번도 날 속인 적이 없었습니다.

그러던 어느 날 그녀의 남편이 죽었습니다. 그래서 나는 그녀를 손에 넣기 위해 어떻게든 최선을 다해 보기로 했습니다. 어려울 때 도와주는 친구가 진정한 친구라는 말이 정말 맞더군요. 운이 좋으려고 그랬는지 주인이 이런저런 볼일을 보러 카푸아에 가 있었습니다. 나는 기회를 엿보다 집에 머물고 있던 손님 한 명에게 다섯 번째 이정표까지만 나와 동행해 달라고 부탁했습니다. 당시 그 손님은 군인이었는데, 용감하기가 이루

말할 수 없었습니다. 우리는 새벽녘 어스름에 남의 눈을 피해 길을 나섰습니다. 달빛은 마치 대낮처럼 환하게 비치고 있었습니다. 공동묘지를 지나는데 내 친구가 비석에 대고 오줌을 갈기기 시작했습니다. 그 사이 나는 큰 소리로 노래를 부르면서 계속 발걸음을 옮기며 별을 세기 시작했습니다.

잠시 뒤를 돌아봤더니 내 친구가 옷을 벗어 길가에 내려놓는 모습이 보였습니다. 나는 혼비백산해서 시체처럼 그 자리에 서 있었습니다. 그가 벗어놓은 옷가지에 오줌을 한 줄기 누나 싶더니 갑자기 늑대로 돌변하는 게 아니겠습니까. 절대 지어낸 이야기가 아닙니다. 아무리 큰 재산이 생긴다 해도 이런 거짓말로 여러분을 속일 생각은 추호도 없습니다. 어쨌든 다시 이야기를 시작하자면 늑대로 변한 후 그는 울부짖으면서 숲으로 내달렸습니다.

처음에 나는 내가 어디에 있는지 몰라 멍청하게 서 있다가 그의 옷을 주우러 다시 되짚어갔습니다. 하지만 옷가지는 돌로 변해 있었습니다. 겁에 질려 죽은 사람이 있다면 그건 아마 나였을 겁니다. 나는 칼을 빼들고 새벽 그림자와 당당하게 싸우면서 어찌어찌 내 여자의 집에 도착했습니다.

나는 금방이라도 숨이 끊어질 듯 헐떡이며 집 안으로 들어갔습니다. 땀이 가랑이 아래로 줄줄 흘러내렸고, 눈은 퀭하니

늑대로 변한 친구

번들거렸습니다. 나는 쓰러지기 일보 직전이었습니다. 멜리사는 내가 그렇게 늦은 시각에 그곳까지 걸어온 것을 보고 깜짝 놀랐습니다.

'당신이 조금만 일찍 왔더라면 조금이라도 우릴 거들어주었을 텐데 안타깝네요. 늑대 한 마리가 농장에 나타나서 가축을 모조리 찢어발겨 놓았지 뭐예요. 피범벅 난장판이 따로 없었다니까요. 하지만 놈도 무사하진 못할 거예요. 비록 도망가긴 했지만 우리 노예 하나가 놈의 목에 창을 명중시켰으니까.'

이 말을 듣고 나니 또다시 불안해서 도무지 눈을 붙일 수가 없었습니다. 날이 밝기가 무섭게 나는 강도를 뒤쫓는 여인숙 주인처럼 서둘러 집으로 향했습니다. 그의 옷가지가 돌로 변한 지점에 이르자 핏자국 외에는 아무것도 보이지 않았습니다. 그런데 집에 돌아왔더니 나의 군인 친구가 침대에 철퍼덕 드러누워 의사에게 목을 보이고 있었습니다. 그가 늑대 인간이라는 사실을 알고 나서는 아무리 날 해치지 않는다 해도 그가 보는 앞에서는 빵 한 조각도 삼킬 수가 없었습니다.

이 이야기에 대해 다르게 생각하는 사람이 있다면 그건 그 사람들 몫입니다. 내가 거짓말을 하고 있다면 여러분의 수호신 모두의 저주가 한꺼번에 쏟아져도 달게 받겠습니다!"

다들 너무 놀라 할 말을 잃었다.

마녀들과의 싸움

"나는 모두 믿습니다."

트리말키오가 입을 열었다.

"솔직히 머리카락이 다 쭈뼛거릴 지경이었습니다. 니케로스는 허튼소리나 할 인사가 아니라는 것을 내가 누구보다도 잘 아니까 말입니다. 저 사람은 정말로 믿을 만하며 과장이라는 걸 모릅니다.

이제는 내가 무서운 이야기를 하나 들려드릴까 합니다. 지붕 위의 당나귀를 기대해도 좋습니다! 나는 어렸을 때부터 아주 편하게 지냈는데, 내가 머리를 길게 기른 젊은이였을 때 주인이 총애하던 노예가 죽었습니다. 하늘에 맹세코 그는 진주였습니다. 미모가 정말 출중했지요. 그의 가엾은 어머니는 아들의 주검 앞에서 구슬피 울었고, 다른 사람들도 모두 깊은 슬픔에 잠겼습니다. 그런데 갑자기 마녀들이 울부짖기 시작했습니다. 산토끼를 쫓는 개가 짖는 소리 같았지요.

당시 우리 집에는 카파도키아[106] 출신의 거한(巨漢)이 한 명 있었습니다. 힘이 어찌나 장사였던지 성난 황소도 너끈히 들어올렸지요. 이 거한이 왼손에 칼을 빼들어 숨긴 채 밖으로

---

[106]. Cappadocia. 아나톨리아(소아시아) 중동부를 일컫는 고대 지명. 로마의 동맹국이었으나 점차 독립성을 잃어 속국, 속주로서 정치·경제·종교적으로 중요한 위치를 차지했다.

냅다 달려 나가더니 마녀 한 명의 뱃가죽, 그러니까 바로 여기를 푹 찔렀습니다. 물론 지금 내가 찌른 여기 내 배에는 아무 이상이 없겠죠!

어쨌든 신음 소리가 들리나 싶더니 거짓말 하나 안 보태고 마녀들이 감쪽같이 사라졌지 뭡니까. 그런데 우리의 거한은 일단 안으로 들어오긴 했지만 몸져눕고 말았습니다. 온몸에 푸릇푸릇 멍이 든 게 마치 채찍질을 당한 듯했지요. 짐작하겠지만 악마의 손이 닿았던 거지요.

우리는 대문을 닫고 각자 하던 일로 돌아갔지만 소년의 어머니가 아들의 시신을 품에 안고 쓰다듬는 순간 한 줌 지푸라기밖에 보이지 않지 뭡니까. 심장도, 내장도, 아무것도 없었답니다. 마녀들이 어느새 소년의 시신과 짚 인형을 바꿔치기 했던 거지요.

내 말을 의심해선 안 됩니다. 특별한 힘을 지니고 한밤중에 나타나 모든 걸 뒤바꿀 수 있는 마녀들은 분명히 존재합니다. 물론 그 거한은 그 일이 있은 후로 두 번 다시는 제 피부 색깔을 찾지 못했습니다. 실제로 며칠 지나지 않아 그 친구는 미쳐 날뛰다 세상을 뜨고 말았답니다."

이번에도 우리는 먼젓번처럼 놀라움과 신뢰를 나타낸 후 식탁에 입을 맞추며 만찬을 끝내고 다들 무사히 집에 돌아갈 때까지 마녀들이 나돌아다니지 않기를 빌었다.

 이 무렵 사실을 말하자면 조명이 밝아지는 듯하더니 연회장 분위기가 전체적으로 달라 보였다.[107] 그때 트리말키오가 말했다.

 "플로카무스, 자네도 뭐 재미있는 이야기 하나 해보지 그러나. 예전에는 멋들어진 목소리로 시도 읊고 노래를 불러 우리를 즐겁게 해주지 않았나? 옛날이 그립네."

 "글쎄."

 플로카무스가 입을 열었다.

 "통풍[108]에 걸리고 나서는 내 호시절도 끝났지 뭔가. 거기다 젊었을 때 노래를 하도 불러대서 기력이 거의 소진되었다네. 춤이면 춤, 낭독이면 낭독, 우리 이발소 이야기면 이야기, 참 많이도 보여주었지. 아펠레스[109]를 빼고 나처럼 재능이 빼어난 이가 또 언제 있기는 했었나?"

---

107. 엔콜피우스가 취기가 오른 듯하다.
108. 痛風. 요산염으로 인해 팔다리에 심한 관절염이 되풀이되어 생기는 유전성 대사 이상 질환으로서 남성에게 많이 생기는 오래된 병이다.
109. Apelles. 로마 황제로서 광적인 폭군인 칼리굴라(Caligula, AD 12~41) 시대의 유명한 비극 배우. 41년에 아펠레스는 "유피테르가 더 위대하냐, 내가 더 위대하냐?"라는 칼리굴라의 질문에 답변을 망설이다가 채찍으로 온몸을 찢어발기는 형을 받아 죽었다. 플로카무스는 20여 년 전의 일을 언급하고 있다.

개싸움

그는 입에 손을 갖다 대고 휘파람을 몇 소절 불고는 그리스 노래라고 주장했다.

트리말키오는 트리말키오대로 나팔 소리를 흉내 낸 후 크로에수스라는 이름의 평소 총애해온 소년을 찾았다. 하지만 흐리멍덩한 눈빛에 치아 상태가 엉망인 소년은 역겨울 정도로 디룩디룩 살찐 검정 강아지에게 녹색 옷을 입히느라 정신이 없었다. 그는 소파에 빵을 반 덩이나 올려놓고 강아지가 소화를 못 시켜 도로 게워내는데도 목구멍에 꾸역꾸역 빵을 밀어넣었다. 트리말키오는 이 모습을 보면서 뭔가 생각이 났는지 '가정의 수호자' 스킬락스를 데려오라고 지시했다.

곧이어 거구의 사냥개 한 마리가 사슬에 묶여 나타났다. 시종이 발로 한 번 걷어차자 녀석은 식탁 앞에 큰 대자로 드러누웠다. 트리말키오가 녀석에게 하얀 식빵을 던져주면서 말했다.

"이 집에서 너처럼 나에게 충직한 놈은 아무도 없구나."

소년은 스킬락스에게 쏟아진 이러한 찬사에 화가 났는지 바닥에 쪼그려 앉은 강아지가 스킬락스에게 달려들어 싸움을 시작하도록 부추겼다. 당연히 스킬락스는 개의 본능에 따라 연회장을 끔찍한 울음소리로 가득 채우면서 크로에수스의 보물을 찢어발기려 들었다. 소동은 개싸움의 수준을 넘어설 정도로 요란했다. 식탁에 있던 등잔 받침이 엎어지고 유리가 모조리

하비나스의 등장

박살났을 뿐만 아니라 뜨거운 기름이 몇몇 손님들한테로 엎질러지기도 했다.

이러한 피해에 안달하는 것처럼 보이고 싶지 않았는지 트리말키오는 소년에게 키스를 하고는 자기 등에 올라타라고 말했다. 소년은 주저하는 기색 없이 곧바로 그의 등에 올라타 손바닥으로 그의 어깨뼈를 철썩철썩 때리며 까르르 웃어댔다. 그리고 이렇게 소리쳤다.

"술래야, 술래야, 내 손가락이 전부 몇 개게?"

잠시 후 트리말키오는 평정을 되찾고 손님들에게 대접할 술과 우리 시중을 드는 노예들에게 줄 술을 가져오라고 지시했다. 그리고 한 가지 조건을 더 달았다.

"누구든 마시려 들지 않거든 머리에 부어라. 낮은 일하는 시간이고, 지금은 신나게 즐길 시간이다."

65 이러한 친절에 이어 입가심 몇 가지가 따라 나왔는데, 지금도 그 생각을 하면 구역질이 날 지경이다. 이번에는 개똥지빠귀가 아니라 살찐 수탉 한 마리와 빵으로 만든 두건에 싸인 거위 알 몇 개가 손님들에게 각각 돌아갔다. 트리말키오는 뼈 없는 닭이라면서 우리더러 어서 먹어보라고 권했다.

그런 가운데 하인 하나가 문을 두드렸고, 흰옷 차림의 술 취한 손님이 한 무리의 사람들과 함께 안으로 들어왔다. 나는

하비나스

이 당당한 행차에 겁을 집어먹고 집정관이 왔나 보다고 생각했다. 그래서 자리에서 일어나 맨발로 마룻바닥에 내려서려는데 아가멤논이 이런 나를 비웃으며 말했다.

"진정하게, 어리석긴. 저 사람은 하비나스일세. 아우구스투스 사제단의 사제이자 석공이지."

이 말에 나는 안심을 하고 다시 자리에 앉아 하비나스가 열렬한 환호를 받으며 입장하는 모습을 지켜보았다. 그는 벌써 취했는지 부인의 어깨에 손을 올려놓은 채 목에 화환을 몇 개 걸고 있었고, 이마에서 흘러내린 향유가 눈으로 흘러들고 있었다. 그는 집정관 지정석인 명예의 자리[110]에 앉자마자 포도주와 뜨거운 물을 주문했다. 트리말키오도 고조된 분위기에 기분이 한껏 좋아져 술 한 잔을 청하고는 만찬 자리가 흥겨웠는지 물었다.

"아쉬운 점이 한 가지 있다면 자네가 거기에 없었다는 걸세. 나의 지음(知音)인 자네는 여기 있었잖은가. 그래도 아주 괜찮았네. 스키사가 임종 침상에서 풀어준 가엾은 노예를 기려 9일째 만찬[111]을 열었지. 내 생각에 스키사는 5퍼센트 해방세로 꽤 많은 돈을 지불해야 할 듯싶네. 죽은 노예의 몸값이 5만 세

---

110. 명예의 자리란 중앙의 소파 아래쪽에 있는 지정석으로 대개 주인 바로 옆에 마련된다.

스테르티우스로 책정되었거든. 죽은 노예의 가엾은 뼈에 대고 우리 술 절반을 부어야 했지만 그래도 무척 즐거웠네."[112]

하비나스가 대답했다.

"그래, 음식은 무엇무엇이 나왔던가?"

트리말키오가 물었다.

"말을 해주긴 하겠지만 자네도 잘 알다시피 본인 이름도 종종 깜빡깜빡할 정도로 내 기억력이 원체 좋아서 말일세. 맨 처음에는 소시지를 얹은 돼지에 이어 순대와 아주 근사하게 치장한 내장 요리가 나왔네. 물론 사탕무와 통밀 빵도 나왔고. 나도 흰 빵보다 통밀 빵을 더 좋아한다네. 우선 건강에 좋고 일할 때 긴장도 풀어주거든.

다음으로 차가운 타르트[113]와 일등급 히스파니아[114]산(産) 포도주에 뜨거운 꿀을 탄 음료가 나왔지. 타르트는 거의 입에 대지도 않았지만 꿀은 내 입맛에 맞더군. 병아리콩, 루핀[115], 여

111. 망자를 기리는 9일상이 끝나고 나서 여는 만찬으로 로마 장례식의 특징이었다.
112. 죽은 노예의 몸값이 5만 세스테르티우스나 된다고 한 것은 의도적인 과장으로 들린다. 죽은 노예를 자유롭게 해주려고 해방세를 내고 유골에 술까지 뿌려준 것으로 보아 죽은 노예와 그 주인인 스키사가 아주 특별한 관계였음을 짐작할 수 있다.
113. tarte. 과일을 얹은 파이의 일종. 사실 타르트는 19세기 프랑스에서 처음 만들어졌으므로, 이와 비슷한 음식을 뜻한다.
114. Hispania. 지금의 이베리아 반도 일대.

러 가지 종류의 견과류, 사과도 나왔다네. 사과는 원래 일인당 한 개씩인데, 난 두 개를 집었지. 보게나, 이렇게 냅킨에 싸왔잖은가. 내 꼬마 노예에게 줄 선물을 가져오지 않으면 난리가 나거든.

맞아, 내 착한 마누라가 상기시켜 주는군. 우리 앞에 곰 고기 요리가 차려졌는데, 스킨틸라가 어리석게도 맛을 봤다가 거의 게워낼 뻔했지 뭔가. 하지만 나는 1파운드[116]도 더 먹었지. 멧돼지 맛과 비슷했거든. 곰이 우리 불쌍한 인간들을 먹을 수 있다면 우리도 곰을 먹을 권리가 있다고 생각하네.

입가심으로 신선한 포도주에 적신 치즈, 달팽이, 내장, 빵으로 만든 두건에 싼 달걀, 순무, 겨자, 또 뭐더라, 참, 다랑어가 나왔지! 그리고 식초에 절인 커민 씨도 있었네. 사발에 담아서 한 바퀴 죽 돌렸는데, 어떤 사람들은 염치없게도 세 줌이나 집어가더군. 햄은 손대지 않고 그대로 돌려보냈네.

67 그건 그렇고 가이우스, 어째서 포르투나타가 보이지 않는 겐가?"

"자네도 잘 알잖나, 내 마누라 성격을. 식기를 치우고 노예들에게 남은 음식을 나누어줄 때까진 물 한 방울도 입에 대지

---

115. lupine. 아메리카, 아프리카, 지중해 연안에 서식하는 콩의 일종.
116. 로마 시대의 1파운드는 약 327그램.

않는다네."

트리말키오가 대답했다.

"어쨌거나 제수씨가 자리에 앉지 않으면 난 가겠네."

하비나스가 맞받았다.

그가 자리에서 일어나자 이를 신호로 하인들이 일제히 '포르투나타'를 네다섯 번 연호했다. 잠시 후 그녀가 나타났는데, 치맛단을 말아 올려 노란색 띠로 묶어 그 밑으로 버찌색 페티코트와 새끼처럼 꼰 발목 장식, 금사로 수놓은 슬리퍼를 드러낸 모습이었다. 그녀는 목에 두르고 있던 손수건에 손을 닦은 뒤 하비나스의 부인이 기대앉은 소파에 자리를 잡았다. 그러고는 손뼉을 치는 스킨틸라에게 키스를 하더니 이렇게 말했다.

"이게 누구야?"

곧이어 포르투나타는 엄청나게 살이 찐 팔뚝에서 팔찌를 빼내 감탄하고 있는 스킨틸라에게 보여주었다. 그리고 결국에는 발목 장식과 머리그물까지 풀어 보여주며 순금이라고 말했다. 트리말키오가 이 모습을 지켜보다가 보석류를 모두 가져오라고 지시하며 이렇게 말했다.

"자네도 알다시피 여인네의 족쇄지. 우리 가엾은 바보들은 이것 때문에 돈을 털리고 말일세. 포르투나타가 걸치고 있는 걸 모두 합하면 6파운드 반[117]은 족히 될 게야. 나도 팔찌가 하나 있는데, 메르쿠리우스에게 바치는 십일조[118]로 만들었다네. 무게가 10파운드[119]는 나가지."

거짓말쟁이로 비칠까 봐 그는 저울을 가져오라고 해서 무게를 달아보게 했다.

스킨틸라도 가만히 있지 않았다. 그녀는 목걸이에서 자칭 '행운의 상자'라는 조그만 금합을 빼내더니 그 안에서 귀고리 한 쌍을 꺼내 포르투나타에게 보여주었다.

"남편한테 받은 선물인데, 이런 최상품은 어디서도 구하지 못할걸."

"어이!"

하비나스가 말했다.

"유리 콩 하나 사려고 내 주머니를 탈탈 털어간 게 누군데. 솔직히 딸이 있다면 그 애 귀를 잘랐을 거야. 이 세상에 여자가 없다면 뭐든 아주 쌀 텐데 말이야."

그런 중에 여자들은 술에 취해 서로 킬킬대며 키스를 나누었다. 그러면서 한 명은 안주인으로서의 자기 공적을 소리 높여

---

117. 약 2킬로그램.
118. 수입의 10분의 1. 상인들이 감사와 기원의 뜻을 담아 상업의 신 메르쿠리우스에게 한 달에 한 번씩 바친 돈이다.
119. 약 3.3킬로그램. 팔찌의 무게로 보아 트리말키오가 올리는 수입이 그만큼 많음을 알 수 있다.

스킨틸라

열거하고, 또 한 명은 남편의 단점과 남색을 밝히는 취향을 헐뜯었다. 이렇듯 다들 희희낙락하는 사이 하비나스가 슬그머니 일어나 포르투나타의 발을 붙잡더니 소파 위에 내동댕이쳤다.

"어머나!"

그녀가 비명을 내지르는 것과 동시에 속치마가 비어져 나와 그녀의 무릎께에서 나풀댔다. 그녀는 스킨틸라의 무릎으로 파고들며 벌겋게 달아오른 얼굴을 손수건으로 가렸다.

68 그러고 나서 잠시 휴식 시간이 있었고, 곧이어 트리말키오가 후식을 가져오라고 지시했다. 노예들은 식탁을 치우고 새 식탁을 내왔다. 노예들이 이리저리 분주하게 움직이며 노란색과 주홍색으로 물들인 톱밥과 나로서는 생전 처음 보는 것, 그러니까 곱게 빻은 운모(雲母)를 늘어놓았다. 그런 가운데 트리말키오가 입을 열었다.

"마음에 들지 않더라도 이해해주시기 바랍니다. 후식이올시다! 이제 첫 번째 요리 접시는 모두 치워지고 없소이다.[120] 하지만 좋은 게 있거든 얼마든지 청하십시오."

그 와중에 뜨거운 물을 나르던 알렉산드리아 출신의 노예

---

[120]. 노예들이 후식(secundae mensae, 즉 second tables)을 가져오라는 트리말키오의 지시를 곧이곧대로 받아들여 먼젓번 '식탁'을 치우고 다시 식탁을 들여온 것을 두고 하는 농담이다.

포르투나타를 내동댕이치는 하비나스

하나가 나이팅게일을 흉내 내기 시작했지만 트리말키오는 버럭 고함을 내질렀다.

"곡 바꿔!"

그래서 다른 오락 거리가 펼쳐졌다. 하비나스의 발치에 앉아 있던 노예가 주인의 재촉을 받았는지 갑자기 노래를 부르기 시작했다.

한편 아이네이스는 함대를 이끌고 바다 한복판에 당도했다네.[121]

내 평생 그렇게 째지는 듯한 소리는 처음이었다. 고막이 다 먹먹할 지경이었다. 제멋대로 올라갔다 내려갔다 하는 것은 둘째 치고 아텔란 극까지 끼워 넣는 바람에 내 평생 처음으로 베르길리우스[122]가 신경에 거슬렸다. 그가 기진맥진해서 마침내 노래를 멈추자 하비나스가 말했다.

"제대로 된 교육을 받은 적이 없어서 말일세. 거리 모퉁이의 행상인들한테 보내 훈련을 시킨 게 전부라네. 마부나 도붓

---

121. 베르길리우스의 『아이네이스』 5권 서두.
122. Publius Vergilius Maro. 영어로는 Virgil 또는 Vergil. BC 70~BC 19. 로마의 위대한 시인. 서사시 『아이네이스』 등을 저술했다.

장수 흉내라면 저 아이를 따라올 자가 없지. 사실 아주 영리한 아이거든. 구두 수선이면 수선, 요리면 요리, 제빵이면 제빵, 못 하는 게 없다네. 하지만 단점이 두 가지 있는 게 흠일세. 그것만 아니라면 백만 명 가운데 한 명 나올까 말까 한 아이인데 말이 지. 할례를 받았다는 것하고 코를 곤다는 게 저 아이 흠이라네. 저 아이가 사시인 건 내게 전혀 문제가 되지 않네. 베누스도 사 시 아닌가. 차분히 있질 못하고 잠시라도 눈을 가만히 두지 못 하는 이유는 그 때문이라네. 삼백 데나리우스를 주고 샀다네."

이 대목에서 스킨틸라가 끼어들었다.

"저 아이의 못된 행실에 대해선 이야기하지 않는군요. 어련 하겠어요. 저 아인 남창이랍니다. 그 때문에 언제고 낙인이 찍 히고 말 거예요."

그러자 트리말키오가 웃으며 말했다.

"카파도키아 출신의 노예를 한 명 알고 있는데, 행동거지가 얼마나 똑바른지 하늘에 맹세코 흠 잡을 데라곤 없지요. 죽으 면 그 짓도 못하잖습니까. 그러니 스킨틸라, 질투 때문에 속 끓 이지 말아요. 우린 당신네 여자들을 아주 잘 알지요. 내가 이 자 리에 서 있는 것이 틀림없는 사실이듯, 예전에 안주인과 정분 이 난 적이 있어요. 그것도 늙은 주인이 의심할 정도로 심하게 말이지요. 그래서 주인은 농장을 돌보라며 날 시골로 보내버렸지요. 하지만 이쯤에서 객쩍은 소리는 삼가는 게 좋을 듯합니다그려."

가엾은 노예는 자기를 칭찬하는 소리로 알아들었는지 주머니에서 토기 등잔을 꺼내 삼십 분 넘게 나팔수 흉내를 냈고, 하비나스는 한 손으로 아랫입술을 지그시 누른 채 흥얼거리며 박자를 맞췄다. 그런 와중에 소년은 제 흥에 겨워 부러진 갈대로 피리 부는 흉내를 내더니 이번에는 망토를 걸치고 채찍을 휘두르며 『노새몰이꾼의 운명』[123]을 연기했다. 마침내 하비나스가 그를 불러 키스를 하고 술 한 잔을 건넸다.

"아주 잘했다, 마사! 상으로 장화 한 켤레를 내리마."

음식이 추가로 나왔으니 망정이지 그러지 않았다면 이런 꼴불견이 끝도 없이 이어지지 않았을까 싶다. 이번에는 건포도와 견과류로 속을 채운 개똥지빠귀 모양의 빵에 이어 성게처럼 보이도록 안에 가시를 박아넣은 마르멜로[124] 열매가 나왔다. 여기까지는 그래도 참을 만했지만 차라리 굶어죽는 쪽을 택할 만큼 끔찍한 음식이 있었다. 생선과 온갖 종류의 새들로 둘러싸인 살찐 거위가 식탁에 올려지자 트리말키오가 말했다.

---

[123]. 무언극으로 추정된다.
[124]. marmelo. 또는 퀸스(quince). '유럽 모과'라고도 불린다. 장미과의 유실수로 열매는 날로 먹거나 잼 등의 재료로 쓴다.

나팔수와 하비나스

"여기 이게 뭘로 보이든 간에 한 가지 재료로만 만들었습니다."

물론 나는 천성이 용의주도한 관계로 사태를 금세 파악하고는 아가멤논을 보며 이렇게 말했다.

"보나마나 밀랍 아니면 진흙으로 만들었을 겁니다. 로마에 있을 때 사투르날리아 축제에서 이런 식으로 만든 가짜 음식을 본 적 있습니다."

70 트리말키오가 입을 여는 바람에 내 말은 중간에서 끊기고 말았다.

"돈은 불어나고 허리둘레는 불지 않기를 바라는 내 마음을 간파하고 나의 요리사가 이 모두를 돼지고기로 만들었습니다. 어딜 가도 그렇게 귀한 사람은 찾지 못할 겁니다. 말만 하면 암퇘지 생식기로는 생선을, 비계로는 비둘기를, 허벅다리로는 염주비둘기를, 무릎도가니로는 닭을 만들어낸답니다. 그래서 가만히 생각해 봤는데 그에게 근사한 이름을 지어주기로 했습니다. 다름 아니라 다이달로스[125]라고 말입니다. 일을 하도 잘해서 로마에서 노리쿰[126]산(産) 강철로 만든 칼을 들여와 선물로

---

[125] 다이달로스는 크레타 섬의 미궁을 지었으며, 나중에 섬을 빠져나가기 위해 날개를 발명한 전설상의 장인이었다. 그런 만큼 창의력과 독창성의 화신으로 간주되었다.

물동이 깨뜨리기

주었답니다."

 그는 그 즉시 칼들을 가져오라고 시켜 감탄 어린 눈으로 바라보았다. 게다가 심지어 우리더러 칼끝을 뺨에 대보게까지 했다.

 그런 가운데 노예 두 명이 불쑥 들어왔다. 눈치를 보아 하니 아무래도 우물가에서 다툰 듯했다. 어쨌든 노예들은 어깨에 물동이를 얹고 있었다. 트리말키오가 각각 사정을 들어보고 평결을 내렸지만 둘 중 아무도 주인의 결정을 받아들이지 않았다. 대신 막대를 휘둘러 서로의 물동이를 깨뜨렸다. 다들 술에 취한 노예들의 방자한 행동에 깜짝 놀라 싸움을 지켜보고 있는데, 물동이에서 굴과 가리비가 굴러 떨어졌다. 노예 소년 하나가 이를 주워 접시에 담고는 손님들에게 돌렸다. 솜씨 좋은 요리사도 여기에 가세해 삐걱대는 목소리로 노래를 부르며 은제 석쇠에 달팽이를 담아 내왔다.

 그 다음에 일어난 일은 말하기가 참으로 거북스럽다. 머리를 길게 기른 소년들이 향수를 부은 은 대접을 들고 돌아다니면서 우리 발치에 앉아 발을 씻겨 주었다.[127] 그런 다음 우리 다

---

126. Noricum. 켈트족의 고대 왕국으로서 기원전 15년 로마에 통합되었다. 당시 노리쿰에는 현재 영어로 스티리아(Styria)라고 불리는 오스트리아 슈타이어마르크(Steiermark) 주(州)가 속해 있었다. 이 지역은 유명한 철광 산지로서 청동기 시대부터 채광해 왔다.

흥겨운 포르투나타와 스킨틸라

리와 발목에 화환을 매주고는 술병과 등잔에도 향수를 부었다.

포르투나타는 이제 춤을 추고 싶어 했고, 스킨틸라는 말은 거의 하지 않고 연신 손뼉을 쳐댔다.[128] 그때 트리말키오가 말했다.

"필라르기루스, 자네가 청록군[129]의 열렬한 팬이라는 것은 잘 알고 있지만 내 허락할 테니 이리 와 우리와 합석하게. 그리고 자네 여자 메노필리아더러도 앉으라고 하고."

무슨 말이 더 필요하겠는가? 우리는 우리 자리에서 거의 쫓겨나다시피 했고, 가솔들이 연회장을 완전히 차지했다. 더구나 돼지고기로 거위를 만든 요리사는 나보다 상석에 앉아 피클과 소스 냄새를 풍겼다. 그는 가만히 앉아 있기만 하는 것이 성에 차지 않았는지 비극 배우 에페수스[130] 흉내를 낸 데 이어 다음번 경기에서 청록군이 우승할 확률을 놓고 주인과 내기를 걸기까지 했다.

그리고 나자 트리말키오는 관대해졌다.

---

127. 원래 궁정의 관행인데, 트리말키오의 만찬에 등장한 점으로 미루어 저자가 이를 천박하다고 여긴 듯하다.
128. 사람들 앞에서 춤추는 것은 예의에 어긋나는 일이었다. 따라서 두 여자가 취한 상태임을 암시하는 듯하다.
129. 청록군은 전차 경주에 출전했던 팀 중 하나였다. 나머지는 홍군, 백군, 청군이었지만 나중에 다른 색깔의 팀들도 추가되었다.
130. Ephesus. 알려진 바가 없다.

"친애하는 친구 여러분, 노예도 인간이올시다. 팔자가 사나워 그렇지 저들도 우리처럼 어머니 젖을 먹고 자랐습니다. 사정이 특별히 바뀌지 않는 한 저들은 곧 자유의 맛을 보게 될 것입니다. 사실 유언장에 노예들을 모두 풀어주라고 명시했습니다. 필라르기루스한테는 농장과 지금 함께 사는 여자를 줄 작정입니다. 카이로는 공동 주택 한 동과 해방세 5퍼센트, 그리고 침대와 침대보를 남겨줄 생각입니다. 상속자는 포르투나타로 정했으니 친구 여러분께서는 안사람을 잘 돌봐주시기 바랍니다.

이 자리에서 이런 얘기를 꺼내는 까닭은 나의 가솔들이 내가 이 세상 사람이든 아니든 나를 한결같이 사랑해 주길 바라는 마음 때문입니다."

다들 주인의 너그러운 마음에 고마움을 전하기 시작했다. 그러자 트리말키오는 사뭇 심각해져서는 유언장 사본을 가져오게 했다. 가솔들이 흐느껴 우는 가운데 그는 유언장을 처음부터 끝까지 큰 소리로 읽어 내렸다.

그러고는 하비나스를 바라보면서 이렇게 말했다.

"말해보게, 내 오랜 벗이여. 내가 부탁한 대로 내 무덤을 지어주겠나? 난 특히 자네가 내 동상 밑에 따로 자리를 마련해 내 강아지와 화환, 향수병, 페트라이테스의 경기 장면을 넣어주길 바라네. 그럼 자네 덕분에 난 죽은 후에도 영원히 살 수 있지 않겠나. 그리고 부탁이 또 하나 있네! 도로와 마주보는 무덤 앞쪽은 100피트[131] 폭으로 하고, 앞쪽에서 뒤쪽까지는 200피트[132] 폭으로 해주게나. 주변에는 갖가지 종류의 과일나무와 덩굴을 심었으면 하네. 어쨌거나 생전에는 근사한 집에 살면서 장차 그보다 훨씬 더 오래 거해야 할 집에는 아무 신경도 쓰지 않는다면 큰 실수가 아닐 수 없지 않은가. 다른 무엇보다도 이 글귀를 써 넣으려는 이유는 그 때문일세.

이 무덤은 상속자의 몫이 아니다.

내가 죽은 후에도 아무도 내 무덤에 손대지 못하게 유언장에 확실히 못 박아 두려고 하네. 그래서 하는 말인데, 내 주변의 자유민 중에서 한 명을 선정해 사람들이 함부로 오줌을 갈기지 못하게 무덤을 관리하는 일을 맡길 걸세. 그리고 돛을 활짝 펴고 항해 중인 배도 몇 척 그려줬으면 하네.

나는 관복 차림으로 높은 단 위에 앉아 있는 모습으로 그려주게. 좀 더 자세히 말하자면 손가락에는 금반지 다섯 개를 끼고 사람들에게 자루에 든 돈을 쏟아 나누어주는 모습으로 말일

---

[131]. 약 30미터.
[132]. 약 60미터.

세. 자네도 기억할 걸세. 일전에 내가 주민들에게 만찬을 대접하고 두당 2데나리우스씩 준 일을.

연회 장면도 넣으면 좋을 듯하이. 자네만 괜찮다면 도시 전체가 흥겨워하는 모습을 그려주게. 내 오른쪽에는 허리띠로 강아지를 묶어 앞세우고 비둘기를 손으로 감싸 쥔 포르투나타의 동상을 세워 주게. 그리고 내가 아끼는 미소년하고 포도주가 새어 나오지 않게 단단히 밀봉한 커다란 포도주 항아리도 조각해 주게. 가능하다면 깨진 포도주 항아리와 그 옆에서 울고 있는 노예 소년도 추가해 주고 말일세. 그리고 중앙에는 시계를 조각해 행인들이 시계를 볼 때마다 좋든 싫든 내 이름을 상기하도록 해주게나. 그리고 이제 비문 말인데, 이게 괜찮을지 자네가 잘 생각해 보게나.

여기에 가이우스 폼페이우스 트리말키오 마이케나티아누스[133]가 잠들다

위촉을 통해[134] 아우구스투스 사제단의 사제에 선출되었

---

133. 노예들은 보통 주인의 성을 채택했다. '폼페이우스'는 트리말키오가 한때 폼페이 가문의 가솔이었음을 암시한다. '마이케나티아누스'는 아우구스투스 황제의 고문이자 유명한 문예 후원자였던 마이케나스(Maecenas, BC 70?~BC 8)와 모종의 관계가 있음을 과시하기 위해 일부러 채택했을 확률이 높다. 그가 마이케나스의 노예였을 가능성은 전혀 없다.

으며
　　로마에 있는 모든 단체에 어디든 가입할 수 있었으나
　　본인이 고사했도다.
　　신을 두려워할 줄 알고, 용감하고, 진실했으며
　　자수성가한 인물이었으니
　　30,000,000세스테르티우스을 남겼으되
　　철학 강의는 일평생 들어본 바가 없도다.[135]
　　부디 편히 잠드소서, 트리말키오여."

72　　말을 마치자 트리말키오는 울음을 터뜨렸다. 포르투나타도 눈에 눈물이 그렁그렁 맺혔고, 하비나스도 마찬가지였다. 결국 온 집안 식구가 장례식에 참석한 사람들처럼 곡소리로 연회장을 가득 메웠다. 사실 나도 울기 시작했다. 그때 트리말키오가 다시 입을 열었다.

"자, 자, 우리 모두 죽어야 하는 운명이거늘 어디 좀 더 놀아봅시다. 모두 마음껏 즐기기 바랍니다. 그래서 말인데, 어서 목욕탕으로 풍덩 뛰어들 듭시다. 맹세컨대 절대 후회하지 않을 거외다. 물이 용광로처럼 뜨겁습니다."

---
134. 고위직임을 암시하려는 의도이다.
135. 철학에 대한 불신을 나타낸다.

"찬성이오! 찬성!"

하비나스가 말했다.

"하루를 이틀로 늘리는 것만큼 좋은 일도 없지."

그러고는 자리에서 일어나 맨발로 트리말키오를 뒤따르기 시작했다.

나는 아스킬토스를 쳐다보며 말했다.

"자넨 어쩔 셈인가? 나로 말할 것 같으면 지금 목욕탕을 봤다가는 그 자리에서 죽을 것 같네."

"일단 가세. 사람들이 목욕탕으로 가는 사이에 우린 살짝 빠지면 되니까."

그가 제안했다. 좋은 생각 같았다. 그리하여 기톤을 앞세우고 주랑을 지나 출입구에 이르렀는데, 사냥개가 사슬에 묶인 채 으르렁거리며 우리를 맞이했다. 그 소리가 어찌나 컸던지 아스킬토스는 놀란 나머지 그만 연못에 풍덩 빠졌다. 거기서 끝이 아니었다. 나도 어지간히 취했는지라 아스킬토스를 도우려 하다가 똑같이 물에 빠지고 말았다.

하지만 문지기가 우리를 구해 주었다. 그는 개를 진정시킨 뒤 우리 둘을 연못에서 끌어냈다. 그 사이 기톤은 영특하게도 개를 달래놓았다. 만찬 때 우리가 건네준 음식 부스러기를 사납게 짖어대는 사냥개 앞에 뿌려 놓았던 것이다. 개는 음식에 정신이 팔려 언제 사나웠나 싶게 잠잠해졌다.

그래도 우리는 물에 흠뻑 젖은 채 덜덜 떨면서 문지기에게 현관까지 좀 데려다 달라고 부탁했다. 그러자 문지기는 이렇게 말했다.

"들어왔던 문으로 나갈 수 있으리라고 생각하시면 오산입니다. 지금까지 똑같은 문으로 나간 손님은 한 분도 없습니다. 이쪽으로 들어왔으면 나갈 때는 저쪽을 이용해야 합니다."

73 이렇게 재수 없는 일을 겪고 나서 미궁에 갇힌 채 우리가 무엇을 할 수 있었겠는가? 차라리 목욕탕에나 갈걸 하고 슬슬 후회가 되기 시작했고, 그래서 문지기에게 목욕탕으로 가는 길을 물었다. 목욕탕 입구에 도착해 우리는 옷을 벗었고, 기톤이 이를 받아 문간에 걸쳐 말렸다.

안으로 들어갔더니 트리말키오가 서 있었다. 볼썽사나운 그의 과시욕은 여기서도 계속 이어졌다. 그는 개인 목욕탕에서 호젓하게 목욕하는 것만큼 좋은 일은 없으며, 한때 그 자리에는 제빵소가 들어서 있었다고 말했다. 그러고는 피곤한지 자리에 앉더니 모든 소리가 울리는 목욕탕의 음향 상태에 자극을 받아 천장에 대고 술 취한 입을 크게 벌린 채 메네크라테스[136]의 노래를 잡치기 시작했다.[137] 사실 가사를 알아들은 사람들이 말해 주지 않았다면 그가 누구 노래를 부르는지 몰랐을 것이다.

목욕탕에서 노래하는 트리말키오

나머지 손님들은 손에 손을 잡고 욕조 가장자리로 모여들어 엄청난 소음을 만들어냈다. 그런가 하면 손을 등에 갖다댄 채 바닥에서 반지를 주우려고 애쓰는 이들도 있었고, 무릎을 꿇은 채 목을 뒤로 젖히고 발가락 끝에 닿으려고 버둥대는 이들도 있었다. 사람들이 제각각 즐기는 사이 우리는 뜨거운 탕속에 들어가 앉았다. 탕의 물은 트리말키오가 좋아하는 온도에 맞춰 계속 덥혀지고 있었다.

취기가 웬만큼 가시자 우리는 또 다른 연회장으로 안내되었다. 연회장에는 포르투나타가 이미 우아하게 상을 차려놓고 있었다. 순은(純銀) 식탁과 청동 어부상을 인 등잔에 이어 황금 상감 도자기가 곳곳에서 눈에 띄었고, 가죽 부대에서는 포도주가 콸콸 흘러나오고 있었다.

"친구 여러분, 오늘 우리 집 노예 하나가 처음으로 면도를 했소이다. 푼돈도 귀하게 여길 줄 아는 신중한 아이지요. 그러니 날이 밝을 때까지 실컷 먹고 마십시다."

트리말키오가 말했다.

74   그가 말하는 사이 수탉이 울었다. 여기에 당황한 트리말키

---

136. Menecrates. 네로 시대의 하프 연주자. 이 작품의 연대가 네로 시대임을 뒷받침해 주는 증거이다.
137. 당시 목욕탕에서 노래 부르는 것은 촌티 나는 행위였다.

오는 포도주를 식탁 밑에 뿌리고 등잔에도 포도주를 부으라고 명령했다. 그는 반지도 오른손으로 바꾸어 끼었다.[138]

"저 나팔수가 이유 없이 신호를 보내진 않습니다. 화재가 일어나거나 우리 이웃 중 누군가가 죽게 될 겁니다. 신이여, 우리를 보살피소서! 저 불행의 사자를 이리로 데려오는 사람은 누구든 후한 상을 받게 될 거요."

트리말키오가 말했다. 그의 입에서 말이 채 떨어지기도 전에 수탉 한 마리가 대령했고, 트리말키오는 이것을 냄비에 넣어 요리하라고 지시했다. '다이달로스'가 뜨거운 국물을 맛보는 사이 포르투나타가 회양목 분쇄기로 후추를 갈았다.

닭 요리를 다 먹고 나서 트리말키오가 하인들을 보며 말했다.

"너희들은 왜 여태 저녁을 안 먹고 있는 거냐? 가서 다른 사람들과 교대하도록."

곧이어 또 다른 하인 부대가 들어왔고, 선두가 "저녁 인사 올립니다, 가이우스 님!"이라고 소리치자 뒤따르던 무리도 방에 들어오는 족족 "저녁 인사 올립니다, 가이우스 님!"이라고 외쳤다.

하지만 그 직후 고조된 분위기가 처음으로 가라앉는 사건

---

138. 수탉 울음소리는 불길한 징조이며, 반지를 바꾸어 끼는 행동은 행운을 위해 돈을 이 주머니에서 저 주머니로 옮기는 미신과 비슷하다.

이 일어났다. 신참자 중에는 꽤 잘생긴 소년이 한 명 끼어 있었는데, 그를 보더니 트리말키오는 냉큼 달려가 한동안 키스를 퍼부었다. 포르투나타는 아내로서의 자기 권리를 주장하면서 짐승 같은 욕정을 주체하지 못하는 저질이니 인간쓰레기니 하며 트리말키오에게 모욕을 가하기 시작했다.

"이 더러운 개자식아!"

그녀가 마지막으로 내뱉은 말이었다.

트리말키오는 이 말에 더 이상 화를 참지 못하고 술잔을 포르투나타의 면전에 집어던졌다. 그녀는 한쪽 눈을 실명하기라도 한 듯 비명을 내지르며 떨리는 손으로 얼굴을 감싸쥐었다. 스킨틸라도 겁에 질려, 떨고 있는 포르투나타를 품에 안았다. 자상한 노예 하나가 포르투나타의 뺨에 차가운 물 주전자를 대주었지만 포르투나타는 주전자에 머리를 기댄 채 흐느껴 울기 시작했다. 그런 와중에 트리말키오가 입을 열었다.

"저 여자가 아무래도 피리 불던 시절을 잊은 모양입니다그려. 개구리 올챙이 적 모른다고 이리저리 팔려 다녀야 하는 신세에서 구해내 남부럽잖게 살게 만들어줬는데도 개구리처럼 거들먹거리며 고마운 줄을 모르니, 원. 나무토막처럼 뻣뻣하기만 한 게 여자도 아닌 주제에 말입니다. 저기 헛간에서 태어났으면 언감생심 집을 꿈꿀 수나 있었겠습니까? 내가 저 카산드

소년과 트리말키오

트리말키오의 분노

라[139]를 고분고분하게 길들이지 못한다면 두 번 다시 행운을 누리지 못할지 모릅니다!

비록 내 수중에 한 푼도 없었어도 천만 번은 결혼할 수 있었을 겁니다. 거짓말이 아니올시다. 향수 공방을 운영하는 아가토가 얼마 전 나를 불러 세우더니 집안의 씨를 말릴 작정이냐고 말하더군요. 하지만 올바로 처신하려고 늘 애쓰는 나로서는 변덕쟁이로 보이는 게 싫어 내 발등을 스스로 찍고 말았지 뭡니까.

좋아요, 날 실컷 욕하십시오. 그래 봐야 여러분도 별 수 없다는 걸 곧 알게 될 겁니다. 하비나스! 내 무덤에 저 여자 동상일랑 세우지 말게나. 그래야 죽어서나마 잔소리에 시달리지 않지. 그리고 또 하나 있네! 나도 마음만 먹으면 얼마든지 등을 돌릴 수 있다는 걸 보여주기 위해서 그러는데, 내가 죽으면 저 여자가 나한테 키스하지 못하게 해주게나."

75 청천벽력이 지나가고 난 뒤 하비나스가 제발 좀 진정하라며 트리말키오를 달래기 시작했다.

"우리 중 완벽한 사람은 없지 않은가. 우린 신이 아니라 인간일세!"

139. 카산드라는 트로이의 몰락과 아가멤논의 죽음을 예언했다. 여기서는 흥을 깨뜨리는 음침한 운명의 예언자를 상징한다.

스킨틸라도 똑같은 말을 하면서 그의 수호신 이름으로 화를 가라앉히라고 애원했다.

트리말키오는 겨우 참고 있던 울음을 터뜨리며 말했다.

"부탁인데 하비나스, 그동안 모아둔 돈을 실컷 쓰길 바라는 자네 마음과 다르지 않으니 내가 잘못한 게 있으면 부디 내 얼굴에 침을 뱉어주게나. 내가 이 신중한 아이한테 입을 맞춘 이유는 잘생긴 용모 때문이 아니라 돈에 철저하기 때문일세. 10의 배수를 계산할 줄 알고, 책도 척척 읽고, 일당으로 트라키아 검투사 갑옷도 사고; 용돈으로 편한 의자와 잔도 두 개 구입한 아이일세. 눈에 넣어도 아프지 않은 아이 아닌가?

그런데 포르투나타는 그렇지 않다는군. 안 그런가, 마나님? 내 당신한테 충고 하나 하지. 복에 겨워 괜히 나대지 말고 내 성질 건드리지 마. 그랬다간 큰코다칠 테니. 내 성질은 당신이 잘 알 거야. 한번 결정하면 절대 뒤돌아보지 않는다는 거.

아이구, 이거, 지나간 일은 지나간 일이고 홍들 내십시오, 여러분. 어쨌거나 지금은 여기까지 왔지만서도 나도 한때는 여러분과 처지가 다를 게 없었소이다. 출세하려면 무엇보다 머리가 좋아야 하는 법. 나머지는 다 소용없습니다. '제대로 사고 제대로 팔라.' 내가 바로 그렇소이다. 이 사람은 이 말, 저 사람은 저 말, 사람마다 하는 이야기가 각기 다른 상황에서 나는 운이 좋아 이렇듯 세상의 꼭대기에 있습니다그려.

아니 이봐, 아직도 찔찔대는 거야? 좋아, 잠시만 기다려. 진짜 눈물을 쏙 빼게 해줄 테니.

어쨌든 아까도 말했듯이 내가 큰돈을 벌게 된 것은 돈에 밝았기 때문입니다. 아시아에서 이곳에 왔을 때 내 키는 이 촛대 정도밖에 안 됐지요. 사실 난 매일 촛대에 대고 키를 재보면서 하루빨리 수염이 나라고 등잔 기름을 입술에 발랐지요. 그건 그렇고, 14년 동안 나는 주인의 노리개였습니다. 알다시피 주인이 원하면 그게 곧 법 아닙니까. 그런데 안주인한테도 봉사를 했지요. 무슨 뜻인지 잘 알 겁니다. 하지만 더는 말하지 않겠소이다. 난 떠버리가 아니니까 말입니다.

어쨌든 하늘이 도와 난 그 집안의 최고 관리자가 되었고, 늙은 주인의 사랑을 독차지하게 되었지요. 간단히 말해 주인은 나를 황제와 함께 공동 상속자로 정했고,[140] 나는 원로원 의원의 재산[141]을 물려받게 되었지요. 하지만 사람은 만족을 모른다고 내 사업을 하고 싶더군요.

---

140. 황제를 상속자 중 한 명으로 정하는 것은 흔한 일이었다. 여기에는 황제에 대한 경의 말고도 황제가 유언장을 무시하고 재산을 몰수하는 것에 대비하려는 의도도 담겨 있었다.

141. 아우구스투스는 원로원 의원의 재산 자격을 100만 세스테르티우스로 정했다. 오늘날의 국회와 비슷하게 로마 원로원 역시 갑부들의 모임이었다.

각설하고, 배 다섯 척을 지어 당시만 해도 금이나 다름없는 포도주를 가득 실어 로마로 보냈지요. 그런데 여러분은 내가 일부러 그러라고 지시했다고 생각할지 모르겠지만 배가 모두 난파하고 말았습니다. 꾸며낸 이야기가 아니라 사실이올시다! 단 하루 만에 넵투누스[142]가 삼천만 세스테르티우스를 꿀꺽 삼켜버린 거지요. 그렇다고 내가 포기했을 것 같습니까? 손해 앞에서 오히려 오기가 생기더군요. 아무 일도 일어나지 않은 것 같았습니다.

이번에는 더 크고 더 좋은 배를 더 많이 지었지요. 나더러 다들 배짱이 대단하다고 말하더군요. 알다시피 배가 클수록 자신감도 커지게 마련 아닙니까. 선단에 다시 포도주, 돼지고기, 콩, 향수, 노예를 실었지요. 이번에는 포르투나타의 공이 컸습니다. 가지고 있던 금붙이와 옷을 모두 내다 팔아 내 손에 금화 일만 닢을 쥐어 주었으니까요. 그 돈이 재산을 불리게 된 밑천이었지요.

하늘이 도우면 곧 이루어진다더니 단 한 번 항해에 일천만 세스테르티우스 정도를 벌었습니다. 그 즉시 옛 주인의 영지를 모두 사들였지요. 그리고 집도 짓고, 노예와 가축도 샀습니다.

---

142. Neptunus. 로마 신화에 나오는 바다의 신. 그리스 신화의 포세이돈(Poseidon)에 해당한다.

손대는 것마다 마치 벌집처럼 커지더군요. 그러고는 재산이 나라 전체보다 많아진 시점에서 일손을 내려놓았습니다! 일선에서 은퇴해 자유민들을 대상으로 대부업을 시작한 거지요.

사실 무역업에 싫증이 나서 그만두고 싶었지만 한 점성가가 계속하라며 확신을 심어 주었습니다. 우연히 우리 속주에 오게 된 세라파라는 이름의 그리스인인데, 하늘도 그 사람에게 충고를 구할 만큼 용했지요. 그는 나도 잊고 있던 일들을 척척 알아맞혔습니다. 나에 대해 모르는 게 하나도 없더군요. 내 속을 훤히 꿰뚫어보는 듯했습니다. 다만 못 맞힌 게 있다면 전날 내가 저녁으로 무얼 먹었는지밖에 없었지요. 마치 내 옆에서 죽 나를 지켜본 듯했습니다.

77 안 그런가, 하비나스? 자네도 그 자리에 있었지, 아마. 그때 그 점성가가 나더러 이런 얘길 했잖은가. 이러저러해서 마누라를 얻게 되었으며, 친구 복은 없다, 도움을 베풀어도 주변 사람들이 고마워할 줄 모른다, 땅을 많이 갖고 있다, 가슴에 독사를 품고 있다고 말일세.

그리고 이런 말을 해선 안 되지만 내가 살날이 앞으로 삼십 년 사 개월하고도 이틀이 남았다는 얘기도 했지. 거기다 곧 유산을 받게 될 거라고도 했고. 내 별자리가 그렇게 얘기한다고 하면서 말일세. 아울러 내가 아풀리아[143] 땅을 사들이게 되면

장수할 거라는 얘기도 했지.

어쨌든 메르쿠리우스의 보호 아래 이 집을 지었습니다. 알다시피 그때까지만 해도 초라한 오두막이었는데 지금은 대궐 아닙니까. 식당이 네 개[144]에 침실이 스무 개, 대리석 주랑이 두 개, 방들이 즐비한 위층, 내 전용 침실, 내실, 근사한 수위실이 있지요. 사실 스카우루스[145]가 여기 왔을 때 해변에 부친 소유의 숙소가 있는데도 우리 집에서만 묵으려고 했지요. 잠시만 기다리십시오. 더 많은 걸 보여드릴 테니.

내 말을 믿으세요. 사람이 한 푼밖에 없으면 한 푼 취급밖에 못 받고, 많이 가지면 가질수록 귀히 대접받게 마련입니다. 여러분의 오랜 벗인 이 사람만 해도 개구리에서 지금은 왕이 되지 않았습니까.

그건 그렇고, 스티쿠스, 가서 내 수의와 관을 가져오너라. 그리고 향고(香膏)와, 내 시신을 씻으려고 준비해 둔 포도주 항아리에서 포도주도 좀 가져오고."

잠시 후 스티쿠스가 흰색 수의와 진홍색으로 가장자리를

---

143. Apulia. 또는 풀리아(Puglia). 타렌툼이 속한 이탈리아 남동부 지방.
144. 계절당 하나씩.
145. 귀족 가문인 스카우루스 가의 일원이나 지어낸 가상 인물이라기보다는 실존 인물이자 폼페이 출신의 유명한 생선용 소스 제조업자인 움브리키우스 스카우루스(Umbricius Scaurus)인 듯하다.

두른 토가를 연회장으로 가져왔다. 트리말키오는 최상품 양모로 만들었다는 설명과 함께 우리더러 수의를 만져보라고 권했다. 그러고는 미소를 지으며 이렇게 말했다.

"이제 됐다. 스티쿠스. 쥐가 쏠거나 좀이 슬지 않게 잘 관리하도록. 안 그랬다간 네 녀석을 산 채로 화형에 처할 테니. 온 도시가 나의 명복을 빌 수 있도록 장례식을 성대하게 치를 생각이다."

그는 그 자리에서 감송향(甘松香) 병을 열고는 우리 모두에게 조금씩 발라주더니 이렇게 말했다.

"살았을 때처럼 죽었을 때도 이 향이 마음에 들었으면 좋겠습니다만."

그러고는 커다란 유리병에 포도주를 부으라고 지시한 후 우리를 돌아보며 말했다.

"여러분 모두 나의 경야[146]에 초대받았다고 생각하십시오."

상황이 정말이지 갈수록 역겨워졌다. 트리말키오는 취할 대로 취한 채 관악기 연주자 몇 명을 연회장으로 불러 새로운 오락거리를 선보였다. 그는 방석을 쌓아놓고 그 위에 길게 드러눕더니 이렇게 말했다.

---

146. 經夜. 죽은 사람을 장사 지내기 전에 가까운 친척이나 친구들이 관 옆에서 밤을 새워 지키는 일.

"내가 죽었다고 생각하고 좋은 곡으로 연주해 보아라."

곧이어 관악기 연주자들은 장송곡을 연주하기 시작했다. 그런 가운데 특히 거기에 있던 사람들 중 가장 존경할 만한 인물인 장의업자가 부리는 노예는 어찌나 시끄럽게 악기를 불어 대는지 이웃들이 모두 깰 지경이었다. 그 때문에 인근 지역을 책임지고 있는 소방대가 트리말키오의 집에 불이 난 줄 알고는 물통과 도끼를 들고 들이닥쳐 대문을 시끄럽게 차대기 시작했다.

이 틈을 타 우리는 아가멤논의 눈을 피해 진짜 불이 나기라도 한 듯 황급히 도망쳤다.

연회장을 빠져나오다

3부

에우몰푸스와의 동행

사랑을 잃다

79　　길을 비쳐줄 횃불 하나 없고 깜깜한 밤중이라 사방은 적막하기만 했다. 그런 상황에서 불을 든 사람을 만날 가능성은 요원해 보였다. 설상가상으로 술을 너무 많이 마셔댄 데다 훤한 대낮에도 길을 찾을 수 있을까 말까 할 만큼 우리는 그곳 지리에 무지했다. 날카로운 돌부리와 삐죽삐죽 튀어나온 사금파리에 채어 피가 줄줄 흐르는 발을 끌며 한 시간 가까이 헤맨 끝에 우리는 기톤의 기지에 힘입어 간신히 위기를 모면했다. 낮에도 길을 잃을까 봐 소년이 영특하게도 백묵으로 기둥마다 표시를 해놓은 덕분에 두껍게 내려앉은 어둠 속에서도 그 표시들이 빛을 발하며 길을 안내해 주었다.

　　하지만 여인숙에 도착해서도 우리는 똑같이 땀을 흘려야 했다. 여인숙 노파가 손님들과 어울려 장시간 술을 마시고 불구덩이에 던져 넣어도 아무것도 느끼지 못할 만큼 취하는 바람에, 마부로 일하는 집주인이 퇴근해 나타났기에 망정이지 하마터면 현관 층계에서 밤을 지샐 뻔했다. 그는 그리 오래 소란을 피우지는 않았지만 결국 현관문을 부수어 우리를 안으로 들였다.

　　신들이여, 여신들이여! 밤이 얼마나 근사한지요!
　　침대는 얼마나 폭신한지요! 서로 찰싹 달라붙어 온기를

친구에서 적으로

나누고,

　뒤섞인 숨결 속에서 입술을 주고받으며 서로의 영혼을 나누니,

　가라, 세상의 근심 걱정아! 오라, 죽음이여!

　그런데 너무 일찍 자축한 꼴이 되고 말았다. 내가 술 때문에 손이 느슨하게 풀린 틈을 타 아스킬토스가 파렴치하게도 한밤중에 내 품에서 소년을 빼내 자기 침대로 데려간 것이다. 남의 애인을 실컷 농락하고 나서 어느 모로 보나 그럴 권리가 전혀 없는데도 정의감은 모두 어디다 갖다 버렸는지 그는 소년의 품에서 잠이 들었다. 과연 기톤은 정말 몰랐을까, 아니면 알고도 일부러 모르는 척했던 것일까?

　잠에서 깨어나 썰렁하니 텅 빈 침대를 더듬는 순간…… 과연 연인의 말을 믿을 수 있을지 회의가 들었고, 칼로 둘을 모두 찌르고 잠자다 죽음을 맞이하게 할까도 생각해 보았다. 하지만 좀 더 안전한 방법을 택해 주먹질로 기톤을 깨우고, 아스킬토스의 면전에다 독하게 한마디 쏘아붙였다.

　"야비한 방법으로 우리 모두의 신뢰와 우정을 깨뜨렸으니 지금 당장 짐을 꾸려 네놈의 그 추잡한 버릇을 들이댈 곳을 알아보란 말이다."

그는 아무 말 없이 가만히 있다가 장물(臟物)을 똑같이 나누고 나서야 비로소 입을 열었다.

"좋아, 그럼 꼬마도 나누자고."

나는 작별 농담이겠거니 생각했지만 그는 살기등등한 손으로 칼을 빼들고 이렇게 말했다.

"이 전리품을 네놈 혼자 깔고 앉아 있는 꼴은 못 보지. 이렇게 된 마당에 이 칼로 저 아이를 두 동강이 내는 한이 있더라도 내 몫을 챙겨야겠다."

나도 질세라 망토로 팔을 감싸고 똑같이 싸울 태세를 취했다. 애간장을 녹이는 이런 광기 어린 분위기 속에서 가엾은 소년은 우리 무릎을 붙잡고 눈물을 흘리며 여인숙 사람들이 또 다른 테바이의 쌍둥이 형제[1] 꼴을 보게 하지 말라고, 서로의 피로 우리의 고결하고 아름다운 우정을 더럽히지 말라고 간청했다.

"두 분이 굳이 피를 보아야 하겠다면 제 목을 드릴 테니 어서 푹 찌르십시오. 저 때문에 두 분의 우정이 깨졌으니 제가 죽일 놈입니다."

간청에 못 이겨 우리는 칼을 거두었다. 이번에는 아스킬토

---

[1] '테바이의 쌍둥이 형제'는 그리스 도시 국가 테바이(테베)의 왕 오이디푸스(Oedipus)의 쌍둥이 아들 에테오클레스(Eteocles)와 폴리네이케스(Polyneices)이다. 둘은 테바이의 왕권을 두고 싸우다가 서로를 죽였다.

스가 먼저 입을 열었다.

"싸움은 관두고 저 아이더러 자기가 원하는 사람을 따라 나서도록 하세나. 저 아이에게도 최소한 사랑을 선택할 자유는 주어야 하지 않겠나."

어느새 피붙이처럼 끈끈하고 단단해진 우리의 오랜 관계를 생각하니 두려울 게 하나도 없었다. 나는 얼른 그 제안을 받아들여 심판관에게 결정을 맡겼다. 그런데 그에게는 일말의 주저도, 아니 그런 기색조차 없었다. 내 말이 채 떨어지기가 무섭게 기톤은 자리에서 일어나 아스킬토스를 연인으로 지목했다.

이 판결에 너무 놀란 나머지 나는 침대에 털썩 주저앉고 말았다. 그 자리에서 딱 죽고 싶은 심정이었다. 하지만 그러기에는 승리에 희희낙락하는 내 연적의 꼬락서니가 너무 아니꼬웠다.

아스킬토스는 의기양양하게 전리품을 챙겨 떠났다. 전우를, 방금 전까지만 해도 세상에 둘도 없는 벗을, 역경도 함께한 동료를 내버리고서. 절망의 늪에서 허우적거리는 사람을 온통 낯선 얼굴들로 가득한 곳에 내팽개치고서.

우정이라 이름한들, 소용에 따라 변하는 법
보라, 장기판의 말들이 얼마나 변화무쌍하게 움직이는지
친구들이 호의를 보인들, 행운의 여신이 늘 함께해야 하

는 법

　보라, 여신이 떠나고 나면 그들이 얼마나 가치 없이 떠나는지

　무대 위에 무언극의 막이 오르면
　저기에 아버지, 여기에 아들,
　그리고 돈 많은 부자가 등장하네.
　이윽고 막이 내려 배역이 끝나면,
　가면은 온데간데없고
　진짜 얼굴이 드러난다네.[2]

81　나는 곧 눈물을 거두었지만, 아가멤논의 조교 메넬라오스가 숙소에 나 혼자 있는 것을 보고 나의 곤란한 처지를 눈치 챌까 봐 짐을 싸들고 서글프게도 해변에 있는 한적한 곳을 빌렸다. 나는 사흘 동안 그곳에 처박힌 채 외로움과 굴욕감을 곱씹고 곱씹다 슬픔으로 인해 이미 문드러질 대로 문드러진 가슴을 쳐대며 괴로움에 못 이겨 소리 내어 울고 또 울었다.
　"지진이라도 일어나 날 삼켜 버리지. 아니, 바다는 무고한

---

2. 두 번째 연은 원래 작품의 다른 곳에 실렸던 듯하다. 여기서는 내용이 겉돈다.

사람들한테도 해를 가한단 말인가? 스스로 간 큰 범법자라고 아무리 우겨대 봐야 겨우 거지이자 도망자 꼴을 하고서 그리스 도시의 여인숙에 버려진 채 이렇듯 홀로 누워 있으려고, 그동안 법을 피해 다니고, 경기장에서 사기를 치고, 나를 받아준 집주인을 죽였단 말인가? 대체 어느 누가 내게 외로움을 짊어지웠단 말인가?

그 자식은 온갖 음탕한 짓을 저지르다 자청해서 고향 마을에서 쫓겨나, 마치 그 짓거리를 위해 태어난 것처럼 마음껏 음행을 즐기고, 노름에 빠져 젊음을 탕진하고, 비역쟁이들에게 여자 노릇까지 해주며 지내지 않았던가. 또 한 놈은 어떻고! 제 어미 꼬임에 넘어가 남자가 되는 날 토가 대신 여자 옷을 걸치고 노예 숙소에서 여자가 하는 일만 하다가, 빚을 감당할 수 없게 되자 오랜 친구의 본분을 저버린 채 잠자리를 싹 바꾸고는, 수치스러운 줄도 모르고 매춘부처럼 하룻밤 잠자리에 모든 것을 팔지 않았던가!

이제 그 둘은 밤마다 서로 찰싹 달라붙어 뒹굴다가 사랑놀이에 지치면 나의 외로움을 비웃을 테지. 하지만 저들도 외로움에서 완전히 벗어나지는 못할 터. 한 남자이자 자유민으로서 맹세하건대, 저들의 더러운 피로 내가 받은 모욕을 반드시 되돌려주리."

병사 앞에 주눅들다

82 　나는 이렇게 다짐하며 옆구리에 칼을 차고는, 기력이 없어 대업을 망쳐서는 안 되겠기에 든든하게 챙겨 먹었다. 그러고 나서 거리로 뛰쳐나와 미친 사람처럼 광장 주변을 돌아다녔다. 머릿속에 온통 피의 복수에 대한 생각밖에 없다 보니 얼굴은 분노로 가득한 채 붉으락푸르락했고, 한 손은 계속 칼 손잡이를 쥐고 있었다.
　사기꾼인지 강도인지 모를 병사 하나가 그런 나를 보고는 말을 걸어왔다.
　"어이, 거기 친구. 어디 소속이고 지휘관은 누구요?"
　내가 소속과 지휘관에 대해 거짓말을 둘러대자 그는 또 물었다.
　"음, 뭐 좀 물어봅시다. 당신 군대 병사들은 슬리퍼를 신고 다닌다던데 사실이오?"
　나의 표정도 그렇고 벌벌 떨어대는 꼬락서니도 그렇고 거짓말이라는 게 드러나자 병사는 괜히 문제 일으키지 말고 무기를 내놓으라고 말했다. 이렇게 해서 나의 복수는 싹도 제대로 틔워보지 못한 채 시들고 말았다. 할 수 없이 숙소로 향하는데, 처음의 배짱이 점점 줄어들면서 그 병사가 고맙게 느껴졌다.

　사방이 물이고 머리 위에 과일이 주렁주렁 달려 있건만,

불쌍한 탄탈로스[3]는 마시지도 먹지도 못하누나.

부자의 모습이 바로 그럴지니,

아무리 마셔도 목이 마르고,

아무리 고기를 쑤셔 넣어도 배가 고파라.

운명에는 나름대로 길이 있기 마련이므로 계획만 앞세워서는 안 되는 법이다.

(……)

시인 에우몰푸스

나는 한 화랑에 들어갔다. 화랑에는 훌륭한 그림들이 아주 많았다. 그중에는 세월의 맹위에도 여전히 끄떡없는 제욱시스[4]의 작품도 있었다. 프로토게네스[5]의 소묘는 어찌나 생생한지 마치 실물을 보는 듯해 경외감마저 느껴졌다.

---

3. Tantalos. 그리스 신화에 나오는 인물로서 하데스(Hades)의 지하 세계에서 대역죄인 가운데 하나. 그는 물속에 서 있으면서도 물이 도망가 마시지 못하고, 머리 위에 과일이 주렁주렁 달려 있는데도 나뭇가지가 도망가 따먹지 못하는 벌을 받았다.
4. Zeuxis. 기원전 5세기 말 실물처럼 그리는 사실주의 화풍으로 유명했던 그리스의 화가.
5. Protogenes. 기원전 4세기 말에 활동한 그리스의 유명한 화가. 한 작품당 작업 시간이 많이 걸린 것으로 이름이 났는데, 그만큼 작품도 드물었다.

그리스인들이 『절름발이의 여신』이라고 일컬은 아펠레스[6]의 걸작은 특히 찬탄을 자아냈다. 선들이 어찌나 미묘하고 정교한지 그리고 있는 대상의 영혼이 느껴질 정도였다. 한쪽에서는 독수리가 '이다 산의 젊은이'[7]를 저 높이 하늘로 데려가는 가운데, 다른 한쪽에는 눈부시게 하얀 힐라스[8]가 추파를 던지는 나이아스[9]에게 퇴짜를 놓는 장면이 그려져 있었다. 아폴로[10]는 자신의 잔인한 두 손을 저주하며 갓 피어난 꽃으로 수금(竪琴)을 장식했다.

이들 연인의 얼굴들에 둘러싸여 있으니 갑자기 외로움이

---

[6] Apelles. 프로토게네스와 같은 시대 인물로서 그리스 최고의 화가로 손꼽혔다. 현존하는 작품은 없으나 전하는 바에 따르면, '바다에서 솟아오르는 아프로디테를 묘사한 작품'이 대표작으로 꼽힌다. 작품 제목 『절름발이의 여신』의 원문은 '절름발이'인데, 이는 불의 신이자 아프로디테의 남편인 대장장이 헤파이스토스(Hephaistos)를 가리키는 것으로 보인다.

[7] 제우스의 술시중을 들었던 가니메데스를 말한다. 이다(Ida)는 트로이 인근의 산 또는 크레타 섬의 최고봉을 가리키며, 가니메데스는 트로이 출신이다.

[8] Hylas. 그리스 신화에서 헤르쿨레스의 시중을 든 미소년. 아르고(Argo) 호를 타고 항해하던 중 물을 구하러 나갔다가 요정 나이아스의 유혹을 받아 함께 사라진다.

[9] Naias. 그리스 신화에서 샘, 강, 시내 따위의 흐르는 물에 사는 요정들.

[10] Apollo. 그리스 신화에 나오는 예언과 태양의 신으로 널리 숭상되어 왔다. 아폴로가 던진 원반에 우연히 죽임을 당한 이는 그가 사랑한 미소년 히아킨토스(Hyacinthos)였다. 히아킨토스의 피로 물든 대지에서 히아신스라는 꽃이 피었다고 하는데, 이 꽃은 오늘날 진짜 히아신스보다는 붓꽃에 가깝다.

물밀듯 밀려왔다.

"이렇듯 사랑은 신들도 좌지우지하는구나. 유피테르는 하늘에서 사랑할 만한 대상을 찾지 못할 때면 지상으로 내려와 죄를 지으면서도 아무도 해치지 않았지. 또 힐라스를 낚아챈 요정은 마치 헤르쿨레스가 제압하기라도 하듯 열정을 억누르지 않았던가. 아폴로는 소년의 영혼을 꽃으로 환생시켰다. 그들 모두는 경쟁자 없이 마음껏 사랑을 나누었다. 하지만 내가 친구로 삼은 자는 리쿠르구스[11]보다 더 잔인하구나."

내가 바람을 상대로 하소연을 하고 있는데, 백발의 노인이 불쑥 화랑으로 들어왔다. 주름이 가득 팬 그의 얼굴에서는 뭔가 범상치 않은 기운이 느껴졌다. 하지만 남루한 행색으로 미루어 부자들이 무척이나 싫어하는 지식인 계층에 속한 듯했다. 이윽고 노인은 내 곁으로 다가왔다.

"나는 시인일세. 제법 재능 있는 시인이지. 그저 그런 재능을 지닌 시인들도 정실(情實)에 얽매여 상을 받는 상황에서

---

[11] Lycurgus. 이 작품에서 정체가 묘연한 인물이다. 아마도 엔콜피우스는 그에게 모욕과 냉대를 당한 후 분을 참지 못하고 그를 살해했던 듯하다. 엔콜피우스, 아스킬토스, 기톤 삼총사가 손에 넣은 황금은 그의 저택에서 나왔을 확률이 높다. 아니면 단순히 그리스 신화에 나오는 리쿠르고스(Lycurgos)를 가리킬 수도 있다. 트라키아의 왕인 그는 디오니소스 신에게 해코지를 하려 했는가 하면 포도주에 취해 어머니를 범하려 했고 아들을 도끼로 찍어 죽였다.

'당신은 어찌하여 행색이 그리 초라하오?'라고 묻고 싶을 게야. 그 이유는 이렇다네. 즉 지성 연마에 관심을 기울일수록 돈과의 인연이 멀어지기 때문이지.

    장사치는 바다신을 섬겨 큰 이문을 남기고,
    원정에 나선 군인은 황금으로 무장을 하고,
    싸구려 아첨꾼은 값비싼 옷을 걸치고 술에 취해 널브러지고,
    새색시와 바람난 난봉꾼은 불륜의 대가를 받아 챙기누나.
    시인만 보잘것없는 신세,
    초라한 허수아비가 따로 없으니
    할 말을 잃은 채 끝없이 한숨만 짓누나
    이유인즉 고독한,
    지금은 잊히고 버려진 예술 때문이로세.

84 사실이 그렇다네. 온갖 유혹을 등지고 너무 올곧게만 살다 보면 금세 미움을 사게 되는 법. 자기와 다르게 행동하는 사람을 싫어하는 것이 인지상정 아닌가.
    두 번째로, 돈 모으는 데 관심 있는 사람들은 다른 사람이

자기가 가진 것보다 더 나아 보이는 걸 가지고 있는 꼴을 못 견디 하지. 그래서 온갖 수단과 방법을 동원해 문학을 사랑하는 사람들은 능력이 없어 가난하게 살 수밖에 없다고 선전해 대며 조롱하는 것이라네.

여하튼 가난은 재능과 쌍둥이 자매인 듯하이. 궁핍하다고 해서 나를 업신여긴다 해도 그 사람이 최소한 말은 통할 만큼 정직했으면 얼마나 좋겠나. 하지만 알고 보면 그런 사람일수록 악독하고 닳아빠지기가 포주는 저리 가라고 할 정도니, 원."

(……)

85 "재무관 비서로 아시아에 갔을 때의 일일세. 페르가몬[12]에 도착해 환대를 받았는데, 숙소도 근사했지만 그 집 주인의 아주 잘생긴 아들 때문에 무척 기쁜 마음으로 초대에 응했지. 나는 그 아버지가 나를 의심하지 않을 방도를 생각해냈네. 그러니까 식탁에서 미소년을 취하는 이야기가 나올 때마다 화를 벌컥 내며 추잡한 이야기 때문에 귀를 버렸다는 듯 굳은 표정을 지었지. 그랬더니 특히 그 어머니가 나를 세상에 둘도 없는 진정한 철학자로 여기더군. 그때부터 나는 그 집 아들이 체육관에 가는 길에 동행하기도 하고, 공부를 도와주기도 하고, 충고

---

12. Pergamon. 로마 속주인 소아시아의 수도.

를 건네기도 하면서 나 말고 어느 누구도 그 집에 얼씬거리지 못하게 했네.

하루는 축제일이었는데, 소년도 그날은 마음껏 놀았지. 하루 종일 흥청대다 보니 잠자리에 들 기운도 없어 우린 연회장에서 꾸벅꾸벅 졸고 있었다네. 자정쯤 됐을까, 소년이 깨어 있더군. 그래서 나는 잔뜩 긴장한 채 이렇게 중얼거렸네.

'베누스 여신이여, 들키지 않고 이 소년에게 입을 맞출 수 있다면 내일 비둘기 한 쌍을 그에게 주겠나이다.'

쾌락의 대가로 선물을 주겠다는 말을 듣고 소년은 곧 코를 골기 시작했고, 나는 짐짓 자는 척하는 그에게 다가가 몇 번이나 입을 맞추었네. 이튿날 아침 나는 일찌감치 일어나 약속대로 그가 기대하고 있던 비둘기 한 쌍을 그에게 갖다 주었네.

이튿날 밤 또다시 기회가 찾아왔는데, 이번에는 주문을 바꾸었지.

'들키지 않고 그를 구석구석 만질 수 있다면 그가 참아준 대가로 정말 사나운 투계(鬪鷄) 두 마리를 그에게 선사하겠나이다.'

이 제안에 소년은 제 발로 내게 다가오더군. 소년은 혹시나 내가 잠들었을까 봐 걱정하는 듯했네. 당연히 나는 소년의 걱정을 잠재워 주었네. 소년의 몸은 마치 소용돌이처럼 내 혼을

소년과 에우몰푸스

쏙 빼놓았지만 최후의 쾌락까지는 가지 않았다네. 날이 밝자 나는 약속대로 소년에게 선물을 안겨주었네.

세 번째 밤에도 똑같은 기회가 찾아왔고, 나는 불안한 듯 몸을 뒤척이는 그에게 다가가 귀에 대고 이렇게 속삭였네.

'오, 불사의 신들이여. 잠에 곯아떨어진 그에게서 내 욕망을 완전히 채울 수 있다면 이 행복의 대가로 내일 그에게 순종 마케도니아[13]산(産) 말을 주겠나이다. 단, 그가 아무것도 느끼지 못해야 합니다.'

그렇게 깊이 잠든 소년의 모습은 처음이었네. 우선 나는 우유처럼 하얀 그의 가슴을 어루만진 다음 그의 입술을 탐하고 나서 마지막으로 나의 모든 욕망을 쏟아놓았네.

이튿날 아침, 소년은 자기 방에 앉아 내가 평소처럼 약속을 지키길 기다리고 있더군. 물론 순종 말은 비둘기와 투계보다 훨씬 비싼 데다, 또 그런 값비싼 선물을 주었다간 호의를 의심받기 십상이라는 생각이 들었네. 그래서 몇 시간을 돌아다니다가 빈손으로 집으로 돌아와 소년에게 그저 입맞춤만 건넸지. 그러자 소년은 잠시 나를 살피더니 내 목을 껴안으며 이렇게 말하더군.

---

13. Macedonia. 발칸 반도의 중남부, 그리스의 북동부에 위치한 지역.

'선생님, 내 말은 어디 있어요?'

나의 약속 위반으로 우리의 관계는 더 이상 진척이 없었고, 나는 다시 옛날의 자유로 돌아갔네. 그러고 나서 며칠 후 똑같은 기회가 찾아왔네. 나는 그 아버지가 코를 골며 자는 틈을 이용해 소년에게 다시 나와 친구가 되어 달라고 애원하면서 욕망을 부추기는 온갖 말로 소년을 구슬렸네. 하지만 소년은 화가 단단히 났는지 그저 이렇게만 말하더군.

'가서 주무세요. 안 그러면 아버지한테 이를 거예요.'

하지만 사람이 뻔뻔해지기로 작정하면 세상에 못할 일이 없는 법. 소년이 '아버지를 깨울 거예요.'라고 말하는데도 나는 소년의 침대로 비집고 들어가 별다른 저항 없이 강제로 내 욕심을 채웠네. 사실 소년은 내가 그렇게 무자비하게 구는데도 썩 기분 나빠하지 않았고, 나의 부를 자랑하다가 급우들 사이에서 따돌림을 당하게 되었다며 한동안 불평을 늘어놓더군. 그러고는 마지막으로 이렇게 말하더군.

'하지만 난 선생님과 달라요. 하고 싶으면 또 하세요.'

소년은 언제 뻗댔냐는 듯 다시 나를 받아들였고, 나는 소년의 친절을 마음껏 즐기다 잠이 들었네. 하지만 성숙할 대로 성숙해 한창 혈기왕성한 나이인지라 소년은 똑같은 체위에 만족하질 못했지. 소년은 잠든 나를 깨우더니 이렇게 말하더군.

'뭔가 특별한 걸 원하지 않으세요?'

물론 아직은 피곤하지 않았지만 어쨌든 나는 땀을 뻘뻘 흘리며 그가 원하는 대로 해준 후 녹초가 되어 다시 잠이 들었네. 그런데 한 시간도 채 지나지 않아 소년이 손으로 나를 쿡쿡 쑤시며 이렇게 말하는 게 아니겠나.

'왜 계속하지 않는 거예요?'

하도 여러 번 잠이 깨다 보니 화가 치밀더군. 그래서 소년이 뱉었던 말을 그대로 돌려주었지.

'어서 자지 않으면 네 아버지한테 이를 테다.'"

나는 이런 대화에 기분이 한결 나아져 나의 스승에게 그림들의 연대와 그중 애매한 몇몇 그림의 주제에 대해 물어보기 시작했다. 그와 동시에 흔적도 없이 자취를 감추어 버린 회화를 비롯해 오늘날 고귀한 예술들이 하나둘 사라지고 있는 이유에 대해서도 물었다. 그의 대답은 이랬다.

"돈 욕심이 이러한 변화를 초래했지. 꾸미지 않은 미덕이 살아 숨 쉬던 옛날에는 자유로운 예술이 융성하면서 후세에 조금이라도 도움이 되는 것이라면 밝혀내려고 다들 치열하게 경쟁했네. 예를 들어 데모크리토스[14]는 온갖 종류의 식물에서 즙을 추출해 이리저리 실험하며 무기물과 식물의 특성을 밝히는 데 청춘을 바쳤지. 에우독소스[15]는 평생을 산꼭대기에서 지내며 천문학 지식을 늘리는 데 매진했고, 크리시포스[16]는 연구에 정진하려고 헬레보레[17]로 머릿속을 세 번이나 씻어냈네.

조각 쪽으로 눈을 돌려 보면, 리시포스[18]는 조각상의 선을 가지고 씨름하다 가난 때문에 죽었고, 미론[19]은 거의 영혼이 잡힐 듯한 청동 인물상과 동물 조각상을 만드는 데 전념하느라 후사 하나 없이 세상을 떴지.

하지만 우린 어떤가? 주색에 빠져 지내며 전통에 빛나는 예술 작품조차 공부하려 들지 않네. 대신 과거를 비난하면서 오로지 악습만 배우는 것이 작금의 현실 아닌가? 변증법[20]은 또 어찌 됐나? 천문학은? 지혜에 이르는 탄탄대로는? 달변이

---

14. Demokritos. BC 460?~BC 370?. 트라키아 출신으로 물리학, 수학, 생물학, 천문학 등의 자연 과학과 윤리학에 관해 많은 책을 저술한 그리스 철학자. 특히 원자론의 발전에 중요한 역할을 했다.
15. Eudoxos. BC 400?~BC 355?. 소아시아 크니도스 출신으로 그리스의 저명한 수학자이자 천문학자. 그가 평생을 산꼭대기에서 지냈는지는 확실하지 않다.
16. Chrysippos. BC 280?~BC 206?. 스토아 철학을 체계화한 그리스 철학자.
17. hellebore. 독성이 있는 미나리아재빗과의 여러해살이풀. 화살독으로 쓰이기도 하고 하제(下劑)로 널리 이용되었다. 그리스 시대에는 정신 질환에도 효과가 있었던 듯하다.
18. Lysippos. 기원전 4세기 알렉산드로스 시대에 그리스 시키온(Sikyon)에서 활동한 그리스의 대표적 조각가. 1,500여 점의 작품을 남기고 세밀한 묘사와 8등신의 새로운 인체 비례를 도입한 것으로 유명하다.
19. Myron. BC 480?~BC 440?. 청동 조각에 능했던 혁신적인 그리스 조각가. 대표작으로 『원반 던지는 사람』이 있다.

되게 해달라거나 철학의 근원에 다가가게 해달라고 신전을 찾아 기도하는 사람이 있기는 한가?

건전한 정신이나 육체를 바라기보다 신전 문턱을 채 넘어서기도 전에 부자 친척이 죽게 해달라고, 보물을 발견하게 해달라고, 또는 돈벼락을 맞게 해달라고, 그러면 그 즉시 공물을 바치겠다고 비는 사람들밖에 없지 않은가. 하긴 청렴과 미덕의 본보기가 되어야 할 원로원조차 걸핏하면 카피톨리누스[21]에 황금 일천 파운드[22]를 헌납하겠다는 약속을 남발해 사람들의 돈 욕심을 부추기며 유피테르조차 돈으로 매수하려 드는 판국이니 말해 무엇 하겠나.

사정이 이렇다 보니 예술은 사양길로 접어들었고, 신들 눈에나 인간들 눈에나 괴짜 그리스 화가 아펠레스와 피디아스[23]의 작품보다 금덩이가 훨씬 더 아름답게 보인다 해도 전혀 놀랄 일이 아니지.

하지만 보아하니 젊은이는 트로이의 함락[24]을 묘사한 그림

---

20. 辨證法. dialectic. 헤겔(Georg Wilhelm Friedrich Hegel)의 영향을 크게 받은 오늘날의 변증법과 달리 당시의 변증법은 지금의 논리학과 유사했다.
21. Capitolinus. 로마에 있는 유피테르 신전.
22. 약 327킬로그램.
23. Phidias 또는 페이디아스(Pheidias). BC 480?~BC 430?. 파르테논 신전의 유명한 장식 조각을 만든 그리스 조각의 거장.

시를 읊는 에우몰푸스

에서 눈을 떼지 못하는 듯하니 내 시 한 수로 그 그림의 주제를
설명해 볼까 하네.

>트로이가 포위당한 지 십 년째
>프리기아[25] 사람들이 고립된 채 불안에 떠는 가운데,
>예언자 칼카스[26]의 얼굴에 수심이 가득하구나.
>델로스의 그[27]가 신탁을 내리니
>이다 산에서 키 큰 나무들이 쓰러지고,
>나무둥치들이 산 아래로 실려오누나.
>가지를 쳐내고 다듬어 한데 이어 붙이니
>거대한 목마가 모습을 드러내누나.
>속은 비워 적진을 공략할 참호를 만들어,
>십 년의 전투에서 단련될 대로 단련되고

24. 트로이의 함락은 시의 일반적인 주제였다. 네로도 이를 주제로 시를 쓴 바 있다. 여기서 에우몰푸스는 운율을 달리해 베르길리우스의 『아이네이스』 2권 전반부를 모방하고 있다.
25. Phrygia. 아나톨리아 중서부에 있던 고대 왕국. 트로이와 인접해 있었다.
26. Calchas. 트로이 전쟁 때 그리스의 유명한 예언자. 아폴로의 사제 테스토르(Thestor)의 아들인 그는 트로이 전쟁이 10년 동안 계속될 거라 예언했다.
27. '델로스의 그'는 아폴로이다. 아폴로는 그리스의 델로스(Delos) 섬에서 태어났으며, 트로이에 대한 증오심에서 칼카스를 통해 트로이 목마를 지으라는 신탁을 내렸다.

용맹할 대로 용맹해진 군대가

신의 선물[28] 깊숙이 숨어드니

용감한 다나오스의 용사[29]들이 거하는 곳이로구나.

맹세하노니, 일천 척의 적선을 무찔러

조국을 전쟁에서 해방시키겠노라.

하지만 목마에 제문[30]을 새기고

시논[31]이 목숨을 걸고 그 말을 거듭 읊조리니

정말 우리가 패할 것만 같구나.

전쟁이 끝났다고 여기는 군중이 몰려나와

환호하며 감사의 기도를 드리누나.

뺨에는 눈물이 흐르고,

심장이 터질 듯한 기쁨에 하염없이 눈시울을 적시는 가

---

28. 목마는 아테나 신에게 바치는 그리스의 제물이었다.
29. 그리스 신화에 나오는 이집트 왕 벨로스(Belos)의 아들인 다나오스(Danaos)가 쌍둥이 형 아이깁토스(Aegyptos)에게 쫓겨나 아르고스의 왕이 되었는데, 아르고스는 트로이 전쟁에서 그리스 연합군에 속했다.
30. 목마에는 "그리스인들이 아테나 여신께 이 제물을 바칩니다."라는 글귀가 새겨져 있었다.
31. Sinon. 그리스 신화에서 영웅 율릭세스의 사촌동생이며, 트로이 전쟁 때 목마 전략을 세우는 데 중요한 역할을 했다. 그는 탈영병으로 가장해 트로이 사람들에게 목마를 트로이 성 안으로 들이면 포위 공격을 면할 수 있다고 말했다.

운데

두려움이 찬물을 끼얹누나.

바다의 신 넵투누스의 사제 라오콘[32]이

머리칼을 휘날리며 나타나 군중에게 호령하더니,

목마의 넓디넓은 자궁을 향해 창을 던지도다.

그러나 운명이 힘을 발휘해 창끝이 도로 퉁겨나오니

우리의 계략은 과연 믿을 만하구나.

하지만 라오콘은 다시 손목에 힘을 주고

목마의 옆구리에 도끼를 날리누나.

안에 있던 군사들이 소리치자

그들의 웅성거리는 소리에

목마가 낯선 두려움을 토해내고

안에 있던 군사들이 새로운 계략을 앞세워 트로이 공략에 나서니

다시 전투가 시작되누나.

이상한 징조들이 끊이지 않는구나.

32. Laocoon. 그리스 신화에 나오는 인물로 트로이 전쟁 때 그리스인들이 놓고 간 목마를 성내에 들여서는 안 된다고 트로이인들에게 경고했다가, 그의 쌍둥이 아들들이 아폴로가 보낸 바다뱀에게 죽임을 당한다.

테네도스³³의 깎아지른 절벽이 바다를 막아서니

바닷물이 산산이 부서졌다 순식간에 다시 합쳐지고

바다의 평온은 온데간데없구나.

밤의 고요 너머로 저 멀리서 철벅철벅 노 젓는 소리가 들려오나 싶더니

함대가 파도를 가르며 불쑥 모습을 드러내고,

용골이 스치고 지날 때마다 수면은 괴로운 듯 신음을 내뱉누나.

이제 뒤를 보라.

바다에서 똬리를 튼 뱀 두 마리가 솟구쳐 올라 암초를 향해 질주하니

함선처럼 생긴 불룩한 가슴으로 사방에 물보라를 일으키는 가운데

꼬리로는 요란하게 수면을 쳐대면서

머리로는 자기네 두 눈동자만큼이나 눈부신 파도를 가르누나.

번쩍이는 비늘이 물에 반사되니

---

33. Tenedos. 트로이 인근 해안의 작은 섬. 그리스군이 철수하는 체하며 테네도스에 정박했을 때, 시논은 트로이인들에게 목마가 트로이를 수호하는 아테나 여신에게 바치는 제물이라고 말했다.

파도가 쉭쉭거리며 몸을 떨어대누나.

다들 할 말을 잃은 채 서 있구나.

그런 가운데 신성한 띠[34]를 두르고 프리기아 복장을 한 라오콘의 쌍둥이 아들들이

갑자기 뱀들에게 친친 감기는구나.

형제는 조그만 손가락을 뱀 아가리에 밀어넣은 채

서로를 구하려고, 자기 자신이 아니라

형제를 구하려고 발버둥치지만, 형제애의 대가는

죽음이로다.

아비는 허망하게 자식들의 운명 위로 몸을 내던질 뿐.

포식한 뱀들은 이번에는 아비를 휘감아 땅바닥에 패대기 치는구나.

이제는 아비가 제단 한가운데 누워 제물이 되니

서러움에 땅을 치는구나.

성물이 더럽혀지고, 트로이는 파괴의 운명에 처하니

제일 먼저 수호신의 두상이 끔사나운 봉변을 당하누나.

저 높이 휘영청 밝은 보름달이 흰빛을 드리운 채

---

34. '신성한 띠'는 제물로 희생될 것임을 뜻한다.

도망치는 에우몰푸스

반짝이는 횃불로 별들을 안내하누나.

프리아모스³⁵의 아들들이 술에 취해 곯아떨어진 사이

'용사들이여, 빗장을 풀고 용맹을 떨치거라!'

지휘관들도 무장을 하고 전투에 나서니

테살리아³⁶ 언덕에서 준마가 멍에를 벗어나

목덜미를 흔들고 갈기를 휘날리며 질주하듯,

칼들이 일제히 칼집에서 나오고

방패들이 일제히 치켜져 오르면서 싸움이 벌어지니

술에 취해 잠들었다 죽음의 잠 속으로 빠지누나.

그런 가운데 제단에서는

트로이 사람들의 명예로운 트로이 시를 불태울

횃불들이 운반되어 오누나."

90   주랑을 거닐던 사람들 가운데 몇몇이 돌팔매질을 하며 에우몰푸스의 낭송을 방해했다. 이런 종류의 반응에 익숙한지라 그는 머리를 감싸안은 채 그곳에서 도망쳤다. 나는 사람들이 나도 시인으로 오인할까 봐 도망치는 그를 따라 바닷가에 당도

---

35. Priamos. 트로이의 마지막 왕으로서 트로이 함락과 더불어 제단에서 도륙을 당해 죽었다.

36. Thessalia. 마케도니아 남쪽, 그리스 중북부에 있는 지방.

했다. 추적 범위를 벗어나자마자 나는 걸음을 멈추고 말했다.

"지금 제정신이세요? 나랑 있은 지 두 시간도 채 안 됐는데, 제정신인 사람이 아니라 시인처럼 말할 때가 더 많았다고요. 사람들이 돌을 들고 따라오는 게 당연하지요. 나도 이제 호주머니에 돌을 채워 넣고 있다가 노인장이 헛소리를 해댈 때마다 던져 머리에서 피가 뚝뚝 떨어지게 할 겁니다."

안색이 바뀌나 싶더니 그가 입을 열었다.

"젊은이, 이런 경험을 하는 게 오늘이 처음이 아니라네. 사실 극장에서 시를 낭송할 때마다 관객석에서 뜻하지 않은 반응이 날아왔네. 하지만 젊은이하고까지 입씨름하고 싶지 않으니 오늘은 이쯤 해두겠네."

나는 대답했다.

"좋아요. 오늘 미친 짓은 이것으로 끝내겠다고 맹세하면 노인장께 저녁을 대접하지요."

나는 하숙집 주인에게 간단하게 식사를 준비해 달라고 부탁했다.

(……)

돌아온 기톤과 새로운 연적

기톤이 수건과 때 미는 도구를 들고 벽에 기대 서 있는 모

기톤과의 재회

습이 보였다.[37] 그런데 안색이 몹시 어두웠다. 자신의 천한 처지에 마음이 착잡한 듯했다. 좀 더 가까이 다가가 확인하려는데…… 그가 나한테로 고개를 돌렸다. 나를 보더니 그의 표정이 밝아졌다.

"저를 가엾게 여기시어 나무라지 마세요. 주변에 무기가 없으니 터놓고 말씀드릴게요. 피에 굶주린 범죄자의 손아귀에서 저를 빼내시어 분이 풀릴 때까지 절 벌주세요. 제 행동을 뼈저리게 후회하고 있답니다. 도통 살맛이 나질 않아요. 나리께서 원하신다면 차라리 죽는 게 낫겠어요."

나는 기톤에게 다른 누군가가 우리의 계획을 눈치 챘을 수 있으니 그만 입을 다물라고 말하고는 시를 낭송하고 있는 에우몰푸스를 목욕탕에 남겨둔 채 기톤을 끌고 어두컴컴하고 지저분한 비상구를 빠져나와 서둘러 숙소로 향했다. 그런 다음 문을 단단히 잠그고는 그를 와락 끌어안고 눈물범벅인 그의 얼굴에 내 뺨을 비벼댔다. 한동안 우리 둘 다 할 말을 잃었다. 연달아 내쉬는 한숨에 소년의 사랑스러운 가슴이 들썩였다.

"아, 널 사랑하는 내게 이런 일이 닥치리라고는 꿈에도 생각지 못했건만 너는 날 버렸다. 흉터가 없다 뿐이지 이 가슴에

---

37. 기톤은 평소처럼 애인의 시중을 들고 있다. 그는 공중목욕탕에서 목욕 용품을 들고 아스킬토스의 옷을 지키고 있다.

얼마나 큰 상처를 입었던지. 대체 그 무엇에 홀려 다른 연인 품에 안겼더란 말이냐? 내가 이런 취급을 받아 쌌더란 말이냐?"

소년은 아직도 내가 자기를 사랑하는 걸 알고는 눈썹을 치켜올렸다.

"나는 우리의 사랑에 대한 판단을 아무에게도 맡기지 않았건만 넌 아니었다. 하지만 네가 지난날을 후회하고 앞으로 처신을 똑바로 한다면 그 일은 더 이상 거론하지도, 떠올리지도 않으마."

내가 울면서 이 모든 말을 쏟아놓자 기톤이 망토로 내 얼굴을 닦아주며 말했다.

"엔콜피우스 나리, 부탁이니 기억을 되새겨보세요. 제가 나리를 버렸는지, 나리가 절 배신했는지를 말입니다. 톡 까놓고 말해서 두 분이 주먹다짐을 하는 모습을 보고 저는 강자에게 갔을 뿐이랍니다."

나는 현명한 작은 가슴에 입을 맞추고 그의 목에 팔을 둘렀다. 그리고 내가 서운한 감정을 모두 털어내고 예전처럼 우리의 우정을 튼실하게 되쌓고 있다는 것을 분명히 보여주기 위해 그를 품에 꼭 껴안았다.

그러는 사이 밤이 으슥해졌고, 하숙집 여자가 우리가 주문한 저녁 식사를 가져왔다. 바로 그때 에우몰푸스가 문을 쾅쾅

두드려댔다.

"몇 명입니까?"

나는 이렇게 묻고는 문틈으로 아스킬토스도 와 있는지 살폈다. 곧이어 손님이 혼자인 것을 확인하고 나서 나는 얼른 그를 안으로 들였다. 그는 침대에 털썩 주저앉아 기톤이 상 차리는 모습을 예의 주시하다 고개를 끄덕이며 말했다.

"가니메데스 뺨치는 미색이로고. 운수 대통한 날일세그려."

그가 대놓고 뜯어보는 통에 기분이 언짢아지면서 아스킬토스처럼 이번에도 제삼자가 우리 사이에 끼어들까 봐 불안해지기 시작했다. 에우몰푸스가 계속 그러고 있자 소년이 음료수를 건네며 말했다.

"그래도 사람들을 씻겨주는 일보다는 견딜 만하네요."

그는 단숨에 잔을 꿀꺽꿀꺽 비우더니 그렇게 불쾌한 시간을 보내긴 처음이었노라며 설명을 늘어놓기 시작했다.

"욕탕 주변에 앉아 있는 사람들에게 시를 암송하려고 했다는 이유만으로 목욕하다 맞아죽을 뻔하지 않았겠나. 욕탕 밖으로 내던져진 후 구석구석을 돌아다니면서 '엔콜피우스'를 소리쳐 부르는데, 저쪽 어딘가에서 청년 하나가 옷을 잃어버렸다며 알몸으로 기톤이라는 이름을 나처럼 소리쳐 불러대더군.

그런데 내 주변의 소년들은 얼토당토않게 미친 사람 흉내를 내며 나를 놀리는 데 비해 그 청년 주위에 모여든 사람들은 위엄에 눌린 기색으로 박수를 치며 환호를 보내더란 말이지. 알고 보니 물건이 어찌나 거대한지 마치 음경에 사람이 매달려 있는 것 같지 뭔가. 가히 세도 보통 세지 않을 듯싶었네. 일을 어제 시작해서 내일 끝낼 위인이라는 생각이 들더군.

그 덕에 청년은 곧 도움을 받게 되었네. 거기 모인 사람들이 하는 말로 취향이 의심스러운 로마 기사인가 하는 자가 있었는데, 그 자가 자기 옷으로 그 청년을 덮어 주더니 주변을 얼쩡대다 청년을 데리고 슬그머니 자리를 뜨더군. 보나마나 엄청난 행운을 저 혼자 실컷 즐기려고 그랬겠지. 나 같으면 아는 사람이라면 모를까, 눈치 빠른 그곳 종업원이 건네는 옷도 마다할 텐데 말일세. 하긴 갈고 닦은 지혜보다 갈고 닦은 거시기가 훨씬 더 수지맞는 법이지."

에우몰푸스가 내 원수의 불행과 성공에 대해 이야기하는 동안 내 얼굴에서는 희비가 엇갈렸다. 하지만 나는 줄곧 입을 다문 채 음식을 권하며 이야기에 관심이 없는 척했다.

93 "어찌 된 노릇인지 우리의 변덕스러운 마음은 법을 가벼이 여기고, 대신 불법을 사랑하누나.[38]

아스킬토스와 기사

콜키스[39]에서 잡혀온 꿩과 아프리카에서 잡혀온 새는
귀해서 수소문을 해야 겨우 구하고,
번지르르한 깃털을 뽐내는
흰 거위와 오리 새끼는
우리 취향이 아니라 서민의 몫이라네.

멀리 시르티스[40] 해안에 사는 파랑비늘돔[41]은
어선을 수없이 난파시켜야 잡아올 수 있으니[42]
식탁에 오른다면야 감사할 따름이고,
숭어는 하도 질겨서
값을 묻지 마오, 외상으로 얼마든지 살 수 있으니.

마누라가 지겨워지면 애인을 두면 되지

---

38. 에우몰푸스가 화자이며, 엔콜피우스의 도덕관을 두고 하는 소리인 듯하다.
39. Kolchis. 또는 Colchis. 흑해에 접해 있는 고대 지역으로 지금의 그루지야공화국. 그리스 신화에서는 전설과 마법의 영역.
40. Syrtis Major. 지금의 시드라(Sidra) 만(灣). 리비아의 해안으로 만입한 지중해로 이루어진 지역.
41. 농어목(目) 파랑비늘돔과(科)에는 80여 종(種)이 있는데, 그중 한 종(*Scarus cretensis*)이 지중해에 서식한다. 이 종은 고대 그리스와 로마에서 매우 귀하게 여겼다.
42. 북아프리카 연안은 수심이 얕아서 배들의 무덤이었다.

값은 좀 비싸도 근사한 여자로.

장미꽃이 시들면

계피가 그 자리를 대신하는 법.

손에 넣기 힘든 것일수록 그만한 값을 하기 마련이라네."

나는 말했다.

"오늘은 더 이상 시를 읊지 않겠다고 약속해 놓고 이런 식으로 나오긴가요? 제발 부탁이니 우리까지 곤경에 처하게 하지 마세요. 우린 노인장에게 돌을 던진 적이 없잖습니까. 하숙생 중 누구든 술을 마시다 시 냄새를 맡아 온 이웃을 깨우는 날엔 우리 모두 끝장이라고요. 제발 우리 생각도 좀 해서 화랑과 공중목욕탕에서 있었던 일을 명심하란 말입니다."

마음이 여린 기톤은 나의 말투를 나무라면서 주인의 본분을 망각한 채 있는 대로 성질을 부리며 연장자를 몰아세워 기껏 준비한 식사를 망치는 것은 옳지 않은 처사라고 말했다. 기톤은 계속해서 그 예쁜 입으로 유창한 변설을 장황하게 쏟아놓았다.

그러자 에우몰푸스가 기톤에게 말했다.

"이런 아들을 두다니 네 어머니는 참으로 복도 많구나! 이렇게 흐뭇할 데가! 잘생긴 용모에 사려까지 갖추다니 보기 드문 경우로고. 괜히 본전도 못 찾을 말을 했다고 생각지 말거라. 너를 사랑하는 사람을 찾았으니 말이다. 내 너를 칭찬하는 시들을 짓고, 네가 청하든 청하지 않든 교사이자 보호자로서 네 뒤를 그림자처럼 따라다니마. 그리고 엔콜피우스도 손해 보는 일은 없을 게다. 이참에 다른 상대를 찾을 수 있으니 말이다."

내 칼을 빼앗은 그 병사는 결국 에우몰푸스에게도 좋은 일을 한 셈이었다. 그러지 않았다면 에우몰푸스의 피로 아스킬토스에 대한 나의 적의를 식히려 들었을 테니. 기톤은 그런 내 기분을 알아채고 물을 가져오겠다는 핑계로 방에서 나갔고, 그 사이 나는 화를 가라앉혔다. 그리고 나서 잠시 후 나는 다시 격앙되어 말했다.

"에우몰푸스 씨, 그런 말도 안 되는 생각을 하느니 차라리 시를 읊으세요. 나는 성질이 불같이 급하고, 노인장은 음탕합니다. 아시겠지만 이런 성격은 서로 어울릴 수가 없습니다. 그러니 나를 미친놈으로 여기고 아예 상종을 하지 말란 말입니다. 어서 썩 나가요!"

에우몰푸스는 이 갑작스런 폭발에 어안이 벙벙해서는 내가 그러는 이유에 대해 아무것도 묻지 않았다. 하지만 곧장 문지방을 넘어 방문을 쾅 닫고 나가더니 나를 안에다 가두어 버렸다. 정말 예상치도 못한 일이었다. 그는 재빨리 열쇠를 빼내고

어서 썩 나가요!

는 기톤을 찾으러 부리나케 밖으로 나갔다.

　이렇게 해서 꼼짝없이 갇히는 신세가 되고 만 나는 스스로 목을 매달아 모든 것을 끝내기로 작심했다. 그리하여 이미 벽에 기대놓은 침대 틀을 기둥 삼아 허리띠를 묶어 올가미를 만든 다음 그 안에 목을 들이밀었다. 바로 그때 문이 열리면서 에우몰푸스가 기톤과 함께 들어와 간발의 차이로 죽음을 따돌리고 나를 살려냈다. 에우몰푸스와 달리 기톤은 슬픔과 분노로 제정신이 아니었다. 그는 엉엉 소리 내어 울면서 나를 부축해 침대에 눕혔다.

　"저보다 먼저 죽을 수 있다고 생각한다면 오산이에요, 엔콜피우스 나리. 이 일엔 제가 먼저였어요. 죽기로 작정하고 칼을 찾아 아스킬토스의 방을 뒤졌으니까요. 나리를 다시 만나지 못했다면 전 몸이라도 던져 스스로 목숨을 끊었을 거예요. 죽으려고 마음먹으면 죽음은 가까이 있어요. 두고 보세요, 제 말이 맞나 틀리나 직접 보여드릴 테니까요."

　이 말과 함께 그는 에우몰푸스의 하인에게서 면도칼을 낚아채더니 목을 두 번 긋고는 우리 발치에 쓰러졌다.

　나는 너무 깜짝 놀라, 외마디 고함을 내지르며 바닥에 무너져 내린 그를 따라 나도 죽으려고 면도칼을 집어들어 그었다. 하지만 기톤의 몸에는 상처 하나 없었고, 나도 고통이 전혀 느

성난 집주인

꺼지지 않았다. 알고 보니 연습용으로 나온 면도칼이라 날이 무뎠던 것이다. 다시 말해 이발사가 되려는 견습생들에게 용기를 심어주기 위해 날에 칼집을 씌워 놓았던 것이다. 기톤이 면도칼을 낚아채 가는데도 하인이 놀라지 않았던 이유도, 에우몰푸스가 이 가짜 죽음의 소동 앞에서 뒷짐지고 가만히 있었던 이유도 그 때문이었다.

95 이러한 애정극이 펼쳐지고 있는 사이 집주인이 나머지 저녁 식사를 들고 들어왔다가 바닥에 널브러진 우리 꼬락서니를 보고 소리를 빽 내질렀다.

"술에 취한 거요, 아니면 탈주한 노예들이오? 아니면 둘 다인 게요? 침대는 누가 저렇게 뒤집어놓은 게요? 이 난장판이 다 뭐란 말이오? 집세를 떼어먹으려고 야반도주를 하려 했던 모양인데, 어림도 없지. 이 집 주인이 과부가 아니라 바로 이 마르쿠스 마니키우스라는 사실을 똑똑히 알게 해줄 테니까."

이에 질세라 에우몰푸스도 고래고래 소리 질렀다.

"지금 우리를 협박하는 거요?"

그리고 그와 동시에 남자의 뺨을 세게 때렸다. 손님들과 어울려 마신 술로 분별력을 잃은 집주인은 에우몰푸스의 머리에 도자기 냄비를 집어던졌다. 그 바람에 에우몰푸스의 이마가 찢어졌고, 집주인은 고함 소리를 뒤로한 채 방에서 쏜살같이 튀

에우몰푸스의 폭행

어나갔다.
 에우몰푸스가 이런 모욕을 참을 리가 없었다. 그는 나무 촛대를 집어들고 집주인을 쫓아가 흠씬 두들겨 패주는 것으로 복수를 했다. 곧이어 만취한 손님들뿐만 아니라 그 집 가솔 모두가 몰려 나왔다. 나는 이를 복수의 기회로 삼아 에우몰푸스가 들어오지 못하게 문을 잠가 버렸다. 이렇게 해서 악당에게 보기 좋게 한 방 먹인 후 나는 경쟁자 없이 그날 밤 한때를 기톤과 단 둘이 호젓하게 만끽했다.
 한편 주방 직원들과 그 집 사람들은 방에 들어오지 못하게 된 에우몰푸스를 공격했다. 한 명은 그의 눈에 대고 지글거리는 소 내장이 잔뜩 섞인 침을 내뱉었고, 또 한 명은 고기를 매다는 갈고리를 무기 삼아 전투에 나섰다. 특히 꾀죄죄한 옷차림에 나막신을 신고 무척이나 심술궂게 생긴 웬 노파는 덩치 큰 개를 끌고 나타나 에우몰푸스에게 덤벼들게 했다. 하지만 그는 촛대 하나로 이 모든 위협을 버텨냈다.

96 우리는 방금 전 문손잡이가 뜯겨 나가면서 생긴 구멍을 통해 이 모든 광경을 지켜보았다. 나는 에우몰푸스에게 주먹이 날아올 때마다 환호했다. 하지만 기톤은 평소처럼 동정심을 발휘해 문을 열어주라며 나를 설득했다. 나는 아직도 분이 삭지 않은 터라 주먹으로 그의 머리통을 냅다 후려쳤다. 그가 울면

난투극

서 침대에 앉아 있는 동안 나는 두 눈을 구멍에 번갈아 대가며 에우몰푸스가 쩔쩔매는 모습을 즐겼다. 정말이지 진수성찬이 따로 없었다!

그런 가운데 바르가테스라는 이름의 하숙집 지배인이 저녁을 먹다 말고 발이 시원치 않은지 짐꾼 둘의 들것에 실려 난리통 한가운데 모습을 드러냈다. 그는 외국 억양으로 주정뱅이와 탈주 노예들에게 한참 욕설을 퍼붓고 나서 에우몰푸스를 보며 말했다.

"아니, 이게 누구십니까, 시인 선생 아니십니까? 아무 짝에도 쓸모없는 이 노예 놈들아, 싸움을 멈추고 어서 썩 꺼지지 못할까? 지금 나와 같이 사는 여자가 하도 나를 깔아뭉개서 그러는데, 부디 그 여자를 나무라는 시 몇 수 지어 주십시오. 그리하여 그 여자가 자기 분수를 깨달을 수 있게끔 말입니다."

97　에우몰푸스가 바르가테스와 이야기를 나누는 동안 시청 공보관이 경찰관 한 명과 군중을 대동하고 하숙집으로 들어왔다. 그는 빛보다 연기를 더 많이 내는 횃불을 흔들며 다음과 같은 내용의 공지문을 읽었다.

금일 공중목욕탕에서 16세가량의 소년이 실종되었음. 인상착의는 곱슬머리에 살결이 부드럽고 미동(美童)임. 이름

바르가테스의 등장

은 기톤. 그를 데려다주거나 그의 행방에 대해 정보를 제공하는 사람에게는 보상금으로 일천 세스테르티우스를 후사하겠음.

공보관 곁에는 화려한 셔츠 차림의 아스킬토스가 공지문과 보상금이 담긴 은접시를 보란 듯이 들고 서 있었다.

나는 기톤에게 어서 침대 밑에 들어가 매트리스와 침대 틀을 묶은 끈 사이에 손발을 끼워 넣으라고 지시했다. 한때 울릭세스도 이런 식으로 양의 배에 찰싹 달라붙어 추적자들의 손아귀에서 벗어난 적이 있다.[43]

기톤은 그 즉시 침대 밑에 들어가 내 말대로 했는데, 어찌나 영특한지 울릭세스가 울고 갈 판이었다. 나는 의심을 살 만한 공간을 남기지 않기 위해 옷가지로 침대를 덮어 체격이 나만 한 성인 남자 혼자 사용하는 것처럼 보이게 했다.

그런 가운데 아스킬토스가 다른 방을 모두 둘러보고 나서 내 방 앞으로 왔다. 그는 방문이 꼭꼭 잠겨 있는 것을 보고 쾌재를 부르는 듯했다. 경찰관이 문틈에 도끼를 질러넣자 빗장이

---

43. 호메로스에 따르면, 울릭세스는 시킬리아에서 동료들과 함께 외눈박이 거인 키클롭스에게 잡혀 동굴에 갇혔다가 불타는 막대기로 키클롭스의 눈을 찔러 멀게 한 후 양의 배에 매달려 탈출했다.

풀렸다.

나는 아스킬토스의 무릎에 엎어져 생사고락을 함께한 옛정을 생각해서 내 어린 친구의 얼굴만이라도 보게 해달라고 애원했다. 그리고 나의 거짓 애원에 신뢰를 보태기 위해 이렇게 덧붙였다.

"날 죽이러 왔다는 거 알고 있네, 아스킬토스. 그러지 않고서야 도끼를 가져왔을 턱이 없지, 안 그런가? 실컷 분풀이하게나. 여기 내 목이 있으니 어서 치게. 수색은 핑계일 뿐이고 자네가 이렇게 온 진짜 이유는 이것 아닌가."

아스킬토스는 무슨 소리냐며 자기는 도망친 노예를 찾고 있을 뿐이며 무력한 사람을, 더구나 비록 심하게 다투긴 했지만 여전히 가까운 친구라고 여기는 사람을 죽일 생각은 없다고 말했다.

하지만 경찰관은 상황을 그렇게 쉽게 받아들이지 않았다. 그는 여인숙 주인에게서 작대기를 낚아채 침대 밑에 밀어넣더니 심지어 벽에 난 틈새까지도 모조리 쑤셔댔다. 기톤은 작대기를 피해 몸을 잔뜩 웅크린 채 빈대가 입에 닿거나 말거나 겁에 질려 숨을 꾹 참았다.

하지만 그 직후 말릴 겨를도 없이 에우몰푸스가 문이 열린 틈을 이용해 잔뜩 흥분해서 방으로 뛰어들어 왔다.

"일천 세스테르티우스는 내 걸세. 이 길로 공보관을 따라가 고할 참이네. 기톤이 자네 손에 있다고 말일세."

내가 그의 무릎을 부여잡고 그러지 않아도 죽어가는 두 사람의 숨통을 끊어놓지 말아달라고 애원했지만 그는 막무가내였다.

"그 녀석이 여기 있다면야 노인장께서 이렇게 화내시는 게 당연합니다. 하지만 녀석은 방금 전 사람들 틈에 묻어 사라져 버린 터라 나로선 도무지 행방을 알 길이 없습니다. 제발 부탁이니 에우몰푸스 씨, 소년을 찾아주십시오. 아스킬토스에게 넘긴다 해도 상관없습니다."

그가 내 말을 거의 믿어갈 무렵 기톤이 더 이상 숨을 참지 못하고 재채기를 연달아 세 번이나 하고 말았다. 어찌나 세게 했던지 침대가 다 들썩일 지경이었다. 그 소리에 에우몰푸스가 소리쳤다.

"저런, 기톤!"

에우몰푸스가 매트리스를 들어내자 우리의 울릭세스가 굶주린 키클롭스도 불쌍히 여길 몰골을 하고 모습을 드러냈다. 그가 나를 돌아보며 말했다.

"이건 뭐냐, 이 도둑놈아? 현장을 들키고도 바른말을 하려들지 않다니. 인간의 운명을 주관하는 신이 저기 매달려 있는

숨었다가 들킨 기톤

소년으로 하여금 신호를 보내게 했으니 망정이지, 그러지 않았더라면 이 늙은이는 바보처럼 술집 여기저길 기웃거릴 뻔하지 않았더냐."

(……)

기톤은 나와는 비교가 되지 않는 붙임성을 발휘해 우선 기름에 적신 거미집으로 그의 이마에 난 상처를 동여매 주었다. 그런 다음 자신의 작은 망토를 그의 낡아빠진 옷과 바꿔 입고는 이제 한결 기분이 나아진 시인을 껴안고 마치 찜질을 하듯 키스를 퍼부은 뒤 이렇게 말했다.

"사랑하는 아버지, 우리 운명은 아버지 손에 달려 있어요. 이 기톤을 사랑하신다면 우리 목숨을 구해 주세요. 차라리 제가 끔찍한 불에 타 죽든가, 차가운 바닷물에 빠져 죽든가 했으면 좋겠어요. 이 모든 분란의 원인은 저예요. 서로의 목을 겨누는 사람들이 화해를 하려면 제가 죽어야 해요."

에우몰푸스가 말했다.

"난 언제 어디서나 하루가 다시는 돌아오지 않는 마지막인 것처럼 살아왔다."

나는 눈물을 뚝뚝 흘리며 그에게 다시 친구가 되어달라고 애원했다. 그러면서 사랑에 빠지면 질투의 광기에 사로잡히기 마련이지만 앞으로는 그의 화를 돋울 수 있는 말이나 행동을

뱃사람

두 번 다시 하지 않도록 각별히 주의하겠다고 다짐했다. 그러니 시인이자 학자에 걸맞게 그동안 가슴에 쌓아두었던 원한일랑 상처 하나 남기지 말고 깨끗이 잊어버리라고 간청했다.

"개간하지 않은 거친 땅에서는 눈이 오래 쌓여 있지만 쟁기질을 한 땅에서는 서리가 내려도 말하는 사이에 녹아 없어지는 법입니다. 사람의 가슴에 쌓인 울분도 마찬가지올습니다. 깨우치지 못한 마음은 분노에 숨이 막히지만 잘 갈이질한 마음은 금세 분노를 털어버리지요."

그러자 에우몰푸스가 말했다.

"맞는 말일세. 내 자네에게 입을 맞추어 우리 싸움에 종지부를 찍고자 하니 이리 오게. 이제 모든 게 다 잘될 걸세. 가방을 꾸려서 나를 따라오든가, 아니면 자네가 앞장서게."

그가 여전히 말을 하고 있는데, 문이 끼익 열리면서 턱수염을 기른 뱃사람이 모습을 드러냈다.

"늦었습니다그려, 에우몰푸스 씨. 서둘러야 한다는 걸 설마 모르시진 않겠지요."

그 즉시 우리 모두 벌떡 일어났고, 에우몰푸스가 잠들어 있던 하인을 깨워 짐을 옮기라고 지시했다. 기톤과 나도 소지품을 챙겨들었다. 나는 별들에게 기도를 올리고 나서 배에 올라탔다.

(……)

배에 오르다

바다 위의 전쟁과 평화

'우리의 새 친구가 소년에게 흑심을 품다니 여간 낭패가 아니로고. 하지만 세상에서 제일 좋은 것들은 모두에게 공짜가 아닌가? 태양은 만인을 비추고, 달은 무수한 별과 함께 짐승도 풀밭으로 인도하나니. 물보다 더 소중한 것이 있을까만 온 세상에 흐르지 않는가? 그렇다면 당당하게 손에 넣은 상이 아니라 몰래 훔친 물건은 사랑밖에 없단 말인가? 아하, 그렇구나. 아무리 좋은 것도 사람들이 시샘하지 않는다면 욕심이 나지 않는 법. 늙은 양반은 염려하지 않아도 될 터. 설령 그 짓을 하려고 해도 숨이 차서 포기하고 말 테니.'

나는 속으로 이런 생각을 하면서 애써 불안감을 달랬다. 그러고는 옷을 뒤집어쓰고 자는 척하기 시작했다.

하지만 갑자기 운명의 여신이 내게서 마음의 평화를 빼앗아가기로 결심한 듯했다. 갑판에서 투덜대는 소리가 들려왔던 것이다.

"그래서 날 바보 취급했겠다?"

남자 목소리인데, 아무래도 귀에 익은 듯했다. 그 목소리를 듣는 순간 나는 심장이 벌렁벌렁 뛰기 시작했다. 뒤이어 역시 잔뜩 화가 난 여자가 격분해서 말했다.

"신께서 내 손에 기톤을 넘겨주기만 한다면 두 팔 벌려 환

리카스

영하고말고요!"

　우리 둘 다 이 뜻밖의 말에 너무 깜짝 놀라 피가 모두 빠져나간 듯 얼굴이 하얗게 질렸다. 나로 말할 것 같으면 마치 가위에 눌린 사람처럼 한동안 목소리가 나오지 않았다. 나는 떨리는 손으로 에우몰푸스의 외투를 잡아당겼다. 그는 막 잠에 곯아떨어지는 중이었다.

　"노인장, 제발 부탁이니 이 배 임자가 누구며 누가 타고 있는지 말씀해 주시겠습니까?"

　그는 잠을 방해받아 버럭 짜증을 냈다.

　"이 배에서 제일 한적한 장소를 고집하더니 이렇게 잠을 못 자게 하려고 그랬단 말인가? 타렌툼의 리카스가 선주고, 트리파이나를 태우고 타렌툼으로 가고 있다면 어쩔 텐가?"

　이 말에 나는 깜짝 놀라 벌벌 떨다 겨우 목구멍을 틔우고 말했다.

　"운명의 여신이 마침내 나를 쓰러뜨리는구나."

　기톤은 실신하듯 내 가슴에 무너져 내리더니 한동안 꼼짝도 하지 않았다. 우리 둘 다 땀으로 목욕하고 나서 겨우 정신을 차렸다. 나는 에우몰푸스의 무릎을 부여잡고 말했다.

　"저희에게 제발 자비를 베풀어 주십시오. 저흰 이제 죽은 목숨입니다. 똑같이 배운 사람끼리 청하건대 부디 도움의 손길

트리파이나

을 빌려 주십시오. 죽음이 저희 코앞에 닥친 바, 노인장께서 막아주지 않는다면 꼼짝없이 당할 수밖에 없습니다."

나의 죽는소리에 당황한 에우몰푸스는 하늘에 맹세코 도대체 영문을 모르겠으며, 배신을 꾀한 적 또한 없고, 다만 순수한 의도와 선한 믿음에서 오래전부터 계획했던 선상 여행에 우리를 데려왔을 뿐이라고 말했다.

"여하튼, 문제가 뭔가? 우리와 함께 여행하고 있는 한니발이 누구냐고? 이 배 임자이자 선장인 타렌툼의 리카스라는 사람인데, 매우 존경할 만한 인물로, 농장 여러 곳과 무역 회사를 소유하고 있지. 그는 지금 시장에 내다팔 물건을 운반하고 있네. 그 사람이 키클롭스이자 해적선 선장인 셈이니, 그에게 우리 행로를 맡길 밖에. 그 말고도 트리파이나라고, 쾌락을 좇아 여기저기 옮겨 다니는 절세미인이 타고 있네."

"우리가 이렇듯 도망 길에 오른 이유는 바로 그 사람들을 피해서랍니다."

기톤은 일단 이렇게 운을 뗀 후 불안에 떠는 에우몰푸스에게 그들이 적의를 품게 된 이유와 사태의 심각성을 간략하게 설명했다.

에우몰푸스는 혼란스러워 뭘 어찌해야 좋을지 모르겠다는 표정을 지으며 우리더러 좋은 생각이 있으면 내놓아 보라고 제안했다.

"키클롭스의 동굴에 들어와 있다고 생각하게. 조난당하거나 그 외 위험에 처하지 않고 빠져나갈 방법을 찾아야 하네."

기톤이 말했다.

"아니에요. 도선사가 배를 돌려 항구에 들르도록 해야 해요. 그러려면 당연히 뇌물을 줘야겠죠. 동생이 뱃멀미가 심해 죽어가고 있다고 둘러대세요. 수심이 가득한 표정으로 눈물을 뚝뚝 흘리세요. 그러면 도선사가 감동해서 부탁을 들어줄 거예요."

에우몰푸스는 이는 불가능한 일이라고 주장했다.

"알다시피 대형 선박이 정박하려면 만에 둘러싸인 항구가 필요한 데다, 내 동생이 그렇게 갑자기 병이 났다는 이야기는 신빙성이 없단 말이지. 게다가 리카스가 의무감에서 환자 상태를 확인하려 할지도 모르고. 선장에게 여기 도망자들이 있다고 알리는 게 무슨 이득이 있겠는가. 설령 배가 항로를 바꾸고 리카스가 환자를 보러 오는 일 따위는 없다고 해도 사람들 눈에 띄지 않고 무슨 수로 배에서 내린단 말인가. 머리를 가리고? 아니면 있는 그대로 머리를 내밀고? 가리면, 그럼 다들 환자를 도와주겠다고 나설 테지. 있는 그대로 머리를 내밀면, 그럼 우리 정체가 탄로 나는 거고."

내가 끼어들었다.

"과감한 방법을 사용하는 겁니다. 밧줄을 타고 내려가 구명정에 올라탄 후 모선에 연결된 줄을 끊고 나머지는 운명에 맡기는 거지요. 물론 노인장까지 이런 위험을 감수할 필요는 없습니다. 다만 우리가 내려갈 때 행운이 우리 편에 서준다면 그것으로 족할 뿐이지요."

에우몰푸스는 말했다.

"제대로 먹히기만 한다면 나쁜 계획은 아니군. 하지만 사람들 눈에 띌 걸세. 특히 도선사 눈은 피할 수가 없지. 밤새 불침번을 서면서 별들의 움직임을 관찰하니까. 배의 다른 곳을 통해 탈출을 꾀한다면 그가 눈을 뻔히 뜨고 있다 하더라도 어떻게든 속일 수 있겠지.

하지만 자네도 알다시피 구명정에 타려면 키가 있는 고물(船尾) 쪽으로 해서 밧줄을 타고 내려가는 수밖에 없잖나. 게다가 엔콜피우스 자네가 구명정에는 낮이나 밤이나 선원 한 명이 상주하면서 불침번을 선다는 사실을 계산에 넣지 않다니 나로선 그저 놀라울 뿐일세. 그를 죽이거나 괴력을 발휘해 배 밖으로 집어던지면 모를까, 그러지 않고선 그를 제거할 방법이 없을진대.

사정이 이러니 스스로에게 과연 얼마나 용감한지 자문해

보아야 할 걸세. 내 입장을 말할 것 같으면, 안전하기만 하다면야 그깟 위험쯤 상관없네. 하지만 아무리 자네라 해도 아무것도 아닌 일 때문에 목숨을 내걸고 싶진 않을 걸세.

이 방법은 어떻겠나. 그러니까 자네 둘을 각각 가죽 부대에 넣어 끈으로 묶은 다음 내 옷가지들 틈에 던져 넣는 게지. 물론 주둥이를 약간 열어두어 숨도 쉬고 음식도 먹을 수 있게 해야지. 그러고 나서 내 노예 둘이 벌을 받는 게 두려워 간밤에 바다에 뛰어들었다고 변죽을 울릴 걸세. 그런 다음 배가 항구에 도착하면 아무 의심도 받지 않고 짐인 척 자네 둘을 들고 내리는 게지."

"아니, 우리를 무슨 짐짝 다루듯 꽁꽁 묶겠다고요? 배탈이라도 나면요? 재채기를 하거나 코라도 골면요? 전에 한 번 이런 속임수가 먹혔다고 또 써먹자고요? 물론 하루 동안은 꽁꽁 묶인 채로 견딜 수 있겠지요. 하지만 날씨 때문에 그 상태로 있어야 하는 기간이 길어지면요? 그럼 우린 어떻게 되겠습니까? 옷은 옷대로 너무 오래 묶여 있어 꼬깃꼬깃 구겨질 테고, 서류는 서류대로 한데 달라붙어 제 모양을 잃고 말겠지요. 우리 둘 다 아직 젊어서 고생에 익숙하지 않은데, 동상처럼 그렇게 묶인 채로 부대를 뒤집어써야 하는 처지를 참아낼 수 있으리라고 보십니까?

달리 안전한 방법을 찾아야지요. 제 생각을 들어보십시오. 노인장께선 문사이니 먹을 소지하고 계시겠죠. 그 먹을 사용해 머리끝부터 발끝까지 우리 피부 색깔을 바꾸는 겁니다. 그러니까 아이티옵스 노예로 변장해서 노인장 시중을 드는 거지요. 그럼 아무 고통도 받지 않고 적을 속여 넘길 수 있을 겁니다."

내 말에 기톤이 덧붙였다.

"유대인처럼 보이게 포경 수술을 하거나, 아랍 사람처럼 귀에 구멍을 뚫거나, 얼굴을 희게 칠해 갈리아 사람처럼 보이게 하는 방법도 있어요. 피부색을 바꾼다고 해서 우리 생김새까지 바뀌진 않잖아요. 하지만 속임수가 통하려면 신경 써야 할 곳이 한두 군데가 아니에요. 한동안은 얼굴에 칠한 먹이 지워지지 않아야겠지요. 몸에 물 한 방울 닿지 않게 하면서 옷이 먹에 달라붙지 못하게 한다고 쳐요. 그럼 입술은 어떻게 부풀릴 건데요? 머리카락은요? 부젓가락으로 꼬불꼬불 말 건가요? 이마에도 상처가 있어야 하는데요? 밭장다리는 또 어떻게 할 건데요? 발목으로 땅을 스치면서 걸을 수 있나요? 외국인처럼 보이려면 수염도 바꾸어야 하는데, 무슨 수로요? 물감을 칠해 피부색은 바꿀 수 있지만 생김새를 완전히 바꿀 수는 없어요. 이 겁쟁이가 생각해낸 방법 들어보실래요? 머리에 옷을 푹 뒤집어쓰고 바다로 뛰어드는 거예요."

3부 · 에우몰푸스와의 동행 277

위장

103 그러자 에우몰푸스가 말했다.

"신이든 인간이든 자네들이 못나게도 그렇게 삶을 마감하는 꼴을 가만히 두고 보지 않을 게야. 내 말대로 하게. 면도칼로 미루어 알겠지만 내 하인은 이발사 아닌가. 지금 당장 자네 두 사람 머리를 빡빡 밀라고 하겠네. 머리카락뿐만 아니라 눈썹까지도 말일세. 그리고 나서 내가 자네들 이마에 글씨를 그려넣어 벌로 낙인이 찍힌 것처럼 보이게 하겠네. 그러면 자네들을 쫓는 사람들의 의심을 받지 않아도 될뿐더러 형벌의 표식을 핑계로 얼굴을 숨길 수 있을 게야."

우리는 즉시 작전에 들어갔다. 먼저 우리는 남의 눈을 피해 배 난간으로 가서 이발사에게 머리와 눈썹을 맡겼다. 그리고 나서 에우몰푸스가 이마부터 시작해 우리 얼굴 전체에 탈주 노예에게 새기는 글귀를 큼직하게 그려넣었다.

그 와중에 승객 한 명이 난간에 기대 속을 게워내다가 달빛 아래 이발사가 고개를 숙인 채 때 아니게 우리 머리를 깎는 모습을 보게 되었다. 조난당한 선원들이 바치는 마지막 제물이 생각난 듯 그 남자는 이 불길한 징조에 욕을 해대면서 서둘러 자기 선실로 돌아갔다. 우리는 그 남자의 저주를 애써 무시하며 우울한 의식을 마저 치른 뒤 묵묵히 각자의 위치로 돌아가 그날 밤 내내 자다 깨다를 반복했다.

(……)

리카스가 말했다.

"프리아푸스가 꿈에 나타나 내게 말씀하시길 '네가 찾고 있는 엔콜피우스 말인데, 내 대리인을 통해 네 배에 태웠으니 그리 알라' 고 하지 않겠소."

이에 트리파이나가 화들짝 놀라며 말했다.

"어쩜, 우리가 함께 자지도 않았는데 이런 일이 있을 수가. 바이아이의 대신전에 있는 넵투누스 동상이 내 꿈에 나타나 '리카누스의 배에서 기톤을 찾게 되리라' 고 말씀하시지 않겠어요?"

이때 에우몰푸스가 끼어들었다.

"이로써 그대가 깨달아야 할 점은 에피쿠루스[44]가 얼마나 신에 가까운 인간이었느냐 하는 것이외다. 그는 아주 익살스러운 방법으로 이런 말도 안 되는 소리를 비난했소."

하지만 리카스는 트리파이나의 꿈 이야기에 고무되어 이렇

---

44. Epicurus. BC 342?~BC 271. 그리스의 철학자 에피쿠로스(Epicuros). 에피쿠로스 학파의 창시자. 그는 절제된 쾌락을 인간의 유일한 선으로 제시하면서 신, 죽음, 징조 등에 대한 두려움을 모두 없애고자 했다. 그런 만큼 해몽술을 미신으로 간주했다. 그의 체계에서 신은 아무 근심걱정 없이 행복하게 살면서 인간사에 절대 개입하지 않았다.

게 말했다.

"우리가 배를 수색하는 것을 막을 사람은 아무도 없소이다. 신탁을 무시한다는 인상을 줄 수야 없지요."

그때 어둠 속에서 우리의 수상한 행동을 목격했던 남자 헤수스가 갑자기 소리를 내질렀다.

"그러니까, 저치들이 야밤에 머리를 깎던 바로 그 자들이올시다. 세상에, 그런 끔찍한 짓을 저지르다니. 바람이 거세져 파도가 심하게 칠 때 이외에는 배에서 손톱이나 머리를 깎아서는 안 되는 법이거늘요."[45]

이 말에 리카스는 충격에 휩싸여 노발대발하기 시작했다.

"배에서, 그것도 한밤중에 머리를 깎았다는 게 사실이오? 그 죄인들을 당장 이리로 데려오시오. 이 배를 정화하는 데 누구 머리통을 굴려 떨어뜨려야 할지 보게 말이오."

"내가 시킨 일이외다."

에우몰푸스가 말했다.

"이 배 탑승을 앞두고 불길하다고 알려진 행동은 추호도 할 생각이 없었지만, 저놈들 머리가 하도 길고 지저분하여 배를 감옥으로 만들 것 같아 깨끗이 밀라고 지시했소이다. 또 한 이

---

[45]. 바다가 잠잠할 때 이런 행동을 하면 재앙을 불러들이는 것으로 간주되었다.

매 맞는 기톤

유를 꼽자면 저들 얼굴의 글자 표식이 사람들 눈에 잘 띄도록, 머리카락 때문에 가려지는 일이 없도록 하기 위해서였소. 내 돈을 갈보에게 팡팡 써대면서 술과 향수 냄새에 절어 있던 저 두 놈을 내 어젯밤 붙잡아 오는 길이외다. 사실 저놈들 몸에선 내 유산이 남긴 냄새가 아직도 폴폴 납니다그려."

그리하여 배 수호신을 달래기 위해 우리에게 각각 채찍질 마흔 대를 가하기로 의견이 모였다. 결정은 그 즉시 실행에 옮겨졌다. 격분한 선원들은 밧줄로 우리를 때리면서 우리의 무가치한 피로 배의 수호신을 달래고자 했다. 나는 스파르타인의 용기를 발휘해 채찍질 석 대를 묵묵히 참아냈다.

하지만 기톤은 한 대 맞자마자 주위가 떠나갈 듯 소리쳐 울어댔고, 트리파이나가 너무도 잘 아는 그 목소리를 놓칠 리가 없었다. 혼란에 휩싸인 것은 비단 그녀뿐만이 아니었다. 그녀의 하녀들도 귀에 익은 목소리를 듣고 우르르 기톤에게 달려왔다. 기톤은 그 눈부신 몸으로 선원들을 이미 무장 해제시킨 가운데 무언의 호소로 그들의 잔인한 심장마저 움직이기 시작했다. 거기에 하녀들까지 가세해 한목소리로 외쳤다.

"기톤이에요, 기톤. 그에게서 그 잔인한 손들을 어서 치우세요. 아씨, 기톤이에요. 기톤을 구해 주세요!"

그렇지 않아도 확신에 차 있던 트리파이나는 하녀들이 울부짖는 소리에 부리나케 소년 곁으로 달려왔다. 나를 속속들이 너무도 잘 아는 리카스도 내 목소리를 들었는지 나에게 달려왔다. 그러고는 내 손이나 얼굴은 살피지도 않고 한쪽 손을 뻗어 대뜸 내 은밀한 부위로 가져가더니 이렇게 말했다.

"잘 있었나, 엔콜피우스?"

알아보지 못하게 온몸에 물감을 칠해 완전히 변장을 했건만, 이 날카롭기 이를 데 없는 남자는 곧장 거기로 손을 뻗어 탈주자의 신분을 확인하다니 그 영리함이 정말 대단하지 않은가! 울릭세스의 유모가 이십 년이 지나서도 그의 몸에 난 상처를 보고 한눈에 그를 알아보았다고 한들[46] 이제 어느 누가 놀라겠는가!

한편 트리파이나는 우리가 정말 형벌을 받아 이마에 낙인이 찍힌 줄 알고 울기 시작했다. 그러고는 잠시 뒤 다소 차분해진 표정으로 어느 감옥에 붙잡혀 있었으며, 또 누가 그토록 잔인한 형벌을 가했는지 묻기 시작했다. 하지만 호강에 겨워 우리 발로 복을 걷어차고 뛰쳐나갔기에 그런 몹쓸 대접을 받아 싸다는 말도 잊지 않았다.

그러자 리카스가 길길이 날뛰며 앞으로 냉큼 나왔다.

---

46. 호메로스의 『오디세이아』에서 유모 에우리클레이아(Eurycleia)는 울릭세스를 씻기다 사냥할 때 입은 상처로 그를 알아본다.

"이 어리석은 여인아! 이 글자들이 쇠로 지져 생긴 자국인 줄 아나 본데 천만의 말씀. 만약 저 낙인이 진짜라면 내 쾌재를 부르리다. 적어도 위안은 될 테니까. 하지만 우린 저들의 뻔한 속임수에 놀아나고 있단 말이오."

트리파이나는 일전에 경험했던 쾌락을 완전히 잊을 수 없는지 인정을 베풀려고 했지만, 리카스는 달랐다. 그는 자기 부인을 유혹했던 일과 헤르쿨레스 신전에서 받은 모욕에 아직도 앙심을 품고 사납게 얼굴을 찡그리며 소리쳤다.

"하늘이 더러 인간사에 개입한다는 것은 트리파이나 당신도 이제 깨달았을 거요. 하늘은 저들을 배에 태우고 우리 두 사람 꿈에 나타나 그 사실을 알려주었소. 그렇다면 생각해 보시오. 신이 벌을 주라고 몸소 넘겨준 인간들을 용서한다면 어떤 일이 일어날지를 말이오. 나로 말할 것 같으면 잔인한 사람은 아니지만 저들을 놓아주었다가 그 불똥이 내게 튈까 봐 두렵단 말이외다."

트리파이나는 미신에 근거한 그의 주장에 동요되어 처벌을 말리지 않겠다고, 오히려 응분의 보복을 가하는 데 찬성한다고 말했다. 사실 그녀도 군중이 모인 자리에서 부도덕한 여인으로 몰렸던지라 리카스 못지않게 마음에 깊은 상처를 입은 상태였다.

에우몰푸스가 말했다.

"이 사람이 꽤 알려졌다는 이유로 이렇게 친구들 부탁을 받고 대신 화해를 청하러 왔소이다.[47] 청년들이 아무것도 모른 채 우연히 이 함정에 걸려들었다고 생각하진 않으실 겝니다. 여행자라면 누구나 자기 몸을 의탁할 사람이 과연 믿을 만한지 여부부터 알아보는 법이니까요.

그동안 죗값을 받을 만큼 받았으니 이제 그만 마음들 푸시고 자유민 신분에 걸맞게 아무 방해도 받지 않고 행선지로 향하도록 선처해 주셨으면 합니다. 무자비한 노예 소유주들도 탈주했던 노예가 뉘우치고 돌아오면 처벌을 아끼기 마련이올시다. 또 아무리 적이라도 투항해 오면 살려주질 않습니까. 뭘 더 바라십니까? 여러분 눈앞에서 자비를 간청하는 저 두 청년은 훌륭하고 정직한 자유민들입니다.

그 둘을 떠나서 무엇보다 중요한 사실은 두 젊은이가 한때 여러분과 우정으로 끈끈하게 묶여 있었다는 점입니다. 설령 여러분의 돈을 갖고 도망쳤거나 여러분의 신뢰를 저버렸다고 해도 저 형벌의 표식을 보고 부디 마음을 누그러뜨리십시오. 자유민인 저들의 이마와 얼굴에 찍힌 노예의 낙인이 보이지 않으십니까. 저들은 사회의 외곽을 맴돌며 지내야 하는 형벌을 스

---

47. 여기서 에우몰푸스는 법정 웅변술을 풍자하고 있다.

스로 가한 것입니다."

리카스가 자비를 구하는 이 청원을 가로막고 말했다.

"그런 식으로 논점을 흐리지 말고 한 가지씩 조목조목 따져 봅시다. 우선 저들이 제 발로 걸어 들어왔다면 머리는 왜 빡빡 밀었답니까? 사죄하려고 해서가 아니라 인상착의를 바꿔 우리 눈을 속이려고 그런 것 아닙니까. 또 하나, 중재자를 내세워 화해를 청할 생각이었다면, 어째서 댁은 저들을 한사코 숨기려 했습니까?

이 모든 점으로 미루어볼 때 저들은 순전히 우연한 기회에 이 배에 타게 되었고, 댁은 우리의 복수를 막을 방도를 모색했던 것이 분명하오. 그러고도 저들이 자유민이라느니 정직하다느니 하는 말로 잘도 우리의 증오심을 부추기는데, 지나친 자신감으로 송사를 망치지 않도록 조심하시오. 가해자가 벌을 받으려고 종종걸음으로 들어서는 모습을 보면 피해자가 어떤 행동을 취할 것 같소? 물론 저들은 한때 우리의 친구였소이다! 그렇다면 더 큰 벌을 받아 마땅하지요. 모르는 사람을 해코지하는 사람은 범죄자이지만, 친구를 해코지하는 사람은 존속 살인자나 다름없소이다."

에우몰푸스가 이 부당한 공격에 반격을 하고 나섰다.

"이 불쌍한 젊은이들에게 그토록 적의를 가지고 있는 이유,

잘 압니다. 야밤에 머리를 깎았다고 해서 그러는 것 아닙니까. 이를 근거로 저들이 제 발로가 아니라 우연히 이 배에 발을 들여놓게 되었다고 주장하는 것이고요. 자초지종은 간단합니다. 숨김없이 말씀드릴 테니 들어보십시오. 배에 오르기 전 저들은 머리가 너무 치렁치렁해 말끔히 정리하려고 했지만 뜻밖에 순풍이 불어와 그럴 여유가 없었습니다. 그래서 허겁지겁 배에 올라 그게 얼마나 큰일인지도 모르고 머리를 깎았던 겁니다. 뱃사람들의 미신과 바다에서의 불문율을 몰랐으니까요."

이에 리카스가 말했다.

"도대체가 머리는 왜 깎았답니까? 사람들이 대머리라면 더 가엾게 여겨서요? 어쨌거나 이렇듯 중재자를 통해 진실을 밝히려는 게 무슨 소용이 있겠습니까?

어디 네놈 말을 직접 들어보자. 불도마뱀[48]이 네 눈썹을 태우기라도 했단 말이냐? 어떤 신인지 모르겠지만 머리카락을 바치기라도 했단 말이냐? 말하란 말이다, 이 음흉한 인간아!"

나는 꼼짝없이 벌을 받겠구나 싶은 생각에 너무 두려워 그저 입만 벌린 채 아무 말도 할 수가 없었다. 송사의 결과는 불을 보듯 뻔했다. 잔뜩 당황한 데다 번쩍이는 민대가리에 눈썹까지

---

48. salamander. 불에서 생겨나 불 속에 산다고 여겨지는 전설의 동물. 그리스 신화에서는 불을 끌 수 있는 능력이 있다.

밀어내 몰골이 말이 아니었다. 그런 꼴을 하고서는 어떤 말이나 행동도 먹힐 것 같지 않았다. 하지만 물이 뚝뚝 떨어지는 갯솜이 수심에 찬 내 얼굴을 쓸고 지나가자 먹이 줄줄 흘러내리면서 이목구비가 얼룩덜룩 드러났고, 그 순간 좌중의 분노는 증오로 바뀌었다.

그런데도 에우몰푸스는 어느 누구든 도덕과 법을 어기고 선량한 자유민들에게 폭력을 행사하게 놔두지 않을 것이며, 말뿐만 아니라 몸으로도 서슬 퍼런 노기로부터 우리를 지켜주겠다고 말했다. 그의 하인과 약해빠진 승객 한두 명도 그를 도우러 나섰는데, 승객들은 워낙 약골인지라 물리적인 도움을 준다기보다 도덕적으로 지원하는 쪽이었다.

나는 살려달라고 애원하지 않았다. 대신 트리파이나에게 주먹을 흔들어 보이며 분명하고 단호한 어조로 배 전체에서 유일하게 매질을 당해도 싼 사람이 있다면 바로 그녀이고, 기톤을 가만히 놔두지 않으면 폭력 행사도 불사하겠다고 소리쳤다. 나의 대담함에 리카스는 더 한층 격분했다. 내가 자신의 처지도 잊고 다른 사람에게 고래고래 고함쳐대는 꼴을 참을 수가 없었던 것이다. 트리파이나도 모욕에 길길이 날뛰며 배에 있는 사람들을 두 편으로 갈라놓았다.

우리 편에서는 에우몰푸스의 하인이 우리에게 면도칼을 나

선상 패싸움

누어주었다. 저쪽 편에서는 트리파이나의 측근들이 주먹을 흔들어댔다. 거기에 하녀들도 가세해 고함을 지르며 전선을 지켰다. 그런 가운데 배의 유일한 항해사가 사회 쓰레기들의 욕정이 부른 이 광기가 가라앉지 않는다면 배를 조종하지 않겠다고 협박했다. 하지만 광기 어린 싸움은 좀처럼 수그러들 줄 몰랐다. 저들은 복수를 위해, 우린 우리 목숨을 위해서였다.

양쪽 편 모두 쓰러져 나뒹구는 사람이 많아졌다. 다행히 사망자는 한 명도 없었지만 상처에서 피를 흘리며 전장에서 퇴각한 사람은 아주 많았다. 그런데도 아무도 분노를 누그러뜨리지 않았다.

그런 와중에 기톤이 무슨 영웅이라도 되는 듯 자기 물건에 면도칼을 대고 이 모든 분란의 원인을 잘라 버리겠다고 으름장을 놓았다. 이 극단적인 행동 앞에서 트리파니아는 무조건 잘못했다고 빌었고, 나는 나대로 기톤이 그런 협박을 실행하는 꼴을 보느니 내가 먼저 죽어버릴 양으로 면도칼을 몇 번이고 내 목에 갖다 댔다. 하지만 그는 비극의 주인공 역할을 더욱 대담하게 선보였다. 자기 손에 들린 면도칼이 이미 목을 그은 적이 바로 그 면도칼이라는 것을 알고 있었기 때문이다.

양쪽 진영은 제자리를 고수한 채 팽팽하게 대치했다. 어느 모로 보아도 그저 그런 싸움으로 끝날 것 같지 않았다. 그런 상

올리브나무 가지를 든 트리파이나

황에서 항해사가 가까스로 트리파이나를 설득했고, 트리파이나는 중재자 역할을 받아들여 휴전을 선포했다. 각서가 작성되었고, 트리파이나가 이물(船首) 장식에서 뽑은 올리브나무 가지를 치켜든 채 협상을 시작했다.

대체 어떤 광기가 평화를 전쟁으로 바꾸어놓는가?
우리가 무슨 죄를 지었기에?
이 배에는 메넬라오스의 아내를 데리고 도망친 파리스도 없고,
자기 남동생의 피를 무기로 이용한
저 광기 어린 메데이아[49]도 없거늘.
거절당한 사랑은 폭력을 부르는 법.
아, 이내 꼴을 보라! 바다 한복판에서
무기를 빼들고 죽음을 불러내는 자, 그 누구냐?
한 사람의 죽음으로는 부족하단 말인가?
어찌하여 바다와 겨루면서 우리가 흘린 피로
사나운 파도를 더 날뛰게 하려 드는가?

---

49. Medeia. 그리스 신화에 나오는 마녀. 그녀는 자신의 뒤를 쫓는 아버지의 행보를 지연시키기 위해 남동생 아브시르투스(Absyrtus)를 토막 내서 바다에 흩뿌렸다.

109   트리파이나가 비통한 어조로 시구들을 쏟아놓자 양측은 잠시 망설이다가 평화롭게 두 손을 내려놓았고, 이리하여 싸움은 끝났다. 우리 쪽 지휘관 에우몰푸스는 이 달라진 분위기를 십분 활용했다. 그는 리카스에 대한 맹공격으로 서두를 장식한 후 다음과 같은 내용의 조약을 작성해 서명했다.

"그대 트리파이나는 기톤이 과거에 입힌 상처에 대해 더 이상 왈가왈부하거나, 복수를 꾀하거나, 오늘 이전에 당한 행동을 가지고 어떤 식으로든 괴롭히지 않겠다고 약속하시오. 또 포옹이든, 키스든, 성관계든 소년에게 매번 일백 데나리우스를 지불하되 소년이 싫어하면 강요하지 않겠다고 약속하시오.

둘째, 그대 리카스는 모욕적인 언사나 표정으로 엔콜피우스를 핍박하거나 그가 밤에 자는 곳을 염탐하지 않겠다고 약속하시오. 만약 이를 위반할 경우 그때마다 이백 데나리우스를 현찰로 지불해야 할 것이오."

이런 조건 아래 조약이 체결되자 우리 모두 무기를 치웠다. 그리고 이렇듯 맹세를 한 마당에 해묵은 원한이 조금이라도 남아 있어선 안 되겠기에 서로 키스를 주고받으며 과거는 과거로 놔두기로 했다. 서로 격려하는 가운데 우리의 증오는 점차 사그라졌고, 전장은 야유회 장소로 바뀌었다. 덕분에 다들 한껏 기분이 좋아졌다. 배 전체에 노래 소리가 울려 퍼졌다.

잠시 후 갑작스런 고요와 함께 배가 멈춰 서자, 한 남자는 작살을 들고 수면 위로 펄쩍펄쩍 뛰어오르는 물고기를 노렸고, 또 한 남자는 미끼를 끼운 낚시로 발버둥치는 물고기를 끌어올리느라 여념이 없었다. 그리고 믿거나 말거나 바닷새들이 내려와 가로돛 활대 양쪽 끝을 따라 나란히 앉기도 했다. 이를 보고 한 노련한 사냥꾼이 한데 엮은 갈대를 들고 다가갔다. 끈끈이를 발라놓은 잔가지가 발에 닿자 새들은 꼼짝없이 그의 수중에 떨어졌다. 산들바람이 공중에 둥둥 떠다니는 깃털을 잡아채 떨구자 깃털은 가벼운 물보라에 휩쓸려 수면 위에서 소용돌이쳤다.

리카스는 나에게 다시 호의를 보이기 시작했다. 트리파이나는 술잔 바닥에 남은 술 몇 방울을 기톤에게 튀겨댔다. 에우몰푸스도 어지간히 취해 대머리와 낙인 자국에 대한 경구를 잠시 늘어놓다가 본인이 듣기에도 재미가 없는지라 다시 시로 돌아가 머리카락을 주제로 짧은 비가를 읊기 시작했다.

그대의 머리카락이 어느새 다 빠지고 없구나.
그대의 외모 중에 유일하게 봐줄 만했건만.
잔인한 폭풍이 봄에게서 잎사귀를 벗겨가니
신전마다 자연이 드리워주는 그늘을 그리워하고
풍파에 지친 그루터기 아래에는 황량한 허허벌판뿐.

아, 신들이, 신들이 우리를 속이는구나!
그대 청춘의 첫 영광이 곧 청춘의 첫 상실이 될지니.

가엾은 청춘이여,
그대의 머리칼이 황금색으로 빛나고
그대의 미모가 포이부스[50]나
그 누이를 능가하는 것은 오로지 한순간의 일.
지금은 청동보다
비 온 뒤의 버섯보다
눈부시구나.
지금은 아가씨들의 웃음소리에
겸연쩍은 듯 달아나지만
죽음은 생각보다 빨리 찾아오나니
내 말을 믿을진저
보라, 정수리엔 어느새 죽음이 찾아오기 시작했구나.

표정으로 보아 그는 이 비슷하거나 더 형편없는 시를 좀 더 읊을 요량인 듯했다. 하지만 바로 그때 트리파이나의 하녀가

---

50. Phoebus. 그리스어로 포이보스(Phoibos). 아폴로의 다른 이름으로, 태양을 가리킨다.

기톤을 갑판 아래로 데리고 가 여주인의 가발 중에서 하나를 골라 머리에 씌워 주었다. 하녀는 이 밖에도 판지로 눈썹을 만들어주기까지 했다. 밀고 없는 눈썹 윤곽선을 따라 아주 정교하게 붙인 덕분에 기톤은 평소의 모습을 완전히 되찾았다.

트리파이나는 본디 모습을 찾은 기톤을 보고 감정에 북받쳐 눈물을 흘리며 이번에는 정말 진심에서 우러나오는 키스를 건넸다.

나로 말할 것 같으면 원래의 영광을 회복한 소년을 보니 기쁘긴 했지만, 내 얼굴을 더 많이 가리기 시작했다. 내 몰골은 리카스조차 말을 걸길 꺼릴 정도로 흉측하기 짝이 없었다. 하지만 나의 우울한 기분은 금세 가셨다. 아까 그 하녀가 나를 한쪽으로 데려가 내게도 근사한 가발을 씌워 주었기 때문이다. 가발이 노란색이라 내 얼굴은 평소보다 더 환하고 잘생겨 보였다.

위기 때 우리의 대변자로 나섰을 뿐만 아니라 결국에는 지금의 화해까지 이끌어낸 에우몰푸스는 이야기가 빠지면 흥겨운 분위기가 침묵으로 흐를 것을 염려해, 쉽게 사랑에 빠지고 순식간에 자식까지 잊어 버리는 여자들의 변덕을 차례로 도마에 올려놓기 시작했다. 그가 볼 때 낯선 남자의 유혹에 아랑곳하지 않고 굳건하게 버틸 수 있는 정숙한 여자는 한 명도 없었다. 그는 옛날 비극이나 역사에 이름을 남긴 인물이 아니라 자신의 생생한 기억 안에서 일어난 사건에 비추어볼 때 그렇다는 단서를 달면서 우리가 듣고자 한다면 들려주겠노라며 운을 뗐다. 그리하여 모두의 눈과 귀가 자신에게 쏠리자 그는 이야기를 하기 시작했다.

111 "에페수스[51]에 남편에게 충실하기로 유명한 부인이 있었습니다. 그 명성이 어찌나 자자한지 이웃나라 여인들까지 그녀를 보러 찾아왔을 정도였지요.

그러다 남편이 죽어 장사를 지내게 되었습니다. 그녀는 여느 여자들처럼 머리를 풀어헤치고 무덤까지 남편을 따라가거나 군중 앞에서 가슴을 쳐대는 것으로는 만족하지 못하고 무덤 속까지 망자와 동행해 지하 매장실에 시신을 안치했습니다. 그 후로 그녀는 낮이나 밤이나 흐느껴 울면서 무덤 속을 지켰습니다.

부모도 친척도 스스로를 고문하면서 굶어 죽으려는 그녀를 말릴 수 없었습니다. 치안 판사들까지 그녀에게 두 손을 들었고, 모두가 보기 드문 부덕의 귀감인 이 여인을 안타까이 여기는 가운데 그녀가 곡기를 끊은 지 닷새째가 되었습니다. 무덤에서 시들어가는 여인 곁에는 다행히 충직한 하녀 한 명이 있어 하소연도 들어주고, 기름이 떨어져 불꽃이 시들기 시작하면

---

51. Ephesus. 소아시아 서부 해안에 있었던 이오니아(Ionia)의 도시.

등잔을 다시 채우기도 했습니다.

　자연히 온 시내의 대화 주제는 하나밖에 없었습니다. 각계각층의 사람들이 그녀야말로 일찍이 볼 수 없었던 정절과 사랑의 찬란한 본보기라고 입을 모았습니다.

　그런 가운데 그 지역 총독이 하필 이 여인이 통곡하고 있는 곳 근처를 형장으로 지목하며 도둑 몇 명을 십자가형에 처하라고 명령했습니다. 그 다음날 밤 어느 누구든 시체를 빼돌려 매장하지 못하게 십자가를 지키고 있던 병사의 눈에 무덤들 사이에서 확연히 반짝이는 빛 한 줄기가 들어왔습니다. 그와 동시에 곡소리도 들려왔습니다. 인간의 고질병인 궁금증을 병사도 피해갈 수 없었습니다.

　병사는 곡소리의 주인공은 누구이며, 무슨 일이 벌어지고 있는지 알고 싶어 미칠 것 같았습니다. 당연히 그는 지하 무덤으로 내려갔고, 아리따운 한 여인을 보고는 마치 낯선 장면이나 끔찍한 광경과 마주치기라도 한 듯 선 채로 한동안 그 자리에 붙박이고 말았습니다. 잠시 후 시신에 이어 눈물과 할퀸 자국으로 엉망인 여인의 얼굴을 보고 병사는 여인이 죽은 남편에 대한 그리움을 견디지 못해 그러고 있나 보다고 추측했습니다.

　그리하여 그는 자신의 소박한 저녁 식사를 무덤으로 가져가 희망도 없는 슬픔에 젖어 쓸모없는 한탄으로 가슴을 찢어대

유혹당하는 과부

는 일은 이제 그만두라며 여인을 설득하기 시작했습니다. 그는 누구에게나 똑같은 마지막, 똑같은 안식처가 기다리고 있으며, 아무리 슬픔에 찌든 마음도 정상으로 돌아오기 마련이라며 위로했습니다. 하지만 낯선 이가 건네는 위로의 말에도 불구하고 여인은 더욱 거세게 가슴팍을 쥐어뜯으며 머리카락을 뽑아 시신 위에 뿌렸습니다.

병사도 물러나지 않았습니다. 그는 아까와 똑같은 말을 하면서 하녀에게 계속 음식을 권했고, 하녀는 결국 포도주 냄새의 유혹에 넘어가 손을 뻗어 그가 내미는 구미 당기는 선의를 받아들였습니다. 잠시 후 음식과 술로 기분이 좋아진 하녀는 여주인의 단호한 결심을 뒤흔들기 시작했습니다.

'굶어죽는다고 해서, 산 채로 스스로를 묻는다고 해서, 운명이 부르기도 전에 무고한 목숨을 끊는다고 해서 무슨 소용이 있겠어요?

유골이나 지하의 혼령이 알아줄 줄 아세요?[52]

다시 새롭게 출발하세요, 네? 부덕이라는 족쇄는 이제 그

---

52. 베르길리우스의 『아이네이스』 4.34.

만 벗어 던지고 남은 인생을 편안히 즐기며 사세요, 네? 저기 누워 있는 시신을 보세요, 살고 싶다는 생각이 드실 테니.'

누구든 음식을 권하는 말이나 살아 있으라는 말에 귀가 솔 깃해지기 마련입니다. 며칠을 내리 굶어 바싹 여윈 여인은 고집을 꺾고 먼저 넘어간 하녀처럼 게걸스럽게 뱃속 가득 음식을 채워 넣었습니다.

하지만 위장이 차면 그 다음에 어떤 유혹이 뒤따르는지 잘 아실 겁니다. 병사는 여인에게 삶의 의욕을 불어넣을 때처럼 이번에도 살살 구슬리면서 여인의 정조를 공략해 나갔습니다. 정조가 강한 여인이 보기에도 병사는 호감이 갔습니다. 그만하면 용모도 꽤 쓸 만하고, 언변도 좋은 편이라고 여인은 생각했습니다. 게다가 그녀의 하녀가 시구까지 인용해 가며 그를 지원하고 나섰습니다.

사랑이 와서 기쁨을 주는데 뭣 때문에 거절하는 거죠?[53]

더 무슨 말이 필요하겠습니까? 여인은 육체의 희열 앞에서 더 이상 버티지 못했고, 병사는 이번에도 여인을 설득하는 데

---

53. 베르길리우스의 『아이네이스』 4.38.

성공했습니다. 그리하여 둘은 처음으로 몸을 섞은 그날 밤에 이어 그 다음날 밤에도, 또 그 다음날 밤에도 동침을 하기에 이르렀습니다. 당연히 지하 무덤 입구는 닫혔고, 그래서 친지나 낯선 사람이 무덤에 왔다면 정절이 굳기로 소문난 미망인이 드디어 남편의 시신 위에서 숨을 거두었다고 생각했을 테지요.

병사는 여인의 미모와 아무도 모르는 은밀한 관계에 신이 나서 자기 능력이 닿는 대로 사치품을 사들고 어둠이 내리기가 무섭게 무덤을 찾았습니다. 그 와중에 십자가형을 당한 한 도둑의 부모가 경비가 소홀하다는 것을 눈치 채고 야음을 틈타 시체를 끌어내려 장사를 지냈습니다. 병사는 밤새 즐기느라 그 사실을 까맣게 모르고 있다가 이튿날 시체 한 구가 없어진 것을 알고는 처벌의 두려움에 떨며 여인에게 자초지종을 설명했습니다.

그는 판사의 평결을 기다리느니 자기 칼로 직무 태만의 죗값을 직접 치르겠다고 말했습니다. 그러고는 그녀에게 무덤에 죽음을 앞둔 자신의 자리를 마련해 그녀의 남편과 함께 거기서 영원히 쉬게 해달라고 부탁했습니다. 여인은 정조 못지않게 동정심도 남달랐습니다.

'하늘이여, 제가 가장 소중하게 생각하는 두 남자의 주검을 동시에 보지 않게 해주소서. 살아 있는 사람을 죽이느니 차라

리 죽은 사람을 매달겠나이다.'

여인은 이 말을 실천에 옮겨 병사에게 관에서 남편의 시신을 꺼내 비어 있는 십자가에 매달라고 일렀습니다."

선원들은 우레 같은 웃음소리로 이야기에 화답했고, 트리파이나는 발갛게 상기된 뺨을 기톤의 목에 다정스레 기댔다. 하지만 리카스는 재미있어 하기는커녕 화난 표정으로 머리를 흔들며 이렇게 말했다.

"만약 그 병사의 상관이 명예를 아는 사람이라면 남편의 시신을 다시 무덤에 안치하고 여자를 십자가에 못박았을 거요."

보나마나 그는 헤딜레[54]가 욕정에 눈이 멀어 집을 떠나면서 자기 배를 털어간 일을 염두에 두고 있는 게 분명했다. 하지만 조약 조항에 이 일을 가지고 왈가왈부해선 안 된다고 명시되어 있는 데다 분위기가 한껏 고조되어 있는지라 분노에 찬 반응이 들어설 여지가 없었다.

그런 와중에도 트리파이나는 기톤의 무릎을 차지하고 앉아 그의 가슴에 키스를 퍼부어대기도 하고, 본의 아니게 말끔히 면도한 그의 얼굴을 매만지기도 했다. 그 모습을 보고 있으려니 부아가 치밀어 음식도 물도 넘어가지 않았지만 나도 모르게

---

54. 리카스의 아내. 소실된 내용 속에서, 아마 엔콜피우스는 그녀를 유혹해 불륜을 저질렀을 것이다.

자꾸만 두 사람 쪽으로 눈길이 갔다. 그 음탕한 여자가 기톤에게 키스를 할 때마다, 그를 애무할 때마다 비수가 가슴 깊이 뚫고 들어오는 듯했다. 나의 정부를 훔쳐간 소년이나, 소년에게 유혹의 마수를 뻗은 나의 정부나 밉기는 매한가지였다.

둘 다 보기 싫었고, 붙잡힌 신세가 됐을 때보다 더 처량하다는 생각이 들었다. 게다가 트리파이나는 트리파니아대로 오랜 벗이자 한때 연인이기도 했던 나에게 다정한 말 한마디 건네지 않았고, 기톤은 기톤대로 나를 향해 축배를 드는 것조차 인색하게 굴었다. 하물며 나를 대화에 끼워줄 생각은 아예 없어 보였다. 추측하건대 기톤은 이제 막 화해의 첫 단추를 끼운 단계에서 다시 상처가 터질까 봐 불안해서 그러는 듯했다. 속에서 솟구치는 분통의 눈물과 한숨이 절로 나오게 하는 격통 때문에 나는 거의 기절할 지경이었다.

리카스는 그들과 합석하고 싶은 마음에 오만한 태도를 버리고 뭔가 부탁할 일이 있는 친구처럼 행동했다.

〔트리파이나의 하녀가 엔콜피우스에게 말했다.〕[55]

"그대의 혈관 속에 조금이라도 고귀한 피가 들어 있다면 그를 창녀로만 여기세요. 그대가 진짜 남자라면 그런 변태 곁에

---

55. 트리파이나를 대하는 기톤의 태도에 질투가 난 엔콜피우스가 기톤에게 하는 항의일 가능성도 있다.

끓어오르는 질투심

는 얼씬도 하지 마세요."

(……)

나는 에우몰푸스가 낌새를 채고는 평소처럼 달변을 자랑하면서 시로 보복을 가해올까 봐 무척 불안했다.

(……)

에우몰푸스는 [우리에게 복수하리라] 단단히 맹세를 했다.

(……)

우리 모두 이런저런 주제로 잡담을 나누는 사이에 바다가 거칠어졌다. 사방에서 구름이 몰려들더니 곧이어 주위가 캄캄해지기 시작했다. 선원들은 서둘러 각자의 위치로 돌아가 폭풍이 몰아치기 전에 가까스로 돛을 내렸다.

하지만 파도를 몰고 오는 바람의 방향이 일정치 않아 조타수는 어디로 배를 돌려야 할지 갈피를 잡지 못했다. 남동풍이 시킬리아 쪽으로 분다 싶으면, 다음번엔 북동풍이 다시 이탈리아 해안 쪽으로 들이닥쳐 무기력한 배를 이리저리 제멋대로 돌려놓았다.

돌풍보다 훨씬 더 위험한 것이 있었으니 갑자기 찾아오는 칠흑 같은 어둠이었다. 그때마다 빛이란 빛은 모조리 사라져 항해사가 이물조차 볼 수 없을 정도로 사방이 암흑에 휩싸였다. 폭풍의 위력이 최고조에 이르자 리카스가 겁먹은 표정으로

구명정에 오르는 트리파이나

애원하듯 두 손을 내민 채 내게 말했다.

"엔콜피우스, 자네밖에 없네. 이 위험으로부터 우리를 구해 줄 사람은. 신성한 망토와 여신의 딸랑이[56]를 배에 돌려주게. 예전에 그랬던 것처럼 하늘의 이름으로 부디 우리를 불쌍히 여기게나."

그리고 나서 고함 소리가 울려 퍼지는 가운데 바람이 그를 바다로 내던졌다. 그는 격노한 소용돌이와 강풍에 휩쓸려 뱅글뱅글 돌다 곧 바다 속으로 빨려 들어가고 말았다.

한편 트리파이나는 거의 초죽음이 된 채 충직한 하인들의 부축을 받으며 짐 대부분과 함께 구명정으로 옮겨져 죽음의 손길로부터 간신히 벗어났다. 나는 울고 있는 기톤을 꼭 끌어안고 울음 섞인 목소리로 말했다.

"이게 다 하늘의 뜻이 아니겠느냐, 죽음 앞에서라도 하나가 되라는. 하지만 잔인한 운명은 그마저 허락하지 않는구나. 파도가 이미 배를 뒤집어엎고 있으니 말이다. 성난 바다가 서로 꽉 끌어안은 연인들을 떼어놓으려고 하는구나. 네가 이 엔콜피우스를 정말 사랑했다면 할 수 있을 때 키스를 해서 죽음의 아

---

56. 리카스가 언급하는 망토와 딸랑이는 선박의 수호 여신인 이집트의 이시스(Isis)의 신물일 가능성이 높다. 아마도 엔콜피우스는 리카스가 등장하는 소실된 일화에서 이 물건들을 훔친 듯하다.

가리로부터 이 마지막 기쁨을 채 가거라."

내가 말을 하는 사이 기톤은 망토를 벗고 내 옷 속으로 파고들더니 고개를 들어 키스를 했다. 그리고 어떤 경우에도 시샘 많은 파도가 우리 둘을 떼어놓지 못하도록 자기 허리띠로 우리 둘을 묶으며 말했다.

"다른 건 몰라도 이렇게 함께 묶여 있으면 죽더라도 한 몸처럼 떠다니다 바다가 동정을 베풀어 같은 해안으로 떠밀어 보내주면 지나가는 사람이 인간애를 발휘해 우리 위에 돌멩이를 쌓아주거나, 아무리 성난 파도도 거절할 수 없는 마지막 자비이니 무심한 모래가 우리를 덮어줄 테죠."

나는 마지막으로 우리 둘을 묶은 끈을 만져본 후 임종 침상에 누운 사람처럼 마음을 비우고 죽음을 기다렸다. 그런 가운데 폭풍이 운명의 명령을 수행해 배에 남아 있던 것을 모조리 날려버렸다. 이제 돛대도, 키도, 밧줄도, 노도 없는 선체는 통나무처럼 파도에 이리저리 밀려 다녔다.

(……)

어부들이 약탈할 물건이라도 있나 하고 서둘러 구명정 주위로 몰려왔다. 그런데 사람들이 멀쩡히 살아서 소지품을 지키고 있는 모습을 보자 탐욕은 도움의 손길로 바뀌었다.

(……)

폭풍 속에서

115 〔난파선의〕 선장실에서 중얼거리는 것 같기도 하고 낑낑거리는 것 같기도 한 소리가 들려왔다. 웬 동물이 탈출을 시도하는 듯했다. 소리를 따라가 봤더니 에우몰푸스가 거기 앉아 커다란 침대보에 시를 적어 내려가고 있었다. 죽음 앞에서도 시를 쓰는 그 여유가 그저 놀라울 따름이었다. 우리는 투덜대는 그를 끌어내며 걱정하지 말라고 안심시켰다. 하지만 그는 방해를 받은 데 잔뜩 화가 나서 이렇게 말했다.

"이 구절을 완성하게 날 좀 가만히 놔두라니까. 시가 거의 끝나가는 참인데, 원."

나는 그 미치광이를 움켜잡고 기톤에게 어서 와서 배불뚝이 시인을 뭍으로 끌어올리라고 지시했다.

(……)

마침내 이 일을 마치고 우리는 처량하게도 어부의 오두막으로 들어갔다. 그리고 난파선에서 상한 음식이나마 가져올 수 있었던 데 애써 위안을 구하며 비참한 밤을 보냈다. 이튿날 어디로 가야 안전할지를 놓고 한창 의논을 하고 있는데, 시체 한 구가 파도에 실려 해안으로 떠밀려 오는 모습이 눈에 들어왔다.

나는 걸음을 멈춘 채 한숨을 내쉬며 바다의 배신행위가 남긴 결과를 축축한 눈으로 바라보았다.

"저 멀리 어딘가에서 아내가 폭풍에 대해 까맣게 모른 채

태평하게 저 남자를 기다리고 있겠지. 아니면 아들이나 아버지가 기다리고 있거나. 어쨌든 떠나오면서 누군가에게 키스는 했겠지. 저렇게 떠다니는 시체를 보니 인간의 계획과 욕망이 헛되고 부질없구나!"

나는 큰 소리로 이렇게 말하며 낯선 남자의 죽음을 계속 애도했다. 바로 그때 파도가 밀려와 그의 얼굴을 바닷가 쪽으로 돌려놓았다. 그와 동시에 불과 얼마 전까지만 해도 그토록 끔찍하고 무자비했던 리카스가 거의 내 발치에서 모습을 드러냈다. 더는 눈물을 참을 수 없었다. 나는 가슴을 치고 또 치면서 울부짖었다.

"그 불같은 성격과 아무도 꺾지 못하는 분노는 다 어디로 갔단 말이오? 이렇게 물고기 밥 신세가 되다니. 방금 전만 해도 권세와 지위를 자랑하더니만, 선주 양반의 그 큰 배에서 널빤지 하나 건지지 못했구려.

가거라, 인간아. 가서 그대의 가슴을 원대한 포부로 가득 채우라. 가서 부당하게 모은 재물을 천년지대계에 투자하라. 어제만 해도 이곳에서 투자 장부를 검토하고 고향으로 돌아갈 날을 계산하고 있었건만. 아, 하늘이 무심하여 목적지에서 이렇게 멀리 벗어나고 말았구나!

하지만 인간을 이처럼 대접하는 것이 바다만은 아닐지니!

리카스의 죽음

전쟁터의 무기는 인간을 기만하고, 집안의 사당이 무너져 치성을 드리던 사람이 파묻히고, 마차에서 떨어져 급사하고. 대식가는 너무 많이 먹다 숨 막혀 죽고, 절식가는 너무 적게 먹어 굶어죽고. 조금만 곰곰이 생각해 보면 가는 곳마다 난파선투성이가 아닌가.

하지만 바다에 빠져죽은 사람은 무덤이 없다고 말하려는가? 곧 썩어 문드러질 시신을 파손하는 것이 불이든, 물이든, 시간이든 무슨 상관이랴! 무얼 하든 결과는 똑같은 것을. 하지만 짐승들에게 시신이 결딴나는 것은 또 다른 문제라고? 차라리 불타 죽는 편이 낫다고? 하지만 노예가 우리를 격노케 할 때면 화형을 가장 가혹한 형벌로 여기지 않는가. 그렇다면 굳이 매장을 고집하는 이유가 대체 뭐란 말인가?"

(······)

자신의 적들이 쌓아올린 장작더미 위에서 리카스는 재로 변했다. 에우몰푸스는 영감을 찾아 저 먼 곳을 응시하면서 고인을 기리는 짧은 시를 지었다.

4부

크로톤으로 가는 길

푸념하는 농장 관리인

116 우리는 일을 무사히 치르고 미리 결정해 둔 길로 들어섰다. 곧이어 땀을 뻘뻘 흘리며 산에 오르자 눈앞에 고원 지대에 자리 잡은 도시가 펼쳐졌다. 길을 잃은 탓에 우리는 그곳이 어떤 도시인지 감을 잡을 수가 없었다.

그러다 한 농장 관리인을 통해 한때 이탈리아에서 가장 잘나가는 도시였던 크로톤[1]이라는 것을 알게 되었다. 그러고 나서 우리는 아주 조심스럽게 이 고결한 지역에는 어떤 부류의 사람들이 살고 있으며, 오랜 전쟁 끝에 도시의 부가 예전과는 비교도 안 되게 줄어든 지금 그 사람들이 특별히 선호하는 생업은 뭐냐고 물었다. 그가 대답했다.

"이보시오들, 혹시 사업하는 양반들이라면 생각을 바꿔먹고 다른 생계 방도를 알아보시구려. 하지만 처세술이 뛰어나고 거짓말을 밥 먹듯이 할 수 있다면 부자가 되는 게 어려운 일도 아니라오. 문학이 대접받지 못하고, 웅변이 들어설 자리가 없으며, 절제의 미덕과 고상한 행동이 무시당하는 것이 이 도시의 현실이라오.

---

1. Croton. 지금의 이탈리아 남부 칼라브리아(Calabria) 주에 위치한 항구 도시 크로토네(Crotone). 기원전 710년경 그리스인들이 건설했고 기원전 510년 들어 최고의 전성기를 구가했지만 크고 작은 내전과 외세의 침략이 끊이지 않아 그 후 4세기 만에 몰락하고 말았다. 기원전 194년 로마가 이곳에 식민지를 세우려고 했지만 도시를 되살리는 데 끝내 실패했다.

댁들이 어떤 사람을 만나든 두 부류 가운데 하나라고 생각하면 될 게요. 돈을 좇는 자와 돈 때문에 쫓기는 자. 이 도시에서는 아무도 아이를 키우지 않는다오. 상속자가 있는 사람은 연회에 초대받지도 못하고, 사교 모임에도 낄 수 없기 때문이라오. 한마디로 철저히 따돌림을 당한 채 외톨이로 지내야 하는 게지요.

하지만 독신에다 일가붙이마저 없는 사람은 최고로 높은 대접을 받는다오. 이런 사람에게만 진정한 용기와 나아가서는 완전무결한 성품을 지녔다는 칭송이 쏟아진다오. 지금 댁들이 가고 있는 곳이 바로 그런 데라오. 역병이 할퀴고 지나간 뒤 까마귀에게 쪼이는 시체와 시체를 쪼아대는 까마귀만 있는 시골 같은 곳 말이오."

용의주도한 성격의 에우몰푸스가 이 새로운 상황을 곰곰이 생각하더니 그런 방법으로 부자가 될 수 있다면 구미가 당긴다고 읊어댔다. 나는 노인이 시인의 장난기가 발동해 농담을 하고 있다고 생각했다. 그런데 그가 말했다.

"거짓말을 그럴 듯하게 포장하려면 지금보다 무대 기질도 뛰어나고, 옷도 고급스럽고, 무대 소품도 화려해야 하는데 말이지. 그렇다고 물러설 내가 아니지! 내 자네들이 한몫 단단히 챙길 수 있게 해줌세. 하지만 약속해둘 게 있는데……."

(……)

　내가 훔친 망토도 있었고, 또 리쿠르구스의 저택을 털었을 때 나온 전리품도 있었기에 우리의 늙은 벗이 뭘 요구하든 상관없었다.[2] 당장 필요한 돈으로 말할 것 같으면 신들의 어머니가 평소처럼 보내줄 터였다.

(……)

　"그렇다면 어디, 당장 공연을 시작해 볼까? 그 일이 자네들 마음에 든다면 날 주인으로 섬기게."

　에우몰푸스가 말했다.

　아무 밑천도 들어가지 않는 계획을 누구도 감히 비난하지 못했다. 그리하여 우리 모두가 연루된 사기극의 안전을 위해 우리는 에우몰푸스의 선창에 따라 그가 시키는 일이라면 불에 타 죽거나, 맞아 죽거나, 칼에 찔려 죽는 한이 있더라도 뭐든 하겠다고 맹세했다. 직업 검투사처럼 우리는 아주 엄숙하게 우리의 몸과 마음을 주인에게 바쳤다. 맹세가 끝나고 우리는 노예로서 우리의 주인에게 예를 갖추었다. 그러고 나서 우리가 들은 내용은 이랬다.

---

2. 소실된 일화들에서 망토는 엔콜피우스가 리카스의 배에서 훔친 이시스의 신물인 듯하다. 앞에서도 언급된 리쿠르구스는 엔콜피우스가 머물던 집의 주인인 듯하다.

에우몰푸스는 젊은 나이에 웅변술이 탁월하고 전도가 양양한 아들을 제 손으로 묻은 후 아들의 추종자와 친구들 아니면 무덤을 보며 매일 눈물로 지새다 결국 고향을 떠났다. 그런데 자식을 앞세운 슬픔으로는 모자랐는지 조난을 당해 이천만 세스테르티우스가 넘는 돈을 잃어버리고 말았다. 하지만 그런 손해는 아무것도 아니었다. 노예들까지 몽땅 잃어버리는 바람에 그의 신분에 맞는 품위를 유지할 수 없게 된 것이 더 큰 문제였다. 그건 그렇고, 그에게는 또 아프리카에 농장과 대여금의 형태로 투자해 둔 삼천만 세스테르티우스가 있었다. 사실 그는 누미디아[3]에 있는 영지 곳곳에 카르타고[4]까지 차지할 수 있을 만큼 엄청난 숫자의 노예들을 거느리고 있었다.

이와 같은 줄거리를 뒷받침하기 위해 우리는 에우몰푸스에게 연달아 재채기하는 법, 변비에 걸렸다 설사하는 법, 대놓고 음식 타박하는 법을 가르쳐주었다. 앞으로 그는 입만 열었다 하면 금과 은, 도무지 신뢰가 가지 않는 농장과 생산성이라고는 없는 땅에 대해 늘어놓기로 했다. 여기에 덧붙여 매일 책상

---

3. Numidia. 지금의 아프리카 북부 알제리에 해당하는 지역의 고대 지명.
4. Carthago. 지금의 아프리카 북부 튀니지의 수도 튀니스(Tunis) 지역 북쪽 해안에 위치한 고대 항구 도시이자 국가. 기원전 9세기경에 건설되어 지중해 해상 무역을 주도하며 지중해 연안 일대에 제국을 이루고 번성하였으나 기원전 2세기에 로마에 정복되었다. 누미디아도 카르타고가 정복되면서 로마로 편입되었다.

앞에 앉아 장부를 검토하고, 매달 유언장 조항을 수정하기로 했다. 또 우리를 부를 일이 있을 때마다 엉뚱한 이름을 소리쳐 불러 더 이상 곁에 없는 노예들까지 기억하는 주인이라는 인상을 주기로 했다. 이렇게 해서 우리의 각본은 완성되었다.

그러고 나서 우리는 하늘에 대고 계획대로 일이 순조롭게 잘 이루어지게 해달라고 기도한 후 길을 떠났다. 하지만 기톤은 익숙하지 않은 짐에 눌려 힘들어했고, 에우몰푸스가 고용한 하인 코락스는 쉴 새 없이 툴툴거리면서 걸핏하면 가방을 내려놓고 우리더러 걸음이 너무 빠르다며 욕을 해댔다. 그러면서 짐을 내던지든지 아니면 가지고 달아나버리겠다고 협박했다.

"나 좀 봅시다, 예? 내가 짐을 져 나르는 짐승이나 돌을 운반하는 배인 줄 아시오? 나는 사람의 일을 하기로 계약했지, 짐수레를 끄는 말의 일을 하겠다고 계약한 게 아니외다. 비록 아버지한테 유산 한 푼 받지 못했지만 댁들처럼 나도 자유민이란 말이오."

욕으로는 성이 차지 않는지 그는 시시때때로 다리를 쳐들고 역겨운 소리와 냄새로 길을 가득 채웠다. 그때마다 기톤은 그의 무례한 행동을 비웃으며 큰 소리로 그의 방귀 소리를 흉내 냈다.

(……)

코러스

협박하는 코락스

"내 젊은 벗들이여, 지금까지 시는 수많은 사람을 속여 왔다네. 그 결과 사람들은 운율을 고르며 정묘한 시어 안에 어떤 생각을 짜 넣는 순간 엘리콘[5] 산에 올랐다고 생각하지. 그래서 법정 업무에 지치면 폭풍우를 피해 안전한 항구를 찾듯 종종 시의 고요한 바다로 날아가는 걸세. 번득이는 촌철로 빛을 발하는 연설보다 시를 짓는 편이 훨씬 더 쉽다고 믿으면서 말일세.

고귀한 영감은 속이 텅 빈 장광설을 혐오하고, 걸작의 힘찬 물살에 푹 젖어보지 못한 정신은 열매를 맺지 못하거늘. 모름지기 '나는 속된 군중이 싫어 그들을 멀리한다.'를 좌우명으로 삼아 저속한 언어를 피하고 남들이 잘 쓰지 않는 표현을 골라야 하는 법. 이와 더불어 재치 넘치는 문장은 이야기의 몸체와 별개로 만들어지는 것이 아니라, 시의 짜임새에 나름의 색깔과 광채를 더한다는 것을 명심해야 할 터. 호메로스와 로마의 서정시인 베르길리스와 호라티우스[6]의 군더더기 없이 깔끔한 표현이 이를 입증하고 있지 않나.

다른 시인들은 시에 다가가는 길을 아예 모르거나, 설령 안

---

5. Elikon. 또는 헬리콘(Helicon). 그리스 중동부 보이오티아(Boeotia) 주 남부에 있는 산. 그리스 신화에서 아폴로와 시(詩)의 여신인 아홉 무사(뮤즈)가 사는 곳.
6. Quintus Horatius Flaccus. 영어로 Horace. BC 65~BC 8. 로마의 뛰어난 서정시인이자 풍자 작가. 『송가(Odes)』, 『서간집(Epistles)』, 『풍자시(Satires)』, 『서정시(Epodes)』 등을 저술했다.

다 해도 겁이 나서 감히 들어서질 못하지. 무엇보다도 위대한 작가들을 접해 보지 않은 채 내전[7]이라는 방대한 주제를 다루고자 한다면 지레 그 무게에 눌려 실패할 수밖에 없다네. 왜냐, 시에서 다루어야 하는 것은 역사적인 사실이 아니기 때문이지. 역사적인 사실이야 역사가들이 훨씬 더 잘 다루지 않나. 속박에서 풀려난 영감은 재치의 쇠뇌에서 곧장 은밀한 전언과 신들의 개입으로 날아올라, 보는 이에게 정확하고 진지한 진술보다는 광기 어린 예언이라는 인상을 심어 주지.

마지막 손질이 필요하긴 하지만 자네들이 괜찮다면 내가 지은 시를 예로 들어볼까 하네.

119
　　모두를 정복하는 로마는 세상의 주인이었으니
　　땅과 바다와 천체까지 아우르는 제국이었구나.
　　그런데도 만족하지 않았더라.
　　무거운 짐 때문에 뱃길이 성할 날이 없고
　　숨겨진 만은 황금이 쏟아져 나오는 곳이니
　　바로 거기에 적이 있었구나.

---

7. BC 49~BC 45. 갈리아 전쟁에서 민중의 영웅으로 떠오른 카이사르가 폼페이우스와 원로원의 보수파 귀족에 맞서 싸워 로마를 장악한 전쟁.

운명은 전쟁으로 치닫고

부를 찾는 행렬은 끊임없이 이어지누나.

평범한 기쁨이

소박한 즐거움이

식상해지고,

군사들은 코린트산 청동에 열광하누나.

깊숙한 광산에서 캐낸 보석들이

자줏빛 광채를 발하누나.

누미디아산 대리석이 진귀하고

중국산 비단이 진귀하니

아라비아 백성들은 대지를 벗겨내는구나.[8]

심각한 재앙이

그렇지 않아도 비틀대는 평화를

사정없이 찔러대는 가운데

울창한 숲 속에서는 맹수가 사로잡히니

절망에 빠진 아프리카의 함몬[9]이

---

8. 아라비아산 향료가 로마에서 귀한 대접을 받아 아라비아인들이 들녘에서 향료 생산에 열을 올린 것을 묘사하는 듯하다.
9. Hammon. 오늘날 주로 아몬(Amon) 또는 암몬(Ammon)이라 불리며 이집트에서 신들의 왕으로 숭배되는 신이다.

비싸게 팔리는[10] 이빨 때문에 씨가 마르는

맹수를 두고 진노하누나.

배에 오른 맹수들은 굶주림에 시달리니

화려한 우리에서 어슬렁대던 호랑이가

밖으로 걸어나가 인간의 피로 포식함에

군중들이 환호하누나.

오, 어이할꼬, 운명이 정해진 목숨을!

여물지도 않은 채 잡혀온 소년의 남성이

인간의 욕망 앞에서

페르시아[11]식으로 잘려나가는구나.

쏜살같이 흐르는 세월을 잠시라도 늦추려 하지만

그저 허무하고 부질없는 짓일 뿐이니

모두가 쾌락을 좇는구나.

몸을 파는 여자에

교태를 부리는 남자에

나풀거리는 가발에

---

10. 특히 원형 경기장용 맹수는 아주 비싼 가격에 팔렸다.
11. 페르시아에서는 거세한 미소년들을 시종으로 부렸다. 로마에서도 죄인, 환관 등에 대한 거세가 이루어졌으나, 여기서는 페르시아산 사치품에 대한 경멸을 나타내려는 의도이다.

유행 따라 변하는 옷에

인간의 마음은 매혹되고 마누나.

아프리카에서 온 감귤나무가 있으니

그것으로 만든 식탁에는

노예들의 모습이 비친다네,

화려한 식탁보에도 그러하다네.

변변찮은 식탁 문양은 싸구려 금이나 진배없으니

이 나무는 그저 눈길을 끌려고 거기 있구나.[12]

보잘것없고 천박한 이 나무 주위에는

술 취한 사람들만 기대어 있구나.

어디든 못 갈쏘냐, 군사가 무기를 치켜드니

세상 만물을 골라집으러 하는구나.

식탐이 기교를 부림에

시킬리아 연안에서 잡힌 파랑비늘돔이

산 채로 식탁에 오르고,

루크리네[13] 호수에서 양식된 굴이

저녁상에 올라 입맛을 돋우는구나.

하지만 세상에나 이렇게 비쌀 수가!

12. 감귤나무로 만든 식탁은 로마에서 엄청난 가격에 팔렸다. 키케로에 따르면, 하나에 100만 세스테르티우스였다고 한다. 그리고 문양이 가격을 결정했다.

파시스¹⁴ 강에서는 새 떼가 자취를 감추니

고요한 강둑을 따라

바람만이 낙엽 위로 한숨을 토해내누나.

정치에도 똑같은 광기가 불어닥치니

유권자들은 뇌물에 매수되어

이득을 약속하는 자에게 표를 넘겨주나니,

값을 부르는 소리가 들리누나.

팔아요, 팔아!·평민을 팔아!

원로원 의원도 팔아!

노인들마저 자유의 미덕을

저버린 지 오래이니

더 말해 무엇 하리.

사소한 변화를 찾자고 수시로 정부를 갈아대니,

권력이 썩을 대로 썩어 그 권위가 땅에 떨어지누나.

---

13. Lucrine. 이탈리아 남부 캄파니아 주 포추올리 만(灣)에 인접해 있는 작은 호수. 지금의 루크리노(Lucrino) 호수. 원래는 포추올리 만의 일부였으나 고대의 지질 활동으로 긴 둑이 형성돼 바다에서 분리되었다. 염분이 적당해 굴 양식으로 유명했다.
14. Phasis. 카프카스(Kavkaz. 코카서스) 산맥에서 시작해 서쪽으로 흘러 흑해로 이어지는 지금의 리오니(Rioni) 강. 강둑 일대에 꿩이 많았다.

카토[15]가 유권자들에게 버림받아 밀려나니
얼떨결에 승리한 후보가 낯을 붉히며
카토의 힘을 가로채누나.
후보 한 사람의 패배가 아니라
온 국민의 치명타로다.
로마는 잊힌 도시로 전락한 채
상인과 상품만 남아
약탈이 횡행하누나.
고약한 소용돌이에,
입을 딱 벌리고 있는 소용돌이에
사람들이 허우적대누나.
고리대금에 탐욕이 들끓고
고리대금에 집을 잃고
고리대금에 자유마저 빼앗기니,
나라의 골수에 종창이 생겨나고

---

15. Marcus Porcius Cato. BC 95~BC 46. 흔히 소(小)카토라 불리는 로마 공화정 말기의 정치가. 원로원 지도자로서 카이사르 일파에 맞서 공화정을 수호하기 위해 항쟁했다. 하지만 자신이 이끄는 원로원 측이 그리스 파르살루스(Pharsalus, 지금의 파르살라(Farsala)) 전투에서 패한 뒤 쫓기다가 아프리카 타프수스(Thapsus) 전투에서도 패하자 그 소식을 아프리카 우티카에서 전해 듣고 스스로 목숨을 끊었다. 그는 원칙적이고 엄격하고 청렴한 정치가로서 존경받았다.

사지에는 광기가 만연하니

다들 슬픔에 휩싸여

사냥개 무리처럼 배회하는구나.

이런 가운데 혁명이,

가난으로부터 혁명이 일어나도다.

전쟁이 가난한 자들을 부추기누나.

사치를 일삼는 부자들에게 살인의 보복이 가해지니

가난이 부른 담대함을 그 무엇이 막으리오.

이런 부도덕에 빠지고

이런 잠에 흠뻑 취했으니

아무리 명의라 한들

무슨 수로 로마를 일으켜 세울 수 있으랴!

칼을 앞세운 광기 어린 군대의 탐욕만이

유일한 해결책이더라.

120   운명의 여신은 세 명의 장군[16]을 낳았고,

살기등등한 전쟁의 여신 에니오[17]는,

셋을 각기 다른 전장으로 밀어넣었구나.

---

16. '세 명의 장군'은 제1차 삼두정(三頭政)을 결성한 카이사르, 폼페이우스, 크라수스를 가리킨다.

파르티아[18]가 크라수스[19]를 차지하고

폼페이우스[20]는 리비아 바닷가에 드러누운 가운데,

카이사르[21]는 자신의 피로 배은망덕한 로마를 붉게 물들였도다.

대지는 그렇게 많은 무덤을 한꺼번에 견딜 수 없어

그들의 유골을 분산시켰구나.

영예의 대가란 그런 것.

파르테노페[22]와 디카이아르키아[23] 사이에 팬 깊은 지하

---

17. Enyo. 그리스 신화에 나오는 전쟁과 피와 폭력의 여신. 로마 신화의 벨로나(Bellona)에 해당한다.
18. Parthia. BC 247~AD 224?. 지금의 이란 일대에 있었던 고대 왕국.
19. Marcus Licinius Crassus. BC 115?~BC 53. 로마 공화정 말기의 정치가. 스파르타쿠스(Spartacus)가 이끄는 검투사들의 반란(일명 글라디오토르 반란)을 진압하고 집정관을 지냈다. 시리아 총독으로서 무공을 떨치려고 파르티아를 공격했다가 전사했다.
20. Gnaeus Pompeius Magnus. BC 106~BC 48. 로마 공화정 말기의 정치가이자 유명한 장군. 크라수스처럼 글라디오토르 반란을 진압했고, 질투심에 사로잡혀 친구인 카이사르에게 등을 돌리고 싸우다 파르살루스 전투에서 패한 뒤 이집트의 도움을 받으러 갔다가 해변에서 암살당했다. 그의 머리는 카이사르에게 보내졌고 몸뚱이는 발가벗겨진 채 해변에 버려졌다.
21. Julius Caesar. BC 100~BC 44. 로마 공화정 말기의 유명한 장군이자 정치가. 삼두정을 결성하고 집정관이 되었으며 갈리아를 정복했다. 내전에서 승리한 후 1인 지배를 하며 개혁을 추진하던 중 브루투스를 비롯한 음모자들에게 암살당했다.

동굴에서[24]

코키투스[25]가 끝없이 김을 내뿜어 공기를 뜨겁게 달구니

지독한 이슬에 사방이 축축하기 이를 데 없구나.

이곳에는 초록빛 가을도

기분 좋은 풀밭도

메아리치는 숲도

달콤한 봄의 지저귐도 없어라.

대신 혼돈뿐,

홀로 뚝 떨어진 시커먼 바위와,

그 위로 으스스한 삼나무 떼.

저승의 신 디티스 파테르[26]가 저 밑에서

흰 재와 화장용 장작더미에서 튄 불씨가 묻은 머리를 불

---

22. Parthenope. 지금의 나폴리. '오래된 도시'라는 뜻.
23. Dicaearchia. 지금의 포추올리. '정의의 도시'라는 뜻.
24. 여기서 묘사되는 곳은 나폴리 서쪽에 위치하며, 일명 플레그레안 지대(Phlegrean Fields)로 알려진 캄피 플레그레이(Campi Flegrei)로서, 지금의 솔파타라(Solfatara) 분화구와 포추올리 시를 포함하는 넓은 화산 함몰대(caldera)이다. 이곳에는 진흙 구덩이와 뜨거운 유황 구멍과 동굴이 산재해 있다. 로마 신화에서 불의 신 불카누스(Valcanus)가 사는 곳이다.
25. Cocytus. 그리스 신화에 등장하는 지하 세계의 강 5개 가운데 하나로, 흔히 '시름의 강'이라 불린다.
26. Ditis pater. 또는 디스 파테르(Dis pater). 로마 신화에 나오는 지하 세계의 신. 그리스 신화의 하데스에 해당한다.

쑥 내밀고
　　　날개 달린 운명의 여신에게 빈정대기를,
　　　'오, 천계와 속계의 여주인이여,
　　　권력의 비호를 증오하는 이여,
　　　새것을 사랑하고 지나친 소유를 멀리하는 이여,
　　　로마의 무게에 등이 휘지 않소이까?
　　　추락할 운명의 그 짐을 더 높이 들어올릴 순 없는 건가
　　요?
　　　새로운 세대는 축적된 부에 짓눌린 채
　　　권력에 안달하고 있소이다.
　　　보시오, 도처에서 부자가 승리를 챙기니
　　　사치가 극에 달하다 못해 스스로 제 무덤을 파는 모습을
　　말이오.
　　　황금으로 집을 지어 하늘까지 쌓아 올리오.[27]
　　　밭 한가운데서 바닷물이 치솟고
　　　만물의 질서가 흔들리는구려.
　　　구멍 뚫린 땅은 정신 나간 건물 아래서 하품을 해대고
　　　텅 빈 산에서는 동굴이 신음을 토해내건만

27. 대화재 이후 네로가 로마 한복판에 짓기 시작한 황금 궁전(Domus Aurea)을 가리키는 듯하다.

사람들은 그저 대리석을 캐느라 여념이 없으니
지하의 저승 혼령들이
천국에 이르려는 희망을 품는구려.
그러니 운명의 여신이여,
평화의 얼굴을 전쟁의 얼굴로 바꾸시오.
로마를 부추겨 그 시체를 내 왕국에 넘겨주시오.
술라[28]의 칼이 피에 흠뻑 젖음에
격노한 대지가 피투성이 곡물을 키워낸 이래로
내 얼굴에서 피를 느껴본 지가 언제인고,
나의 티시포네[29]가 바싹 마른 사지를 축여본 지가 언제인고.'

121 그가 그녀의 오른손을 붙잡으려 하나
땅이 쩍 갈라지누나.
그리하여 변덕스런 운명의 여신이 응답하니,
'저 안쪽 코키투스의 아버지여, 주인이여,

---

28. Lucius Cornelius Sulla. BC 138~BC 78. 로마의 장군이자 정치가. 내전에 종지부를 찍고 수백 명에 이르는 마리우스(Marius) 추종자들을 추방하거나 살해해 로마의 독재관(dictator)이 되었다.
29. Tisiphone. 그리스 신화에 나오는 3명의 복수의 여신들 중 하나. 이름은 '살인을 복수하는 자'를 뜻한다.

이 몸이 아무 해도 입지 않고

마땅히 일어나야 할 일을 드러낼 수 있다면

그대의 소원이 이루어지리다.

내 안의 분노도 그대의 분노에 뒤지지 않는 바

맹렬히 날뛰는 불길이 내 심장을 먹어치우는구려.

그동안 내가 로마의 성채 위에 쌓아올린 그 모든 것이

이제는 싫어지니

내 관대한 마음이 원망스럽구려.

지을 때의 바로 그 힘으로

저들의 터전을 무너뜨릴 테요.

저들의 전사들을 죽이고

저들의 타락을 피로 숨 막히게 할 테요.

소심한 귀에 무기 부딪치는 소리가 울려 퍼지니

보이는구려,

두 번의 학살에 시체로 뒤덮인 필리피[30]가

화장용 장작더미가 타오르는 테살리아가[31]

---

30. Philippi. 마케도니아 동쪽, 그리스 북동부 해안에 있던 고대 도시. 지금의 그리스 카발라 주에 위치한 필리포이(Filippoi) 시. 기원전 42년 10월 3일 첫 번째 필리피 전투에서 마르쿠스 안토니우스와 옥타비아누스가 카이사르를 암살한 브루투스와 카시우스(Cassius)를 이겨 카시우스가 자살했다. 10월 23일 두 번째 필리피 전투에서 브루투스도 참패를 당하고 역시 자살했다.

주검이 넘쳐나는 히스파니아가[32]

나일 강의 관문이 신음을 내뱉는 리비아가[33]

전사들이 아폴로의 포에 벌벌 떠는 악티움[34]이.

그러니 가서 그대 왕국의 목마른 지역을 활짝 열어

새 혼령들을 불러들이구려.

뱃사공 카론[35]만으로는 힘에 부쳐

그 많은 영혼을 실어나를 수 없을 테니

선단이 필요할 게요.

핏기 잃은 티시포네여,

벌어진 상처에 입을 박고

---

31. 기원전 48년 카이사르는 테살리아의 파르살루스에서 폼페이우스를 무찔렀다.
32. 기원전 45년 히스파니아 남부의 문다(Munda)에서 카이사르는 죽은 폼페이우스의 뒤를 이어 저항하는 그의 아들들과 싸워 승리했다. 이로써 카이사르는 로마의 내전을 종식시키고 독재관이 되었다.
33. 카이사르의 이집트 원정을 가리킨다.
34. Actium. 지금의 푼타(Punta). 고대 그리스 중서부 아카르나니아(Acarnania) 지방의 북서쪽 곶(串). 마르쿠스 안토니우스와 클레오파트라는 기원전 31년 악티움 해전에서 옥타비아누스의 군대에 크게 패했다. 아폴로는 옥타비아누스의 편을 들었다.
35. Charon. 그리스 신화에 나오는 인물로 저승사자 같은 역할을 했다. 그는 장례를 마친 죽은 자들의 영혼을 쇠가죽 배에 태워 '비통의 강' 아케론(Acheron) 또는 '증오의 강' 스틱스(Styx) 강을 건네주었는데, 그 대가로 시체의 입 속에 들어 있는 금화를 통행료로 챙겼다. 원문에는 '뱃사공'으로만 되어 있다.

이 대재앙을 실컷 즐기시오.

갈기갈기 찢긴 세상에 지옥의 그늘이 드리울지니.'

122 그녀의 말이 끝나자마자 구름이 흔들리더니

섬광과 함께 번개가 내리치면서 불꽃을 토해내누나.

망자들의 아버지가 형제³⁶의 번개 앞에서 흠칫 놀라 창백해진 채

대지의 갈라진 가슴을 닫는구나.

인류의 재앙이 눈앞으로 다가오면서

하늘에 불길한 징조들이 나타나누나.

티탄³⁷은 이미 끔찍한 전장을 본 듯

얼굴에 온통 피범벅을 한 채

어둠 속에 몸을 숨겼더라.

킨티아³⁸는 킨티아대로 낯빛을 잔뜩 흐린 채

---

36. 디티스 파테르와 형제 사이인 유피테르를 의미한다.
37. Titan. 그리스 신화에서 하늘의 신 우라노스(Uranus)와 땅의 여신 가이아(Gaia)의 자손들. 6명의 남신과 6명의 여신이 있으며, 그중 태양의 신으로는 히페리온(Hyperion)과 그 자리를 물려받은 아들 헬리오스(Helios)가 있다. 여기서 '티탄'은 문맥상 '태양'을 의미한다.
38. Cynthia. 그리스 신화에 나오는 달의 여신 아르테미스의 별명. 아르테미스는 델로스 섬의 킨토스(Cynthos) 산에서 태어났다. 여기서 '킨티아'는 '달'을 의미한다.

극악무도함에서 빛을 거두어들이더라.

산등성이가 벼락을 맞아 산산이 쪼개지고

산봉우리가 무너져 내리면서

강물이 더 이상 흐르지 못한 채

둑에 갇혀 서서히 죽어가더라.

하늘이 군사 원정의 아수라장으로 바뀐 가운데

별들의 요란한 나팔 소리가 마르스의 귓전을 때려 깨우더라.

아이트나[39]가 기묘한 불길로 뒤덮인 채

하늘로 불덩이를 내쏘더라.

무덤과 채 수습되지 못한 뼈들 사이에선

죽은 자들이 비명을 질러대며 얼굴을 드러내누나.

새로운 별들이 불 뿜는 혜성의 꼬리를 호위하는 가운데

유피테르는 하늘에 새로운 핏빛 비를 내리누나.

곧이어 이 모든 징조가 신의 손에 의해 명약관화해지는구나.

카이사르가 더 이상 망설이지 않고

욕망에 사로잡혀 복수에 나서니,

---

39. Aetna. 시킬리아(시칠리아) 섬 동부 해안에 있으며 유럽에서 가장 높은 활화산.

갈리아를 버리고 내전을 개시하는구나.[40]

하늘 높이 치솟은 알페스[41],

그중에서도 먼 옛날 그리스의 신이 지나가며

인간이 들어갈 수 있게 밟아 다진 봉우리는

헤르쿨레스의 신전이 있는 신성한 곳.

한겨울의 얼어붙은 눈으로 뒤덮인

새하얀 봉우리가 별들에까지 닿는구나.

어쩌면 그곳 꼭대기에서 하늘이 떨어져 내렸을지도 모르겠구나.

한여름의 햇볕에도, 봄의 산들바람에도 녹지 않고

얼음과 겨울 서리에 둘러싸인 채

당당하게 버티고 있으니

그 사나운 어깨에 온 세상을 올려놓아도 되겠구나.

사기충천한 군대를 이끌고

이곳 산마루에 올라 자리를 잡은 카이사르,

저 아래 펼쳐진 드넓은 이탈리아 평원을 내려다보더니

40. 이 무렵 카이사르는 피비린내 나는 기나긴 전투 끝에 갈리아를 막 평정한 상태였다. 명목상으로는 원로원이 그의 군 지휘권 연장을 거부한다는 이유를 들어 내전을 개시했다.
41. Alpes. 지금의 알프스(Alps) 산맥.

두 손으로 별들을 가리키며 말하길,

"전지전능하신 유피테르여,

한때 나의 군대를 반갑게 맞이하여

나에게 승리를 안겨준 사투르누스의 땅이여,[42]

고하나니 들으십시오.

이 전사, 전쟁에 뜻이 없건만

마르스가 부르시나이다.

전쟁에 이 두 손을 담글 생각이 추호도 없건만

레누스[43] 강을 피로 물들이며

알페스를 넘어 또다시 수도를 공략하려는 갈리아인들의 시도를[44] 저지하는 사이

나의 도시에서 쫓겨났으니

이내 불만을 어찌지 못하겠나이다!

승리의 대가가 추방이라니요!

게르만인[45]의 피가, 수많은 승리가

---

[42]. 사투르누스(Saturnus)는 로마 신화에 나오는 농경신이다. 따라서 사투르누스의 땅은 곧 이탈리아를 말한다.
[43]. Rhenus. 지금의 라인 강.
[44]. 갈리아는 기원전 390년 이미 로마를 침략한 바 있었으며, 그 후로도 계속 로마인들을 불안에 떨게 했다.
[45]. 여기서 시인은 갈리아인을 게르만인과 동일시하는 듯하다.

내 죄의 근원인 셈이지요.

하지만 아무리 그렇기로서니 나의 영광을 위협하는 저들이 누굽니까?

나의 전쟁을 강 건너 불구경하듯 하는 저들이 누굽니까?

돈에 팔린 싸구려 졸개들,[46]

내 로마의 가짜 아들들 아닙니까.

하지만 겁쟁이가 벌도 받지 않고, 보복도 당하지 않고

이 두 손을 묶도록 가만히 있지는 않을 겝니다.

미친 듯이 달려라, 승리에 빛나는 나의 군사들아!

가거라, 전우들이여. 가서 칼로 나를 변호하라!

가서 우리가 받은 고소장을,

우리를 덮친 재앙을 되돌려주어라.

제군들 모두에게 감사하노라,

나 혼자 승리한 것이 아니기에.

승리의 잔을 거머쥐었다는 이유로 벌을 내리니,

개선식은 고사하고 수인의 옷을 입게 되었으니,

판결은 운명의 여신에게 맡기자.

이제 주사위는 던져졌으니,[47]

---

46. 폼페이우스의 군사들을 가리키는 듯하다.

전쟁을 시작해 제군들의 기개를 보여주어라.
하지만 나는 이 재판에서 이미 승리했노라.
내 주변에 용기 있는 자들이 이렇듯 많으니
내 사전에 패배라는 말은 없도다."
그의 쩌렁쩌렁한 목소리에
델포이[48]의 새 갈가마귀가[49]
공기를 가르며 하늘에 나타나니,
길조로다.
스산한 숲 왼쪽에서 낯선 목소리가 들리더니
불꽃이 일더라.
태양이 평소보다 밝게 빛나며
얼굴 가득 금빛 후광을 드리우더라.

123   카이사르가 길조에 흡족해 하며
전열을 정비해 전진하니

---

47. "이제 주사위는 던져졌다."는 카이사르가 루비콘(Rubicon) 강을 건너 로마(이탈리아)로 들어서면서 한 말이다. 이 말로 볼 때, 시인은 앞에서 고의든 실수든 알페스(알프스)를 루비콘 대신 사용했다.
48. Delphoe. 아폴로의 신전이 있는 그리스 중부의 고대 도시.
49. 갈가마귀는 아폴로의 새로, 신탁을 전한다고 알려졌다. 원문에는 '델포이의 새'라고만 되어 있다.

저벅거리는 소리가 사방에 가득한 가운데
얼음과 서리에 뒤덮인 땅은
저항 한 번 하지 않고 가만히 누워 있더라.
하지만 기병대가 뭉쳐 있던 구름을 흩뜨리고
놀란 말들이 얼음을 차대니
눈이 녹더라.
갑자기 생겨난 강물이 콸콸대며 산꼭대기에서 흘려 내렸으나
누군가의 명령을 받기라도 한 듯
중간에서 멈춰서며 얌전해지니
진창이 곧 굳어지더라.
전에는 밟으면 금세라도 갈라질 듯 불안했던 땅이
이제는 행렬의 걸음걸음을 비웃으며
내딛는 발마다 기만하더라.
이에 인간도, 말도, 무기도
어쩔 줄 몰라 우왕좌왕 뒤엉키더라.
구름이 칼바람의 공격을 견디지 못해 그들의 짐을 부려 놓는 가운데
회오리바람이 공기를 갈기갈기 찢어대고
잔뜩 부푼 우박이 하늘을 쪼개놓더라.

구름은 어느새 호우로 바뀌어

군사들의 무기를 때려대더라.

얼음덩이가 파도처럼 쏟아져 내리더라.

땅이 눈보라로 뒤덮이니

별들이 자취를 감추고

강마저 얼어붙어 둑 사이에 갇힌 채 꼼짝달싹 못하더라.

하지만 카이사르만은 이에 굴하지 않았으니

머리를 높이 쳐들고 카프카스 정상에서 성큼성큼 걸어 내려오는

암피트리온[50]의 아들 헤르쿨레스처럼,[51]

또는 얼굴을 잔뜩 찌푸린 채 올림포스 산 꼭대기에서 한 달음에 내려와

기간테스[52]에게 번개를 날리는 유피테르처럼,

커다란 창에 의지해

쩍쩍 갈라지고 있는 들판을 씩씩하게 가로지르더라.

---

50. Amphitryon. 그리스 신화에 나오는 영웅. 그가 전쟁에 나간 사이 아내 알크메네(Alcmene)가 남편으로 가장한 유피테르(제우스)와 동침해 아이를 가지고, 돌아온 남편의 아이도 가져 나중에 쌍둥이를 낳았다. 그중 유피테르의 아들이 헤르쿨레스(헤라클레스)이다. 원문에는 '암피트리온의 아들' 이라고만 되어 있다.
51. 표면상 암피트리온의 아들이었던 헤르쿨레스는 카프카스로 가서 프로메테우스(Prometheus)를 사슬에서 풀어주고 그의 간을 쪼아대던 독수리를 쏘아 죽였다.

카이사르가 성이 나서

도도한 산꼭대기를 밟아 뭉개는 사이

잽싼 소문이 두려움에 날개를 푸드덕거리며

팔라티노[53] 언덕으로 날아가니

이 소문의 번개에

도시에 있는 동상이 모두

벌벌 떠는구나.

'바다에는 함대가 대기 중이고

알페스 전체가 갈리아인의 피를 뒤집어쓴 기병대로

대낮처럼 환하다는군요.'

사람들 눈앞에

군대, 피, 살육, 화재 등 전쟁 장면이 스쳐 지나가더라.

이 소동에 다들 겁에 질려 갈팡질팡하더라.

한쪽에선 뭍길로 피란하는 게 안전하다고 말하고

또 한쪽에선 뱃길이 더 안전하다고 말하니,

무슨 소리, 지금은 바다가 땅보다 더 안전하고말고.

---

52. Gigantes. 아들 크로노스에게 생식기를 잘린 우라노스의 피가 땅(가이아)에 떨어져 태어난 24명의 힘세고 사나운 종족. 올림포스의 신들에게 도전해 격렬한 싸움을 벌였으나, 결국 궁수 헤르쿨레스의 도움을 받은 올림포스의 신들에게 정복당했다.

53. Palatino. 팔라티노 언덕은 로마 도심에 있다.

싸움을 좋아하는 사람들은 피란길에 오르길 거부하고
운명의 명령을 받아들이는구나.
도시를 등진 피란 행렬이 꼬리에 꼬리를 물고
놀란 가슴이 움직이는 대로 정처 없이 발길을 옮기니
슬프고 또 슬프도다.
로마의 심장은 폭도의 수중에 떨어지고
이미 지칠 대로 지친 시민은
소문을 듣자마자 슬퍼하는 집을 두고 떠나누나.
어떤 이는 떨리는 손으로 아이들을 끌어안고
또 어떤 이는 품속에 집안의 수호신을 숨기고
저 멀리 적에게 죽음의 저주를 퍼부으며
애달파 하는 현관을 나서누나.
제일 소중한 것만 짊어진 가운데
어떤 이는 아내의 슬퍼하는 가슴을 껴안고
고생이라곤 모르고 지낸 젊은이는
나이 든 아버지를 부축하누나.
또 어떤 이는 무모하게 이것저것 모조리 짊어진 것도 모자라
약탈물까지 챙기누나.
강한 남풍이 불어와 바다에 폭풍이 이니

바닷물이 거칠게 넘실대고

파도가 사납게 날뛰는 통에

돛대와 키가 소용없구나.

어떤 이는 밧줄로 돛을 단단히 붙잡아매고

또 어떤 이는 안전한 항구와 고요한 해안을 찾아 나서고

또 어떤 이는 모든 걸 운에 맡긴 채

폭풍에서 벗어나려고 돛을 올리누나.

이 사소한 재앙 앞에서

집정관 둘[54]과 함께 폰투스[55]를 공포에 떨게 하고

저 사나운 히다스페스[56]를 교두보 삼아

수많은 해적선을 수장시킨[57] 폼페이우스는,

유피테르까지 간담을 서늘하게 만든 승리를 세 번[58]이나

---

54. 내전 발발 당시 폼페이우스를 지지한 두 집정관은 마르켈루스(Caius Claudius Marcellus)와 렌툴루스(Lucius Cornelius Lentulus Crus)였다.
55. Pontus. 흑해 남쪽 연안에 접하고 아나톨리아 북부에 있었던 고대 왕국. 지금의 터키 영토에 속한다. 알렉산드로스 3세가 죽은 후 성립된 왕국이 팽창 일로를 걷다가 최고조에 달한 미트라다테스 6세(Mithradates VI Eupator)에 이르러 폼페이우스의 공격을 받아 망해서 로마로 합병되고 말았다.
56. Hydaspes. 지금의 인도 북부 젤룸강(Jhelum River). 기원전 326년 알렉산드로스 3세가 인도군에게 승리를 거둔 곳이다. 폼페이우스는 그렇게 멀리까지 간 적이 없었다.
57. 폼페이우스는 기원전 67년 지중해의 해적을 소탕하라는 임무를 부여받아 3개월 만에 완수했다.

거두었음에도
　보스포루스의 소용돌이와 높은 파도를 헤치고 폰투스를 제압하였음에도
　꽁무니를 빼니
　망신, 망신이로다!
　그가 고관대작[59]의 자리를 헌신짝처럼 내팽개치고 줄행랑을 놓으니
　변덕스러운 운명의 여신이 다른 사람도 아니고 폼페이우스의
　등을 보았더라.

124　공포의 위세가 하늘에까지 만연하니
　신들마저 피란길에 오르더라.
　온 세상의 신들이 땅의 광기에 치를 떨며
　인간의 군대를 피해 땅을 버리더라.
　그중에서 가장 먼저 팍스[60]가

---

58. 폼페이우스는 아프리카에서 이아르바스(Iarbas) 왕을 이겼고, 히스파니아에서 세르토리우스(Quintus Sertorius)를 무찔렀고, 아시아(아나톨리아)에서 미트라다테스에게 승리했다.
59. 기원전 50년 그는 원로원의 권유로 로마군 사령관을 맡았다.

희디흰 팔에 멍이 든 채

패배한 머리를 투구에 숨기고 서둘러 땅을 떠나

디티스 파테르의 무자비한 왕국으로 피신하더라.

유순한 피데스[61]가 그 뒤를 따르고

유스티티아[62]는 산발을 했으며,

콘코르디아[63]는 옷을 찢긴 채 흐느끼더라.

하지만 그들을 맞아 에레보스[64]의 세계가 활짝 열리고

디티스 파테르의 군대가 쏟아져 나오니

횃불을 치켜든 에리니스[65]와 벨로나[66]와 메가이라[67]를 필두로

---

60. Pax. 로마 신화에 나오는 평화의 여신. 그리스 신화의 에이레네(Eirene)에 해당한다.
61. Fides. 로마 신화에 나오는 성실과 정직 또는 신뢰의 여신.
62. Justitia. 로마 신화에 나오는 정의의 여신. 그리스 신화의 디케(Dike)에 해당한다.
63. Concordia. 로마 신화에 나오는 조화의 여신. 그리스 신화의 하르모니아(Harmonia)에 해당한다.
64. Erebos. 그리스 신화에 나오는 어둠의 신.
65. Erinys. 또는 에우메니데스(Eumenides). 그리스 신화에 나오는 3명의 복수의 여신. 로마 신화의 푸리아(Furia)에 해당한다.
66. Bellona. 로마 신화에 나오는 전쟁의 여신. 그리스 신화의 에니오(Enyo)에 해당한다.
67. Megaera. 그리스 신화에 나오는 3명의 복수의 여신들 중 질투의 여신.

파괴의 정령과 배신의 정령,

나아가 죽음의 정령의 희미한 모습이 보이누나.

그중에는 광기의 정령도 있으니

고삐가 부러진 말처럼

피가 줄줄 흐르는 머리를 이리저리 흔들어대며

상처투성이 얼굴을 피 묻은 투구로 가린 채

왼손에는

무수한 화살에 박살이 난 마르스의 방패를 꽉 그러쥐고

오른손에는

온 세상을 불지를 횃불을 들었더라.

신들의 무게로 땅이 들썩이고

별들이 균형을 잃은 채 제자리를 벗어나니

하늘의 왕국이 두 편으로 갈라지더라.

디오네[68]가 선두에서 카이사르의 군대를 이끄는 가운데

팔라스[69]에 이어 마르스[70]가 큰 창을 휘두르며 그 뒤를

따르더라.

---

68. Dione. 그리스 신화에서 제우스(유피테르)의 연인이자 어원적으로는 제우스의 여성형. 디오네는 베누스(아프로디테)의 어머니인데, 종종 시적 표현으로 '베누스'를 가리키기도 한다. 카이사르가 베누스를 자기 가문의 조상이라고 주장했기 때문이다.
69. Pallas. 그리스 신화에 나오는 티탄족의 하나.

포이부스와 그 누이,[71]

킬레네에서 태어난 메르쿠리우스,[72]

모든 면에서 폼페이우스를 닮은 티린티우스[73]는

폼페이우스 편에 서더라.

나팔 소리와 함께

디스코르디아[74]가 산발을 하고 나타나

신들을 향해 그 지옥의 머리를 치켜들더라.

그 몰골을 보니 입에는 피가 고여 있고

멍든 두 눈에선 눈물이 흐르고

이빨에는 녹 때가 덕지덕지 끼어 있고

---

70. 원문은 Mavortius. 로마를 창건한 로물루스(Romulus)로 볼 수도 있지만 전쟁, 군사, 로마의 수호신 등의 측면에서 가지는 비중과 중요성을 감안할 때 그의 아버지 마르스로 보는 편이 더 자연스럽다. 또한 큰 창(혼히 '서묵한 창')은 마르스를 상징하는 무기이다.
71. 아폴로와 그의 쌍둥이 누이 디아나(아르테미스)를 말한다.
72. 상업의 신 메르쿠리우스(헤르메스)는 그리스 펠로폰네소스 반도 중앙에 위치한 아르카디아(Arcadia)의 킬레네(Cyllene) 산에서 태어났다. 원문에는 '킬레네의 자손'이라고만 되어 있다.
73. Tirynthius. 그리스 펠로폰네소스 반도 동부 아르골리스(Argolis) 지방의 도시 아르고스에 위치한 티린스(Tiryns)에서 태어난 헤르쿨레스를 가리킨다. 폼페이우스는 이곳저곳 여행을 많이 했다는 점과 수많은 위험에서 로마를 구했다는 점에서 그리스를 해방시킨 헤르쿨레스와 비슷하다.
74. Discordia. 로마 신화에 나오는 분쟁의 여신. 그리스 신화의 에리스(Eris)에 해당한다. 마르스(아레스)의 누이이자 동료였다.

혀에선 썩은 물이 뚝뚝 떨어지고

얼굴은 뱀들에 파묻혀 있구나.

넝마나 다름없는 옷 밑으로 가슴을 들썩이며

떨리는 손으로 핏빛 횃불을 흔들어대누나.

코키투스의 암흑과 타르타로스[75]를 떠나

위풍당당한 아펜닌[76] 정상에 오르니

온 땅과 바다와

홍수처럼 세상으로 밀려드는 군대가

모두 그녀의 발 아래 있더라.

그녀의 광기 어린 가슴에서 고함이 터져 나오니 그 내용인즉,

'군대에, 너희 여러 종족에 알리니 이제 너희의 심장은 활활 불타고 있다.

군대여, 도시들의 심장 깊숙이 횃불을 던질지어다.

누구든 숨는 자는 목숨을 잃으리라.

부녀자든, 어린아이든, 노인이든

---

[75]. Tartaros. 죽은 영혼들이 형벌을 당하는 지하 세계의 가장 깊은 심연(深淵) 또는 그곳을 관장하는 신을 의미한다.

[76]. Appennin. 아펜니노(Appennino) 산맥. 이탈리아 반도의 등뼈를 이루는 활 모양의 산맥.

사정을 두지 말라.

땅이 흔들리고 무너진 집들마저 봉기하게 하라.

마르켈루스[77]여, 원칙을 고수하라.

쿠리오[78]여, 군중을 선동하라.

렌툴루스[79]여, 전쟁의 열정을 꺼뜨리지 말라.

그리고 그대 신성한 이[80]여,

어찌하여 꾸물대는가?

어찌하여 성문을 박살내지 않는가,

어찌하여 성벽을 무너뜨리고 보물을 약탈하지 않는가?

폼페이우스여, 로마의 성채를 지킬 자신이 없는가?

그렇다면 에피담노스[81]의 성벽으로 눈을 돌려

테살리아 만(灣)을 인간의 피로 물들이라.'

---

77. Gaius Claudius Marcellus (Minor). BC 88~BC 40. 로마의 정치가. 기원전 50년에 집정관을 지냈으며 카이사르를 지지했다. 번역자나 학자에 따라서는 흔히 기원전 49년에 집정관을 지낸 그의 동명이인 사촌 마르켈루스(Gaius Claudius Marcellus (Maior))로 보기도 하나, 그럴 경우 이 사람은 카이사르의 적이어서 문맥과 맞지 않는다.

78. Gaius Scribonius Curio. 그는 기원전 50년에 호민관으로 선출되어 카이사르의 열렬한 지지자가 되었다.

79. 렌툴루스는 카이사르 휘하의 장교였던 친구 발부스(Lucius Cornelius Balbus)의 만류에도 불구하고 내전을 열렬히 옹호했다.

80. 카이사르는 죽은 후에 신격화되어 신의 칭호를 얻었다. 여기서는 예지적 표현이다.

그리하여 땅에서는 디스코르디아의 명령대로 모두 이루어졌더라."

81. Epidamnos. 또는 디라키움(Dyrrachium). 지금의 알바니아 제일의 항구 도시 두러스(Durres). 과거 에피루스(Epirus) 왕국의 에피담노스는 폼페이우스가 로마를 떠난 후 본거지로 삼은 곳이다. 이곳에서 그는 카이사르의 1차 공격을 간신히 막아냈다. 나중에 그는 테살리아의 파르살루스로 본거지를 옮겨 전열을 가다듬었지만 참패하고 말았다.

죽음에 내몰린 인간들

5부

크로톤에서의 사랑

오, 키르케여!

에우몰푸스가 거침없이 쏟아내는 말의 홍수가 끝나는 시점에 맞추어 우리는 마침내 크로톤에 도착했다. 우리는 조그마한 여인숙에 여장을 풀고 피로를 푼 후 이튿날 좀 더 큰 집을 찾아 나섰다가 유산 사냥꾼들과 마주쳤다. 그들은 우리더러 뭘 하는 사람들이며, 어디서 왔느냐고 물었다. 우리는 준비해 둔 각본에 따라 어수룩한 심문자들에게 우리가 어디서 왔으며 어떤 사람들인지 설명했다.

그러자 그들은 그 즉시 너도나도 앞 다투어 가지고 있던 물건을 에우몰푸스에게 안겼다. 유산 사냥꾼들은 저마다 선물 공세를 펼치며 에우몰푸스의 환심을 사려고 혈안이 되었다.

(……)

125 이 모든 일이 꽤 긴 기간에 걸쳐 크로톤에서 일어나는 동안 에우몰푸스는 기고만장해져서는 예전의 처지를 까맣게 잊은 채 크로톤의 어느 누구도 자신의 영향력에 대적할 수 없으며, 자기 친구들 사무실을 통하면 어떤 범죄를 저질렀든 무사히 빠져나갈 수 있으니 필요하면 말하라고 큰소리를 쳐댔다.

나로 말할 것 같으면, 갈수록 사치스러워지는 생활 속에서 나날이 살이 찌며 운명의 여신이 이제는 내게서 감시의 눈길을 거두어들였나 보다고 생각했다. 하지만 그런 가운데서도 자꾸만 불안이 엄습했다. 딱히 그럴 만한 이유가 있어서라기보다 나의 평소 운을 생각하면 걱정이 되지 않을 수 없었다.

"교활한 유산 사냥꾼이 아프리카로 염탐꾼을 보내 우리의 사기 행각을 들춰내기라도 하면 어쩌지? 에우몰푸스가 고용한 심부름꾼이 남 부러울 것 없는 우리의 현재 상태에 배가 아픈 나머지 앙심을 품고 우리 친구들에게 증거를 제시하면서 전모를 까발리기라도 한다면? 보나마나 우린 다시 도망자 신세가 될 테고, 이제 막 벗어난 가난으로 되돌아가 다시 비럭질을 하겠지. 법 밖에서 살면서 사람이면 누구나 마땅히 누리는 것을 혹시나 하는 마음으로 기대한다는 게 얼마나 끔찍한 일인지."

(……)

[키르케의 하녀 크리시스가 폴리아이누스, 즉 엔콜피우스에게 말했다.]

"자신의 성적 매력을 누구보다도 잘 알기에 당신은 오만한 태도로 호의를 그냥 베풀기보다 팔고 다니죠. 그게 아니라면 그런 식으로 머리를 빗어 올리고, 두껍게 화장을 하고, 눈을 그렇게 샐쭉하게 뜨고, 걸음걸음에 신경을 쓰는 이유가 뭐겠어요? 당신의 그 잘생긴 외모를 돈을 받고 팔 생각이 아니라면 무슨 목적으로 그러겠어요? 날 봐요. 난 점쟁이도 아니고, 점성술에도 관심 없어요. 하지만 얼굴을 보면 그 사람 성격을 알아맞힐 수 있고, 걸음걸이를 보면 그 사람 생각을 알아맞힐 수 있죠.

당신이 내가 찾는 것을 팔고 있다면 손님을 만난 거예요. 그렇지 않고 공짜로 내주고 있다면 당신의 호의를 자세히 관찰할 수 있는 기회를 주세요. 당신은 자신이 불쌍한 노예일 뿐이라고 말하지만 오히려 우리 아씨의 욕망만 끓어오르게 하고 있어요. 어떤 여자들은 천한 분위기를 좋아해 노예나 다리를 드러낸 하인이 아니고선 열정을 느끼지 못하죠. 그런가 하면 검투사나 먼지를 뒤집어쓴 마부, 아니면 무대에서 눈요깃거리를 선사하는 배우에게 열을 내기도 한답니다. 우리 아씨도 그런 편이죠. 그래서 악사들 앞에 있는 맨 처음 열네 줄[1]을 건너뛰어 천민 중에서도 가장 비천한 이들 가운데서 사랑할 만한 상대를 찾곤 한답니다."

나는 최대한 달콤한 목소리로 말했다.

"그럼 당신도 내게 반했나요?"

하녀는 말도 안 된다는 듯 까르르 웃었다.

"이를 어쩌나, 당신 자존심을 세워주지 못해서. 나는 여태껏 노예와 잠자리를 같이한 적이 한 번도 없을뿐더러, 하늘에서 내가 애인을 두는 족족 십자가형을 당하는 꼴을 지켜봐야

---

[1]. 기원전 67년의 '로스키우스 법'에 따라 극장 측에서 기사들을 위해 확보해 두는 좌석을 말한다. 제정기로 접어들면서 이 법은 점차 강화되었다.

엔콜피우스를 유혹하는 크리시스

할 거라며 금했어요. 귀부인들이 달리 채찍 자국을 좋아하겠어요? 비록 노예의 몸이긴 하지만 여태껏 기사의 무릎 말고는 어디에도 앉아본 적이 없답니다."

이처럼 서로 현격하게 다른 성 취향에 나는 놀랄 수밖에 없었다. 하녀는 여주인처럼 까다롭게 굴고, 여주인의 취향은 하녀처럼 천박하다니 참으로 이상한 일도 다 있다고 생각했다.

농담이 계속 이어지는 가운데 나는 하녀에게 플라타너스 숲으로 여주인을 데려다 달라고 부탁했다. 하녀는 나의 제안에 그러겠다고 했다. 그녀는 치마를 말아 올리고 인도와 접한 월계수 숲으로 향했다. 잠시 후 그녀는 그늘진 숲에서 어떤 예술 작품보다 아름다운 여성을 데리고 나와 내게로 안내했다.

그녀의 매력은 어떤 말로도 형용할 수 없었다. 무슨 말을 하든 부족할 것 같았다. 좁은 이마는 빚어놓은 듯 매끈했고, 어깨 위에서는 곱슬머리가 자연스럽게 물결쳤다. 눈썹은 뺨의 윤곽선까지 내려와 거의 콧등과 만나는 듯했다. 눈은 달빛이 미치지 않는 밤하늘의 별보다 더 밝게 빛났다. 코끝은 보기 좋게 살짝 구부러졌고, 입은 프락시텔레스[2]가 상상했던 디아나의 입

---

2. Praxiteles. BC 370~BC 330년에 활동한 그리스 남부 아티키(Attiki) 출신의 독창적인 조각가. 이전의 아테네 학파와 달리 감정과 관능성이 충만한 조각상을 선보였으며 아프로디테의 조각상으로 명성을 떨쳤다.

월계수 그늘 속의 미녀

을 닮았다.³ 턱, 목, 손, 가느다란 황금 장신구를 두른 진줏빛 발은 파로스⁴산 대리석이 울고 갈 판이었다. 난생 처음으로 나는 도리스⁵에게 빠져 지낸 지난날이 부끄럽게 여겨졌다.

유피테르여,
대체 무슨 일이 있었기에
무기를 내려놓았는지요,
대체 무슨 일이 있었기에
공공연한 거짓을 말하는 신들과 함께하는지요,
대체 무슨 일이 있었기에
불명예에 침묵을 지키는지요?

여기, 당신이
처진 이마에서 새로운 뿔이 돋아나게 하거나
새하얀 백발을 백조의 깃털로 감출 만한
절세가인이 있나이다.

3. 금욕을 미덕으로 여기는 사냥의 여신 디아나(아르테미스)는 이처럼 성애와 관련된 내용에는 어울리지 않는다. 원래는 베누스(아프로디테)를 염두에 둔 듯하다.
4. Paros. 에게 해의 그리스 키클라데스(Cyclades) 제도에 속한 섬. 파로스산 대리석은 반투명하고 눈 같은 순백색으로 유명했다.
5. 도리스(Doris)에 관한 일화는 소실되었다.

키르케

여기, 당신의 정념에 불을 지필
진짜 다나에가 있나이다.⁶
여기, 단 한 번, 단 한 번만이라도
그 몸에 손이 닿으면
불에 닿은 듯 사지가 녹아내릴
그런 여인이 있나이다.

127   그녀가 환한 표정으로 달콤하게 미소 짓자 마치 보름달이 구름을 헤치고 그녀의 얼굴을 비추는 듯했다. 곧이어 그녀는 목소리를 고르더니 말했다.

"올해 들어서야 처음으로 남자를 알게 된 귀부인이 싫지 않다면 당신에게 새 여자 친구를 소개할게요. 물론 당신에겐 이미 남자 친구가 있죠. 난 궁금한 건 못 참는 성격이라 봐서요. 하지만 남자 친구가 있다고 해서 여자 친구를 사귀지 말라는 법은 없잖아요? 조건은 똑같아요. 당신이 원할 때마다 내 키스를 받아주기만 하면 되요."

내가 대답했다.

"하지만 그전에 분명해 해둘 게 있는데, 당신의 찬미자들

---

6. 그리스 신화에서 제우스(유피테르)는 흰 황소로 변신해 에우로파(Europa)를, 백조로 변신해 레다(Leda)를, 황금 비(雨)로 변신해 다나에(Danaë)를 각각 겁탈했다.

틈에 불쌍한 이방인을 끼워 넣어 같이 싸잡아 무시하는 일은 없기를 바랍니다. 그대 아름다운 여인이여, 당신이 허락한다면 신에게 하듯 당신을 섬기면서 헌신할 것을 약속합니다. 물론 신전에 들어갈 때는 공물도 챙겨 갈 겁니다. 당신을 위해 남자 친구는 포기하지요."

"뭐라고요? 나 때문에 당신이 죽고 못 사는 소년을, 당신이 매달리는 그 입술을, 나도 그런 사랑을 해봤으면 하는 생각이 들 정도로 당신이 그토록 사랑하는 이를 포기하겠다고요?"

이렇게 말하는 그녀의 목소리가 어찌나 매력적이고 감미로운지 공기마저 흘려놓았다. 마치 산들바람에 실려오는 세이렌의 노래를 듣는 듯했다. 한동안 나는 할 말을 잃었다. 어찌 된 영문인지 하늘 전체가 더 밝아진 것 같았다. 그러다 이름을 물어봐야겠다는 생각이 퍼뜩 들었다.

"내 하녀가 아직 말하지 않았나 보군요. 키르케[7]예요. 내가 태양의 딸도 아니고, 나의 어머니가 회전하는 천체의 경로를 마음대로 멈춰 세운 적도 없긴 하지만요. 그렇지만 운명이 우리를 하나로 묶어 준다면 하늘에 감사드릴 거예요. 사실 신의 섭리는 이미 웬만큼 이루어지고 있어요. 키르케가 폴리아이누

---

7. Circe. 그리스 신화에서는 태양신 헬리오스와 바다의 요정 페르세(Perse)의 딸이자 마녀. 울릭세스의 부하들을 돼지로 변하게 했지만 그와 사랑에 빠지고 만다.

스[8]와 사랑에 빠진 건 우연이 아니에요. 이 두 이름 사이에선 언제나 엄청난 불꽃이 일지요. 원한다면 날 안아요. 주변의 눈 초리를 두려워할 필요는 없어요. 당신이 사랑하는 소년은 여기서 멀리 떨어져 있으니까요."

이렇게 말하더니 키르케는 백조 솜털보다 더 보드라운 팔로 나를 휘감아 안고는 풀밭으로 끌고 갔다.

유피테르가 아내와 사랑을 나누며 가슴을 불태울 때[9]
어머니 대지가 이다 산 꼭대기에 흩뿌려놓은 바로 그 꽃들이어라.
눈길 닿는 곳마다 장미, 제비꽃, 나긋나긋한 골풀이 햇빛에 반짝이고
초록의 풀밭에서는 순백의 백합이 미소를 보내누나.
모든 게 사랑을 소리쳐 불렀던 그 폭신한 풀밭 같으니
우리의 은밀한 사랑을 축복하듯 날도 화창하여라.
우리는 풀밭에 나란히 누워 수없이 키스를 나누며 격렬한

---

8. Polyaenus. 호메로스가 『오디세이아』에서 울릭세스를 지칭하면서 사용한 여러 가지 이름 가운데 하나. 글자 그대로 풀면 '칭찬이 자자한' 또는 엔콜피우스의 별칭으로 잘 어울리는 '사연이 많은'이라는 뜻이다.
9. 트로이 전쟁 당시 유노가 유피테르의 주의를 산만하게 하려고 이다 산으로 날아가 그를 유혹해 잠자리를 같이한 것을 두고 하는 말이다.

키르케와의 사랑

쾌락을 향해 더듬더듬 나아갔다.

(……)

〔키르케가 폴리아이누스에게 말했다.〕

"왜 그래요? 내 입이 당신을 불쾌하게라도 하나요? 아무것도 먹지 않았는데 내 입에서 무슨 냄새라도 나나요? 겨드랑이에서 땀 냄새라도 나나요? 이도저도 아니라면 기톤이 걱정돼서 그러나요?"

나는 너무 당황스러워 얼굴을 붉혔다. 온몸이 늘어지면서 사내다움까지 완전히 잃고 말았던 것이다.

"부탁이니 나의 여왕이여, 더 이상 나를 비참하게 하지 말아요. 아무래도 마법에 걸린 모양이니."

(……)

〔키르케가 말했다.〕

"말해 봐, 크리시스. 하지만 진실만 말해야 해! 내가 역겹니? 내가 지저분하니? 내 미모를 가리는 결점이라도 있니? 속일 생각 말고 어서 말해 봐. 내가 뭘 잘못한 게 분명해."

그래도 크리시스가 계속 침묵을 지키자 키르케는 그녀에게서 거울을 낚아채 연인들이 서로를 바라보며 주고받는 표정을 이리저리 지어보더니 땅에 앉아 있느라 구겨진 옷을 탁탁 털고 베누스 신전으로 뛰어갔다. 나로 말할 것 같으면 일종의 죄책

화난 키르케

감 같은 것에 사로잡힌 채 무슨 끔찍한 광경을 목격하기라도 한 듯 벌벌 떨며 진정한 쾌락의 기회를 놓쳐 버린 건 아닌지 스스로에게 물었다.

> 자정이 최면을 걸어오니
> 초점 잃은 눈이 금세 꿈에 속는구나.
> 땅이 삽 앞에서 황금을 토해내니
> 죄를 범한 손이
> 보석을 움켜쥐는구나.
> 얼굴엔 땀이 비오듯 흐르고
> 마음속에는 깊은 공포가 자리하니,
> 아무리 안주머니에 두었다 한들
> 누군가 황금 냄새를 맡고
> 몰래 꺼내갈까 봐서라네.
> 기쁨도 잠시, 조롱당한 머리를 들어보니
> 다시 현실이구나.
> 놓쳐버린 쾌락을 갈망하는 심장엔
> 사라진 환상만 어른대누나.
>
> (……)

〔기톤이 엔콜피우스에게 말했다.〕

"저를 소크라테스처럼 고결하게[10] 사랑해 주시니 감사할 따름이에요. 스승의 침대에서 잠든 알키비아데스[11]도 이렇게 안전하진 못했을 거예요."

(……)

〔엔콜피우스가 기톤에게 말했다.〕

"솔직히 내가 남자라는 생각이 들지 않는구나. 도무지 느낌이 오지 않으니 나도 미치겠다. 한때 아킬레우스[12]도 부럽지 않았던 내 그것이 이제 죽어 땅속에 묻혔구나."

(……)

소년은 나와 단 둘이 있다가 발각되어 입방아에 오를까 봐 서둘러 나가서는 집 안 깊숙한 곳에 숨었다.

(……)

---

10. 원문에는 '소크라테스의 신의'라고 되어 있다. 플라톤의 『향연(Symposium)』에서 알키비아데스는 스승 소크라테스가 자신과 함께 밤을 지새우면서도 순정을 지키며 훌륭하게 처신했다고 했는데, 이를 두고 하는 소리다. '플라토닉 러브'라는 개념은 여기서 나온 것이 거의 확실하다.
11. Alcibiades. BC 450?~BC 404. 그리스 아테네의 정치가이자 군인. 총명하지만 조심성이 없고 사치스럽고 무책임하고 자기중심적인 인물이었다. 그는 심한 정치적 분쟁을 불러일으켜 펠로폰네소스 전쟁에서 아테네가 스파르타에 패하게 만들었다.
12. 아킬레우스는 이성애와 동성애를 포괄하는 교합과 정력의 상징이다.

크리시스가 내 방으로 들어와 여주인의 편지를 건넸다. 편지 내용은 이랬다.

친애하는 폴리아이누스에게,

내가 밝히는 여자였다면 기만당한 것을 불평하겠지요. 그러나 실상은 당신의 나약함에 크게 고마워하고 있답니다. 그동안 쾌락의 그늘에서만 놀았거든요. 건강은 어떤지, 또 집에는 제대로 갔는지 궁금해 이렇게 편지를 씁니다.

의사들 말이 남자가 힘이 없으면 걸을 수가 없다네요. 당신에게 할 말이 있는데, 중풍을 조심하세요. 중풍 환자를 본 적은 없지만 송장이나 다름없대요, 글쎄. 그렇게 손발이 시리면 장의사를 부를 때가 온 건지도 몰라요. 당신에게 깊이 모욕당하긴 했지만 몸이 아파서 그런 걸 어쩌겠어요.

처방전을 알려줄게요. 낫고 싶다면 기톤을 어디 딴 데로 보내세요. 장담하건대, 사흘 동안만 그 애를 끼고 자지 않으면 다시 기력을 회복할 거예요. 내가 아는 한 당신처럼 나를 무시하는 사람을 두 번 다시 만날 일은 없을 거예요. 거울은 거짓말을 하지 않는 법이죠. 물론 내 명성도 그렇고요.

어쨌든 빨리 회복되길 빌게요!

키르케

크리시스

크리시스는 내가 이 무례한 장광설을 읽는 모습을 지켜보더니 이렇게 말했다.

"흔히 있는 일이에요. 특히 이곳처럼 여자들이 달까지도 끌어내리는 데서는요.…… 이 문제라고 해결되지 말라는 법은 없죠. 솔직하고 자연스런 내용의 답장을 써서 아씨 기분을 달래주세요. 진실을 말하자면, 그토록 심하게 모욕을 당한 순간부터 아씬 딴 사람이 됐답니다."

나는 하녀의 충고를 기꺼이 받아들여 다음과 같은 내용의 답장을 썼다.

130   사랑하는 키르케에게,

여러 가지로 잘못한 게 많습니다. 어쨌거나 나는 남자고, 또 아직 젊은데 말이지요. 하지만 고백하건대 오늘처럼 중차대한 죄를 지은 적은 없습니다. 당신이 무슨 벌을 내리든 달게 받겠습니다. 반역죄든 살인죄든 신성모독죄든 선고만 내리세요, 달게 받을 테니. 당신이 내 목숨을 원한다면 칼을 가져오리다. 채찍질만으로 만족한다면 알몸으로 당신에게 뛰어가리다.

하지만 이것만은 기억해 주십시오. 잘못을 저지른 건 내가 아니라 내 물건이라는 것을. 군사는 만반의 준비를 갖추었는데 무기가 없었습니다. 누가 이런 문제를 일으켰는지 나로선 알 길이 없습니다. 어쩌면 굼뜬 몸보다 생각이 너무 앞서서 그랬을지도 모르겠습니다. 아니면 절정의 순간을 최대한 음미하려는 욕심에 너무 오래 꾸물대다 쾌락을 소진해 버렸던지요. 어쨌든 아직도 이유를 모르겠습니다.

그건 그렇고, 당신은 중풍을 조심하라고 말하는군요. 설마 여자 중의 여자인 당신을 가질 수 있는 능력을 빼앗긴 지금보다 상태가 더 악화되기야 하겠습니까. 변명을 하자면 이렇습니다. 내 잘못을 보상할 기회를 주신다면 당신을 만족시켜 드리겠다고 말이지요.

폴리아이누스

나는 크리시스 편에 편지를 보내고 나서 반역을 꾀하는 내 몸을 세심하게 보살폈다. 목욕은 건너뛰고 적당한 양의 기름을 온몸에 문질러 바른 후 양파와 양념하지 않은 달팽이 머리를 포도주와 곁들여 양껏 먹었다. 그런 다음 가볍게 산책을 한 후 기톤 없이 혼자 잠자리에 들었다. 소년이 나의 남성다움을 해칠까 봐 겁이 났기 때문이다. 그 정도로 그녀를 달래야 한다는 부담감이 컸다.

이튿날 아침에 눈을 떴더니 몸과 마음이 모두 가뿐했다. 나

는 어제 그 월계수 숲으로 내려가서, 워낙 재수 없는 장소라 찜
찜하긴 했지만 나무들 사이에서 나의 안내자 크리시스를 기다
리기 시작했다. 잠시 주변을 한 바퀴 돌아보고 나서 전날 앉았
던 곳에 막 앉으려는 찰나에 그녀가 웬 노파와 함께 모습을 드
러냈다. 그녀는 나를 보더니 반색을 하며 이렇게 말했다.
 "잘 지냈어요? 몸은 좀 어때요?"
 노파는 한데 꼬아 엮은 색실을 품에서 꺼내 내 목에 묶었
다. 그러고 나서 먼지에 침을 섞어 가운뎃손가락에 묻히더니
내가 기겁을 하는데도 아랑곳하지 않고 내 이마에 발랐다.
 주문을 다 걸고 나자 그녀는 이미 마법을 걸어 자줏빛 천으
로 싸둔 돌멩이를 건네며 나더러 침을 세 번 뱉은 다음 그것으
로 내 옷을 세 번 쓸어내리라고 지시했다. 그러고는 내 거기에
손을 올려놓고 상태를 확인하기 시작했다. 그러자 그야말로 순
식간에 나의 신경은 명령에 복종했고, 힘찬 진동에 그녀의 손
이 덜덜 떨렸다. 그녀는 기쁨에 겨워 펄쩍 뛰며 말했다.
 "크리시스, 빨리 와서 보거라. 내가 다른 사람들이 사냥할
토끼를 어떻게 풀어놓았는지 보란 말이다!"

  (……)

 살랑거리는 플라타너스가 한여름의 그늘을 드리우고

이상한 노파의 마법

변신한 다프네[13]가 산딸기로 왕관을 두르고 있구나.
삼나무가 몸을 떨어대니, 삐죽삐죽 소나무도
덩달아 진저리를 치누나.
나무들 사이로 졸졸졸 흐르는 개울,
뽀글뽀글 거품을 일으키며
성마른 물보라로 돌들을 못살게 구누나.
사랑하기에 딱 좋은 곳이로다.
저기 산새 나이팅게일이 있구나,
세련된 프로크네[14]도 있구나.
들풀과 제비꽃이 흐드러진 곳이라면
어디든 그들은 한적한 시골 삶을 노래하누나.

(……)

 그녀는 대리석 같은 목을 황금빛 소파에 기댄 채 느긋하게 누워 꽃이 핀 은매화[15] 가지로 부채질을 하고 있었다. 나를 보더니 그녀는 어제의 모욕이 생각났는지 얼굴을 살짝 붉혔다.

---

13. Daphne. 그리스 신화에서 다프네는 아폴로의 구애를 피해 월계수로 변했다.
14. Procne. 그리스 신화에서 프로크네가 여동생 필로멜라(Philomela)를 산 속에서 겁탈하고 혀를 자른 자기 남편 테레우스(Tereus)에게 복수하고 쫓기자, 유피테르가 프로크네를 나이팅게일(또는 제비)로, 필로멜라를 제비(또는 나이팅게일)로, 테레우스를 후투티로 변신시켰다.

잠시 후 다들 나가자 그녀는 나더러 곁에 앉으라고 하더니 내 눈 위에 나뭇가지를 올려놓았다. 이렇게 해서 우리 둘 사이에 일종의 벽을 둘러치자 그녀는 대담해졌다.

"중풍 증세는 좀 어때요? 오늘은 몸 상태가 완벽한가요?"

"묻지 말고 직접 확인해 봐요!"

그녀의 물음에 나는 이렇게 말한 후 그녀의 품에 뛰어들어 더 이상은 할 수 없을 때까지 키스를 퍼부었다. 주문은 필요하지 않았다.

그녀의 아름다운 육체는 나를 소리쳐 부르며 사랑하지 않을 수 없게 만들었다. 우리는 서로의 입술을 쭉쭉 빨아대며 키스하고 또 키스했다. 우리는 서로 꽉 끌어안은 채 영혼까지도 하나가 되었다.

(……)

대놓고 당한 모욕에 감정이 상할 대로 상한 그녀가 마침내 복수에 나섰다. 그녀는 하인들을 부르더니 나를 매달아 채찍질을 하게 했다. 그러고도 성이 차지 않았는지 재봉사와 하인 중에서도 가장 천한 자들을 불러들여 내게 침을 뱉게 했다. 나는

---

15. 銀梅花, myrtle. 또는 도금양(桃金孃). 도금양속(屬)의 약 16종(種) 가운데 향기가 나는 은매화는 지중해 지역과 아시아 서부가 원산지이다. 관상용 또는 약용으로 쓰인다.

손으로 얼굴을 가렸을 뿐 자비를 구걸하지 않았다. 그런 취급을 당해도 싸다고 생각했기 때문이다. 매를 맞고 침 세례까지 받고 나서 나는 대문 밖으로 쫓겨났다. 프로셀레노스도 함께 내쫓겼다. 크리시스도 매를 맞았고, 가솔 전체가 어두운 표정으로 서로 소곤거리며 누가 감히 여주인의 기분을 엉망으로 만들었는지 궁금해했다.

(……)

그리하여 이런저런 상황을 곰곰이 생각해 보니 기분이 한결 나아졌다. 치료가 필요했지만 나는 채찍 자국을 숨겼다. 내가 그런 꼴을 당했다는 걸 알면 에우몰푸스는 쾌재를 부를 테고, 기톤은 슬퍼할 게 뻔했기 때문이다. 체면을 잃지 않으려면 피곤한 척하는 수밖에 없었다. 나는 이불을 뒤집어쓰고 분노의 불꽃을 이 모든 문제의 원흉에게 돌렸다.

살기등등한 도끼를 세 번이나 움켜쥐었건만,
시들어가는 배춧잎처럼 세 번 다 망설이다
무기가 그만 고개를 숙이는 바람에
하려던 일을 하지 못했구나.
한겨울의 서리보다 더 으슬으슬한 공포에 못 이겨
쪼글쪼글 주름투성이의

모욕의 대가

가랑이 저 깊숙한 곳을 피란처로 삼았구나.
벌을 준들 그놈 대가리를 무슨 수로 세울 수 있었겠는가?
놈의 죽는시늉에 속아
뼈아픈 소리만 실컷 퍼부었을 밖에.

나는 팔꿈치를 괴고 누운 채 놈의 불복종을 야단쳤다.
"무슨 말이든 해야 할 것 아니냐, 이놈아? 인류를 모욕하고 하늘의 얼굴에 먹칠을 해? 이름이 아깝다, 이놈아. 네놈 때문에 내가 천국에 있다가 지옥으로 끌려가지 않았느냐? 한창때의 나를 배반하고 치매에 걸린 노인처럼 고자로 만들 작정이냐? 어서 말 좀 해 보거라."
나는 화가 나서 이렇게 쏟아부었다.

등을 돌린 채 그녀[16]는 계속 눈을 내리깔았다네,
이 말에도 그녀는 미동도 하지 않으니
축 늘어진 버드나무나 고개 숙인 양귀비가 따로 없구나.[17]

---

16. 이름값을 못한다는 의미에서 남성 대명사가 아니라 여성 대명사를 사용했다.
17. 베르길리우스의 『아이네이스』 6.469~70를 모방했다. 마지막 행의 경우 절반은 『전원시(Eclogae)』 5.16에서, 절반은 『아이네이스』 9.436에서 인용했다.

이처럼 심한 욕을 하고 나자 후회가 되기 시작했다. 수치심을 망각한 채 신체의 일부에 점잖은 사람 같으면 생각지도 못할 말을 마구 퍼부은 게 내심 부끄러웠다. 나는 한동안 이마를 문지르고 나서 스스로에게 말했다.

"이렇게 욕을 해서라도 감정을 푸는 게 낫지 뭘 그래. 어쨌든 위장이나 목구멍, 나아가 가끔 두통이 생길 땐 머리 같은 신체 부위에 욕을 하잖아. 알고 보면 울릭세스도 심장과 실랑이를 벌였고, 비극의 주인공들도 더러 마치 들을 수 있기라도 한 듯 눈에 대고 욕을 하는 걸, 뭐. 통풍에 걸린 사람들은 발을 저주하고, 관절염으로 고생하는 사람들은 손을 저주하고, 눈병에 걸린 사람은 눈을 저주하고, 발가락이 채면 통증을 발 탓으로 돌리는 경우가 많잖아.

카토[18]여, 당신은 왜 눈살을 찌푸리시나이까.
왜 나의 신선하고 꾸밈없는 작품을 비난하시나이까.
나의 문체는 정갈하고 웃음이 끊이지 않으며

---

18. Marcus Porcius Cato. BC 234~BC 149. 로마의 정치가이자 웅변가. 흔히 대(大)카토로 불리며 엄격한 도덕주의자였다. 기원전 184년 감찰관으로 선출된 그는 전통 관습을 보존하고 그리스의 외세에 맞섰다. 사치품에 세금을 물리는 법령을 통과시키고, 원로원 의원 후보의 명단을 엄격히 검토해 다시 작성했으며, 세무업자들의 횡포를 단속했다.

나의 진솔한 언어는 사람의 노릇을 설파하고 있나이다.

사랑을 찾는 이와 육체의 희열을 모르는 이에게 베누스가 납시지 않았나이까.

침대에서 뒹굴며 미지근한 육체 달구는 것을 왜 막으시나이까.

진정한 철학의 아버지 에피쿠로스가 이미 가르친 바,[19]

'이것이야말로 인생이 추구해야 할 목표니라.'"

이 세상에 어리석은 편견만큼 사람을 잘못된 길로 인도하는 것이 없고, 도덕주의자인 척하는 위선보다 더 어리석은 것은 없다.

(……)

연설을 마치고 나서 나는 기톤을 불러 이렇게 말했다.

"말해 보아라. 단 진실만 말해야 한다. 아스킬토스가 내게서 널 훔쳐간 그날 밤 말이다. 자지 않고 밤새 널 능욕했느냐, 아니면 저 혼자 점잖게 잤느냐?"

---

19. 에피쿠로스는 쾌락이 유일한 선이며, 육체의 즐거움도 거기에 포함된다고 주장했다. 하지만 그는 기쁨 못지않게 고통이 따르는 쾌락이 아니라 절제되고 평온한 쾌락을 옹호했다. 그러나 로마의 에피쿠로스주의자들은 그의 교의를 너무 글자 그대로 해석하려 들었다.

그러자 소년은 눈을 만지작거리며 아스킬토스는 폭력을 행사한 일이 없다고 맹세했다.

(······)

나는 문지방에 무릎을 꿇고 앉아 노기등등한 신[20]에게 기도를 올렸다.

요정의 벗이여, 바쿠스의 벗이여,
디오네가 임명한 숲의 신이여,
저 유명한 레스보스[21]와 짙푸른 타소스[22]가
그대의 말씀에 복종하고
리디아[23]인들이 일곱 강으로 흩어져

20. 이 작품의 숨은 주인공 격인 남근 신 프리아푸스를 말한다. 바쿠스는 프리아푸스의 아버지였다. 아래 시 속의 '디오네'는 그의 어머니 아프로디테의 시적 표현이다. 시골의 신인 프리아푸스는 당연히 요정들과 친했을 테고, 숲이 우거진 레스보스 섬과 타소스 섬에서도 숭배되었을 것이다.
21. Lesbos. 에게 해에서 크레타 섬과 에우보이아(Euboia. 지금의 에비아(Evia)) 섬 다음으로 큰 그리스의 섬 또는 그 섬의 수호신. 기원전 6세기경 여류 시인 사포(Sappho)가 남편과 사별한 후 소녀들을 이 섬에 모아 예술 활동을 한 데서 여성 동성애자를 뜻하는 레즈비언(lesbian)과 여성 동성애를 뜻하는 사피즘(sapphism)이라는 말이 생기기도 했다.
22. Thasos. 에게 해 북부에 있는 그리스 카발라 주의 큰 섬이자 그리스 신화에 나오는 페니키아 왕의 아들. 그는 제우스에게 잡혀간 누이 에우로파를 찾기 전에는 돌아오지 말라는 아버지의 명령 때문에 타소스 섬에 정착하게 되었다.

그대 앞에 머리를 조아리고

그대의 땅 히파이파[24]에 신전을 지었으니

바쿠스의 수호자여, 드리아드[25]의 연인이여,

제게로 오시어

이 소심한 기도를 들어주소서.

제 손에는 더러운 피가 한 방울도 묻지 않았나이다.

신전을 강탈하긴 했어도

무슨 원한이 있어 그랬던 것은 아니었나이다.[26]

하도 궁하고 가난하여 그랬을 뿐,

본심이 아니었나이다.

가난 때문에 짓는 죄는

경범죄에 불과하나이다.

---

23. Lydia. 기원전 7세기 중반에서 기원전 6세기 중반까지 아나톨리아 서부에 있었던 고대 왕국. 리디아인은 그리스인과 관습이 비슷했고, 상업 민족으로서 금속 주화를 발명해 기원전 6세기 그리스의 상업 혁명에 중요한 역할을 했다. 그리고 아나톨리아 사람들, 특히 서민들은 프리아푸스를 성적 농담의 대상보다는 수호신으로서 숭배했다.
24. Hypaepa. 리디아의 트몰루스(Tmolus) 산 남쪽 기슭에 있던 도시.
25. Dryad. 그리스 신화에 나오는 나무와 숲의 요정.
26. 이 고백은 소실된 부분과 관련 있다. 집주인 리쿠르구스를 살해한 일을 내비치는 듯하지만, 신전과 관련된 사건의 경우 프리아푸스의 신전인지, 이시스의 신전인지 불분명하다.

프로셀레노스

이렇게 비옵나니,
제 마음의 짐을 덜어주시고
저의 가벼운 죄를 용서하소서.
행운이 제게 미소 지을 때마다
그대를 찬미하겠나이다.
오, 성스러운 이여,
가축의 우두머리인 당신의 염소와
뿔 달린 짐승과
꿀꿀거리는 암퇘지의 젖먹이 새끼를
그대의 제단에 바치나이다.
성배에는 갓 담근 포도주가 넘쳐날 것이며
술 취한 젊은이들이 그대의 신전 주변을
세 번 행진할 것이옵나이다.

늙은 포주와 여사제

내가 실눈을 뜨고 계속 제물을 살피면서 이렇게 기도하는 동안 머리를 풀어 헤치고 검은 옷을 입은 노파가 신전으로 들어왔다. 노파는 내 손을 잡더니 나를 끌고 신전 밖으로 나왔다.

(……)

〔노파 프로셀레노스가 엔콜피우스에게 말했다.〕

"마녀들한테 기력을 빼앗기기라도 했단 말인가? 밤중에 네 거리에서 똥이나 시체를 밟기라도 했단 말인가? 아직도 소년에게서 벗어나지 못하고 있군그래. 수레를 끌고 언덕을 올라가는 말처럼 기운이라곤 하나도 없이 기진맥진한 꼴 좀 보소. 그 모든 노력과 땀을 물거품으로 만들다니. 자네 혼자 죄를 짓는 걸로는 성이 차지 않아 이젠 나까지 이렇게 하늘과 척지게 했단 말인가."

(……)

내가 가타부타 아무 말이 없자 그녀는 나를 여사제의 방으로 끌고가 침대로 떠밀더니 문 뒤에서 막대기를 낚아채듯 꺼냈다. 그래도 내가 아무 말이 없자 나를 후려쳤다. 초장에 막대기가 부러져 가격하는 힘이 줄어들었으니 망정이지, 그렇지 않았다면 노파는 내 팔과 머리를 부러뜨리고도 남았을 것이다. 나는 특히 가랑이 사이를 목표로 날아드는 매질에 비명을 내질렀다. 나도 모르게 눈물이 주르륵 흐르는 가운데 나는 매트리스에 머리를 처박고 오른손으로 머리를 감쌌다. 그녀도 분에 못 이겨 눈물을 흘렸다.

잠시 후 그녀는 침대 한쪽에 걸터앉아 떨리는 목소리로 너무 오래 살았다며 불평을 하기 시작했다. 그런 와중에 여사제가 방으로 들어왔다.

매를 맞다

"어째서 내 방에 들어와 장례식 조문객처럼 이러고들 있는 겐가? 제의 때는 아무리 처지가 나쁜 사람도 미소를 보이는 법이거늘."

(……)

〔프로셀레노스가 프리아푸스의 여사제 오이노테아에게 말했다.〕[27]

"아, 오이노테아. 여기 이 젊은이 말인데, 사악한 별 아래 태어났다네. 남자한테든 여자한테든 어디 팔 수가 있어야지. 이렇게 재수 없는 사내는 자네도 본 적이 없을 게야. 고추가 아니라 젖은 가죽 조각을 달고 있다니까. 키르케의 침대에서 그 어떤 쾌락도 맛보지 못하고 그냥 나온다는 게 말이 된다고 생각하나?"

이 말을 듣더니 오이노테아는 우리 둘 사이에 앉아 한동안 고개를 설레설레 흔들었다.

"그 문제를 해결할 수 있는 사람은 나밖에 없네. 방법은 간단하다네. 오늘 밤 이 젊은이와 내가 동침을 하는 거지. 그걸 뿔처럼 단단하게 만들지 못하면 내 목숨을 내놓겠네.

---

27. 두 노파 모두 이름에 걸맞게 주술에 능하다. 오이노테아는 글자 그대로 풀면 '포도주 여신'이라는 뜻이고, 프로셀레노스는 '달보다 나이 많은 사람'이라는 뜻이다.

오이노테아

세상 만물이 내게 머릴 숙인다네.

내 주문 한마디면

꽃이 만발한 대지가 바싹 말라 불모지가 된다네.

내 주문 한마디면

대지 가득 축복이 넘쳐나고

바위와 험준한 절벽에서 나일 강처럼 물이 솟아난다네.

내 주문 한마디면

넘실대는 파도가 잠잠해지고

폭풍도 내 발 앞에서 조용해진다네.

강물도 내게 순종하고,

히르카니아[28] 호랑이와 뱀도 얌전해진다네.

이 정도는 자랑거리도 아니지!

내 주문에 걸리면

달마저 땅으로 내려온다네.

포이부스도 어쩔 수 없이

사나운 말의 머리를 돌려 돌아간다네.

내 주문은 그토록 권능이 있다네.

---

28. Hyrcania. 카스피 해(海)의 남부 연안에 인접해 있던 고대 지역의 이름. '늑대의 땅'이라는 뜻으로 미루어 맹수가 많았을 것으로 추정되며, 오늘날 이란 북부와 투르크메니스탄 서부에 걸친 지역이다.

황소의 뜨거운 콧김도
　　　처녀들의 의식 앞에선 사그라진다네.
　　　태양신의 딸 키르케가 마법의 주문으로
　　　울릭세스의 부하들을 변신시켰듯
　　　프로테우스[29]가 뭐든 원하는 모습으로 변신하듯
　　　나 또한 그런 마법에 능통하다네.
　　　이다 산의 나무를 바다에 옮겨 심을 수 있고
　　　강 또한 산꼭대기에 옮겨 놓을 수 있다네."

135　　나는 허황하기 짝이 없는 약속에 잔뜩 겁을 집어먹은 채 늙은 여사제를 주의 깊게 뜯어보기 시작했다.
　　　"이제 내가 시키는 대로 하렷다."
　　　오이노테아는 이렇게 소리치더니 정성 들여 손을 씻은 다음 침대에 누워 내게 한두 차례 키스를 건넸다. 오이노테아는 제단 한가운데 낡은 식탁을 놓고 그 위에 빨갛게 달구어진 석탄을 쌓았다. 그러고 나서 여기저기 금이 간 잔을 내려놓고 송진으로 땜질을 하더니 그 잔으로 연기에 그을린 벽에 튀어나와

---

29. Proteus. 그리스 신화에 나오는 바다의 신이자 예언력을 지닌 노인. 그는 뭐든 원하는 모습으로 변신할 수 있는 능력을 이용해 그의 예지 능력에 의지하려는 사람들을 피해 다녔다.

있던 못을 도로 박아넣었다. 그런 다음 사각 망토를 걸치고 난로 위에 커다란 주전자를 올려놓더니 부엌에서 포크와 함께 콩이 든 자루와 돼지 볼따구니를 들고 왔다. 오래되어 곰팡내가 풀풀 나는 돼지 볼따구니에는 멍 자국이 천 개는 될 듯했다.

그러고 나서 그녀는 자루 끈을 풀고 식탁에 콩을 쏟아놓더니 나더러 껍질을 까라고 했다. 나는 그녀의 지시에 따라 세심한 손길로 지저분한 꼬투리에서 콩을 꺼냈다. 하지만 그녀는 나의 굼뜬 동작에 욕을 해대더니 직접 꼬투리를 집어들고 이빨로 벗겨서는 바닥에 뱉었다. 그렇게 바닥에 내팽개쳐진 콩은 마치 죽은 파리 같았다.

(……)

나는 가난이 낳은 독창성과 사소한 데서도 드러나는 일종의 예술 효과에 깜짝 놀라지 않을 수 없었다.

> 금을 아로새긴 인도산 상아의 빛도 없고
> 밭 밑에서 반짝이는 대리석의 광채도 없지만
> 대지의 선물만큼은 풍성하구나. 하지만,
> 버드나무로 짠 침대 위엔 지푸라기가 수북하고
> 질그릇은 싸구려 돌림판으로 대충 만들었고
> 물통은 연약한 라임나무로 짰고

고리버들 쟁반은 거칠거칠하고

단지는 포도주 찌끼로 얼룩덜룩하구나.

지푸라기에 진흙을 되는 대로 발라 굳힌 사방의 벽에는

녹슨 못을 여기저기 박아

날씬한 갈대 빗자루를 골풀로 매달아 놓았구나.

그래도 나지막한 오두막이나마

연기에 그을린 들보에는 식량이 주렁주렁 매달려 있으니

맛 좋은 사과와 말린 꿀풀과 송이째 말린 건포도가

달콤한 냄새가 나는 꽃줄에 엮여 있구나.

헤칼레[30]가 살던 아티키[31]의 오두막이 이랬으니

바토스의 고을에 살았던 칼리마코스[32]가

무사[33]에게 영감을 받은 경이로운 작품으로

그 집 여주인을 칭송해 마지않았더라.

30. Hecale. 그리스 신화에서 테세우스(Theseus)가 마라톤(Marathon)의 불을 내뿜은 황소를 죽이러 길을 떠났을 때 그를 따뜻하게 맞아준 노파.
31. Attiki. 그리스 남부에 있는 지방. 지금의 아티카(Attica) 주. 그리스의 수도 아테네가 속해 있다.
32. Callimachos. BC 305?~BC 240?. 그리스의 유명한 시인이자 학자. 그리스의 신화와 역사에 대한 글을 많이 썼다. '바토스의 고을에 살았던' 그는 키레네(Cyrene) 출신이었는데, 기원전 631년경 그리스인들을 이끌고 지금의 리비아에 해당하는 키레네로 가서 바티아 왕조를 세운 지도자가 바로 바토스(Battos)이다.
33. Musa. 뮤즈(Muse).

나동그라지는 오이노테아

(……)

고기를 잘게 한 조각 베어낸 후, 그녀는 자신만큼이나 오래된 돼지 볼따구니를 포크와 다 망가진 의자를 이용해 다시 찬장에 집어넣었다. 낡아빠진 의자는 그녀의 땅딸막한 키를 필요한 만큼 높여주나 싶더니 체중을 견디지 못하고 결국 와지끈 부러지면서 그녀를 난로 위로 내동댕이쳤다. 그 바람에 주전자 모가지가 댕강 부러지면서 물이 쏟아져 나와 이제 막 활활 타오르기 시작한 불을 꺼뜨려 버렸다. 그녀는 불붙은 장작개비에 팔꿈치를 데었고, 얼굴은 재를 뒤집어써 온통 새까맸다.

나는 화들짝 놀라 자리에서 벌떡 일어났다. 그리고 애써 웃음을 참으며 그녀를 일으켜 세웠다. 제의를 중간에서 멈출 수는 없는 노릇이기에 그녀는 불을 다시 지피기 위해 이웃집으로 달려갔다.

문간으로 나갔을 때였다. 갑자기 거위 세 마리가 내게 돌진해왔다. 한낮에 여사제에게서 모이를 받아먹는 거위들인 줄 알았는데, 웬걸 잔뜩 화가 나서는 쉭쉭거리며 나를 에워싸지 뭔가. 한 녀석은 옷을 물어뜯었고, 또 한 녀석은 신발 끈을 풀어 잡아당겼으며, 마지막으로 이 난폭한 공격을 주동한 녀석은 깔쭉깔쭉한 이빨로 내 다리를 쪼아대기까지 했다. 나는 그 즉시 식탁에서 다리 하나를 뜯어내 이를 무기 삼아 가장 난폭한 놈

거위를 패죽이다

을 두들겨패기 시작했다. 때리는 시늉만 하는 데 만족하지 않
고 나는 놈을 죽여 복수를 했다.

> 헤르쿨레스의 술책에 놀라 하늘 높이 날아오르는
> 스팀팔로스[34]의 새[35]들처럼,[36]
> 악취를 풀풀 풍기며 피네우스[37]의 진수성찬을
> 독으로 망가뜨리는 하르피아[38]들처럼
> 꽁무니를 빼고 달아나누나.

---

34. Stymphalos. 그리스 신화에 나오는 아르카디아의 왕. 자신의 이름을 붙인 스팀
 팔로스 시를 건설하였다.
35. 그리스 신화에 나오는 '스팀팔로스의 새'는 날개가 날카로운 청동 깃털로 이루
 어진 식인(食人) 새로서 아레스(마르스)의 애완동물이다. 이 새들은 늑대를 피
 해 아르카디아의 스팀팔로스 호수로 가서 빠르게 번식하여 농작물을 황폐화시
 켰다.
36. 헤르쿨레스의 열두 가지 노역 중 여섯 번째는 '스팀팔로스 호숫가에 사는 괴물
 새들을 죽이는 일'이었다. 아테나와 헤파이토스(Hephaestos)가 거대한 청동 방
 울을 만들어 주자 헤르쿨레스는 그것으로 새들을 놀라게 해 날아오르도록 한 다
 음 활을 쏘아 죽였는데 살아남은 새들은 다시는 그리스로 돌아오지 않았다.
37. Phineus. 또는 피네아스(Phineas). 그리스 신화에 나오는 트라키아의 왕이자 예
 언자. 북풍의 신 보레아스(Boreas)의 딸 클레오파트라(Cleopatra)와 결혼해 두
 아들을 낳았는데 클레오파트라가 죽자 이다이아(Idaea)와 재혼했다. 이다이아
 가 전처의 아들들이 자신을 유혹했다고 모함하자 이 말에 속아 두 아들의 눈을
 멀게 하고 감옥에 가두었다. 그러자 제우스가 이것(또는 신들의 계획을 누설한
 예언)를 벌하여 피네우스도 눈멀게 했다.

창공이 두려움에 벌벌 떠니
하늘의 왕국이 낯선 울부짖음에 당황하누나.

나머지 두 놈은 엎질러져 바닥에 굴러다니는 콩을 열심히 집어삼키고 있었다. 하지만 두목이 보이지 않자 기가 꺾인 듯 다시 신전으로 돌아갔다.

나는 사냥과 복수를 한꺼번에 해치운 데 만족하면서 죽은 거위를 침대 뒤에 던져둔 채 다리에 난 상처를 식초로 씻어냈다. 상처는 그리 깊지 않았다. 그러고 나서 떠날 채비를 했다. 야단을 들을까 봐 겁이 났기 때문이다. 나는 옷을 챙겨 들고 오두막을 나섰지만 문지방을 채 넘기도 전에 오이노테아가 불씨가 담긴 냄비를 들고 오는 모습이 보였다. 나는 뒤로 물러나 서둘러 옷가지를 내려놓고 애타게 그녀를 기다리고 있었다는 듯 문간에 섰다.

그녀는 마른 갈대와 함께 불씨를 난로에 집어넣고 그 위에

---

38. Harpyia. 그리스어로 하르푸이아(Harpuia). 그리스·로마 신화에 나오는 전설적인 새. 사람의 얼굴을 하고 있으며, 죽음이나 지하 세계와 관련이 있어 보인다. 아들들을 학대한 피네우스를 벌하기 위해 파견되어 장님이 된 그가 음식을 먹으려고 하면 일부는 낚아채고 나머지는 먹을 수 없게 만들어 버렸다. 피네우스가 굶어죽을 위기에 처하자 황금 양털을 찾으러 가던 클레오파트라의 오빠 일행이 도착해 하르피이아를 내쫓고 구해 주었다고 한다.

다 다시 나뭇가지를 수북이 올려놓은 다음 지체된 이유를 설명하기 시작했다. 이야기인즉, 그녀의 친구가 관례를 고집하며 술 석 잔을 다 마실 때까지 그녀를 놓아주지 않아 늦었다는 것이다.

"내가 집을 비운 사이 자넨 뭘 하고 있었누? 참, 콩은 어쨌는가?"

그녀가 말했다. 나는 내가 장한 일을 했다고 생각하고는 그녀에게 전투 전모를 자세하게 설명했다. 그리고 그녀를 기쁘게 해줄 양으로 손해 보상 차원에서 거위를 내놓았다. 그런데 할망구는 거위를 보더니 소리를 버럭 내질렀다. 그 소리가 어찌나 큰지 거위들이 다시 들어온 게 아닌가 하는 생각이 들 정도였다. 나는 이번에는 또 무슨 잘못을 저질렀기에 저러나 싶어 잔뜩 겁을 먹은 채 왜 그렇게 화를 내며, 나보다 거위를 더 안쓰럽게 여기는 이유가 뭐냐고 물었다.

그러자 그녀가 손뼉을 쳐대며 분개했다.

"이 불한당아, 지금 그걸 말이라고 하는 게냐? 얼마나 중대한 죄를 저질렀는지도 모르고 잘도 지껄이는구나. 프리아푸스께서 애지중지하는 거위를, 귀부인들의 사랑을 한 몸에 받는 거위를 네놈이 죽였단 말이다. 네놈이 얼마나 엄청난 일을 벌였는지 아느냐. 치안 판사가 이 사실을 알면 네놈을 당장 십자

오이노테아의 통곡

가형에 처할 게다. 핏자국으로 내 집을 더럽히다니. 여태껏 이런 일이 없었거늘, 나를 사제 자리에서 쫓아내려는 적에게 네놈이 빌미를 주고 말았구나."

나는 대꾸했다.

"거위 대신 타조를 구해드릴 테니 제발 소리치지 마세요."

내가 망연자실해서 서 있는 동안 그녀는 침대에 앉아 거위의 죽음을 애도했다. 그 와중에 프로셀레노스가 제수 용품을 가지고 나타났다. 죽은 거위를 보더니 그녀는 어찌 된 영문이냐고 묻더니 통곡을 하기 시작했다. 그러고는 내가 너무 딱하다고 말했다. 분위기로만 보면 시 소유의 거위가 아니라 마치 내 아버지를 살해하기라도 한 듯했다.

나는 그런 난리법석이 너무 지겨워 이렇게 말했다.

"비록 어르신을 모욕하고, 또 살생을 저지르긴 했지만 찾아보면 신성모독을 보상할 수 있는 방법이 있지 않겠어요? 보세요, 여기 금화 두 닢이 있으니 이 돈으로 신도 사고 거위도 사세요."

오이노테아는 금화를 보더니 이렇게 말했다.

"미안하네. 자네 걱정이 돼서 그러는 게지. 악의가 아니라 애정의 표시일세. 우리 둘이 아무도 이 사실을 눈치 못하게 최선을 다할 테니 자넨 자네가 저지른 짓을 용서해 달라고 신에게 기도나 올리게나.

돈만 있으면 순풍에 수월하게 배를 띄울 수 있고
돈만 있으면 운명의 여신을 고분고분하게 만들 수 있고
돈만 있으면 다나에[39]와 당장 결혼해
그녀와 그 아버지를 주무를 수 있지.
부자가 시인이나 연설가면 세상을 마음껏 비웃을 수 있고
부자가 법정에서 변론을 펴면 카토[40]의 웅변도 이류로 전락하지.
제아무리 판사가 세르비우스[41]나 라베오[42]라 할지라도
돈만 있으면 죄가 있든 죄가 없든 많은 말이 필요 없지.

---

39. Danaë. 그리스 신화에 나오는 아르고스의 왕 아크리시오스(Akrisios)의 딸. 아크리시오스는 외손자 손에 죽게 될 것이라는 예언 때문에 다나에를 청동으로 만든 지하실(또는 탑)에 가두었다. 하지만 제우스는 황금 비(雨)로 변신해 그녀를 잉태시킴으로써 페르세우스(Perseus)를 낳게 했다. 나중에 아크리시오스는 경기장에서 페르세우스가 던진 원반에 맞아 결국 죽고 만다.
40. 감찰관 대(大)카토의 아들 마르쿠스 포르키우스 카토 리키니아누스(Marcus Porcius Cato Licinianus)는 당대에 가장 유명한 법률가였다.
41. Servius Sulpicius Rufus. BC 106~BC 43. 로마의 유명한 웅변가이자 법률가. 키케로는 그와 함께 수사학을 공부하면서 법학에 있어 그가 자신보다 더 뛰어나다고 생각했다.
42. Marcus Antistius Labeo. BC ?~AD 11?. 로마의 유명한 법률가이자 혁신적인 사상가.

돈만 있으면 원하는 걸 모두 손에 넣을 수 있으니,
유피테르인들 지갑에 가두어놓지 못할쏘냐."

그녀는 포도주 잔을 가져와서는 그 위로 내 손을 끌어당겨 손가락마다 파와 마늘로 문질러 깨끗이 씻긴 다음 개암나무 열매를 포도주 잔에 던지며 주문을 중얼거렸다. 그녀는 열매가 떠오를지 아니면 가라앉을지를 놓고 이리저리 가늠했다. 하지만 내가 보니 속이 빈 열매는 당연히 표면으로 떠올랐고, 반면 속이 꽉 찬 열매는 밑으로 가라앉았다.

(……)

여사제는 거위의 가슴을 갈라 아주 편평한 간을 꺼내더니 그걸 보고 내 미래를 점쳤다. 그런 다음 범죄의 흔적을 모조리 없애기 위해 거위를 토막 쳐서는, 그녀 말에 따르면 방금 전 운명이 정해진 남자를 위해 성찬을 준비했다.

그런 가운데 독한 포도주가 한 순배 돌았다.

(……)

오이노테아는 가죽으로 만든 남근에다 향유와 후춧가루와 으깬 쐐기풀 씨앗을 뿌려 내 항문에 조금씩 집어넣기 시작했다.

(……)

그러고 나서 가학적인 노파는 내 가랑이에도 그것들을 뿌렸다.

(……)

그녀는 고추냉이 즙과 쑥을 섞어 거기다 내 물건을 담근 후 쐐기풀 줄기를 가져와 배꼽 아래 부분을 여기저기 후려치기 시작했다.

(……)

취기와 욕망에 비틀대긴 했지만 할망구 둘은 "도둑 잡아라!"라고 외치며 내 뒤를 끈질기게 쫓아왔다. 나는 무사히 도망치긴 했지만 급하게 내달리느라 열 발가락 모두에서 피가 났다.

(……)

"크리시스는 당신의 이전 지위를 끔찍이 싫어했지만 지금은 이렇게 상황이 달라졌으니 목숨을 걸고라도 당신을 따를 거예요."

(……)

"그녀의 미모에 비하면 아리아드네[43]나 레다[44]는 내세울 만한 곳이 한 군데도 없지. 헬레네나 베누스의 미모도 그녀 앞에서는 무색할 뿐. 여신들의 미모 겨루기에서 심판을 맡았던 파리스도 그녀를 보았더라면 헬레네를 포기했을 터. 입만 맞출

---

43. Ariadne. 그리스 신화에 나오는 크레타 왕 미노스의 딸. 아테네의 영웅 테세우스와 사랑에 빠진 그녀는 그의 몸에 실을 묶어 주어 미궁 속에서 빠져나오게 했다.

가학적인 의식

도둑 잡아라!

수 있어도, 그 성스러운 가슴을 품을 수만 있어도 온몸에 힘이
불끈 솟으면서 마법에 걸려 맥을 못 추는 그 부분이 되살아나
련만. 그녀에게서 받은 수모도 나를 주저앉히지 못하네. 채찍
질은 벌써 잊었다네. 밖으로 내쳐졌다 한들 그게 무슨 대수랴.
그녀의 호의를 다시 얻을 수만 있다면……."

(……)

139   나는 침대에서 뒤척이며 내 사랑하는 이의 환영을 더듬었다.

(……)

> 신의 뜻일진대, 거역할 수 없는 운명의 속죄양은
> 비단 나 혼자만이 아니어라.
> 티린티우스[45]는 이나코스[46]에서 쫓겨나
> 두 어깨에 하늘을 짊어지지 않았던가.[47]

---

44. Leda. 그리스 신화에 나오는 아이톨리아(Aetolia) 왕 테스티오스(Thestios)의 딸. 백조로 변신한 제우스의 유혹에 넘어가 헬레네를 낳았다. 헬레네는 트로이의 파리스와 함께 도망쳐 트로이 전쟁의 빌미를 제공했다. 파리스는 이다 산에서 벌어진 세 여신의 미모 경연 대회에서 베누스를 최고의 미인으로 지목했고, 그 대가로 베누스는 헬레네를 상으로 내렸다.
45. 헤르쿨레스.
46. Inachos. 그리스 신화에 나오는 강의 신이자, 아르골리스 지방 아르고스 평야에 흐르는 강의 이름. 여기서는 헤르쿨레스가 태어난 티린스가 있는 아르골리스의 도시 아르고스를 의미한다.

펠리아스⁴⁸는 유노에게 벌을 받지 않았던가.

라오메돈⁴⁹은 격노한 두 신에게

불경죄의 대가를 톡톡히 치르지 않았던가.

텔레푸스⁵⁰는 또 어떠했던가.

울릭세스조차 넵투누스의 힘에 떨었거늘.⁵¹

이제 나도 그 대열에 합류했으니,

47. 유노의 미움을 산 헤르쿨레스는 열두 가지 노역을 부과받았는데, 그중 열한 번째 노역으로 헤스페리데스(Hesperides)가 지키고 있는 황금 사과를 가지러 갔을 때 아틀라스(Atlas)가 그에게 사과를 따다 주었다. 그동안 헤라클레스는 아틀라스를 대신해 하늘을 떠받치고 있었다.

48. Pelias. 그리스 신화에 나오는 테살리아 지방 이올코스(Iolcos)의 왕. 그는 자신의 친어머니 티로(Tyro)를 지독하게 괴롭힌 계모 시데로(Sidero)를 유노의 제단에서 살해했다. 이 신성모독 행위 때문에 유노의 미움을 산 그는 딸들에게 갈가리 찢겨서 가마솥에 삶겨 죽는 신세가 되고 만다.

49. Laomedon. 그리스 신화에 나오는 트로이의 왕. 그는 인간의 모습으로 자신을 추종하는 아폴로와 포세이돈(넵투누스)에게 성벽 공사를 맡겼으나 보수를 지불하지 않았다. 이에 화가 난 신들이 흑사병과 바다 괴물을 보내 트로이를 파괴하려 하자 그는 딸 헤시오네(Hesione)를 바쳐 신들을 달랬다. 그리고 헤르쿨레스에게 신마(神馬)를 주겠다는 약속을 하고 딸을 구하게 했으나 또 약속을 지키지 않았다. 그래서 헤르쿨레스는 트로이를 함락시키고 그를 죽여 버렸다. 그는 불경(不敬)과 약속불이행(約束不履行)의 대명사가 되었다.

50. Telephus. 그리스어로 텔레포스(Telephos). 그리스 신화에 나오는 헤르쿨레스의 아들이자 아나톨리아에 있는 미시아(Mysia)의 왕. 트로이 전쟁 때 그는 트로이의 프리아모스 왕의 사위로 전쟁에 참여했는데 그리스군의 공격에 맞서던 중 그리스군을 돕는 디오니소스(바쿠스)와 마주쳤다. 디오니소스는 저주를 걸어 그가 포도덩굴 뿌리에 걸려 넘어져 아킬레우스의 칼에 부상당하게 했다.

땅에서나 네레우스[52]의 하얀 바다에서나

헬레스폰트[53]의 프리아푸스에게 쫓기는 신세가 되었구나.[54]

(……)

나는 기톤에게 나에 대해 물어보는 사람이 있었는지 물었다. "오늘은 아무도 없었어요. 하지만 어제께 보기 드물게 우아한 귀부인이 찾아와 제가 지쳐 떨어질 때까지 수다를 떨다가 나리가 잘못을 저질러놓고도 뉘우칠 줄 모른다면 노예에 합당하는 벌을 받게 될 거라 말하고 갔어요."

(……)

아직 얘기가 다 끝나지 않았는데 크리시스가 도착해 나를 뜨겁게 포옹하며 말했다.

---

51. 율릭세스에 대한 넵투누스의 진노는 『오디세이아』의 중심 주제이다. 율릭세스는 넵투누스의 아들 중 하나인 외눈박이 거인족 폴리페모스(Polyphemos)의 눈을 멀게 하는 바람에 그의 노여움을 샀다.
52. Nereus. 그리스 신화에 나오는 바다의 신. 일명 '바다의 노인'이자 물의 요정들 네레이스(Nereis)의 아버지로, 주로 에게 해에서 살았다.
53. Hellespont. 지금의 터키 북서부에 위치한 다르다넬스(Dardanelles) 해협. 프리아푸스는 원래 헬레스폰트 지방의 람프사코스(Lampsakos)에서 숭배되었는데, 그에게 바치는 제물은 정욕의 상징인 나귀였다.
54. 이 시는 이 작품의 주요 모티프인 프리아푸스의 분노를 다루고 있다.

크리시스와의 사랑

"내가 바라던 대로 당신을 내 품에 안았군요. 당신은 내 삶의 유일한 욕망이자 기쁨이에요. 내 피로 꺼뜨린다면 모를까, 그러지 않는 한 내가 느끼는 이 불꽃은 영원히 타오를 거예요."

(……)

새로 온 하인 하나가 헐레벌떡 달려오더니 내가 이틀 넘게 자리를 비우는 바람에 주인이 단단히 화가 났다고 귀띔해 주었다. 아울러 누군가가 채찍질을 당하지 않고선 쉽게 화를 가라앉힐 것 같지 않으니 그럴 듯한 구실을 준비하는 게 좋을 거라는 충고도 잊지 않았다.

에우몰푸스의 유언

왕년에 젊음 하나를 내세워 엄청나게 많은 유산을 챙긴 필로멜라라는 아주 덕망 높은 부인이 있었다. 이제는 나이가 들어 미모가 시들자 그녀는 아들과 딸을 자식 없는 노인들에게 강제로 떠미는 방법으로 계속 그 직업을 유지해 나갔다.

당연히 그녀는 에우몰푸스를 찾아와 그의 지혜와 올곧은 성품을 치켜세우며 자기 자식들을 떠맡기기 시작했다. 그때마다 그녀는 자기 자신과 소망을 의탁할 수 있는 사람은 에우몰푸스 당신밖에 없으며, 한창 자라나는 아이들에게 매일 확고한 원칙을 가르칠 수 있는 사람 또한 세상에 오직 당신뿐이라고

필로멜라의 염탐꾼

둘러댔다. 사실 그녀가 자식들을 에우몰푸스의 집에 밀어넣으려는 진짜 목적은 그가 하는 말을 엿듣게 하려는 데 있었다. 하긴 염탐이야말로 그녀가 어린 자식들에게 물려줄 수 있는 유일한 유산이었다.

그녀는 자기 말에 충실했다. 그녀는 아주 예쁘장하게 생긴 딸을 오빠 손에 딸려 그의 방에 남겨둔 채 치성 드리러 신전에 간다는 핑계를 대고 총총히 사라졌다.

나마저도 그저 남자로만 여길 만큼 점잖기 이를 데 없는 에우몰푸스는 즉시 소녀를 음행 의식에 초대했다. 하지만 그전에 모든 사람들에게 통풍도 있고 허리도 약하다고 말했던 터라 그게 거짓말이었다는 사실이 발각되는 날엔 연극 전체가 파국으로 치달을 수도 있었다. 그래서 그는 의심을 사지 않기 위해 소녀를 달래 자신의 '올곧은 성품' 위에 올라앉게 한 다음, 코락스에게 자기가 누워 있는 침대 밑에 들어가 손으로 바닥을 짚고 허벅지로 주인을 움직이라고 지시했다. 그는 침착하게 임무를 수행했고, 전문 지식이 풍부한 소녀도 똑같이 움직이며 반응했다. 절정을 눈앞에 두고 에우몰푸스는 코락스에게 속도를 더 내라고 소리쳤다. 이런 식으로 하인과 소녀 틈에 끼인 노인은 마치 그네를 타고 있는 듯했다. 웃음소리가 울려 퍼지는 가운데 에우몰푸스는 이런 공연을 거듭 선보였다.

나로 말할 것 같으면 실습 부족으로 인해 솜씨가 무뎌져서는 안 되겠기에 열쇠 구멍을 통해 누이의 묘기를 구경하는 오빠에게 다가가 나의 구애를 받아들일 의사가 있는지 타진했다. 교육을 잘 받은 소년은 내 애무의 손길을 피하지 않았다. 하지만 이번에도 신의 노여움이 나를 가만히 내버려두지 않았다.

(……)

"전능한 여러 신들 덕분에 이제 건강을 완전히 회복했습니다. 영혼의 안내자 메르쿠리우스[55]가 친절하게도 복수의 손에 잘린 물건을 돌려주었지 뭐겠습니까. 그러니 프로테실라오스[56]나 역사상 그와 비슷한 어떤 인물보다도 난 운이 좋은 놈이지요."

이 말과 함께 나는 상의를 걷어올려 내 그것을 에우몰푸스에게 보여주었다. 처음에 그는 소스라치게 놀랐지만 곧 진정을 하고는 신들의 선물을 두 손으로 감싸쥐었다.

(……)

"신들 눈에나 인간의 눈에나 모두를 통틀어 가장 현명한 소

---

[55]. 여기서 엔콜피우스는 자신의 기력 회복을 다산의 신이자 죽은 자의 혼령을 지하세계로 안내하는 메르쿠리우스(헤르메스)에게 감사하고 있다.
[56]. Protesilaos. 그리스 신화에 나오는 영웅. 트로이 전쟁에서 테살리아 지방 필라케(Phylace)의 군 지휘관이었다. 신탁은 그리스군 가운데 첫 번째로 트로이에 상륙하는 사람은 죽는다고 예언했는데, 그가 첫 번째로 육지에 내려 신탁대로 죽었다.

크라테스는 자긴 술집을 기웃거린 적도 없고, 대규모 군중집회에 얼굴을 내민 적도 없다고 자랑하고 다녔지. 지혜와 끊임없이 대화하는 것보다 더 수지맞는 일은 없다네."

"옳으신 말씀입니다. 다른 사람이 가진 것을 탐내는 사람은 곧 불행을 자초하기 마련이지요. 사기꾼이나 소매치기가 군중 속에 가방이나 쩔렁거리는 지갑을 일부러 떨어뜨리는 이유가 뭐겠습니까. 다 희생자를 낚으려고 그러는 것 아닙니까? 먹이로 말 못하는 짐승들을 유인하듯이 인간도 똑같습니다. 잡으려면 먼저 입질부터 하게 해야지요."

(……)

"돈과 하인들을 실은 배가 아프리카에서 도착한다고 한 날짜가 벌써 여러 날 지났습니다. 유산 사냥꾼들이 이미 썰물처럼 빠져나가 더 이상 주머니를 열지 않고 있습니다. 내 판단이 틀리지 않다면 행운의 여신이 다시 등을 돌리기 시작한 모양입니다."

(……)

"나의 자유민들을 제외하고 내가 유언장에 명시한 사람들은 군중 앞에서 내 시신을 토막 내 먹는다는 조건에 한해서만 내 유산을 받게 될 것이오."

(……)

유언장을 읽는 에우몰푸스

"알다시피 몇몇 부족들은 친지들이 망자의 시신을 먹는 풍습을 여전히 지키고 있소. 그런 만큼 병에 걸린 사람들은 시신의 질을 떨어뜨린다는 이유로 곱지 않은 시선을 받을 때가 많소. 따라서 내 친구들에게 청하건대, 내가 내건 조건 때문에 움츠러들지 말고 내 영혼을 저주했던 바로 그 열의를 가지고 내 살을 먹기 바라오."

그가 가진 돈을 둘러싼 과장된 소문이 불쌍한 바보들의 눈과 마음을 멀게 했다.

고르기아스는 에우몰푸스가 내건 조건을 받아들이기로 했다.

(······)

"자네 위장이 탈 날 일은 없을 걸세. 한 시간 동안 역겨움을 참는다면 그 대가로 진수성찬이 나올 걸세. 눈을 감고 인육이 아니라 백만 세스테르티우스짜리 진미를 먹고 있다고 생각하게. 어쨌든 고기치고 그 자체만으로 맛있는 고기는 없으니까. 그래서 이렇게 또는 저렇게 양념을 해서 망설이는 위장을 어르는 것 아닌가.

선례를 통해 각오를 다지고 싶다면 사군툼[57] 시민들을 들 수 있네. 한니발에게 도시를 포위당했을 때 인육을 먹었지. 물론 유산을 바라고 그랬던 건 아니지만 말일세. 페텔리아[58] 시민들도 기근이 심하게 들자 굶어죽는 것보다 낫겠다 싶어 인육을 먹었지. 누만티아[59]에서도 스키피오[60]에게 포위당했을 때 반쯤 먹은 아기 시체를 가슴에 안고 다니는 어머니들을 더러 볼 수 있었다네."

57. Saguntum. 지금의 에스파냐 발렌시아 주에 있는 사군토(Sagunto). 히스파니아의 도시 사군툼은 기원전 219년 8개월 동안 포위 공격을 당한 끝에 한니발에게 넘어갔다.

58. Petelia. 이탈리아 남부 해안에 있었던 작은 항구 도시. 몇 달 동안 힘겹게 버티다 한니발에게 점령당했다. 식인에 대한 사료는 남아 있지 않다.

59. Numantia. 히스파니아의 도시 누만티아는 이베리아 반도에서 살아온 켈트이베리아인(Celt-Iberian)들의 마지막 거점이었는데, 기원전 133년 8개월 동안 포위 공격을 당한 끝에 로마에게 넘어가고 말았다.

60. Publius Cornelius Scipio Aemilianus. 로마의 정치가이자 장군. 그는 누만티아를 함락시켜 '누만티누스(Numantinus)'라는 칭호를 얻었다.

끝없는 유랑

부록

일러두기

이 부록은 페트로니우스의 『사티리콘』이 당대부터 6세기경까지 얼마나 널리 알려졌는지에 관한 증거 자료와 소실된 부분들의 존재를 가늠할 수 있는 단편(斷篇)과 시를 담고 있다. 학자들에 따라 이 부록에 포함시키는 글의 수가 다른데, 여기서는 콘라트 뮐러(Konrad Müller)와 웰시(P. G. Walsh)를 따라 XVII~XVIII과 XXXI 이상은 제외한다.

I 베르길리우스의 『아이네이스』 3.57에 대한 세르비우스[1]의 해설.

auri sacra fames[2]에서 sacra는 '저주받은'을 의미한다. 이러한 표현은 갈리아의 관습에서 유래한다. 마실리아[3]에서는 역병이 창궐할 때마다 빈곤층 가운데 자원자를 골라 종교 의식을 통해 정화한 음식을 공공 경비로 일 년 동안 제공한다. 그러고 나면 자원자는 나뭇잎과 신성한 의식을 치른 옷을 걸치고 주민들로부터 욕을 들으며 도시 전체를 돈다. 이리하여 도시의 질병이 그에게 옮아가면 그는 도시에서 추방된다. 이러한 이야기는 페트로니우스의 작품에서도 나타난다.[4]

II 베르길리우스의 『아이네이스』 12.159에 대한 세르비우스의 해설(-tor로 끝나는 여성 명사에 관하여).

1. Maurus Servius Honoratus. 4세기 후반에 로마에서 활동한 라틴 문법학자이자 주석학자. 베르길리우스의 작품에 대한 해설서(In tria Virgilii Opera Expositio)를 쓴 저자로 유명하다. 4세기 중엽에 활동한 문법학자 아일리우스 도나투스(Aelius Donatus)의 문법론(Ars grammatica)에 관한 해설서도 집필했다고 전한다.
2. '황금을 향한 저주받은 욕망'이라는 뜻.
3. Massilia. 지금의 프랑스 마르세유(Marseille).
4. 일부 학자들은 이 작품이 엔콜피우스가 마실리아에서 희생양이 될 자원자로 나서는 에피소드로 시작한다고 추정한다.

동사에서 파생된 명사가 아닐 경우에는 양성(兩性) 명사이다. 남성 명사와 여성 명사는 모두 -tor로 끝난다. 예를 들어 scnator와 balneator(목욕탕 종업원)는 남성 명사이자 여성 명사이다. 하지만 페트로니우스는 balneatrix[5]를 사용하고 있다.

III 호라티우스의 『서정시』 5.48에 대한 프세우다크로[6]의 해설.

Canidia rodens pollicem[7]에서 그는 분노한 카니디아의 행동을 표현하고 있다. 한편 페트로니우스의 경우에도 누군가가 화가 났다는 것을 설명할 때 '엄지손가락을 손톱 밑까지 잘근잘근 씹으며' 라는 표현을 쓴다.

IV 시도니우스 아폴리나리스[8]의 『시』 23.

---

5. 여성 명사.
6. Pseudacro. 연대 미상(5세기경으로 추정)의 주석학자.
7. '엄지손가락을 물어뜯는 카니디아' 라는 뜻.
8. (Saint) Sidonius Apollinaris. 430?~489. 지금의 프랑스 리옹(Lyon)에 해당하는 루그두눔(Lugdunum)에서 태어난 그는 갈리아계 로마 귀족으로서 외교관이자 주교였으며 또한 시인이었다. 그가 쓴 많은 편지가 남아 있다.

어떻게 설명한단 말인가, 라틴 수사학의 영광을,
아르피눔[9]의 키케로를, 파타비움[10]의 리비우스[11]를, 만
투아[12]의 베르길리우스를…….
그대, 아르비테르[13]여, 헬레스폰트의 신 프리아푸스의
벗이여,
마실리아의 정원들 한가운데 서 있는
신성한 그루터기를 숭배하는 이여.

v a. 프리스키아누스[14]의 『문법의 기초』 8.16과 11.29에서 수동의 뜻을 지니는 이태동사의 과거분사 예.

9. Arpinum. 지금의 이탈리아 중부 라치오 지방 아르피노(Arpino) 시에 해당하는 고대 도시. 키케로의 고향이다.
10. Patavium. 지금의 이탈리바 북부 베네토(Veneto) 지방 파도바(Padova) 시에 해당하는 고대 도시. 베네치아와 인접해 있다.
11. Titus Livius. 영어로 Livy. BC 64?~AD 17. 살루스티우스(Sallustius), 타키투스(Tacitus)와 함께 로마의 위대한 3대 역사가. 『로마사』를 저술했다.
12. Mantua. 지금의 이탈리아 북부 롬바르디아(Lombardia) 주에 있는 도시 만토바(Mantova). 베르길리우스가 그 근처에서 태어났다.
13. Arbiter. 페트로니우스를 일컫는다. 시도니우스 아폴리나리스는 라틴 수사학을 대표하는 위대한 인물들과 페트로니우스를 함께 언급하고 있다. 하지만 이 작품의 주인공인 엔콜피우스를 페트로니우스로 혼동하고 있는 듯하다.
14. Priscianus Caesariensis. 5~6세기 마우레타니아(지금의 알제리)에서 활동한 유명한 라틴어 문법학자. 『문법의 기초(Institutiones grammaticae)』 등을 저술했다.

페트로니우스 : "우리 가슴에 안긴 영혼."

b. 포르피리오스[15]의 『아리스토텔레스의 범주론 입문』 2.32에 대한 보이티우스[16]의 해설.

기꺼이 그리 하겠습니다만 페트로니우스의 말대로 아침 해가 지붕에 미소를 보내 우리를 깨우니 그 문제는 나중에 좀 더 신중하게 고려하는 게 좋겠습니다.

VI 풀겐티우스[17]의 『신화학』 1권.

부인들이 풍자에 얼마나 기겁하는지 여러분은 모를 것이

---

15. Porphyrios. 233?~305?. 시리아 출신의 그리스 신플라톤주의 철학자. 아리스토텔레스의 '범주론'에 관한 해설서 『아리스토텔레스의 범주론 입문(Eisagoge eis tas Aristoteles kategorias)』으로 유명하다. 이 해설서의 서문을 보이티우스가 라틴어로 번역한 책은 거의 천 년간 논리 교과서의 자리를 지켰다.
16. Anicius Manlius Severinus Boethius. 475?~524. 로마의 철학자이자 정치가. 유명한 『철학의 위안(De consolatione philosophiae)』 등을 저술했다.
17. Fabius Planciades Fulgentius. 5세기 말에서 6세기 초에 활동한 아프리카 출신의 라틴 문법학자이자 작가. 『신화학(Mitologiarum)』(전 3권), 『베르길리우스의 작품 해설(Expositio Virgilianae Continentiae)』, 『고어 해설(Expositio Sermonum Antiquorum)』 등을 저술했다.

다.…… 여자들이 쏟아내는 말의 홍수 앞에서는 변호사마
저 두 손을 들고, 교사 또한 입도 뻥긋 못하고, 웅변가와 포
고자 또한 침묵을 지키지만 그 상대가 아무리 페트로니우
스의 작품에 등장하는 알부키아[18]라 한들 꼼짝 못하게 하
는 것이 딱 하나 있으니 바로 풍자다.

VII 풀겐티우스의 앞의 책 3.8(최음제의 흥분 효과에 대하여).

그리하여 페트로니우스도 말하길, 성욕을 자극할 양으로
최음제를 한 모금 마셨다고 했다.[19]

VIII 풀겐티우스의 『베르길리우스의 작품 해설』.

앞에서 법정 소송을 통해 머리 셋 달린 케르베로스[20]의
우화를 설명한 바 있다. 페트로니우스가 에우스키우스[21]를

---

18. Albucia. 이 작품의 소실된 부분에 등장하는 콰르틸라 또는 키르케 같은 인물로
추정된다.
19. 14권에 나오는 이야기로, 콰르틸라가 이렇게 말한다. "맙소사! 엔콜피우스가 거
기 있던 최음제를 모두 마셔버렸다고?"
20. Kerberos. 흔히 Cerberus. 그리스 신화에서 뱀 꼬리에 머리 3개를 가진 개로 지
하 세계의 문을 지킨다.

묘사하면서 사용한 표현을 참조하면 "그는 법정의 케르베루스였다."

IX 풀겐티우스의 『고어 해설』 42.

고기 요리 코스를 페르쿨룸(ferculum) [22]이라고 한다. 페트로니우스를 인용하면 "페르쿨룸이 나오고 나서."

X 풀겐티우스의 앞의 책 46.

valgia는 속에 있는 것을 게우느라 일그러진 입 모양을 말한다. 페트로니우스를 인용하면 "그는 입을 잔뜩 일그러뜨린 채."

XI 풀겐티우스의 앞의 책 52.

alucinare는 허황된 꿈이라는 뜻이다. 이 말은 우리의

21. Euscius. 이 작품의 소실된 부분 가운데 마실리아 또는 바이아이에서 엔콜피우스를 기소한 인물로 추정된다.
22. 이 단어는 앞의 본문 중 35, 39, 66절에도 등장했는데 내용에 맞게 '요리' 또는 '음식'이라고 번역했다.

'모기'에 해당하는 alucitae에서 파생했다. 페트로니우스를 참조하면 "모기가 내 동침자를 못 살게 굴었기 때문에."

XII   풀겐티우스의 앞의 책 60.

manubies는 왕실 장신구를 뜻한다. 페트로니우스를 인용하면 "탈주 노예의 소지품 속에서 수많은 왕실 장신구가 나왔다."

XIII   풀겐티우스의 앞의 책 60.

aumatium은 극장이나 서커스장에서 볼 수 있는 일종의 공중변소를 말한다. 페트로니우스를 인용하면 "나는 공중변소로 뛰어들었다."

XIV   이시도루스 히스팔렌시스[23]의 『어원』 v. 26.7.

dolus은 교활함을 뜻하는데, 기만하다(deludat), 즉 어떤 일을 하면서 달리 가장한다고 해서 생겨난 말이다. 하지만 페트로니우스의 생각은 약간 다르다. 인용하면 다음과 같다. "배심원 여러분, 기만이 무엇입니까? 법을 조롱하는 행위를 말합니다. 기만을 알았으니 이제 악에 대해 설명할까 합니다."

XV 『성 디오니시우스[24]의 용어 해설』.

petaurus는 일종의 게임이다. 페트로니우스를 인용하면 "뜀판의 조건에 따라 더 높이(더 낮게)."

XVI 앞의 책.

페트로니우스, "몸을 잔뜩 웅크리지 않고서는 네오폴리스의 동굴을 통과할 수 없다는 데 다들 동의했다."

XIX 테렌티아누스 마우루스[25]의 『운율에 관하여』.

---

23. Isidorus Hispalensis. 560?~636. 중세 초기의 뛰어난 학자 겸 대주교. 신학자이자 역사학자이자 백과사전 편찬자였다. 인간과 신에 관한 용어 백과사전인 『어원(Etymologiae)』(흔히 Origines) 등을 편찬했다.
24. Saint Dionysius. 교황 재위 기간 259~268.
25. Terentianus Maurus. 2세기 후반에 활동한 라틴 문법학자 겸 작가.

익히 알다시피 시인 호라티우스는
그런 시를 연달아 사용한 적이 없다.
하지만 아르비테르는 자신의 작품을
그와 같은 시로 도배하다시피 하고 있다.
우리 모두에게 익숙한 다음과 같은 시구를
예로 들 수 있다.

> 신을 섬기도록 훈련받은
> 멤피스의 처녀들,
> 까무잡잡한 살결에
> 정신없이 손을 놀리는 소년

마리우스 빅토리누스[26] 3.17.

알다시피 몇몇 서정시인들은 자신의 작품에 이러한 운율과 형식의 시를 수록했다. 아르비테르의 글에서도 그와 같은 예가 발견된다.

---

[26]. Gaius Marius Victorinus. 4세기에 활동한 라틴 문법학자, 웅변가, 신플라톤주의 철학자.

신을 섬기도록 훈련받은

멤피스의 처녀들

까무잡잡한 살결의 아이깁투스 소년이

노래를 하누나.

xx 테렌티아누스 마우루스의 『운율에 관하여』.

이 부분의 운율은 아나크레온[27]이 사용했던 운율과 동일하다.

페트로니우스도 이 위대한 서정시인이 무사[28]를 기리던 노래를 인용하면서 똑같은 운율을 사용했다.

물론 다른 사람들도 많이 사용했지만

여기선 페트로니우스의 시를 살펴보기로 하자.

Iuuerunt segetes meum laborem

(수확이 내 노고를 덜어주누나)

---

27. Anacreon, BC 582?~BC 485?. 그리스의 위대한 서정시인. 잔존하는 작품은 주로 포도주와 사랑에 관한 경쾌한 시들이다. '아나크레온 운율'은 그의 이름을 딴 시작(詩作) 율격이다.

28. 뮤즈.

여기서의 행간 휴지는 다음과 같다.

먼저 Iuuerunt는 육보격으로 시작한다.

나머지 segetes meum laborem은

triplici vides ut ortu와 비슷하다.

> Triviae rotetur ignis,
>
> Volucrique Phoebus axe
>
> Rapidum pererret orbem.
>
> (트리비아[29]가 횃불을 돌리니,
>
> 포이부스가 전차를 쌩쌩 몰며
>
> 그 날랜 횃불을 가로지르누나.)

마리우스 빅토리누스 4.1.

수많은 시인들이 아나크레온이 자주 이용한 운율을 사용하는 바, 그중에는 아르비테르도 포함되어 있다. 인용하면

---

29. Trivia. 로마 신화에 나오는 달의 여신. 그리스 신화의 헤카테(Hecate)에 해당한다. 달이 변하는 세 가지 모습을 의미하기도 하고, 한밤중에 횃불을 들고 지하 세계의 개떼를 거느리고 3차로에 나타나는 여신으로도 여겨져 조각에서는 양손에 횃불을 들고 등을 맞댄 세 몸을 가진 여성의 모습으로 표현되었다.

다음과 같다. (인용하는 시는 위와 같음.)

XXI 디오메데스 그라마티쿠스[30]의 『문법론』.

페트로니우스의 시구에서도 행간 휴지가 나온다.

> Anus recoctus uino
>
> Trementibus labellis
>
> (노파는 포도주에 절어
>
> 입술을 떨어대더라.)

XXII 세르비우스의 『도나투스의 문법론 해설』.

또다시 그는 Quirites(시민들)를 복수로만 사용한다. 하지만 호라티우스의 경우에는 hunc Quiritem(이 시민)이라고 표기해 주격이 Quiris이다. 아울러 호라티우스는 Quis te Quiritem?(누가 당신을 다시 시민으로 복귀시켰소?)라고도 표기하고 있다. 여기서 주격은 페트로니우스가 사용하는

---

30. Diomedes Grammaticus. 4세기 후반에 활동한 라틴 문법학자. 3권으로 된 『문법론(Ars grammatica)』을 저술했다.

Quirites이다.

폼페이우스[31]의 '도나투스의 문법론'에 대한 해설.

누구나 hic Quirites(이 시민)이라고 말하지 않고 hi Quirites(이 시민들)이라고 한다. 비록 이전에 문어로 쓰인 적이 있더라도 말이다. 페트로니우스의 작품을 보라. 페트로니우스는 hic Quirites라고 쓰고 있으므로 주격 단수형의 이러한 용법을 찾아볼 수 있을 것이다.

XXIII 성이 불확실한 명사에 대한 어느 문법학자의 기록.

Fretum(해협)은 중성이며, 복수형은 freta다. 페트로니우스의 freta Nereidum(바다 요정들의 해협)을 참조하라.

XXIV 히에로니무스[32]의 『사도 서간』 130.19.

---

31. Sextus Pompeius Festus. 2세기 후반에 활동한 라틴 문법학자. 고대 라틴어의 어원과 용법에 관해 정통했다.
32. Eusebius Sophronius Hieronymus. 영어로 Saint Jerome. 348?~420?. 유명한 성서 번역자 겸 신학자. 그리스어나 히브리어로 된 성서를 라틴어로 옮겼다. 『사도 서간(Epistles)』 등을 집필했다.

처녀들은 곱슬머리에다 살에서 사향쥐 냄새 같은 향이 나는 사내를 역병 피하듯, 순결을 해치는 독을 피하듯 피해야 한다. 이와 관련해 아르비테르는 다음과 같이 묘사하고 있다.

늘 좋은 냄새가 나는 사내는 실은 구린내를 풍긴다.

xxv 풀겐티우스의 『신화학』 2.6.

하지만 니카고루스[33]는 프로메테우스가 최초로 형상을 만들었다고 전하면서 그가 독수리에게 간을 내준 것을 시기심에 대한 비유로 해석한다. 그 점에서는 페트로니우스도 마찬가지다.

재기 넘치는 시인들의 주장대로,
간을 헤집어 쪼아대고
가슴 저 안쪽을 갈기갈기 찢어발기는 독수리는
짐승이 아니라,

33. Nicagorus. 또는 니카고라스(Nicagoras). 2세기경에 살았던 아테네의 소피스트로, 유명한 사람들의 전기를 여러 권 집필했다.

우리의 심장을 좀먹은 욕망과 시기심이라네.

XXVI   독수리는 옥수수가 한창 여물 때 알을 낳아
자연의 길과 거꾸로 날아가고

곰은 출산한 뒤에야 혀로 핥아
새끼의 모양새를 잡아주고
물고기는 짝짓기를 하지 않고도 알을 까고

아폴로의 거북이는 어버이의 의무에서 해방되어
따뜻한 콧김으로 모래 속 알을 보살피고

성별이 없는 벌은 밀랍에서 나와
떼 지어 다니며 텅 빈 대오를 다시 갖추는구나.

이처럼 자연은 정해진 틀을 싫어해
다양성과 변화 속에서 기쁨을 찾누나.

XXVII   두려움이 신들을 빚었더라.
저 높이 하늘에서 번개가 치고

불길에 벽이 무너져 내리는 가운데,

일진광풍 아래선 아토스[34]가 불타오르고

포이부스[35]가 땅 밑으로 내려갔다 다시 떠오르니

달이 이울고 그의 영광이 다시 찾아와

별들이 세상 곳곳으로 흩어지고

일 년이 사계절로 나뉘누나.

악이 판을 치니, 헛된 미신에

농부들은 케레스[36]에게 첫 열매를 바치랴

종려나무 잎사귀로 바쿠스를 동여매랴 분주하고,

양치기의 손에서는 팔레스[37]가 희희낙락하누나.

뱃사람들이 두려워 떠는

넵투누스가 저 깊은 바다 밑에서 물을 호령한다면

거리와 여인숙은 팔라스 차지일세.

---

34. Athos. 그리스 북부에 있는 산. 칼키디케(Chalcidice) 반도에서 에게 해로 돌출한 3개의 반도 중 동쪽 끝 아크테(Acte) 곶에 있는 피라미드형의 산으로 높이는 2,033미터이다. 그리스 신화에 따르면 제우스가 기간테스 중 한 명인 아토스를 마케도니아 부근으로 내던져 아토스 산이 생겼다고 한다.
35. 아폴로, 즉 태양을 가리킨다.
36. Ceres. 로마 신화에 나오는 곡물과 대지의 여신. 그리스 신화의 데메테르(Demeter)에 해당한다.
37. Pales. 로마 신화에 나오는 가축과 목자의 수호신. 로마인들은 매년 4월 21일 파릴리아(Parilia) 축제 때마다 이 신에게 제사를 올렸다.

꺼림칙한 소망과 가벼운 본능이
서로 경쟁하며 신들을 빚누나.³⁸

XXVIII   사람들은 추문의 냄새가 나는 비밀을 지키느니
차라리 불 켜진 양초를 집어삼키려 한다네.
왕의 궁전에서 가장 발 빠른 속삭임이
순식간에 밖으로 나가
벽에 기대 선 행인들과 수다를 떠누나.
소문이 온 나라에 퍼진 것으로는 성이 차지 않아
다들 이리저리 살을 덧붙이누나.
소문을 가지고 놀며 무사히 살아남기엔
조심성이 부족한 시종³⁹이
구멍을 파더니,
왕의 큰 귀가 늘 모자 밑에 숨어 있다는 비밀을
흘리는구나.
이를 깊이 받아들인 구멍이 그 즉시 떠벌리니
갈대가 소곤거리며

38. 이 시는 신에 대한 에피쿠로스의 설명에 근거하고 있어서 페르로니우스의 관점과 일맥상통한다고 볼 수 있다.
39. '미다스의 당나귀 귀' 이야기에 나오는 이발사를 가리킨다.

부록 447

미다스⁴⁰가 감추려 애쓰던 이야기를
온 세상에 퍼뜨리기 시작하누나.⁴¹

XXIX   이성이 제 구실을 못하면
우리의 눈은 호시탐탐 속이려 들고,
종잡을 수 없는 감각은 거짓말을 일삼누나.⁴²
저기 저 강건한 탑은 사각형으로 솟아 있지만
멀리서 보면 각이 깎여나가
원형으로 보인다네.
그득 찬 위장이 꿀을 피하듯,
코 또한 계피를 피할 때가 많다네.
미각에서도 갈등이 생기니,

40. Midas. 그리스 신화 등에 나오는 프리기아의 왕. 전설과 문학 속에서 어리석고 욕심 많은 왕으로 다루어졌는데, '황금 만드는 손'과 '당나귀 귀'에 관한 유명한 이야기가 있다.
41. 이 시는 수금을 택한 아폴로와 피리를 택한 숲의 신 마르시아스의 음악 경연에서 심판을 잘못 보아 귀가 당나귀 귀로 변한 미다스 왕에 관한 이야기를 다루고 있다. 네로 치세기의 풍자시인 페르시우스(Persius)의 시를 통해 소개되면서 인기를 끌었다.
42. 감각에 대한 에피쿠로스의 견해를 설명하고 있다. 인식은 물체에서 떨어져 나온 원자의 얇은 막에 의해 전달되는데, 이 막들은 우주를 여행하는 과정에서 감퇴한다. 미각과 후각은 감각의 원천인 서로 다른 모양의 원자와 이를 받아들이는 인간의 상호 작용에 좌우된다.

소송에 나선 감각이 계속 설전을 벌이기 때문이라네.

xxx 꿈은,
순식간에 휙휙 지나가며 마음을 조롱하는 그림자놀이는,
신전에서 나오거나
하늘의 힘이 보내는 것이 아니라
각자가 만들어내는 것.
팔다리가 묵직해지면
마음이 옳다구나 싶어 신나게 놀면서
어둠을 무대 삼아 낮에 있었던 일들을 펼쳐 보이누나.
전쟁에 나가 불운한 도시에 불 지르는 게 직업인 사람은
날아다니는 창과 흩어진 대오와 왕의 죽음과
피로 넘쳐나는 평야를 보고.
변호사는 악몽 속에서 또다시 변론을 하며
열두 개의 책상과 법정과
경비가 철통같은 판사석을 보고.
구두쇠는 애써 모은 돈을
도둑맞는 꿈을 꾸고.
사냥꾼은 사냥개와 함께 숲 속을 뛰어다니고.
뱃사람은 죽음에 직면해

뒤집힌 고물을 바다에서 끌어내거나
거기에 대롱대롱 매달리는 꿈을 꾸고.
정부는 연인에게 쪽지를 끼적거리고
양심의 가책을 느낀 연인은 선물을 보내고.
사냥개는 깜박 잠이 들었다 산토끼 꽁무니에 대고 짖어대는 꿈을 꾸네.[43]

---

43. 이 시 역시 에피쿠로스의 관점에 근거하고 있다.

작가와 작품에 대하여

페트로니우스는 누구인가?

1905년 노벨 문학상을 수상한 폴란드 소설가 헨리크 시엔키에비치[1]는 1세기 네로 황제 치하의 로마를 배경으로 쓴 역사소설이자 대표작인 『쿠오 바디스(Quo Vadis)』[2](1896)에서 페트로니우스를 실질적인 주인공이자 자신의 분신으로 되살려냈다. 『쿠오 바디스』에서 페트로니우스는 네로 황제의 총애를 받는 신하이면서도 네로에게 무작정 충성을 바치는 속물이 아니라 주체적인 지성과 감성을 지닌 고상한 로마 귀족으로 그려진다. 그는 또한 예술을 사랑하는 탐미주의자이자 귀족 관료들의 부패와 네로의 폭정을 거리낌 없이 비판하는 자유주의자로도 나타난다.

그는 타키투스[3]가 『연대기』에서 전하듯 『쿠오 바디스』에서

---

[1] Henryk Adam Aleksander Pius Sienkiewicz, 1846~1916. 폴란드의 언론인이자 소설가. 『음악가 얀코(Janko Muzykant)』와 『등대지기(Latarnik)』로 이름이 난 후 뛰어난 역사 소설 3부작 『불과 칼로써(Ogniem i mieczem)』, 『대홍수(Potop)』, 『판 보우오디요프스키(Pan Woodyjowski)』에 이어 최고의 역작 『쿠오 바디스』를 펴냈다.

[2] 사도 베드로가 네로의 박해를 피해 로마를 떠나 길을 가던 중 예수의 환영을 보고 한 말 "주여, 어디로 가시나이까(Quo Vadis Domine)"에서 따온 제목. 세계적인 베스트셀러 『쿠오 바디스』는 가장 많이 팔린 19세기 소설로 기록되었고 1912년과 1951년에 영화로도 제작되었다. 요즈음으로 말하자면 히스토리 팩션(history faction)에 가깝다. 몇몇 가공의 등장인물과 소설적 설정을 제외하곤 대부분 실존 인물과 실제 사건을 묘사하고 있다.

도 '품위 판관'[4]으로 묘사된다. 매력적인 외모에다 지혜와 재치와 뛰어난 화술까지 겸비한 페트로니우스는 네로가 시를 짓거나 여자를 고르거나 각종 품평을 하는 등 취향 관련 문제로 고민할 때면 고문이자 심판관 자격으로 어느 누구도 감히 범접할 수 없을 만큼 권위 있는 의견을 제시했다. 그리하여 그는 귀족 사회에서 '품위 판관'으로 불렸는데, 시민들에게도 그러한 별명으로 존경을 받았다. 이는 비단 그가 비티니아[5] 총독과 집정관을 지내며 명성을 쌓았기 때문만이 아니라 힘없는 백성들을 위해 측은지심을 발휘하기도 했기 때문이다.

그렇지만 한편으로 그는 무식하고 궁색하고 지저분한 백성들의 천박함을 경멸하기도 했다. 기본적으로 그는 정신의 쾌락을 좇는 에피쿠로스학파에 가까웠다. 그는 밤을 낮 삼아 연회를 즐기고 시와 책을 좋아했으며 화려하면서 고상한 취향으로 좌중을 휘어잡았다. 그래서 그는 도덕군자연하는 부류나 무관

---

3. Publius (Gaius) Cornelius Tacitus. 56?~120?. 로마의 위대한 역사가이자 웅변가. 『게르마니아(Germania)』, 『역사(Historiae)』, 『연대기(Annals)』 등을 저술했다.
4. 品位 判官. 라틴어로 엘레간티아이 아르비테르(elegantiae arbiter). 영어로 풀면 arbiter of elegance지만 영어 사전에는 arbiter elegantiarum으로 등재되어 있다. 우리말로는 '품위의 권위자', '고상한 판관', '우아함을 관리하는 자', '우아의 심판관' 등으로 해석되기도 한다.
5. Bithynia. 아나톨리아 북서부에 있던 고대 지역. 동양과 서양을 이어주는 요충지로서 기원전 74년 로마에 복속되었다.

들의 적이었고, 결국 그들에 의해 역적으로 몰려 죽음을 맞이했다.

시엔키에비치는 페트로니우스의 죽음에 대해서도 타키투스가 전하는 바대로 우아하게 펼쳐 보인다. 네로의 명령으로 쿠마이에 간 페트로니우스는 자신의 죽음이 결정되었다는 소식을 듣고 생애 마지막 연회를 여는데, 그 광경이「트리말키오의 연회」와 흡사하다. 그는 손님들에게 문지방을 넘을 때 오른발부터 내딛으라고 당부하는가 하면, 오래된 포도주로 건배를 제안하기도 하고 시답잖은 대화를 주고받기도 하며, 온갖 볼거리와 산해진미를 선보여 손님들의 흥과 미각을 돋우기도 한다. 아울러 그는 노예들에게 관용을 베풀고 자신의 애인인 미모의 노예 여인 에우니케[6]에게 노예 해방과 상속까지 약속한다. 하지만 죽음을 허세의 수단으로 이용하는「트리말키오의 연회」와 달리 페트로니우스는 진짜 죽음을 맞이한다. 그는 의사를 시켜 자신의 손목 정맥을 자르게 한 다음 여흥을 즐기며 편안히 눈을 감는다. 그리고 죽기 전에 네로에게 보낼 편지도 작성하는데 거기에는 네로의 악행과 네로에게 들려줄 따끔한 충고가 열

---

[6] Eunice. 그리스 신화에서는 50명의 바다 요정 중 하나. 바다의 신 포세이돈과 동행하거나 폭풍우를 만난 뱃사람들을 돕는다.『쿠오 바디스』에서는 가공의 인물로서 페트로니우스에게 그러한 요정의 역할을 한다.

거된다.

타키투스는 『연대기』에서 페트로니우스의 몰락과 죽음에 관해 다음과 같이 전한다.

그리하여 며칠 만에 안나이우스 멜라[7], 케리알리스 아니키우스[8], 루프리우스 크리스피누스[9], 페트로니우스는 비참하게 몰락했다. 그 가운데 멜라와 크리스피누스는 원로원 의원 신분의 로마 기사였다.……

가이우스[10] 페트로니우스는 간략하게나마 좀 더 살펴볼 필요가 있다. 그는 낮에는 잠을 자고, 밤에는 일하고 즐기면서 지냈

---

7. (Marcus) Annaeus Mela. 로마의 정치가이자 작가. 수사학자 대(大)세네카(Lucius Annaeus Seneca. BC 54?~AD 39)의 세 아들 중 막내이자 정치가 겸 철학자 겸 작가인 소(小)세네카(BC 4?~AD 65)의 동생. 또한 시인 루카누스(Marcus Annaeus Lucanus. AD 39~65)의 아버지.
8. Cerialis Anicius 또는 Gaius Anicius Cerialis. 로마의 정치가로서 65년에 집정관을 지냈다. 그는 살아 있는 네로를 신격화하는 사원을 시민의 돈으로 짓자고 원로원에서 주장했다가 거부당했다.
9. Rufrius Crispinus. ?~AD 66. 아이깁투스(이집트) 출신의 수산업자로 로마에 왔다가 반란 진압에 공을 세워 기사가 되었다. 황제의 근위대장으로서 44년 포파이아(Poppaea Sabina)와 결혼해 아들을 낳았다. 그런데 아내 포파이아는 네로의 측근 오토(Otho)와 결혼했다가 58년에 네로의 정부가 된 후 나중에 황후에 등극했다. 그는 원로원 의원에까지 올랐으나 65년 네로의 미움을 사 이듬해에 처형됐다. 그의 아들도 네로에게 죽임을 당했다.

다. 성공하려면 대개 근면해야 하지만 그의 성공 비결은 나태였다. 도락에 돈을 퍼붓는 보통 사람들과 달리 그는 낭비벽이 심한 호색한과는 거리가 멀었다. 그보다는 사치를 일종의 예술로 승화시킨 인물이었다. 주변의 시선에 아랑곳하지 않는다는 점에서 그의 말투와 생활 방식은 남달랐다. 그가 태평해 보일수록 사람들은 그에게 끌렸다.

하지만 비티니아 총독에 이어 집정관을 지내며 그는 행정가로서 활력과 능력을 발휘했다. 그 후 다시 옛날 습관으로 돌아가 실제로도 그랬는지 겉보기에만 그랬는지는 알 수 없지만 네로의 측근들 사이에서 '품위 판관'으로 통하게 되었다. 결국 네로는 취향 문제라면 뭐든 페트로니우스가 동의해야만 가치를 인정하기에 이르렀다.

그런데 이는 결과적으로 티겔리누스[11]의 시기심에 불을 지른

---

10. Gaius. 또는 Caius. 로마 남성 사이에서 흔한 첫째 이름(praenomen). 약자는 주로 C.로 표기한다. 어원은 분명하지 않으나 라틴어 gaudere(기쁘다)나 그리스어 Gaia와 관련 있는 듯하다.
11. (Gaius) Ofonius Tigellinus. AD 10?~AD 69. 네로 황제의 고문(62~68). 시킬리아 출신으로 62년에 근위대장이 되었다. 사악하고 포악한 성격이 네로의 눈에 띄어 출세했다. 64년 기독교도에 대한 최초의 박해를 유도한 로마 대화재를 일으킨 장본인으로서, 65년 피소(Gaius Calpurnius Piso)의 네로 암살 음모 사건 이후 네로의 공포 정치를 주도해 페트로니우스를 죽음으로 몰아넣었다. 69년 오토 황제의 명령으로 자살했다.

격이 되고 말았다. 그는 페트로니우스를 경쟁자, 다시 말해 쾌락 분야에서 자기보다 앞서는 인물로 간주했다. 그리하여 그는 다른 데도 욕심이 많지만 무엇보다 포악하고 저 혼자만 잘난 줄 아는 네로의 성격을 이용하기로 했다. 그는 페트로니우스를 스카이비누스[12]의 측근으로 매도하면서 노예에게 뇌물을 주어 페트로니우스에게 불리한 증거를 모아오게 했다. 페트로니우스에게는 항변할 기회가 주어지지 않았고, 티겔리누스는 그의 가솔 대부분을 감옥에 집어넣었다.

당시 황제는 캄파니아 지방을 방문하고 있었다. 페트로니우스는 쿠마이에 있었는데, 더 이상 멀리 가지 말라는 명령이 떨어졌다. 그는 혹시나 하는 기대 때문에 전전긍긍하며 기다리길 거부했다. 그렇다고 서둘러 생을 마감하지도 않았다. 오히려 그 반대로 정맥을 자른 다음 상처에 붕대를 감고 친구들과 담소를 나누었다. 하지만 무거운 주제는 입에 올리지 않았고, 자신의 용기를 과시하려고도 하지 않았다. 그는 친구들의 이야기에 귀를 기울이긴 했으나 그 내용은 영혼 불멸론이나 철학자들의 담론이 아니라 그저 경쾌한 노래와 가벼운 시가 전부였다. 그는 노예들을 불러

---

12. Flavius Scaevinus. 원로원 의원으로서 네로에 맞서 피소의 음모 사건에 동참했다가 처형됐다. 『쿠오 바디스』에서도 페트로니우스는 스카이비누스와 친분이 있다는 이유로 역적으로 몰려 죽음을 맞는다.

상이나 벌을 준 다음 연회를 베풀면서 잠이 들었다. 비록 강요된 죽음이긴 했지만 죽음이 자연스럽게 보이도록 하기 위해서였다.

그는 유언 보충서에서도 대부분의 희생자와 달리 네로나 티겔리누스, 그 외 다른 권력자들에게 아부하길 거부했다. 대신 그는 황제가 관계를 맺은 남녀의 이름과 그의 색욕이 부른 기행을 비롯해 황제의 악행을 낱낱이 까발리는 글을 썼다. 그는 이 문건에 인장[13]을 찍어 네로에게 보냈다. 그러고는 훗날 다른 사람들을 위험에 빠뜨리는 데 사용되지 않도록 인장을 파기했다.

네로는 아무도 모른다고 생각했던 자신의 사생활이 들통난 데 당황하다 실리아[14]에게 탓을 돌려 당혹감을 해소했다. 실리아는 일개 평민이 아니었다. 사실 그녀는 원로원 의원의 부인으로, 황제에게 간택되어 그의 모든 악행에 가담한 인물이자 페트로니우스의 지인이기도 했다. 그녀는 황제의 미움을 받아 추방당했다. 칠칠치 못하게 자신이 보고 경험한 바를 누설한 죄 때문이었다.

대(大)플리니우스[15]는 『박물지』에서 이렇게 전한다.

집정관을 지낸 페트로니우스는 네로의 악의와 질투심 때문에

---

13. 젬마(gemma). 도장처럼 사용되던 가문의 반지.
14. Silia. 타키투스가 전하는 내용 외에 알려진 바가 없다.

죽게 되자 형석[16]으로 만든 자신의 포도주 국자[17]를 깨뜨려버렸다. 혹시라도 황제의 식탁에서 사용될까 해서였다. 국자의 가격은 삼십만 세스테르티우스였다.

플루타르코스[18]는 『아첨과 우정의 차이에 관하여』라는 글에서 페트로니우스의 성품과 처세술에 관해 다음과 같이 평가한다.

15. Gaius Plinius Secundus. 영어로 Pliny the Elder. AD 23~79. 로마의 학자이자 작가. 37권에 달하는 백과사전 『박물지(Naturalis Historia)』 등을 저술했다.
16. 螢石. fluorite 또는 fluorspar. 플루오르화칼슘(calcium fluoride)으로 이루어진 광물. 청록색이나 보라색이 많고 다른 여러 가지 색깔도 있다. 제강·제련에 사용되며 유리·시멘트·법랑 제조와 광학에도 중요한 광물이다. 고대 그리스 등지에서 고급 용기나 꽃병 제작에 쓰이기도 했다. 하지만 여기서 형석으로 만든 국자가 30만 세스테르티우스(약 9억 원)나 된다고 하는 것으로 보아, 형석이 아닌 다른 광물일 수도 있다. 흔히 보라색 형석과 혼동하는 자줏빛 수정(자수정)일 수도 있다. 고대 그리스·로마 사람들은 해독 작용이 있다고 믿어 자수정으로 잔 따위를 만들어 사용했다. 또 형석을 의미하는 라틴어 무라(murra, myrrh)는 마노(瑪瑙)를 가리키기도 한다.
17. 국자(dipper 또는 ladle)를 의미하는 라틴어 트룰라(trulla)는 그릇이나 용기를 뜻하기도 한다. 시엔키에비치는 『쿠오 바디스』에서 시종일관 '국자' 대신 '잔'으로 표현했다. 작품 속에서 '형석 잔'은 페트로니우스가 가장 아끼는 소장품으로, 죽음을 맞는 연회에서 그는 이 잔으로 건배를 한 후 깨버린다.
18. Plutarchos. 영어로 Plutarch. AD 46~120. 그리스의 역사가이자 작가. 그리스·로마의 저명인사들에 관해 기술한 『영웅전(Bioi paralleloi)』과 60여 편의 수필을 엮은 『모랄리아(Moralia)』 등을 저술했다.

사소한 실수가 있다. 그러나 그 다음엔 아둔한 자들의 심기를 건드리는 몰염치한 언행이 따른다. 이를테면 아둔한 자들의 성향과 약점을 정반대로 꼬집어…… 돈을 물 쓰듯이 쓰는데도 쩨쩨하고 치사스럽다고 하여 비웃는 형태를 취할 수도 있으니, 바로 페트로니우스가 네로에게 그랬다.

위의 내용을 볼 때 페트로니우스는 실존 인물이 확실하지만, 그의 이름과 역사 속 정체성에 관해서는 불확실한 부분들이 있다. 페트로니우스의 첫째 이름에 관한 여러 기록이 있지만, 많은 학자들은 가이우스(Gaius)라고 한 타키투스의 기록보다 티투스(Titus)라고 한 대플리니우스, 플루타르코스, 베르길리우스, 호라티우스 등의 기록이 맞다고 본다. 마지막 이름 아르비테르(Arbiter)는 진짜 이름이라기보다 직함이나 별명일 가능성이 높지만 타키투스, 아폴리나리스 등은 페트로니우스를 주로 이 이름으로 지칭했다. 현재까지 페트로니우스는 62년 7~8월에 집정관을 지낸 티투스 페트로니우스 니게르(Titus Petronius Niger)라는 설이 가장 유력하다.

티투스 페트로니우스 니게르는 출생지[19]나 출생 연도[20]는 알 수 없지만, 타키투스의 기록대로 66년에 죽은 것은 분명하다. 아울러 그는 귀족 출신의 상당한 부자였고 집정관에 오를 만큼 탁월한 출세 능력을 갖추었거나 높은 공을 세웠을 것이다. 그는 비록 스토아학파[21]의 철학자 세네카[22] 등에게 쾌락주의자라고 비난받았지만 실제로는 그렇게 쾌락에 빠져 살지는 않은 듯하며, 세상 물정에 밝고 자기 관리가 철저해 처세술이 뛰어났을 것으로 보인다.

『사티리콘』, 누가 언제 쓴 작품인가?

페트로니우스가 정말 『사티리콘』의 저자인지, 『사티리콘』이 네로 시대에 지어졌는지에 대해서도 르네상스 시대 이래 수

---

19. 5세기 중엽 갈리아 출신의 시인이자 주교인 시도니우스 아폴리나리스(Sidonius Apollinaris)에 따르면 '페트로니우스'가 마실리라(마르세유)에 살았고 거기서 글을 썼다고 하는데, 같은 '페트로니우스'인지는 확실하지 않다. 만약 같은 페트로니우스라고 한다면 단편(斷篇)에 나오는 마실리라 이야기의 배경 설정 근거를 이해하는 데 도움이 된다.
20. 출생 연도에 대해 20년 또는 27년이 거론되지만 명확한 근거는 없다.
21. Stoa學派. 기원전 3세기 초에 제논(Zenon)이 창시한 그리스 철학의 한 학파. 윤리학을 중시했고 범신론의 입장에서 금욕과 극기를 통해 자연에 순종하는 현인의 생활을 이상으로 삼았다.
22. Lucius Annaeus Seneca. 소(小)세네카. 네로의 스승으로서 네로의 재위 기간 중 전반기인 54~62년에 로마를 실질적으로 통치했다. 62년 정계에서 은퇴해 뛰어난 철학서 몇 권을 썼으며, 65년 피소의 음모에 가담한 혐의로 자살을 명령받고 의연하게 목숨을 끊었다. 『신성한 클라우디우스 바보 만들기(Apocolocyntosis divi Claudii)』, 『자연의 의문들(Naturales quaestiones)』 외에 교훈적인 내용의 많은 산문을 썼고 스토아 철학을 완성했다.

세기 동안 많은 논란이 있어 왔다. 학자들에 따라 『사티리콘』을 네로 시대 이전, 즉 라틴 문학이 꽃핀 아우구스투스 시대(BC 43~AD 18)의 작품으로 보기도 했고, 심지어 3세기의 작품으로 생각하기도 했다. 또 외설적인 내용 때문에 저자가 하급 궁인이나 관리 또는 음란물 작가일 거라는 주장도 있었다. 하지만 지금은 대체로 페트로니우스가 1세기 중엽 네로 시대에 쓴 작품이라고 인정하고 있다.

앞의 본문 각주에서 종종 언급했지만, 우선 원문에 등장하는 인명, 지명, 각종 문물로 미루어볼 때 시대 배경과 경제 상황이 1세기와 부합한다. 그중에서도 1세기에 실존했던 인물로 알려진 검투사 헤르메로스(52절)와 페트라이테스(52절), 비극 배우 아펠레스(64절), 하프(수금) 연주자 메네크라테스(73절) 등은 이러한 입장을 뒷받침하는 중요한 근거로 거론된다.

어투도 1세기와 일치한다. 예를 들면 트리말키오를 위시한 등장인물들이 사용하는 라틴어 비속어가 네로 시대 작품인 세네카의 『신성한 클라우디우스 바보 만들기』에 나오는 어휘와 일치한다. 수사법 역시 현존하는 1세기의 다른 작품들과 매우 흡사하다. 특히 루카누스[23]의 서사시 『내란기』를 모방한 듯한 에우몰푸스의 시(119~124절)와, 그 시에 64년 로마 대화재 이후 지어지기 시작한 황금 궁전을 상징하는 표현이 등장한다는 점(120절), 아울러 (네로가 자작시 낭송을 금지해서이거나 네로를 따라 시를 짓는 유행에 사람들이 염증을 내서) 에우몰푸스가 자작시를 낭송하다가 돌팔매질을 당하는 점(90절) 등을 감안하면 작품의 연대를 대략 60년대로 추정할 수 있다. 그리고 페트로니우스가 66년 초에 죽었다는 점을 고려하면 작품이 완성된 해는 65년이 거의 확실해 보인다.

『사티리콘』의 저자는 문학적 소양이 매우 풍부한 지식인이다. 비록 하급 계층의 삶과 외설적인 내용들을 다루고 있지만 저자의 지적 수준, 비판 및 풍자 능력, 필력과 문체 등은 얼치기 작가나 음란물 작가의 것으로 보기 어렵다. 또 풍자한 내용으로 보아 세상 물정에 밝고 다양한 계층과 직접 접촉해본 경험이 많고, 특히 황제와 귀족들의 생활양식 및 취향에 대해서도 잘 아는 인물로 추정된다.

타키투스의 『연대기』에 따르면, 59년 네로는 저녁 식사 후

---

23. Marcus Annaeus Lucanus. 영어로 Lucan. 『파르살리아』로 알려진 서사시 『내란기(Bellum civile)』를 지었는데, 이것은 주요 라틴 서사시 가운데 신을 개입시키지 않은 유일한 작품이다.(『사티리콘』에서 에우몰푸스는 신을 개입시켰다.) 일찍부터 수사학자와 웅변가로 재능을 보여 네로 황제의 호감을 샀다. 하지만 곧 네로가 그의 문재를 시기해 그가 대중 앞에서 자작시를 읽는 것을 금지했다. 이미 네로의 폭정에 환멸을 느낀 그는 시 낭독 금지로 기분이 상해 네로를 암살하려는 피소의 음모에 가담했다가 발각되어 자살하고 말았다.

에 모이는 문학회를 만들었다. 이 모임은 어느 정도 재능은 있지만 대중의 관심을 끌 만큼은 아닌 회원들로 구성되었다. 이 모임의 회원들은 훗날 정치인으로 출세해 집정관이나 황제가 되기도 했다. 모임에서 회원들은 반쯤 완성된 작품을 고치거나 즉석에서 시를 지어 네로에게 비평과 교정을 부탁하곤 했다. 스승 세네카에게 즉흥시 짓는 법을 배운 바 있는 네로는 자신이 그 방면에 일가견이 있다고 생각했다.

페트로니우스는 62년 집정관에서 물러나 이 모임의 회원이 되었다. 네로의 문학에 대한 열정으로 짐작할 때 그는 세속적인 취향뿐만 아니라 문학적 취향도 세련됐을 게 분명하다. 그래서 '품위 판관'이라는 비공식 직함이 입증하듯 그는 곧 네로의 엄청난 총애를 받았다. 하지만 그는 시인입네 하는 네로의 엉성한 시나 그런 시를 무조건 찬양하는 신하들의 태도를 못마땅하게 여겼을 뿐만 아니라 자신의 가치관과 취향에 맞지 않는 것들은 서슴없이 비판했다. 그런 의미에서 사실성과 풍자성을 두루 갖춘 『사티리콘』은 그가 속내를 마음껏 털어놓기에 안성맞춤인 그릇이었을 것이다.

특히 먹물들의 이중성(아가멤논과 에우몰푸스), 자신의 욕망만을 챙기는 이기심과 황금 만능주의(엔콜피우스와 아스킬토스), 출세 지향주의와 천민 자본주의(트리말키오와 하비나스), 지적 자만과 무소불위의 권력 남용(트리말키오) 등에 대한 통렬한 풍자는 자신이 혐오하는 인간의 허영과 탐욕을 비웃기에 더할 나위 없이 좋은 주제였을 것이다. 산문과 운문이 섞인 문체를 선택한 점도 주목할 만하다. 작품 속에서 운문이 산문에 비해 수준이 낮은 것은 저자의 능력이나 자질 탓일 수 있지만, 네로의 어설픈 시작(詩作)을 비아냥거리기 위한 장치일 가능성이 높다.

그리고 『사티리콘』의 저자 이름이 줄곧, 심지어 지금까지도 가이우스 페트로니우스 아르비테르(Gaius Petronius Arbiter)라고 알려진 점도 중요한 근거로 들 수 있다. 첫째 이름 '가이우스'나 둘째 이름 '페트로니우스'만 보면 다른 사람으로 추정할 수도 있겠으나, '판관'을 의미하는 셋째 이름 '아르비테르'는 '품위 판관', 즉 '엘레간티아이 아르비테르(elegantiae arbiter)'인 '티투스 페트로니우스 니게르'를 제외하곤 당대에서 찾아볼 수 없다. 일부러 지은 필명이나 별명이 아니고선 아무에게나 붙을 수 있는 이름이 아니다.

탄탄한 역사적 사실에 근거한 『쿠오 바디스』에도 페트로니우스가 『사티리콘』의 저자로 등장한다.

페트로니우스는 아비라누스 서점 앞에 이르러 가마를 세우고는 호화로운 장정의 필사본 한 권을 사서 비니키우스[24]에게 건넸다.

"선물이다."

"고맙습니다." 비니키우스가 책의 제목을 들여다보고 물었다.

"『사티리콘』? 저자가 누굽니까?"

"바로 나다. 하지만 나는 루피누스[25]나 파브리키우스 베이엔토[26]의 전철을 밟고 싶지는 않다. 그래서 아무에게도 알리지 않았으니 너도 절대 발설하지 말거라."

책을 훑어보던 비니키우스가 물었다.

"그런데 이 책에는 산문 중간에 시가 많이 섞여 있네요."

"이 책에서 특히 「트리말키오의 연회」라는 장을 주의 깊게 읽어보려무나. 그리고 시 얘기가 나와서 말인데, 내가 시를 싫어하게 된 것은 네로가 시를 쓰기 시작하면서부터니라. 비텔리우스[27]는 과식해서 음식물을 토해 내고 뱃속을 비워야 할 때는 상아로 만든 막대기를 목구멍에 쑤셔 넣는다는구나. 올리브유에 적신 홍학의 깃털을 쓰는 사람도 있다지만, 나는 그런 경우에 네로의 시

24. 페트로니우스의 조카로 나오는 가공의 인물.
25. Rufinus. 작품 속에 부연 설명이 없고 역사적 기록도 찾기 어렵지만, 네로 시대에 필화 사건으로 죄인이 된 인물인 듯하다.
26. Aulus Didius Gallus Fabricius Veiento. 로마 시대의 정치가이자 작가. 네로 시대인 62년에 원로원 의원으로서 『비망록(Codicilli)』을 썼다가 신성모독 및 명예 훼손 혐의로 탄핵되었다.
27. Aulus Vitellius, AD 15~69. 네로가 죽은 후 69년에 잠간 황제에 올랐다가 죽임을 당했다. 도박을 좋아했으며 대식가였다.

를 읽곤 한다. 구역질이 나서 효과 만점이거든.……"(2장)

그러고는 서재로 가서 장밋빛 탁자 앞에 앉아 「트리말키오의 연회」 원고를 계속해서 쓰기 시작했다.(12장)

바르샤바 대학교에서 문학과 역사와 철학을 공부한 시엔키에비치는 라틴어와 그리스어에 능통했고 고대 그리스·로마의 고전에도 해박했다. 또한 작품의 배경 지역을 탐방해 가며 약 오 년에 걸쳐 자료 수집과 집필을 진행했다. 그런 그가 『쿠오 바디스』 속에 삽입한 다른 역사적 사실들과 같은 선상에서 페트로니우스를 『사티리콘』의 저자로 분명하게 묘사하고 있다.

소실된 원문과 줄거리

이번 번역에 사용한 『사티리콘』의 현존 원문은 부록을 제외하고 본문만 141절 30,594단어로 이루어져 있다. 이는 현대 영미 소설 한 권의 절반에도 못 미치는 분량이다. 현존 원문은 전체 가운데 14·15·16권의 일부에 해당하며, 원본은 현존 분량의 열 배에 이르는 스무 권가량이었을 것으로 추정된다.

현존 원문은 소실이 많이 된 데다 원본이 아니라 사본이다. 게다가 오랜 세월을 거치는 동안 중간중간 내용이 가감·수정되어 의미가 달라지거나 퇴색되었을 뿐만 아니라 15권인 「트리말키오의 연회」를 제외하곤 너무 단편으로만 남아 있어 연결이 잘 안 되는 곳도 많다.(현존 원문이 지금과 같은 형태를 띠게 되기까지의 복잡한 과정에 대해서는 끝에 실은 '텍스트와 참고 문헌'을 참조하기 바란다.)

14권의 시장 일화와 콰르틸라 일화는 시기상 순서가 뒤바뀌었을 가능성이 높지만 확인된 바는 없다. 현존 원문이 연결이 매끄럽지 못하고 초반일수록 앞뒤 아귀가 맞지 않는 것은 소실 탓도 있지만 저자의 역량 부족 탓일 수도 있다. 그래서 많은 번역자들은 단편(斷篇)과 단편 사이에 개요나 설명을 집어넣어 간극을 메우기도 했다. 페트로니우스의 작품으로 알려진 일부 시들에 대해서도 학계 일각에선 부록에 따로 싣지 말고 현존 원문의 여기저기에 삽입해야 한다고 주장해 왔다.

하지만 본 한국어판에서는 독자의 혼란을 줄이고자 본문 중에 불필요한 설명이나 불확실한 원문은 되도록 삽입하지 않았다. 다만 내용의 자연스러운 흐름과 독사의 편의를 위해 원문에 최대한 충실하면서 각주를 충분히 달았다. 현존 원문만으로도 누구든 전체 줄거리와 소실된 부분들이 어떤 식으로 전개되었을지 쉽게 짐작할 수 있으리라고 판단했기 때문이다.

그런 의미에서 현존 원문에 나타나는 여러 가지 단서를 토대로 소실된 앞뒤 부분을 간략하게 재구성해 보는 것도 작품 감상에 도움이 되지 않을까 싶다. 이 작품은 주인공이자 화자(話者)인 엔콜피우스의 모험을 중심으로 전개되는 듯하다. 그는 어떤 때는 주역을 담당하는가 하면, 또 어떤 때는 관찰자로만 자리를 지킨다.

본문과 부록을 포함한 현존 원문은 이탈리아 남서부의 푸테올리에서 수사학 교사 아가멤논과 주인공 엔콜피우스가 수사학 교육의 현실을 비판하는 장면으로 시작하는데, 그전에 많은 사건들이 있었던 것으로 보인다. 주인공의 전체적인 동선(動線)은 갈리아 지방 남부에서 출발해 이탈리아 남부를 거쳐 아프리카로 이어지는 듯하다.

엔콜피우스는 마실리라(마르세유)에서 우연히 프리아푸스의 진노를 사는 일을 저지르고 금전 문제로 고발당해 도망쳤을 것이다. 이탈리아로 건너온 그는 로마를 거쳐 남부로 내려오는 동안에도 프리아푸스의 진노와 운명의 장난 속에서 예기치 못한 사건에 연루되어 계속 쫓기는 떠돌이 신세가 되었을 가능성이 높다. 일행인 기톤과 아스킬토스를 처음 만난 시점은 알 수 없지만, 본문 중의 '오랜 친구'라는 표현대로 기톤을 아스킬토스보다 훨씬 먼저 만난 듯하다. 어찌 보면 이 작품은 엔콜피우스와 기톤, 두 사람의 모험을 그린 소설이라고 해도 과언이 아니다. 그리고 엔콜피우스가 81절에 언급된 아스킬토스와 기톤의 과거사를 상당 부분 직접 목격했다면, 이로써 현존 원문 앞의 빈자리가 적잖이 메워질 수도 있다.

엔콜피우스 일행은 이탈리아를 종주하며 아래쪽 지방으로 내려가다가 남동부에 위치한 타렌툼에 이른다. 거기서 엔콜피우스는 선주 리카스의 관심을 끌어 동행하게 된다. 하지만 엔콜피우스는 선주의 아내 헤딜레를 유혹해 남편을 배신하게 만들고, 이탈리아 남서부의 푸테올리 바로 옆 바이아이에 위치한 헤르쿨레스 신전에서 리카스를 흠씬 두들겨 팬다. 또 리카스의 배에서 이시스 여신의 옷과 신성한 딸랑이도 훔친다. 동시에 그는 유명한 창녀 트리파이나와 사랑에 빠져 그녀를 정부로 삼는다. 하지만 트리파이나가 어리고 잘생긴 기톤에게 호감을 보이자 질투심에 사로잡혀 트리파이나에게 공개 망신을 주고 달아난다. 엔콜피우스는 질투의 화신이다. 그래서 엔콜피우스는 아스킬토스에게 기톤과의 은밀한 관계를 들키거나 기톤을 빼앗길까 봐 전전긍긍하기도 한다.

길을 떠난 엔콜피우스 일행은 푸테올리 인근에서 여사제 콰르틸라가 주관하는 은밀한 프리아푸스 의식을 훔쳐보다가 들켜 도망친다. 그리고 푸테올리로 가는 길에 리쿠르구스 살인에 가담한 후 그의 저택을 턴다. 그들은 남의 눈에 띄지 않게 남루한 망토로 위장한 채 도주하는데, 엔콜피우스가 시골에서 값비싼 망토를 훔치다 오히려 강탈한 금화가 들어 있는 망토를 잃어버리고 만다. 이 일로 아스킬토스는 엔콜피우스를 의심하게 된다. 그리고 그들은 푸테올리에 입성하는데, 여기서부터 현존 원문으로 이어진다.

현존 원문 이후에는 '멤피스', '아이깁투스 소년' 같은 표현이 나오는 단편(斷篇)들로 유추해 볼 때 무대가 바다 건너 아프리카의 아이깁투스(이집트)로 옮겨지는 듯하다. 그리고 엔콜피우스는 아이깁투스 또는 고향에서 마침내 프리아푸스의 진노와 운명의 장난에서 완전히 벗어나 세상과 인생을 관조하며 평온을 되찾을 것으로 추측된다. 아니면 어딘가에서 절망이나 허무에 빠져 훗날의 저자처럼 손목을 그어 자살할지도 모른다.

위의 흐름은 보는 사람에 따라 다소 다를 수 있지만 현존 원문에서 유추할 수 있는 사건들은 이와 크게 다르지 않을 것이다.

현대의 『사티리콘』, 예술인가 외설인가

이 작품의 명성은 오래됐지만, 이유인즉 민망하게도 외서(猥書) 또는 음서(淫書)라는 소문 때문이었다. 그래서 사람들은 행여 남의 눈에 띌세라 몰래 필사한 후 검은색 염소 가죽으로 장정해서 가지고 다녔다. 그런 탓인지 이 작품은 비교적 최근인 19세기까지도 문학 작품으로서는 진지한 연구 대상이 되지 못했다. 많은 이들이 이 작품의 가치를 인정해 왔지만 어느 프랑스인의 지적처럼 "페트로니우스의 작품을 읽기는 하나 인용하지는 않는다."가 대세였다.

독일의 위대한 역사가 니부어[28]는 이 작품에 대한 세간의 평판을 다음과 같이 요약했다.

> 추잡한 외설로 가득하다 하여…… 워낙 평이 좋지 않은지라 페트로니우스의 작품을 남몰래 읽다가 들키기라도 하는 날에는 짐짓 점잖은 체하는 위선자들에게 옳다구나 싶은 기회를 만들어 주기 십상이다.

하지만 온라인과 오프라인에 온갖 음란물이 넘쳐나는 시대를 사는 요즘 독자들은 이 작품을 읽는 데 낯을 붉히거나 남의 눈치를 볼 필요가 전혀 없다. 게다가 『사티리콘』은 원래 외설을 목적으로 지어진 작품도 아니다.

제임스 조이스[29]의 소설 『율리시스』가 미국에서 검열에 걸

---

28. Barthold Georg Niebuhr. 1776~1831. 근대 사학의 시조라 불리는 역사가로 『로마사(Römische Geschichte)』를 저술했다.

려 재판에 회부되었을 때, 1933년 뉴욕 법원의 존 울시(John M. Woolsey) 판사는 다음과 같은 획기적 의견을 제시하며 무혐의(not obscene) 판결을 내렸다.

『율리시스』는 독자들에게 역겨운 부분은 많을지언정 성욕을 일으키는 부분은 한 군데도 없다.

『사티리콘』 또한 그러하기에 『율리시스』와 마찬가지로 미국 법정에 오르는 홍역을 치렀다.

1917년에 설립되고 나서 처음에는 고급 양장본만 출판했던 모던 라이브러리(Modern Liberary) 출판사는 1922년 파이어보(W. C. Firebaugh)가 영어로 번역한 『사티리콘』을 2권짜리 1,250질 한정판으로 출판했다. 이 영어 번역본은 당시로서는 상당히 비싼 30달러[30]라는 높은 가격으로 주목받았는데, 책 자체로도 여러 가지 의의가 있었다.

파이어보는 그동안 여러 학자나 가필자(加筆者)가 덧붙여

---

29. James Augustine Aloysius Joyce. 1882~1941. 아일랜드의 소설가. '의식의 흐름'이라는 새로운 수법으로 20세기 심리 소설의 형성에 큰 영향을 미쳤다. 『율리시스(Ulysses)』, 『피네건의 경야(Finnegans Wake)』, 『젊은 예술가의 초상(A Portrait of the Artist as a Young Man)』 등을 집필했다.
30. 당시 미국에서 소설 한 권의 가격은 1달러 내외였다.

온 가짜 본문(僞文), 불필요한 설명, 단편(斷篇)들을 가려내 부록 형태로 정리했다. 처음으로 단편, 주석, 해설 등과 구분해 본문은 본문대로 따로 번역하는 이러한 작업 방식은 이후 다른 영어 번역자들의 본보기가 되었다. 이전의 어느 번역자보다 원문의 의미를 잘 살린 파이어보의 영역본은 지금도 출판되고 있으며, 본 한국어판의 번역에도 중요한 역할을 했다.

아울러 이 영역본에는 오스트레일리아의 유명한 화가 노먼 린지[31]가 그린 삽화 47컷이 실렸다. 이 삽화들은 노먼 린지가 『사티리콘』의 배경과 분위기를 생생하게 되살려내기 위해 1909년 일부러 나폴리까지 가서 그린 100컷 중 일부다. 다재다능한 예술가로서 참신한 작품들을 선보인 노먼 린지에 대한 재평가가 이루어지면서 20세기 북 일러스트레이션(book illustration)의 걸작으로 손꼽히는 이 삽화들은 많은 장면이 당시로서는 지나치게 사실적이고 선정적이었다. 그런 만큼 대중에게 인기도

---

31. Norman Alfred William Lindsay. 1879~1969. 오스트레일리아의 유명한 예술가. 그림(유화, 수채화, 펜화) 화가, 조각가, 판화가, 삽화가, 모형 제작자, 작가로서 다양한 분야에서 고정 관념을 깨는 파격적인 작품을 왕성하게 선보여 비난과 격찬을 함께 받았다. 그는 현재 오스트레일리아를 대표하는 예술가 중 한 명으로 추앙받고 있다. 1994년 샘 닐(Sam Neill), 휴 그랜트(Hue Grant)가 주연한 로맨틱 코미디 영화 「사이렌스(Sirens)」에 그의 작품 세계가 잘 나타나 있다. 1918년에 처음 출간된 아동용 판타지 『마법 푸딩(The Magic Pudding)』은 지금까지도 전 세계의 베스트셀러 목록에 올라 있다.

좋아서 인쇄 상태가 나쁜 해적판이 난무했을 정도였다. 100컷이 모두 실린 정식판은 1910년, 1923년, 1927년 세 차례에 걸쳐 모두 한정판으로만 출판되어 지금은 고가의 희귀본 대우를 받는다.

그런데 번역 상태도 훌륭하고 좋은 그림도 실린 이 영역본에 제동이 걸렸다. 1920년대만 해도 미국에서 영어 출판물에 대한 규제가 엄격했다. 전직 우편 검열관이자 정치가인 앤서니 콤스톡(Anthony Comstock)과 그를 지지하는 기독교청년회(YMCA) 회원들이 1873년 설립한 뉴욕풍기문란단속협회(New York Society for the Suppression of Vice)가 어김없이 권력 행사에 나선 것이다. 협회장 존 섬너(John S. Sumner)는 출간을 앞둔 문제의 영역본을 검열한 후 모던 라이브러리의 공동 창업자 중 한 명인 호러스 리버라이트(Horace Liveright)를 음란물 판매 혐의로 고발했다.

그래서 호러스 리버라이트와 편집장 토미 스미스(Tommy Smith)는 뉴욕 할렘 법원에 출두하게 되었다. 판사 찰스 오버웨이저(Charles A. Oberwager)가 스미스에게 『사티리콘』에 대해 아는 대로 말하라고 하자, 스미스는 작품의 문학적 가치에 관해 몇 가지를 이야기했다. 그러자 판사는 "그게 다인가?"라고 했고, 이에 스미스는 2주의 시간을 달라고 했다. 그리고 스미스는 백방으로 수소문한 끝에 프랑스어, 네덜란드어, 스웨덴어, 영어 등 세계 여러 나라 언어로[32] 출판된 80여 개의 판본을 가지고 2주 후에 다시 법원을 찾았다. 스미스는 저마다 다양한 작품평이 실려 있는 그 책들을 모두 판사석 위에 올려놓고 문학적 가치에 대해 다시 설명하면서 판사를 설득했다. 결국 사건은 기각되었고, 판사는 이렇게 말했다.

어느 한 부분만 보고 문학 작품에 유죄 판결을 내릴 수는 없다. 만약 법이 그러하다면 도서관 서가에 꽂혀 있는 거의 모든 고전이 고발당할 수 있다.…… 음란한 부분이 있다는 이유만으로 유죄 판결을 내린다면 우리는 셰익스피어, 초서, 볼테르, 루소, 보카치오, 발자크, 플로베르, 졸라의 작품은 물론이고 심지어 『성서』에도 폐기 처분 판결을 내려야 한다.…… 고대의 예술 및 문학 작품을 현대의 기준으로 판단해서는 안 된다.……『사티리콘』을 규제하는 것은 …… 학생들에게서 로마인의 실제 삶을 공부할 수 있는 기회를 빼앗는 것과 다를 바 없다. 문학은 인간의 삶을 서술하고 해석하는 영역이므로 단순히 인간 본능의 한 측면에

---

[32] P. G. 웰시에 따르면, 1985년까지 『사티리콘』은 28개 언어로 번역되었다. 그 이후의 공식 집계는 없으나, 세계 출판계와 학계의 지속적인 관심을 감안하면 꾸준히 늘었을 것이다. 판본 수는 확인된 바 없다.

대한 해석으로 한정할 수 없다.

존 섬너는 이 판결을 받아들일 수 없어 담당 검사 조아브 밴턴(Joab Banton)에게 이의를 제기했고, 밴턴은 오버웨이저 판사의 판결에 대해 항소하려고 사건을 수석 판사인 윌리엄 매커두(William McAdoo)에게 의뢰했다. 하지만 뜻밖에도 매커두는 거절했다. 그는 협회에서『사티리콘』을 규제하려고 앞으로 어떤 노력을 하든 책 판매만 부추기는 결과를 낳을 뿐이라는 이유를 달았다

이 재판을 통해『사티리콘』은 D. H. 로렌스[33]의『채털리 부인의 연인(Lady Chatterley's Lover)』, 헨리 밀러[34]의『북회귀선(Tropic of Cancer)』, 조이스의『율리시스』등과 더불어 20세기 문학 검열 역사에서 중요한 위치를 차지하게 되었다. 덕분에 약 1900년간 선정성과 신성모독 때문에 음서로 취급당해

---

[33]. David Herbert Lawrence. 1885~1930. 영국의 소설가, 시인, 수필가. 대표작이자 외설 시비로 출판 금지된『채털리 부인의 연인』(1928)은 미국에서 1959년, 영국에서는 1960년에 각각 '무혐의' 판결을 받았다.

[34]. Henry (Valentine) Miller. 1891~1980. 미국의 작가. 자유분방한 예술가로서 선(고상한 것)과 악(저급한 것)을 함께 받아들였으며, 대표작들에서 성(性)을 솔직하게 표현해 큰 주목을 받았다. 출판이 금지됐던『북회귀선』(1934),『남회귀선(Tropic of Capricorn)』(1939)은 1964년 미국 대법원에서 '무혐의' 판결을 받았다.

오다가 드디어 고전으로서 세상에 떳떳하게 모습을 드러내게 되었다. 현재 『사티리콘』은 하버드 대학교 출판부의 『러브 클래시컬 라이브러리(Loeb Classical Library)』, 옥스퍼드 대학교 출판부의 『옥스퍼드 월드 클래식(Oxford World's Classics)』, 펭귄 출판사의 『펭귄 클래식(Penguin Classics)』을 비롯해 세계 유수의 고전 시리즈 목록에 올라 있다.

악한소설과 풍자소설의 원형 그리고 독창성

오랫동안 논란이 있어 왔지만, 문학사에서 『사티리콘』은 현존하는 세계 최고(最古)의 소설이자 악한소설과 풍자소설의 원형(原型)으로 꼽힌다. 작품의 연대로 미루어볼 때 루키우스 아풀레이우스[35]가 2세기 후반에 쓴 『황금 당나귀(Asinus Aureus)』보다 100년 이상 앞선다. 물론 『사티리콘』은 원문이 많이 소실된 탓에, 온전한 형태로 남아 있는 라틴어 소설로는 『황금 당나귀』가 유일하다.

『사티리콘』의 작품 성격을 둘러싸고 학자마다 의견이 분분했지만, 우선 『돈 키호테(Don Quixote)』와 같은 악한소설(惡

---

35. Lucius Apuleius. 124?~170?. 로마의 작가, 철학자, 수사학자. 아풀레이우스가 원래 『변신(Metamorphoses)』이라고 부른 작품이 아우구스티누스(Aurelius Augustinus)에 의해 『황금 당나귀』로 널리 알려지게 되었다.

漢小說, picaresque novel)로 보는 견해가 주류를 이룬다. 떠돌이 검투사의 모험담이 『오디세이아』에 대한 풍자와 맞물리면서 작품 전체를 관통하기 때문이다. 그런가 하면 엇갈린 운명 때문에 불행할 수밖에 없지만 끝까지 서로에게 충실한 연인들이 등장하는 기존의 그리스식 연애담(romance)을 조소하는 희문(戲文, travesty)으로 보는 견해도 있는데, 그 이유는 동성애 장면 때문이다. 이 밖에 탐욕에서 비롯되는 파괴적인 열정, 성애, 분노에 휘둘리지 말아야 한다고 설파한 에피쿠로스의 윤리관을 지지하는 풍자소설로 보는 견해도 있다. 더 나아가선 유럽 최초의 '사실주의(realism)' 소설이라고 주장하는 학자들도 많다.

하지만 단편(斷篇)들이 내용상 서로 연결되지 않는 데다, 남아 있는 양도 너무 적고 풍기는 분위기도 제각각이라 어느 한쪽으로 규정하기가 쉽지 않다.

이쯤에서 이 작품의 제목에 관해 살펴볼 필요가 있을 듯하다. 『사티리콘』의 원제는 크게 두 가지 형태로 인용되어 왔다. 하나는 주로 쓰인 Satyricon [liber / libri] 또는 Satyrica이고, 다른 하나는 Satiricon [liber / libri] 또는 Satirica이다. 여기서 '책'을 의미하는 liber(단수형)와 libri(복수형)는 종종 생략된다. 베르길리우스가 지은 『농경시』의 원제 Georgica가

Georgicon liber와 같은 뜻인 것처럼 Satyrica = Satyricon liber, Satirica = Satiricon liber이다.

먼저 Satyricon은 라틴어 satyricum에서 유래한 것으로 보인다. satyricum은 사티로스극(satyr play)을 의미한다. 즉 Satyricon은 '풍자(satire)'를 의미하는 라틴어 satura의 어원인 그리스어 satyr와 직접 관련이 있다고 할 수 있다. 사티로스극은 고대 그리스에서 비극 공연이 끝난 후 기분 전환용으로 무대에 올린 희극이다. 기원전 6세기 말 아테네에서 열린 디오니소스 축제 때 비극과 함께 발달한 것으로 보인다. 처음에는 희극에 가까웠으나 후기에 들어와 풍자극에 가까워졌다.

사티로스극은 앞서 상연된 비극이나 신화를 익살스럽게 재현하거나, 11명의 사티로스 합창단이 등장해 우스꽝스럽고 음탕한 장면을 연출하기도 했다. 사티로스(satyr)는 그리스 신화에서 주신(酒神) 디오니소스를 받드는 반인반수(半人半獸)의 괴물로서 저급한 호색한(好色漢)이다. '주색을 밝히다'를 뜻하는 영어 satyric은 satyr에서 파생된 말이다.

Satiricon과 Satirica는 saturikon과 saturika에서 기원한 것으로 추정된다. 아리스토텔레스는 『시학(Poetics)』에서 비극(tragedy)이 사투리콘(saturikon), 즉 '초기 사티로스극(satyr play)과 비슷한 유형'에서 발달했다고 전한다. 아리스토텔레스가 말하는 사투리콘은 짧은 이야기(short story)와 익살을 특징으로 한다.

따라서 어디서 어원을 찾든 제목만 놓고 볼 때 『사티리콘』은 '사티로스극'과 깊은 관련이 있는 것이 분명해 보인다. 그동안 많은 사람들이 『사티리콘』을 '사티로스의 서(書)', 즉 '호색한의 이야기책' 또는 '음탕한 이야기책'이라고 일컬어 왔는데, 이는 수박 겉 핥기식의 접근일 뿐이다. '품위 판관'인 페트로니우스가 『사티리콘』을 쓰면서 단순히 음탕함만을 염두에 두었을 리 없다. 페트로니우스는 사투리콘의 '짧은 이야기와 익살' 그리고 전형적인 사티로스극의 '풍자와 음탕함' 같은 특성을 모두 고려했을 것이다.

그중에서 '짧은 이야기'가 지니는 특성을 살펴보면 『사티리콘』은 전체적으로 짧은 에피소드를 나열하는 형식을 취한다. 즉, 앞뒤로 인과 관계나 일정한 흐름을 갖는 부분들도 있지만 대체로 각각의 에피소드 안에서 이야기가 시작되고 매듭지어진다. 하지만 오늘날의 기준으로 볼 때 이 에피소드들은 작품성이 많이 떨어진다.

다만 「트리말키오의 연회」는 길이와 수준 면에서 유독 눈길을 끈다. 본문과 부록을 포함한 현존 원문으로 볼 때 소실된 부분에 이런 에피소드가 또 있을 것 같지 않다. 내용은 전체 줄

거리와 거의 상관없이 독립적이지만, 연회의 등장인물과 풍경에 대한 묘사나 주제 의식 등 작품성 면에서 현대 소설과 비교해도 나무랄 데가 없을 만큼 탁월하다.

추가로, 선상(船上) 에피소드에 삽입된 '에페수스의 과부'(111~112절) 이야기도 주목할 만하다. 에우몰푸스가 들려주는 이 이야기는 비록 짧지만 따로 떼어 놓아도 무방할 만큼 거의 완결된 구조를 지니고 있다. 그래서인지 후대의 많은 작가와 예술가가 이 이야기를 언급하거나 재현해냈다.

페트로니우스가 이렇게 '짧은 이야기' 형식을 적극 활용한 이유는 무엇보다 자유로운 서술이 가능했기 때문일 것이다. 특히 등장인물과 주제의 수나 종류에 구애받지 않고 간접적으로나마 얼마든지 다룰 수 있다는 장점이 주효했을 것으로 보인다. 덕분에 페트로니우스는 네로 황제를 위시한 주요 주변 인물들과, 당대 로마의 부조리한 시대상을 마음껏 꼬집고 비웃을 수 있었을 것이다.

이 에피소드 형식의 자유로운 서술 방식은 풍자소설의 자유로운 문체와도 잘 맞아떨어진다.『사티리콘』에는 산문과 운문이 섞여 있고 줄거리와 상관없는 다양한 주제가 느슨한 풍자문의 형태로 서술되어 있다. 이러한 경향은 잡글(mélange)의 성격을 띠는 메니포스 풍자와도 일맥상통한다.

문학 장르의 전통에 비추어 볼 때 『사티리콘』은 '메니포스 풍자(Saturae Menippeae, 즉 Menippean Satire)'에 해당한다. 메니포스 풍자는 기원전 3세기에 활동한 그리스의 견유학파 철학자 메니포스(Menippos)가 창시한 문학 장르로, 대화체가 아니라 산문과 운문의 결합이라는 형식을 통해 비판적이면서 익살스런 내용을 담아냈다. 이와 같은 형식은 로마 풍자 문학의 발전에 지대한 영향을 미쳤다. 그의 글은 남아 있지 않지만 그를 모방한 유명한 그리스·로마 작가들, 특히 바로[36], 세네카, 루키아노스[37], 그리고 페트로니우스의 작품을 보면 이 장르의 특징을 충분히 짐작할 수 있다.

로마 시대의 풍자는 초기에는 다루는 주제가 광범위했지만 나중으로 갈수록 삶과 도덕에 대한 논평이 주를 이루었다. 로마 시대의 풍자가 그와 같은 풍자로 발전했다는 점은 엄격한 스토아학파 입장에서 풍자시(諷刺詩)를 쓴 페르시우스[38]에게

---

36. Marcus Terentius Varro, BC 116~BC 27. 로마의 학자이자 풍자 작가. 메니포스를 따라 산문과 운문을 섞어 쓴 해학성 짙은 잡문 『메니포스 풍자(Saturae Menippeae)』의 저자로 유명하다.

37. Lucianos, 120?~180?. 로마의 웅변가이자 풍자 작가. 그리스어를 사용했으며, 당시 지식인들의 생활에 대해 메니포스식으로 익살스러운 평론을 썼다. 달 여행 등 공상적인 내용을 담은 이야기 『실화(實話, Alethes historia)』의 저자로 유명하다.

38. Aulus Persius Flaccus, 34~62. 로마의 시인이자 풍자 작가. 덕을 추구하는 6편의 라틴어 풍자시를 남겼다.

서 확인할 수 있으며, 메니포스식의 풍자 또한 그 과정에서 발전했다. 메니포스 풍자와 기존의 풍자 사이의 차이로는 익살과 공상의 전통을 들 수 있다.

문학 취향이나 성격이 '전형'에 얽매이지 않았던 페트로니우스는 메니포스 풍자를 당연히 선호했을 것이다. 더구나 메니포스 풍자는 권위를 뒷받침할 만한 전통도 있었을 뿐만 아니라, 페트로니우스와 세네카 등의 작품으로 미루어볼 때 네로 시대에 유행했음을 짐작할 수 있다. '품위 판관'인 페트로니우스가 이 유행에 뒤졌을 리 없다. 그는 메니포스 풍자의 특성을 누구보다 잘 알고 십분 활용했을 것이다. 등장인물, 주제, 문체에 구애받지 않고 자유롭게 표현할 수 있다는 점이 그에게는 안성맞춤이었을 것이다.

그리고 메니포스 풍자를 선택한 이유가 처음에는 이런 산문과 운문의 혼합, 느슨한 서술 방식 같은 이점 때문이었겠지만, 페트로니우스는 문재(文才)가 탁월한 작가인 만큼 이런 속성에조차 얽매이지 않았을 것이다. 그는 자기만의 새로운 변화를 꾀하고 발전시킴으로써 독창적인 메니포스 풍자소설인『사티리콘』을 탄생시켰다. 그 새로운 변화의 요소란 바로 익살, 부도덕(천박함), 사실성, 개성적인 문체와 운율이다.

『사티리콘』을 주의 깊게 읽어보면 작품 전체를 관통하는 풍자라는 주제에도 불구하고 메니포스 풍자를 포함한 고대의 풍자와 다른 점을 감지할 수 있다. 그 이유는 페트로니우스가 삶과 도덕을 논하는 진지한 도덕주의자처럼 굴지 않기 때문이다. 페트로니우스는 도덕보다 부도덕을, 재치보다 익살을 내세웠다.

「트리말키오의 연회」는 풍자 형식을 취하고는 있으나 기본 주제는 도덕이 아니라 분명히 취향이다. 어쩌면 작가 자신의 취향일 수도 있다. 천박한 과시욕을 앞세워 교양인인 척 허세 부리기를 좋아하지만 감상을 주체하지 못해 타고난 상스러움을 드러내는 벼락부자 트리말키오는 풍자 문학에 등장하는 인물의 전형으로서 문학사상 가장 익살스러운 주인공 가운데 하나다. 등장인물의 성격 묘사가 거의 존재하지 않는 고대 소설에서는 예외 없이 전형화에 의존했지만 페트로니우스는 이 벽을 뛰어넘었다. 「트리말키오의 연회」에서 오가는 대화는 해당 부류의 사교계에 대한 작가 자신의 관찰에 바탕을 두고 있다. 그리고 주고받는 대화를 보면 말하는 사람의 성격과 취향이 정확하게 묘사되어 있으며, 비속어와 문법에 어긋나는 표현이 가득하다. 그래서 「트리말키오의 연회」는 당대 라틴어 구어에 관한 귀중한 증거 자료일 뿐만 아니라 익살이 넘치는 해학의 백미로 꼽힌다.

문학적 취향과 세속적인 취향이 고도로 세련된 시기에는 삶이든 문학이든 '천박함에 대한 향수'에 영향을 받는 듯하다. 수에토니우스[39]는 네로가 밤에 변장을 하고 싸구려 술집을 들락거리며 꼴사나운 탈선을 일삼았다고 전한다. 비천한 계층의 삶, 추악한 섹스, 범죄에 대한 페트로니우스의 관심은 문학이라는 형식을 빌렸을 뿐 이와 별반 다르지 않아 보인다.

특히 「트리말키오의 연회」를 제외한 나머지 부분에서는 설령 나름대로의 도덕 기준이 엿보인다 해도 그것은 천박한 쾌락주의가 주를 이루는 풍자에 가깝다. 페트로니우스는 『사티리콘』을 통해 당대 로마 사회의 일부를 묘사함으로써 독자들을 즐겁게 해주고 싶었을 것이다. 네로 시대 인물들이 실명 또는 풍자를 통해 다수 등장한다는 점으로 보아 귀족부터 하층민까지 다양한 계층의 독자를 염두에 둔 듯하다. 어쩌면 네로 황제도 이 작품의 독자였을 수 있다. 그의 뒷골목 밀행 행적이나 문학 취향과 어울리기 때문이다.

그렇다면 페트로니우스는 작가로서 대성공을 거둔 셈이다. 2천 년에 이르는 역사 속에서 베스트셀러이자 스테디셀러로서

---

[39]. Gaius Suetonius Tranquillus, 69?~122?. 로마의 전기 작가. 『제왕들의 생애(De Vita Caesarum)』의 저자로 유명하다. 그는 이 책에서 기원 전후 로마의 사회상과 부패했던 독재관 및 황제들의 생활상을 생생하게 그려냈다.

많은 사랑을 받아 왔기 때문이다. 그는 시공을 초월해 독자가 좋아할 장면과 이야기를 생생하게 그려냈다. 뿐만 아니라 신화 속 또는 가공의 영웅을 등장시켜 현실과 동떨어진 이야기를 엮어 내거나 상상력을 동원해 이상화(理想化)를 좇는 진부한 기존의 고대 작품들에서 탈피해 우리가 딛고 서 있는 현실을 사실에 기대 풍자적으로 그려냈다. 그럼으로써 동시대인과 함께 호흡하게 되었다. 고전이 진정한 고전으로서 생명력을 갖게 되는 것은 바로 이런 이유 때문이다.

이 책이 돋보인다면 그것은 도덕적인 교훈 때문이 아니라 미학적인 가치 때문이다. 작가는 트리말키오의 만찬을 묘사할 때 처음부터 끝까지 품위와 천박함의 대조를 부각시킨다. 또 저속하고 사실적인 문체와 고답적이고 딱딱한 문체가 섞여 있는가 하면, 시에도 여러 가지 율격이 혼재한다. 페트로니우스는 자의든 아니든 파행단장격(跛行短長格), 애가체(哀歌體), 장단단격(長短短格), 육보격(六步格), 11음절 등 다양한 운율을 사용했다.

시의 율격이 이렇다 보니 라틴어에서 다른 언어로의 정확한 번역이 사실상 불가능했고, 거의 대부분의 번역자들이 주제와 내용에 맞는 수준에서 자유시 형식으로 번역했다. 본 한국어 번역도 그러한 관례를 따랐으며, 운문의 수준이 떨어지는 느낌도 살리려고 노력했다. 혹시 독자가 운문을 읽다가 호흡이 이상하고 율격이 어딘가 흐트러진 느낌을 받는다면 번역자로서는 오히려 다행스러운 결과라고 하겠다.

『사티리콘』은 작가로서의 페트로니우스의 역량이 결집된 작품이다. 과도한 변화나 시도의 기미가 엿보이기도 하지만, 그는 '품위 판관'으로서의 '취향'에 걸맞게 품위 있으면서도 자유분방한 풍자를 선보였다. 그리고 풍자의 대상은 관념이 아니라 주로 인간이었다. 그는 등장인물들의 원초적 본능과 욕망, 부조리한 생각과 언행, 변화무쌍하고 각양각색인 성격과 취향 등을 풍자하는 데 주력했다. 물론 당대의 관습과 미신, 도덕과 규범, 신화와 전설, 권력과 부(富) 등에 대한 풍자도 두드러지지만 작품을 관통하는 주제에 비하면 극히 일부에 지나지 않는다. 아울러 페트로니우스는 인간을 풍자하면서도 고대 소설로 보기 어려울 만큼 인물을 복잡다단하게 그려냈다.

이러한 경향은 트리말키오, 에우몰푸스, 엔콜피우스에서 가장 잘 나타난다. 필시 트리말키오는 네로 황제, 에우몰푸스는 시인 루카누스를 풍자하는 듯하다. 그런데 트리말키오는 수에토니우스가 전하는 글과 비교할 때, 말장난이나 취향은 아우구스투스 황제를 연상시키고, 변비를 언급해 가며 소화관에 집착하는 태도는 클라우디우스 황제와 비슷하다. 물론 페트로니우스가 중요한 모델로 삼은 대상은 세네카가 『도덕에 관한 서한(Epistulae morales)』에서 묘사한 부유한 자유민 칼비시우스 사비누수(Calvisius Sabinus)였다.

에우몰푸스의 경우, 고상하고 여린 시인인 척하며 루카누스의 『내란기』를 풍자하는 듯한 시를 읊는 모습에서 당대의 최고 시인 루카누스를 연상시킨다. 하지만 거침없이 하숙집 주인에게 폭력을 행사하고 일당백으로 싸우는 장면에서는 근위대장 티겔리누스가 떠오른다. 또 미소년을 유혹해 욕망을 채우거나 사기 행각을 벌이며 유산 사냥꾼들의 등을 치는 장면에서는 교활한 시정잡배의 모습이 그려지기도 한다.

주인공인 엔콜피우스는 굉장히 복잡한 면모를 보이면서 저자의 의도에 따라 전혀 다른 인물로 변신하기도 한다. 시작 부분에서 아가멤논과 같은 수준에서 진지한 연설을 할 때는 이름난 웅변가나 저자의 모습이 떠오른다. 하지만 시장에서 망토를 두고 머리를 굴리는 장면에서는 얄팍한 장사치 같아 보이고, 기톤을 두고 아스킬토스와 첨예한 삼각관계를 보이는 데서는 동성애에 눈먼 호색한으로밖에 보이지 않는다. 또 트리말키오의 연회에 참석해 남의 눈치를 살피며 제 몫을 챙기는 장면에서는 좀생이 식객으로 보이는가 하면, 화랑에서 주의 깊게 그림을 감상하는 부분에서는 미술 평론가 같은 분위기를 풍긴다.

뿐만 아니라 칼을 가지고 설치는 데서는 어설픈 검투사의 티도 나고, 폴리아이누스라는 가명으로 키르케와 연애질을 하는 장면에서는 거짓말에 능숙한 사기꾼의 면모가 보인다.

페트로니우스는 이처럼 소설가로서 탁월하고 시대를 앞서가는 능력을 선보였다. 현대의 기준에서 보아도 그는 가히 자유로운 예술혼의 소유자라고 할 만하다.

요컨대 『사티리콘』은 해학과 사실성과 독창성이 돋보이는 풍자소설이자 악한소설이다. 그러면서도 그 문학성을 몇몇 키워드로 완전히 규정하기 어려울 만큼 다양한 해석이 가능한 고전이다. 물론 고대 로마 시대에만 한정되는 익살과 공상도 있지만 현대인의 시각으로 봐도 기발하기 짝이 없는 부분들이 산재해 있다. 『사티리콘』의 문학성에 대한 더 깊이 있는 고찰은 고전 문학 전문가들에게 맡기고, 이어지는 '문화적 유산'에서 간접적으로나마 그 가치를 좀 더 살펴보자.

페트로니우스와 『사티리콘』의 문화적 유산

부록에 실린 '증거 자료'에서도 알 수 있듯이, 『사티리콘』은 외설적인 내용에도 불구하고 고대와 중세 초기에 유신론자와 무신론자를 막론하고 다양한 부류의 독자들에게 널리 읽혔으며, 수많은 문헌에 거론되거나 인용되었다. 2세기의 테렌티아누스 마우루스, 4세기의 세르비우스, 5세기경의 마크로비우스[40] 등은 물론이고, 기독교 작가들 중에도 4세기의 히에로니무스, 5세기의 주교 시도니우스 아폴리나리스, 6세기의 보이티우스와 주교 풀겐티우스, 7세기의 대주교 이시도루스[41] 등이 모두 『사티리콘』에 대해 알고 있거나 적잖은 내용을 인용하기까지 했다. 또 지금은 소실되고 없는 부분들에 대한 인용으로 미루어볼 때, 현존 원문보다 훨씬 온전한 형태의 『사티리콘』이 지중해 주변의 이탈리아, 갈리아, 아프리카, 에스파냐(히스파니아) 등지에서 폭넓게 읽혔음을 짐작할 수 있다.

하지만 이런 명성과 대중성에도 불구하고 『사티리콘』은 기본적으로 음서로 여겨진 탓에 그늘 속 신세를 면치 못했다. 그렇다 보니 원본이나 정확한 필사본이 제대로 보존되지 못하고 사라지는 운명을 맞게 되었다. 『사티리콘』은 중세를 거치는 동안 상당 부분이 소실되어 인용된 예도 드물었다. 12세기와 르네상스 시대에 발견된 사본 중 그나마 온전하게 남은 부분은 「트리말키오의 연회」밖에 없었다. 이를 우연이라고 할 수도 있

---

[40]. Ambrosius Theodosius Macrobius. 400년경에 활동한 로마의 라틴 문법학자이자 신플라톤주의 철학자. 『사투르누스 축제(Saturnalia)』 등을 저술했다.

[41]. Isidorus Hispalensis. 영어로 Saint Isidore of Seville. 560?~636. 에스파냐의 신학자, 대주교, 백과사전 편찬자. 20권으로 된 용어 해설 백과사전 『어원(語源, Etymologiae)』을 편찬했다.

겠지만, 아무래도 이 부분이 가장 작품성이 높고 재미도 있기 때문일 것이다. 그나마 다행스러운 것은 1669년에 윌리엄 버너비[42]의 최초 영어 번역본이 출간되면서 조금씩 다시 명성을 회복하기 시작했다는 점이다.

물론 이 영역본이 출간되기 전에도 누군가 소장하고 있었을 사본을 통해 17세기의 여러 작품에 인용되었다. 영국 작가 조지 채프먼[43]의 『미망인의 눈물(The Widdowes Teares)』(1612)은 에우몰푸스가 들려주는 '에페수스의 과부' 이야기를 토대로 하고 있다. '에페수스의 과부' 이야기는 「트리말키오의 연회」와 더불어 가장 많이 인용되어 온 부분이다.

로버트 버턴[44]은 우울증에 대한 방대한 자료와 분석을 실은 대표작 『우울증의 해부(The Anatomy of Melancholy)』(1621)에서 『사티리콘』을 무려 70군데나 인용했다. 주교를 지낸 제러미 테일러[45]도 『성사론(聖死論, The Rule and Exercises

---

42. William Brunaby. 17세기경에 활동한 영국의 법률가이자 번역가.
43. George Chapman. 1559?~1634. 영국의 시인, 극작가, 번역가. 호메로스의 작품에 대한 탁월한 번역으로 유명하며, 『뷔시 당부아(Bussy d'Ambois)』 등을 저술했다.
44. Robert Burton. 1577~1640. 영국의 학자, 작가, 옥스퍼드 대학교의 교목(校牧). 자칭 데모크리토스 2세(Democritus Junior)라는 필명으로 펴낸 『우울증의 해부』의 저자로 유명하다.

of Holy Dying)』(1651)에서 『사티리콘』을 인용했다. 시인이자 희곡 작가인 존 드라이든[46]은 『영웅극에 관하여(Of Heroique Plays)』(1672)에서 신을 개입시키지 않은 루카누스의 서사시 『내란기』를 풍자한 에우몰푸스의 시에 공감하며 그 내용을 인용했을 뿐만 아니라, 페트로니우스를 "가장 품위 있고 현명한 라틴어 작가"라고 극찬했다.

그런데 18세기와 19세기에는 페트로니우스를 풍자소설의 선구자로 여기기보다 가까이하지 말아야 할 대상으로 여기는 풍조가 강했다. 그런 중에도 페트로니우스에게 주목한 이들이 있었으니, 바로 토머스 러브 피콕과 오스카 와일드 그리고 헨리크 시엔키에비치이다.

토머스 러브 피콕[47]은 고대 그리스·로마의 고전들을 탐독했는데, 페트로니우스에 대해 '풍자 작가이자 시인이며, 자기 시대에 대해 반감을 가진 사람'이라고 평했다. 그리고 『사티리

---

[45]. Jeremy Taylor. 1613~1667. 영국의 성직자. 『성생론(聖生論, The Rule and Exercises of Holy Living)』과 『성사론』을 저술했다.

[46]. John Dryden. 1631~1700. 영국의 시인, 평론가, 번역가, 극작가. 계관시인으로서 분야를 넘나들며 이른바 '드라이든 시대'를 이끌었다. 『영웅극에 관하여』는 그의 주요 작품 중 하나인 『스페인의 그라나다 정복(The Conquest of Granada by Spaniards)』 2부에 실려 있다.

[47]. Thomas Love Peacock. 1785~1866. 영국의 소설가이자 시인. 풍자소설 『악몽 대수도원(Nightmare Abbey)』 등을 저술했다.

콘』은 그가 가장 좋아하는 작품들 중 하나였다. 그의 작품에는 페트로니우스의 지대한 영향이 드러나 있는데, 「트리말키오의 연회」가 수없이 인용되어 있다. 예를 들어 그의 소설 『그릴 농장(Gryll Grange)』(1861)에는 에우몰푸스의 말 "난 언제 어디서나 하루가 다시는 돌아오지 않는 마지막인 것처럼 살아왔다."(99절)와 트리말키오의 말 "포도주가 우리 불쌍한 인간보다 수명이 길지요. 그러니 실컷 마셔 봅시다. 포도주는 삶에 활력을 주지요."(34절)가 그대로 인용되어 있을 정도다.

문인 집안에서 태어난 오스카 와일드[48]는 트리니티 대학교와 옥스퍼드 대학교에서 고전을 전공해 그리스·로마 고전에 해박했다. 그가 자신의 대표작이자 유일한 장편 소설인 『도리언 그레이의 초상(The Picture of Dorian Gray)』(1891)의 주인공 도리언 그레이를 『사티리콘』의 주인공과 비교하자 비평가들은 부도덕하고 저속하다고 비난해댔다. 이에 대해 그는 다음과 같이 답변했다.

---

48. Oscar (Fingal O'Flahertie Wills) Wilde. 1854~1900. 아일랜드의 시인, 극작가, 소설가, 평론가. '예술을 위한 예술'을 기치로 내세운 유미주의(탐미주의)의 주창자이자 대표자이다. 『도리언 그레이의 초상』은 초상화를 통해 영원한 미모와 젊음을 얻은 주인공 도리언 그레이가 쾌락과 악덕에 빠졌다가 뉘우치지만 결국 죽고 만다는 내용을 담고 있다.

나는 예술 작품이 어떻게 도덕의 관점에서 비판당할 수 있는지 도대체 이해할 수가 없다.

이 이야기의 진정한 교훈은 모자람도 지나침도 모두 대가를 치른다는 과유불급이다.

『사티리콘』으로 말하자면, 내가 알기로, (라틴어 원문이 아닌) 번역문으로 읽는 것이 금지되어 있음에도 불구하고 우등생들 사이에서조차 인기가 높다.

그는 점점 페트로니우스와 가까워졌고, 사후인 1902년 파리에서 서배스천 멜머스(Sebastian Melmoth)라는 그의 필명으로 『사티리콘』의 영역본이 출판됐다.
헨리크 시엔키에비치는 앞에서 이미 자세히 언급했듯이 『쿠오 바디스』(1896)에 페트로니우스를 주인공으로 등장시키면서 『사티리콘』을 그의 작품으로 묘사했다. 『쿠오 바디스』를 좀 더 자세히 들여다보면 시엔키에비치가 『사티리콘』에서 얼마나 많은 부분을 빌려 왔는지 알 수 있다. 목욕탕과 연회 풍경 묘사, 노예 관련 서술, 각종 문물의 배치, 신화의 이용, 페트로니우스의 사고방식과 취향의 표현, 몇몇 주변 인물 설정 등 작품

곳곳에서 『사티리콘』의 직·간접적인 영향을 발견할 수 있다. 이는 『사티리콘』의 연대가 『쿠오 바디스』의 시대 배경과 겹치는 데다, 작품의 주인공이 페트로니우스이고, 아울러 『사티리콘』이 네로 치하의 시대상을 소설 형식의 산문으로 담아낸 유일한 작품이기 때문에 불가피한 선택이라고도 볼 수 있다.

『사티리콘』에서 빌려 왔다고밖에 볼 수 없거나 그럴 가능성이 높은 부분들 중 몇 가지만 살펴보자.(이탤릭체를 주목하라.)

그곳에서 리기아와 어린 아울루스가 *공놀이*를 하고 있었는데, 이 놀이를 위해 특별히 고용된 노예들이 땅에 떨어진 공을 주워 두 사람에게 건네주고 있었다.(2장)
: 트리말키오가 공놀이 하는 장면(『사티리콘』 27절)

그가 말하기를 사랑하는 아들을 노예의 신분에서 해방시키기 위해 평생 동안 1세스테르티우스씩 한 푼, 두 푼, 돈을 모았는데, *'판사'*라는 이름의 주인이 그 돈을 빼앗고는 아들을 해방시켜 주지 않았다는 겁니다.(14장)
: 자신이 죽어가면서도 부리던 요리사 노예를 해방시켜 주지 않고 트리말키오에게 줘버린 인물(47절)

광대와 사기꾼, 저속하고 품위 없는 속물들은 이제 정말 진저리가 난다. '품위 판관'이라고 불리는 사람이 수십 명 있다 해도, 트리말키오와 같은 벼락부자들을 참된 인간으로 만들기란 쉬운 일이 아니다.(51장)

시엔키에비치는 자기 입으로 『쿠오 바디스』를 집필하면서 타키투스의 『연대기』, 수에토니우스의 『제왕들의 생애』, 루이스 월리스[49]의 『벤 허(Ben Hur)』를 비롯해 수많은 문헌을 참고했다고 밝혔지만 그중에 『사티리콘』은 없었다. 그 이유는 아마도 『사티리콘』이 참고 문헌으로 내세우기에는 격이 떨어지기 때문이 아니었을까 싶다. 앞서 인용한 부분에서 페트로니우스가 『사티리콘』으로 인해 화를 입을까 봐 이름을 밝히지 않았다고 말한 것처럼 시엔키에비치도 『사티리콘』을 주요 참고 문헌으로 내세우기엔 당시로서는 다소 어려움이 있었을 것이다.

빅토리아 시대를 거친 20세기는 페트로니우스에게 부활의 세기나 다름없다. 포용성이 넓어지고 사실주의가 꽃핀 시대의 이른바 '지식 계급'이 페트로니우스의 작품에서 뛰어난 해학과

---

[49] Lewis Wallace. 필명은 Lew Wallace. 1827~1905. 미국의 군인, 변호사, 외교관, 시인, 극작가, 소설가. 역사 소설가로 유명하며 대표작 『벤 허』는 두 번이나 영화화되었다.

자유정신을 발견해내면서 페트로니우스에게 열광하는 사람들이 늘어나기 시작했다.

앞의 본문 각주에서 간단하게 소개했듯이, 일찍이 하버드 대학교에서 페트로니우스에 관한 강의를 들은 적이 있는 T. S. 엘리엇[50]은 『황무지(The Waste Land)』(1922)의 제사(題辭)에 트리말키오의 말을 인용했다.

> 사실 이 눈으로 병 속에 갇힌 쿠마이의 시빌라를 직접 보기도 했지요. 아이들이 그녀에게 "뭘 원하세요, 시빌라?"라고 물을 때면 그녀는 "죽고 싶어."라고 대답하곤 했지요.(48절)

여기서 쿠마이의 시빌라는 죽음보다 못한 상태의 황무지에서 생의 의의를 상실한 인간을 상징하며, 이는 『황무지』를 관통하는 주제이기도 하다. 『황무지』의 4부 「수사(水死)」에서도 『사티리콘』의 장면이 연상되는 구절이 나온다. 엔콜피우스가

---

50. Thomas Stearns Eliot. 1888~1965. 미국 출신의 영국의 시인, 극작가, 평론가. 에즈라 파운드의 제안으로 800행에서 433행으로 편집한 장시 『황무지』가 가장 유명하고, 1948년 노벨 문학상을 안겨준 『4개의 4중주(Four Quartets)』가 대표작이다. 처음에는 아이들을 위해 그림까지 곁들여 지은 우화 시집이었으나 나중에 뮤지컬 「캐츠(Cats)」의 원작이 된 『노련한 고양이들에 관한 늙은 주머니쥐의 책(Old Possum's Book of Practical Cats)』의 저자로도 잘 알려져 있다.

죽어서 해변에 떠밀려온 선장 리카스를 측은하게 바라보는 장면(115절)에서처럼, 엘리엇은 이렇게 노래한다.

여기 당신 패가 있어요.
익사한 페니키아 수부군요.(1부)

페니키아 사람 플레버스는 죽은 지 2주일
갈매기 울음소리도, 깊은 바다 물결도
이익도 손실도 잊었다.
바다 밑의 조류가 소곤대며
그의 뼈를 추렸다. 솟구쳤다 가라앉을 때
그는 노년과 청년의 고비를 다시 겪었다.
소용돌이로 들어가면서
이교도이건 유대인이건
오 그대 키를 잡고 바람 부는 쪽을 내다보는 자여
플레버스를 생각하라,
한때 그대만큼 미남이었고 키가 컸던 그를.(4부)

이어서 5부 「천둥이 한 말」에서는 황량한 산을 이렇게 묘사한다.

침도 못 뱉는 썩은 이빨의 죽은 산 아가리
여기서는 설 수도 누울 수도 앉을 수도 없다.
산 속엔 정적마저 없다.
비를 품지 않은 메마른 불모의 천둥이 있을 뿐
산 속엔 고독마저 없다.(5부)

이 부분은 『사티리콘』에서 농장 관리인이 한 말을 연상시킨다.

지금 댁들이 가고 있는 곳이 바로 그런 데라오. 역병이 할퀴고 지나간 뒤 까마귀에게 쪼이는 시체와 시체를 쪼아대는 까마귀만 있는 시골 같은 곳 말이오.(116절)

이렇게 엘리엇이 자신의 가장 유명한 작품인 『황무지』에서 『사티리콘』에 담긴 가치를 일부나마 직·간접적으로 표현해내자 『사티리콘』을 재발견하려는 움직임이 크게 일었다. 실제로 엘리엇은 소장하고 있는 『사티리콘』 라틴어판에 꼼꼼하게 주석을 달아놓고 10번 이상이나 자신의 작품들에서 언급했다.

1914년 엘리엇은 미국에서 영국으로 건너가 페트로니우스를 옹호하는 D. H. 로렌스, 올더스 헉슬리[51] 같은 소설가들을 만났다. 로렌스는 페트로니우스에 대해 "올곧고 공정하다. 그는 무엇을 하든 자신의 순수한 정신을 품위 없게 만들거나 더럽히지 않는다."라고 평하며 이상적인 인물로 여겼다. 영국 지식인의 허식을 풍자한 올더스 헉슬리의 처녀작『크롬 옐로(Crome Yellow)』(1921)에서는 허큘리스 경(Sir Hercules)이 타키투스가 전하는 페트로니우스의 자살 장면을 재연한다.

1920년대를 대표하는 미국 소설가 F. 스콧 피츠제럴드[52]는 자신의 대표작이자 세계적인 베스트셀러인『위대한 개츠비(The Great Gatsby)』(1925)의 출간을 앞두고 제목 후보로 '트리말키오', '웨스트 에그(West Egg)의 트리말키오'를 놓고 고민했다. 왜냐하면 작품 속 주인공 개츠비를 트리말키오를 모델로 삼아 그려냈기 때문이다. 작품의 7장은 다음과 같이 시작한다.

개츠비에 대한 나의 호기심이 절정에 달한 어느 토요일 밤, 그

---

51. Aldous (Leonard) Huxley. 1894~1963. 영국의 소설가이자 평론가. 생물학자 토머스 H. 헉슬리의 손자이며, 우아한 문체와 신랄한 풍자가 특징이다. 풍자소설『멋진 신세계(Brave New World)』와『연애 대위법(Point Counter Point)』등의 저자로 유명하다.
52. Francis Scott (Key) Fitzgerald. 1896~1940. 미국의 소설가.『위대한 개츠비』의 주인공 개츠비는 빈농의 아들이지만 불법적인 방법으로 벼락부자가 된 후, 이미 결혼한 옛 애인을 차지하려다 버림받아 죽게 된다.

의 저택엔 끝내 불이 켜지지 않았다. 그리고 그의 트리말키오 같은 경력은 시작할 때와 마찬가지로 확실하지 않게 끝나 버렸다.

결국 작품의 초기 판본에는 '트리말키오'라는 제목이 달렸다. 그리고 케임브리지 대학교 출판부에서는 아직도 이 제목으로 출판되고 있다.

시인 에즈라 파운드[53]도 『칸토스(Cantos)』(1930)에서 T. S. 엘리엇이 『황무지』의 제사에 인용했던 『사티리콘』의 내용을 똑같이 인용했다. 고양이를 좋아한 공상과학 소설가 로버트 하인라인[54]은 『여름으로 가는 문(The Door into Summer)』(1957)에서 중요한 역할을 하는 고양이의 이름을 '판관 페트로니우스(Petronius the Arbiter)', 약칭 피트(Pete)라고 지었다. 주인공의 애완동물인 이 고양이는 페트로니우스가 네로를 보좌하듯 우아하면서도 노련한 자태를 뽐내며 항상 주인공과 동행한다.

53. Ezra (Loomis) Pound. 1885~1972. 미국의 시인, 비평가, 번역가. 20세기 영미 시에 지대한 영향을 끼쳐 '시인의 시인'으로 불리며, T. S. 엘리엇과 제임스 조이스를 비롯해 뛰어난 문인들을 세상에 알리는 산파 역할을 했다. '칸토스' 연작 시집 중에서 『피사 칸토스(Pisan Cantos)』(1948)가 가장 뛰어나다.
54. Robert Anson Heinlein. 1907~1988. 미국의 공상과학 소설가. 아이작 아시모프 (Isaac Asimov)에 버금가는 작가로서 『낯선 땅의 이방인(Stranger in a Strange Land)』, 『지구의 푸른 언덕(The Green Hills of Earth)』, 『이중성(Double Star)』 등의 유명 작품을 저술했다.

헨리 밀러는 『내 생의 책들(The Books in My Life)』(1969)에서 "『사티리콘』은 나에게 가장 큰 영향을 미친 책이다."라고 썼다.

더 최근으로 올수록 문학 작품, 논픽션, 학술서, 논문 등에서 『사티리콘』을 언급하거나 인용한 예들은 급격히 늘어나 일일이 헤아릴 수 없을 정도다. 그중에서 인지도가 가장 높은 사례 두 가지만 들자면 앤서니 포웰과 로버트 해리스의 작품을 꼽을 수 있다.

20세기 영국의 대표 작가 중 한 명인 앤서니 포웰[55]은 대표작 『시간의 음악에 맞춰 춤을(A Dance to the Music of Time)』(1951~1975)에서 에우몰푸스를 닮은 인물을 내세워 『사티리콘』을 언급한다. 뿐만 아니라 자신의 회고록인 『끝없는 이야기(To Keep the Ball Rolling)』(1978)에서 『사티리콘』의 영역본을 헌책방에서 우연히 발견한 후의 심정을 이렇게 밝혔다.

나는 네로 시대의 지적 멋쟁이인 이 천재에게 사로잡혔다.……
최초의 현대적 소설이라 해도 손색없는 작품을 쓴 작가다.

---

[55]. Anthony Dymoke Powell, 1905~2000. 영국의 소설가. 자전적 성격의 풍자소설 『시간의 음악에 맞춰 춤을』로 유명하다. 모두 열두 권으로 되어 있는 이 작품은 《타임》이 선정한 20세기 100대 소설 중 하나이기도 하다.

로버트 해리스[56]는 최근에 발표한 세계적인 베스트셀러이자 히스토리 팩션(history faction)인 『폼페이(Pompeii)』(2003)에서 헨리크 시엔키에비치 못지않게 『사티리콘』으로부터 많은 부분을 차용했다. 『쿠오 바디스』처럼 1세기 로마 시대가 배경인 이 작품 역시 『사티리콘』을 목욕탕과 연회 장면 묘사, 각종 문물의 배치, 신화의 이용 등에 참고한 것은 물론이고 동일한 수사법을 사용하기도 했다.

그러자 일행은 노골적으로 웃음을 터뜨리기 시작했다.
"요강에 빠진 생쥐마냥 뱅뱅 도는군!"
"분명히 이 근처요. 분필로 표시해 놓았단 말이오."(1부)
: "머리를 쥐어짜는 네 꼴이 요강에 빠진 생쥐 같구나."(『사티리콘』 58절)

개똥지빠귀를 산 채로 뱃속에 넣은 멧돼지 통구이의 배를 따자 새들이 어지러이 식탁을 날아다니며 똥을 싸댔다.(2부)
: 그가 사냥용 칼을 빼들고 멧돼지 옆구리를 푹 찔러 가르자 안에서 개똥지빠귀 떼가 푸드덕거리며 나왔다.(40절)

---

56. Robert Dennis Harris. 1957~. 영국의 언론인이자 소설가.

또한 『폼페이』에도 성격 나쁜 '코락스'라는 인물이 나오는가 하면, 트리말키오와 거의 똑같이 그려낸 부자 해방 노예 '누메리우스 포피디우스 암플리아투스'도 등장한다. 암플리아투스는 이렇게 그려진다.

암플리아투스는 잘생긴 청년이었고 주인을 위해서라면 못할 일이 없었소. 그 노인이 호색가였다는데, 가만 놔뒀을 리가 없지. 암플리아투스는 주인을 대신해서 그의 부인도 보살폈다고 하더군.(2부)

암플리아투스는 주인의 유산으로 부동산 투기를 해서 거부가 되었다. 뿐만 아니라 그의 재산 규모와 성격, 그리고 살아가는 방식도 트리말키오와 흡사하다. 암플리아투스는 트리말키오처럼 큰 연회를 여는데, 거기에 참석한 사람들이 그에 대해 수군거리는 장면을 보면 저자가 『사티리콘』과 페트로니우스에 대해 얼마나 깊이 탐구했는지 알 수 있다.

"트, 리, 말, 키, 오."
포피디우스는 하마터면 웃음을 터뜨릴 뻔했다. 트리말키오! 정말 그렇군. 트리말키오는 티투스 페트로니우스의 풍자 문학에 등장하는 인물로, 노예 신분에서 해방된 뒤 갑부가 된 인물이다. 그 역시 손님들에게 이처럼 혐오스러운 식사를 대접하면서 자신이 얼마나 상스럽고 우스꽝스러워 보이는지 깨닫지 못했다. 하하하! 트리말키오라! 포피디우스는 잠시 네로 황궁의 젊은 귀족이었던 20년 전을 회상했다. 품위 판관 페트로니우스는 졸부들을 가차없이 비방하면서 몇 시간이고 식탁의 좌중을 즐겁게 해주곤 했다.

포피디우스는 갑자기 감상에 빠져들었다. 가엾은 노장 페트로니우스. 그는 재밌고 멋진 성격 때문에 화를 입은 사람이었다. 페트로니우스가 황제의 위엄을 교묘하게 훼손시키고 있다고 생각하게 된 네로 황제는 에메랄드 구슬을 통해 마지막까지 그를 주시하다가 결국 자결하라는 명령을 내렸다. 하지만 페트로니우스는 그 명령조차도 익살로 승화시켰다.

그는 쿠마이의 자택에서 저녁 식사를 시작하면서 정맥을 끊고는, 그 팔을 묶고서 친구들과 담소를 즐기며 저녁을 먹었다. 그렇게 팔을 묶었다 풀었다 반복하면서 그는 서서히 죽어갔다. 그리고 의식이 있던 마지막 순간에 작정을 하고 형석으로 만든 포도주 국자를 깨뜨렸다. 삼십만 세스테르티우스나 나가는 그 국자는 네로 황제가 집안 대대로 물려주고 싶어 하던 가보였다. 그것이 바로 '멋'이다. 그것이 풍류란 말이다.

페트로니우스의 눈에 내가 어떻게 비치겠는가. 포피디우스는 씁쓸한 생각이 들었다. 이 세상의 주인과 풍악을 즐기던 내가, 그 포피디우스가, 나이 마흔다섯에 트리말키오로 치부되다니!(2부)

『사티리콘』은 문학과 출판 외에도 미술, 음악, 영화, 다큐멘터리 등에도 영향을 미쳤다.

미술 분야에서는 앞에서 언급한 노먼 린지가 펜과 잉크로 그린 삽화 100컷이 대표적인 예다. 이 그림들은 몇몇 영역본에만 실렸는데 모두 영인본 한정판으로 출판되었다. 특히 1927년에는 그의 아들 잭 린지(Jack Lindsay)의 영역본에 실려 주목받았다. 하지만 안타깝게도 삽화 원본은 저작권자인 작가의 후손들에게도 남아 있지 않다. 그래서 본 한국어판을 내기 위해 출판사에서는 영미권의 유명한 고서점과 도서관을 수소문한 끝에 오스트레일리아의 한 고서점에서 비교적 인쇄 상태가 좋은 잭 린지의 영역본을 구입해 최대한 되살려냈다.

비록 노먼 린지의 작품에는 미치지 못하지만, 검은색과 붉은색 물감을 사용해 전체적인 분위기를 잘 살려낸 안토니오 소토마요르[57]의 삽화 50컷이 윌리엄 버너비의 번역을 개역한 길버트 바그나니(Gilbert Bagnani)의 영역본에 실려 있다.

음악 분야에서는 「중세 암흑기(Dark Medieval Times)」

(1993)라는 앨범으로 화려하게 등장한 노르웨이의 유명한 블랙 메탈(black metal) 밴드인 '사티리콘(Satyricon)'을 들 수 있다. 또 「사티리콘(Satyricon)」(1992)이라는 제목의 앨범을 발표한 영국의 유명한 전자 음악 밴드 MBM(Meat Beat Manifesto)도 빼놓을 수 없다.

영화계에서는 거장 페데리코 펠리니[58] 감독의 대표작 가운데 하나인 「펠리니·사티리콘(Fellini·Satyricon)」(1969)을 최고로 꼽을 수 있다. 페트로니우스라는 인물이나 그의 작품 『사티리콘』은 몰라도 이 영화를 아는 이는 많을 만큼 화제가 됐던 유명한 영화다. 초현실적이고 기괴하고 외설적인 장면이 139분 동안 이어지는 이 컬트(cult) 영화는 개봉과 함께 언론과 평론가들로부터 뜨거운 찬사를 받았다. 1969년 9월 베네치아국제영화제의 개막 작품으로 이 영화를 관람한 전 세계 영화 관련 기자들은 5분 동안이나 기립 박수를 보냈다. 일반 관객들의

---

57. Antonio Sotomayor. 1920~1988. 볼리비아 출신의 미국의 화가, 조소가, 삽화가, 디자이너, 교육자.
58. Federico Fellini. 1920~1993. 이탈리아의 영화감독. 신사실주의(Neorealism) 물결을 일으키는 데 참여했지만, 나중에는 풍자와 환상에 관심을 쏟았다. 대표작으로 『길(La strada)』, 『카비리아의 밤(Le notti di Cabiria)』, 『달콤한 인생(La Dolce vita)』 등이 있다. 『달콤한 인생』은 칸영화제에서 황금종려상을 수상했고, 『길』은 베네치아국제영화제에서 은사자상을 수상했다. 아카데미상 후보에 9번이나 올랐으나 수상하지 못하고 1993년에 공로상만 수상했다.

작가와 작품에 대하여 509

반응도 뜨거웠다. 영화제 기간 중에 워낙 인기가 좋아서 당시 2,000리라(약 3.2달러)인 영화표 값이 60,000리라(약 100달러)에 암거래되기도 했다. 이 소식을 전해들은 펠리니는 크게 기뻐하며 "내가 생각하기에 모든 이탈리아인들은 사실 이교도인 것 같다."라고 말했다. 이 영화는 1970년 골든글러브 최우수외국어상 후보에 오른 데 이어, 1971년에는 「러브 스토리(Love Stroy)」 등과 함께 아카데미상 최우수감독상 후보에 오르기도 했다.

펠리니는 이 영화가 나오기까지 30년간이나 페트로니우스의 원작을 마음속에 품고 있었다. 1939년 그는 파시스트를 풍자하기 위해 무대극으로 올리려고도 시도했다. 그러다 1967년 펠리니는 병상에서 회복되면서 페트로니우스의 원작을 다시 읽었다. 그리고 소실된 부분이 너무나 궁금해 그 부분을 영화로 되살려내고 싶다는 열망에 사로잡혔다. 펠리니는 자신의 모든 상상력과 창조성을 발휘했다. 영화가 개봉되고 나서 그는 기자들에게 이렇게 말했다. "이것은 내가 가장 공들여 만든 작품이다."

그는 단순히 역사적 사실을 재구성하는 기존의 방식에서 탈피해 꿈 이야기를 전달하는 방식으로 독특한 영상을 만들어냈다. 그래서 탄생한 영화는 제목 아래 달린 "페트로니우스의 고전을 자유롭게 각색함"이라는 설명처럼 페트로니우스의 원작과는 상당히 달랐다. 자웅동체(雌雄同體)의 여사제가 등장하기도 하고, 아스킬토스가 그 여사제를 유괴했다가 나중에 그로 인해 죽기까지 한다. 또 페트로니우스처럼 손목을 그어 자살하는 인물이 등장하기도 하고, 아스킬토스가 기톤을 희극 배우에게 팔아넘기기도 한다. 펠리니 본인의 말을 빌리면 "페트로니우스 20퍼센트, 펠리니 80퍼센트"인 영화였다. 펠리니는 또 이렇게 말했다.

    페트로니우스의 작품이 당대의 상황을 고스란히 담아냈다면, 그로부터 내가 각색해낸 영화는 우리 시대의 전경(全景)이자 우화의 성격을 지니는 풍자다. 어떤 면에선 과거로의 공상과학 영화이자 미지 세계로의 여행이라고도 할 수 있다. 하지만 에로 영화는 아니다.

펠리니의 영화는 원작이 지니는 악한소설과 풍자소설의 특성은 살아 있으면서도 사실성과는 거리가 멀었다. 꿈처럼 신비하고 불가사의하고 이국적이고 외설적이고 모순으로 가득 찬 이 영화에 관객은 충격을 받지 않을 수 없었다. 또 거기에는 펠리니가 깊은 관심을 가졌던 카를 융[59]의 집단무의식을 구성하는 다양한 원형(原型, archetype)들이 등장했다.

그런데 펠리니는 이 영화를 만들고도 페트로니우스의 원작대로 제목을 '사티리콘'으로 붙일 수가 없었다. 한 해 전인 1968년에 이미 「사티리콘」이라는 영화가 나왔기 때문이다. 잔 루이지 폴리도로(Gian Luigi Polidoro) 감독이 만든 이 영화는 페트로니우스의 원작과는 아예 거리가 멀고 키르케와 엔콜피우스의 사랑에만 초점을 맞춘 삼류 영화였다. 이 영화는 음란물로 판정돼 상영 금지 처분과 벌금형을 선고받았다. 펠리니는 '사티리콘'이라는 제목을 사용하려고 소송도 했지만 패소해 결국 '사티리콘'에 '펠리니'를 추가해 '펠리니·사티리콘'이라는 제목으로 정했다. 폴리도로 감독의 「사티리콘」은 1972년 핀란드에서 개봉되었다. 그러자 영화사 유나이티드 아티스츠(United Artists)는 『펠리니·사티리콘』을 '보호'하려고 울며 겨자 먹기로 폴리도로 감독판 「사티리콘」의 배급권을 100만 달러가 넘는 금액에 사들여 영화 배급을 원천봉쇄해 버렸다.

펠리니 말고도 페트로니우스의 원작을 영상으로 표현한 이들이 있었다. 멕시코 감독 6명이 함께 만든 옴니버스 영화 「사

---

59. Carl Gustav Jung. 1875~1961. 스위스의 심리학자, 정신과 의사. 분석심리학의 기초를 세우고 성격을 외향형과 내향성으로 나누었으며, 원형(原型)과 집단무의식 등의 개념을 제시하고 발전시켰다.

랑 사랑 사랑(Amor amor amor)」(1965)에서 베니토 알라스라키(Benito Alazraki) 감독은 단편『과부(La Viuda)』를 통해 '에페수스의 과부' 이야기를 그려냈다.

디스커버리(Discovery) 사는 로마 제국의 흥망성쇠를 다룬 312분 분량의 다큐멘터리「로마(Rome)」(1998)를 제작해서 방영했다. 디스커버리 사는 이 다큐멘터리를 만드는 데 플루타르크, 수에토니우스, 세네카 등의 저작과 더불어 페트로니우스의『사티리콘』도 중요한 대본 자료로 사용했다고 밝혔다.

이처럼 페트로니우스의『사티리콘』은 20세기에 들어와 고전으로서 확고히 자리매김했을 뿐만 아니라 다양한 분야에서 많은 작가와 예술가에게 창작의 영감을 제공했다. 하지만 아직도 "읽기는 하나 인용하지는 않는다."라는 음서 이미지의 틀에서 완전히 벗어나지 못했다. 앞으로 그 가치와 역할이 커짐에 따라 누구든 "읽기도 하고 인용도 할 것"으로 기대된다.

끝으로, 장차 이 작품을 번역하거나 연구할 사람들을 위해 본 번역과 해설에 사용한 텍스트 및 주요 참고 문헌을 밝혀둔다. 본 번역은『사티리콘』의 국내 최초 번역이라 전례가 없는 관계로 보다 정확한 우리말 번역을 위해 라틴어 원문과 영어 번역본들을 비교·분석하는 작업을 통해 진행되었다.

라틴어 원문

Petronius, *Satyricon reliquiae*, ed. Konrad Müller, 5th ed. (Teubner, 2003)

Petronius, *Satiricon liber*(http://www.thelatinlibrary.com/petronius. html, 2007)

영어 번역본

Petronius and Seneca, *The Satyricon and The Apocolocyntosis of the Divine Claudius*, trans. J. P. Sullivan, 5th ed. (Penguin Books, 1986)

Petronius Arbiter, *Satyricon*, trans. Sarah Ruden (Hackett Publishing Company, 2000)

Petronius Arbiter, *The Satyricon of Petronius Arbiter*, trans. W. C. Firebaugh (Modern Library, 1922)

Petronius, *The Complete Works of Gaius Petronius*, trans. Jack Lindsay (Fanfrolico Press, 1927)

Petronius, *The Satyricon of Petronius*, trans. William Burnaby (Samuel Briscoe, 1694), rev. Gilbert Bagnani (The Heritage Press, 1964)

Petronius, *The Satyricon*, trans. Alfred R. Allinson (The Panurge Press, 1930)

Petronius, *The Satyricon*, trans. P. G. Walsh, 2nd ed. (Oxford University Press, 1999)

Petronius, *The Satyricon*, trans. William Arrowsmith, 2nd ed. (Meridian, 1987)

주요 참고 문헌

로버트 해리스, 『폼페이』, 박아람 옮김 (랜덤하우스, 2007)

메리 데스몬드 핀코위시, 피터 데피로, 『천재의 방식 스프레차투라』, 이혜정 옮김 (서해문집, 2003)

베르길리우스, 『아이네이스』, 천병희 옮김 (숲, 2007)

신상화, 『로마』 (청년사, 2004)

제롬 카르코피노, 『고대 로마의 일상생활』, 류재화 옮김 (우물이있는집, 2003)

조르주 뒤비, 『조르주 뒤비의 지도로 보는 세계사』, 채인택 옮김 (생각의나무, 2006)

타키투스, 『타키투스의 연대기』, 박광순 옮김 (범우사, 2005)

T. S. 엘리엇, 『황무지』, 황동규 옮김 (민음사, 1995)

프리츠 하이켈하임, 『로마사』, 김덕수 옮김 (현대지성사, 1999)

허승일 외, 『인물로 보는 서양고대사』 (길, 2006)

헨릭 시엔키에비츠, 『쿠오 바디스』, 최성은 옮김 (민음사, 2005)

호메로스, 『오뒷세이아』, 천병희 옮김 (숲, 2006)

David Cherry, *The Roman World: A Sourcebook* (Blackwell Publishing, 2001)

Gareth Schmeling and J. H. Stuckey, *A Bibliography of Petronius* (Brill, 1977)

Gian Biagio Conte, *The Hidden Author*, trans. Elaine Fantham (University of California Press, 1996)

Guy Michael Hedreen, *Silens in Attic Black-figure Vase-painting: Myth and Performance* (University of Michigan Press, 1992)

Lauren Hackworth Petersen, *The Freedman in Roman Art and Art*

History (Cambridge University Press, 2006)

Niklas Holzberg, *The Ancient Novel: An Introduction* (Routledge, 1995)

Petronian Society Newsletter(http://www.chss.montclair.edu/classics/petron/PSNNOVEL.HTML, 2007)

Petronius, *Cena Trimalchionis*, ed. Martin S. Smith (Oxford University Press, 1983)

Suk-Young Kim, "The Shade of Saturnalia in the Satyricon of Petronius," *Carnival: A History of Subversive Representations*, ed. Joanna Augustyn and Eric Matheis (Columbia University, 1999)